古典文學研究輯刊

二九編

第 **10** 冊

秦腔法律文化要義

陳思思 著

國家圖書館出版品預行編目資料

秦腔法律文化要義／陳思思 著 -- 初版 -- 新北市：花木蘭文
化事業有限公司，2024〔民113〕
序 4+ 目 6+282 面；19×26 公分
（古典文學研究輯刊 二九編；第 10 冊）
ISBN 978-626-344-560-4（精裝）
1.CST：地方戲曲 2.CST：文化研究 3.CST：文化法規
820.8   112022458

ISBN-978-626-344-560-4

古典文學研究輯刊
二九編 第 十 冊   ISBN：978-626-344-560-4

秦腔法律文化要義

作 者	陳思思
總 編 輯	杜潔祥
副總編輯	楊嘉樂
編輯主任	許郁翎
編 輯	潘玟靜、蔡正宣 美術編輯 陳逸婷
出 版	花木蘭文化事業有限公司
發 行 人	高小娟
聯絡地址	235 新北市中和區中安街七二號十三樓
	電話：02-2923-1455／傳真：02-2923-1452
網 址	http://www.huamulan.tw 信箱 service@huamulans.com
印 刷	普羅文化出版廣告事業
初 版	2024 年 3 月
定 價	二九編 21 冊（精裝）新台幣 56,000 元 版權所有‧請勿翻印

秦腔法律文化要義

陳思思 著

作者簡介

陳思思,陝西西安人,女,漢族,1986 年 5 月出生,西安建築科技大學文學院講師,法學博士。主要從事法律史、法律文化研究。先後主持校級青年基金項目、陝西省教育廳項目、陝西省社會科學基金項目,並參與國家社會科學基金項目。在《當代戲劇》《小說評論》《河北法學》《學術探索》《人民論壇》等核心期刊發表學術論文十多篇,並出版專著一部。研究成果先後獲得西安市哲學社會科學優秀成果獎、陝西省法學優秀成果獎等。

提　　要

　　當代新史學的發展,使得關於歷史的研究材料發生了重大突破,而產生了「史料革命」。史料的範圍有所擴展,數量大量增加,史學的研究產生了「量變」。而在此基礎上進一步發展起來的新文化史學,更具有自我批判精神,改變了原有史料的選擇維度,史學研究在此基礎上產生了「質變」,形成了多元的史料體系。而這些變化也在法律史研究領域引起了共鳴,「新法律文化史」得以發展。這種發展在中國法律史研究中產生了不自覺的本土化轉向。其中關於戲曲中的法律文化研究就是這種本土化轉向的重要表現。但一方面這種表現並未被自覺而形成理論體系;另一方面,由於法學學者自身文學理論的相對匱乏,已有零散的研究成果中存在嚴重的「失真」。

　　本書立足「新法律文化史」,遵循戲曲基本理論,利用科學圖譜量化分析,鎖定具有高度法文化研究價值的秦腔作為「史料」,並提出「秦腔法律文化」這一全新概念。在全面收集、整理、梳理與歸納現存所有秦腔劇目的前提下,從文學、藝術、表演等多個層面揭示秦腔法律文化整體的涵義、歷史、價值與功能等。從而尋求不同於以往宏觀與單一主題的法律文化研究,揭示中國古代法律發展中從官方到民間各因素之間的互動過程與邏輯。

序

　　秦腔，法學，這兩個從未交際的概念，或者學科，成為了近些年來我博士學習生涯的核心主題與全部內容。實際上，跟這兩者的緣分，早在我很小的時候，就注定了。打我記事起，我的玩具就跟別的孩子不太一樣，不是洋娃娃，或者過家家，而是秦腔老生的鬍鬚、縣官的帽子、將軍的馬鞭，甚至還有皇帝的龍袍。拿著這些東西出去跟別的孩子玩，總是會被羨慕的，而這全都得益於我的父親。我的父親是一名秦腔演員，他是陝西百年戲社易俗社的一名鬚生。父親是一名非常勤奮的演員，他的志向自然是能夠成為一個「好演員」，所以父親平日裏的練功，就成為了我們家裏的一大特色，而從小我也就會跟著他哼唱幾句。

　　我的母親是要每天按時上下班的，於是小時候，父親是我的主要「看護人」，我也就經常跟著他往劇團跑。秦腔演員的工作性質是特殊的，比較散漫，不用坐班，只用參加一些排練與演出即可。父親和同事們在戲臺子上排練，我就坐在觀眾席上看，一會兒翻跟頭咕咚咕咚過去了，一會兒樂隊叮叮咚咚響起來了……，不一會兒我的父親也唱起來了，而木製舞臺咯吱咯吱的響聲，也成為了我童年記憶中非常重要的部分。而等到正式開演的時候，父親就完全顧不上我了，於是，我被安排在後臺這一特殊的看戲位置，看著演員們化妝卸妝，穿戲服換戲服，上臺下臺。有時候我會把玩後臺的道具，甚至給自己畫個大花臉，有的劇目會吸引我，我會目不轉睛地看著。其中我最喜歡的就是「打官司」的故事，而易俗社原創的經典公案戲《三滴血》也成為了我常看的劇目。或許從那時起，法律便在我的內心逐漸扎下了深深的根。

　　慢慢地，隨著流行音樂、話劇、電影等新型藝術形式在陝西的普及，秦腔逐漸失去了往日的風光，父親的演出逐漸減少了，我去劇團的次數也就跟著減少了，慢慢再也沒去過了。長大後我詢問父親才知道，他是故意讓我疏遠秦腔的，因為它難以保障基本的生活。隨著秦腔的沒落，沒有了演出，也沒有了收入，父親的工資，劇團總是發不出來，我們家的生活也變得十分困窘。從那時起，為了改變家庭的現狀，父親忙起了副業。家裏秦腔的道具逐漸減少了，父親的練功也逐漸消失了，我也就再唱不出來了。除了偶而會得知父親去外縣演出的消息，我在很長的時間裏也就忘記了「秦腔」。可能是有父親的藝術基因，使我在藝術上也有些天分，所以得到了幾次可以從藝的機會，但是最終都在父親「遠離藝術行業」的規勸下放棄了。但是，「秦腔」對我的影響卻並沒有就此消失。高考過後，在專業的選擇上，我堅定地選擇了「法學」，這就是小時候秦腔公案戲對我產生的影響，在看過那些「清官」之後，我也有了捍衛正義的理想。

　　這條道路的選擇，看上去讓我與「秦腔」越來越遠，實際上卻是越來越近。在本科學習階段，我閱讀到了徐忠明先生 2002 年出版的著作《包公故事：一個考察中國法律文化的視角》。這本書中大量運用的戲曲材料，讓我眼前一亮，我開始對「法律與文學」的研究產生了濃厚的興趣，也是從那時起，在我心裏出現了關於法律與秦腔希望的曙光。但是由於種種原因，我關於這個題目的研究一直停留在資料的收集與閱讀階段，而這個階段斷斷續續持續了十年。就在這三年，我得到了攻讀博士的機會，這讓我有時間暫時遠離一般的教學工作，開始專心於「法律與秦腔」的研究，而本書也是在這個博士攻讀的三年間完成的。

　　我關於「法律與秦腔」的研究是基於法律與文學的視角來進行的，主要是沿著徐忠明老師所提出的「新法律文化史」理論而展開的。也許這並不是一個最好的選擇，一方面法律與文學在中國的前景堪憂，甚至有被學界拋棄的趨勢，就連領軍中國法律與文學的蘇力先生，也在不久之前發出了「未老先衰」的言論；另一方面這樣的選擇會給自己的研究增加束縛，很多問題也難以得到關注與呈現。但是這種選擇是為了一種情感的寄託與單純的學術愛好，並不具有什麼功利之企圖。歷史經驗告訴我們，對於一個學科的發展而言，固然需要對時代主流話題與問題的展開研究，形成主流研究方向，但是許多冷門的研究，或是奇特的研究，能夠塑造起一個學科開放的特性，而這個特性才是一個

學科發展所必不可少的。因此，我對於法律與秦腔的研究，也僅僅是在法律與文學視角內，從秦腔自身特點出發，對於其中法文化的一種研究，以為後來者拋磚引玉。但是秦腔歷史的厚重，也注定了它作為材料的複雜性，與研究成果的豐富性。那麼，關於這個題目的研究就需要在一個很長的時間內來完成，需要慢工出細活。而此書也僅是一個導論性的開始，目的在於提出這個問題，從而引起學界的關注，吸引更多優秀的人才來共同完成這個題目。

當然，這個題目的研究意義，不僅僅是為了助力於當代法治的建設，還為了中國秦腔的當代振興，乃至復興。秦腔與其他戲曲一樣，進入八十年代以來，開始走向衰退。這個曾經作為我們民族文化娛樂主要形式的藝術，出現了不景氣的景象，尤其青年觀眾對於戲曲的冷漠，致使這一藝術出現了生存的危機，這是一個不爭的事實。這一事實引起了整個戲曲界的反思與討論，以期能夠尋求到適當的方式方法，能給戲曲的改革與發展帶來積極的作用。這些反思與討論中也有著來自秦腔界的聲音，其中 1983 年中共陝西省委發出了振興秦腔的號召，並於 1984 年正式成立了振興秦腔指導委員會，制定了振興方案。隨後在 1986 年召開了陝西省秦腔藝術發展戰略學術討論會，對秦腔的歷史、現狀和未來發展趨勢，以及它在生產、形成、發展演變過程中與當時社會的經濟、政治、文化、民風民俗及審美意識之間的相互關係等問題，進行了深入的理論討論和科學的闡述。這些為制定秦腔的振興發展規劃，提供了理論依據，使得秦腔的振興工作取得了一定的成效。

進入 21 世紀，關於中華優秀傳統文化的繼承與發展越來越受到重視，2022年黨的二十大報告中指出，確立和堅持中華優秀傳統文化，在新時代背景下的創造性轉化和創新性發展。在這種背景下，在秦腔復興的求索中呈現出了一派熱鬧的景象。但是到目前為止，關於秦腔的研究都處在一種封閉的狀態下，呈現出藝術圈子或是文學圈子，自娛自樂的景象，鮮有與其他學科的交際。這種學術氛圍是違背秦腔自身發展規律的，是關於秦腔淺薄的理解，是不利於秦腔復興的。對於秦腔而言，應將其放置在一個深廣的歷史、文化與社會背景中去討論，才能對秦腔的歷史規律、發展前途與未來趨勢，有一個比較透徹的認識，從而實現秦腔的復興。

那麼，想要實現這種深廣的討論就必須站在歷史的縱橫線上來俯視秦腔。其中從縱向來看，秦腔是一種具有民族特性的傳統，這種民族性是客觀存在的，是一代一代傳承下來的，是本民族的共同心理，被本民族所接受與喜愛。

這種共同心理是秦腔從過去到未來，一直能夠生存下去的根本，需要在秦腔的復興中不斷發掘與呈現。從橫向來看，學科的交叉逐漸成為世界學術研究的潮流，在這種潮流中，各學科間打破學術壁壘，相互運用對方各自優勢的理論與成果，不斷向接近真理的方向前進。而秦腔想要復興，也需要更加靠近真理，這就要求秦腔也要打破自身封閉的研究現狀，利用更多其他學科的視角來思考自身的問題。這也是秦腔自身的綜合性所決定的，其中不僅包括藝術的問題、哲學的問題，還包括法律與社會的問題。那麼，就需要展開秦腔與其他學科的交叉研究，其中就應包括法律與秦腔的研究。

當然，我關於這個題目的研究也存在著學術目的以外的私心。從小看著父親演戲，無論口中唱詞，還是舞臺動作，很多我都聽不懂，從那時起我就對秦腔充滿了好奇，尤其我喜愛的公案戲。這讓我對大學時代的中國法制史課程異常期盼，結果這個課上完，才發現什麼問題也沒有解決。連秦腔劇本裏經常出現的青天大老爺包公，從頭到尾也未曾提及，更別說什麼八府巡按、欽差大臣等內容了。不是老師講得不好，就連課本中也沒有相關說明。但這些問題，恰恰才是中國老百姓社會中真實存在的法律文化。就像你問一個普通老百姓什麼是「越訟」，他可能不懂，但是你要問他什麼是「攔轎喊冤」，基本上，沒有人不知道。那麼，這個「攔轎喊冤」到底是否存在，大家就無從得知了。但是，這種從戲曲中獲得的法律知識卻成為了老百姓的辦事指南，一直延續至今。而在法律與秦腔的研究中，這些問題都得到了回答。也許這些研究成果可以成為法學教育，甚至普法教育的一種材料，幫助學生更好地掌握法學理論，幫助老百姓認識法律。

除此外，我對秦腔是有著很深感情的，看著它慢慢走向沒落，感受著它遭受的冷言冷語，說實話心裏是難過的、心痛的。希望有一天能夠看到它輝煌起來，希望自己能為它的繼承與發展做出一份貢獻。作為一個法學專業的教師，我可能有些不務正業，關於這本書我也不是非常自信，但是我從我的專業為秦腔這門古老藝術所做的這份貢獻，讓我感到無比驕傲。也希望這本書的出版，能夠更大範圍的引起大家對於秦腔的關注，不論是作為材料的，還是作為藝術的。也歡迎不論來自法學界、文學界、秦腔界，或是戲曲界的讀者們，能夠為這本書提出寶貴的意見。

也希望這些意見能夠為這個全新的題目打開一扇門，從而使中國的法學、文學、戲曲、秦腔等能夠通向更為接近真理的道路。

目

次

緒　論

　　「秦腔法律文化」是一個絕對全新的概念，無論是在秦腔研究中還是在法文化範式內，都從未有學者理性地提出過這個概念。而這個全新概念的提出，必將引起來自各方的爭議與質疑。例如，在戲曲研究領域內，會有學者為其他劇種打抱不平，認為這個問題的研究太過狂妄，掩蓋了其他劇種的光芒！如果秦腔法律文化的研究可以成為一個獨立的研究領域，那麼是否會出現獨立的京劇法律文化研究？豫劇法律文化研究？越劇法律文化研究？等等。同時，也會有一些法學領域的專家，對這一概念提出質疑，認為秦腔法律文化的概念太過寬泛，僅從思想內涵層面來講，裏面究竟是儒家思想、道家思想還是法家思想？而秦腔作為一個具有地域性的劇種，秦腔法律文化是否也該被貼上地域法文化的標籤？等等。

　　這些爭議與質疑無論正確與否都說明了「秦腔法律文化」這一研究將要面臨的種種困難，但是這些都是開啟這一研究之後所需要論證的問題，並不能阻攔或者禁止這個概念的提出。當然這一概念也並不是任意提出的，它的出現具有客觀性與自主性，其中存在物質現實、精神需求、科學水平等各方面因素的作用，不以人的意志為轉移。也就是說，一個概念的提出或是一個新興研究領域的誕生，往往是該基礎研究領域自身發展的一個客觀規律，是一種必然與現實。秦腔法律文化的研究旨趣也存在這樣的客觀性與自主性。

　　所謂秦腔法律文化的研究，簡單的理解就是以秦腔為材料所展開的關於法文化的各種研究，因而旨趣的客觀性與自主性，具體表現在秦腔研究領域與法文化研究領域各自客觀的發展規律之中。而這些研究中早已無意識地出現了關於秦腔法律文化的研究，雖然分散與稀少，但這些研究整體卻表現出一種

興旺發展的態勢。而這個興旺發展的態勢決定了「秦腔法律文化」研究旨趣的客觀存在，這也是秦腔法律文化研究的主要背景。因此，鑒於「秦腔法律文化」這一概念的首次理性提出，筆者認為有必要先放下其他問題，來論證這個全新旨趣的客觀存在。從而使「秦腔法律文化」這一概念能夠順理成章的被提出，而後針對以上關於這一概念的種種質疑與爭議展開論證，不斷完善這一研究。

第一節　研究的背景與意義

一、秦腔研究中的「法文化」趨勢

秦腔的出現，是中國戲劇聲腔藝術發展的一個重要環節，秦腔作為中國最古老的戲曲之一，由於其在中國戲劇史中承上啟下的關鍵性作用，一直以來都是中國戲劇研究領域的核心問題之一。〔註1〕而秦腔本身作為戲曲藝術具有的高度綜合性，決定了其研究領域的開放性與耗散性。〔註2〕因此，秦腔研究一直不斷圍繞著唱腔、表演、技藝、美術、音樂、文學、歷史以及文化等不同研究方向在動態展開，逐漸形成研究範式日趨多元，研究內容日益豐富以及研究理論日漸完善的成果圖景。此圖景一方面呈現出當下秦腔研究領域的強大生命力，另一方面隱含著秦腔研究自身的發展演進規律。而秦腔研究自身的發展演進規律中，隱含著「法文化」研究的趨勢，這是秦腔法律文化概念提出的一個重要背景。而這種趨勢的呈現需要對秦腔研究自身發展演進規律進行客觀的分析。這種客觀分析需要建立在對原有秦腔研究成果的梳理與總結之上。然而回望整個秦腔研究的歷史，鮮有關於對以往研究成果進行全面的系統性梳理。常規的文獻綜述限於人力計算的不足，相關學者只能在一定數量研究成果的範圍內展開，其結果並不完全具有準確性與客觀性，該研究領域內研究成果的規律性總結並未被認知與呈現，秦腔中「法文化」研究的趨勢也被隱藏了起來。

為了更為客觀與科學的揭示秦腔研究的演進規律，筆者採用 citespace 軟件來對秦腔研究中已有成果進行梳理與分析，即通過機器計算將數量巨大龐雜的文獻數據信息，繪製成各種不同表現形式的科學知識圖譜。〔註3〕而知識

〔註1〕傅謹·中國戲劇史〔M〕·北京：北京大學出版社，2018：131。
〔註2〕焦文彬，閻敏學·中國秦腔〔M〕·西安：陝西人民出版社，2005：5～6。
〔註3〕citespace 軟件是由大連理工大學的陳超美教授等人研發的一款文獻可視化分析軟件。

圖譜（Mapping Knowledge Domain）是指用可視化技術來發現、描述、分析以及最終展示數據或文本之間的相互關係。〔註4〕具體而言，citespace 是通過對文獻關鍵詞、作者、機構、引文、發表年份以及發表期刊等要素項的共現與聚類處理，使原本存在於單篇文獻中的孤立數據建立起千絲萬縷的聯繫，將一個研究領域的歷史脈絡與演進規律展現在一副網絡圖譜之上，從而呈現出該研究領域的前沿、熱點以及趨勢，提高學術研究的效率與效力。中國知網作為世界上全文信息量規模最大的「CNKI 數字圖書館」，一直致力於整合知識信息資源，為海內外各行各業提供知識與情報服務。〔註5〕同時，作為我國目前最大的學術數據庫，涵蓋了我國 80%的數據信息，其中囊括了關於秦腔的最全面、最先進與最飽滿的研究成果。因此，筆者將運用文獻計量分析法，以 CNKI 數據庫中的秦腔研究文獻作為研究對象，借助於 citespace 軟件分別對文獻中關鍵詞（Keyword）、作者（Author）、發表時間（Time）與研究機構（Institution）等信息進行共現分析與聚類分析，從而展現我國秦腔研究領域的歷史脈絡與研究規律，並在此基礎上進一步探討該研究領域的現狀與未來，以期呈現其中法文化研究的趨勢。

（一）秦腔研究成果的整理

研究對象中所包含的待處理數據的合理性與準確性，決定著最終運算結果的理想程度。因此，為了準確把握秦腔研究領域的熱點、前沿與趨勢，文中對 CNKI 數據庫中有關秦腔研究的相關數據進行了精確化與合理化處理。首先是使用 CNKI 數據庫中的高級檢索功能來進行初步篩選，這一步主要以「相關性」為標準做求全處理。基於賈平凹先生的一部小說名為《秦腔》，CNKI 數據庫中存在與其相關的大量文獻，但與秦腔研究本身並無關聯，本文在高級檢索中採取「主題＝秦腔 NOT 賈平凹」「關鍵詞＋篇名＋摘要＝NOT 賈平凹」勾選「同義詞擴展」「期刊來源＝北大核心＋CSSCI」以及「發表時間＝不限」的檢索策略，共獲得文獻 1400 篇。其次對這 1400 篇文獻進行第二次以「學術性」為核心的求精處理，通過人工反覆對數據進行篩查，將其中新聞稿、發言稿、徵稿啟事、邀請函、劇本、演出公告、人物傳記等非學術性文獻與重複文

〔註4〕肖明，邱小花，黃界等·知識圖譜工具比較研究〔J〕·圖書館雜誌，2013（3）：61。

〔註5〕馬捷，劉小樂，鄭若星·中國知網知識組織模式研究〔J〕·情報科學，2011（6）：843。

獻進行排除，最終獲得的有效數據為 507 篇。由於發表時間的不限設定，CNKI 數據庫默認的年限為其收錄論文的最早日期 1992 年，而最晚日期為進行檢索時的日期 2022 年。而本文將利用 citespace5.8 軟件對這 507 篇文獻進行可視化處理。

將以上篩選好的研究對象從 CNKI 中以 Refworks 的數據形式導出，並轉化為 citespace 軟件可識別和處理的 Web of Science（簡稱 WOS）數據源，然後再導入 citespace5.8 軟件。與此同時設置相關參數，以保證獲得預期的可視化圖譜。其中「Time Slicing（數據的起止年限）＝1992（年）～2022（年）」「Years Per Slice（數據切割的時間間距）＝1（年）」「Node Types（圖譜節點來源）＝Keyword（關鍵詞）」。這樣的參數設置策略意味著將獲得關於 CNKI 數據庫 1992 年～2022 年秦腔研究 507 篇文獻的，以一年為分析單位的一張可視化圖譜，即關鍵詞共現圖譜，再根據具體可視化結果進一步繪製關鍵詞突現與聚類圖譜。

（二）秦腔研究成果的計算

所謂關鍵詞共現分析就是利用關鍵詞，在不同文獻中同時出現的頻次來展現該文獻集所代表的研究領域內，各個關鍵詞間的關係。通過 citespace5.8 軟件我們獲得的關鍵詞共現圖，如圖 1。為了能夠使圖譜更加簡明與清晰，本文對 507 篇文獻對象的關鍵詞進行了相關處理與剪裁，一是將部分相似或者同類關鍵詞進行合併，例如將西安易俗社與易俗社合併；二是將出現頻次在 5 以下的節點不做圖譜顯現；三是將圖譜中分散無關聯的節點進行刪除。由此得出圖 1 中關鍵詞節點 745 個，其中每一個圓點代表一個節點，圓點越大代表該關鍵詞出現頻次越多，也就是出現該關鍵詞的文獻數量越多。其中出現頻次在 10 及 10 以上的 13 個關鍵詞如表 1 所示，其中秦腔作為秦腔研究領域的必然性關鍵詞共在 72 篇文獻中出現，位居首位，其次依次是易俗社、戲曲音樂、文化、梆子腔、戲曲藝術、現代戲、史料價值、秦腔藝術、傳統劇目、戲曲劇種、同州梆子以及魏長生。表 1 中還列出了每一個高頻關鍵詞的初始出現年限、最終出現年限與突現值，這些 citespace5.8 軟件的運算結果數據都是分析秦腔研究領域熱點問題的核心要素。

除此之外，圖 1 中另呈現節點間連線共 14600。此處連線的價值在於，當兩個關鍵詞同時出現在同一篇文獻中，這兩個節點間便會出現連線。由於秦腔研究領域中關鍵詞之間的關聯性極強，從圖 1 所呈現出的連線可以看出，連線

以不同顏色形成的聚類，每一個聚類以「＃＋數字」的形式在圖譜中進行了標注，共形成 13 個聚類。每個聚類是由多個緊密相關的關鍵詞組成的，並以該聚類中頻次最高的那個關鍵詞為核心而與其他關鍵詞發生關聯，一個聚類代表該領域的一個大的研究方向，聚類號越小其內部所含關鍵詞越多，該研究方向的關注度也越高，而該聚類的標籤也由該研究方向的主要內容命名。因此，在關鍵詞共現圖譜所呈現的聚類可能性前提下，進一步以 citespace5 軟件的聚類功能進行可視化運算，得出具體的秦腔研究關鍵詞聚類圖譜，如圖 2。

圖 1　秦腔研究的關鍵詞共現圖譜

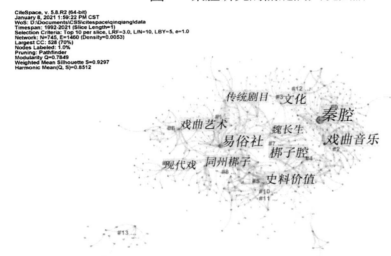

表 1　秦腔研究關鍵詞共現頻次在 10 及以上的關鍵詞

序號	關鍵詞	出現頻次／出現文獻量（篇）	初始出現年份	最終出現年份	突現值
1	秦腔	72	1993	2020	2.97
2	易俗社	53	1992	2021	2.61
3	戲曲音樂	39	1992	2019	6.31
4	文化	25	2003	2021	4.06
5	梆子腔	17	1994	2020	——
6	戲曲藝術	17	1992	2016	——

7	現代戲	17	1995	2020	——
8	史料價值	13	1992	2021	——
9	秦腔藝術	12	1993	2011	3.5
10	傳統劇目	11	2001	2020	——
11	戲曲劇種	11	1992	2016	——
12	同州梆子	10	1992	2010	——
13	魏長生	10	1992	2019	2.97

圖 2　秦腔研究的關鍵詞聚類圖譜

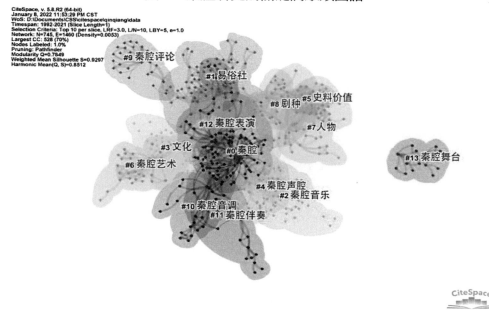

根據圖 2 秦腔研究關鍵詞聚類可視化圖譜的十三個聚類命名與具體情況，可以得知秦腔研究領域從開始到現在的十三個大的研究方向，分別為：秦腔綜合、秦腔班社研究、秦腔音樂、文化研究、秦腔聲腔、歷史研究、秦腔藝術、秦腔人物、秦腔戲種、秦腔評論、秦腔音調、秦腔伴奏、秦腔表演、秦腔舞臺。但這一結果中存在一定重複性，應以秦腔自身的耗散結構與學科分類為基礎予以梳理與整合，歸納為秦腔劇目、秦腔音樂、秦腔人物及表演、秦腔舞臺及美術、秦腔班社研究、秦腔教育與傳播、歷史研究、文化研究這 8 個研究方向。〔註6〕其中根據每個聚類中具體文獻的內容，聚類 1 中的秦腔綜合的研究

〔註 6〕秦腔的耗散結構是指秦腔是由文學、音樂、舞蹈、技藝和美術這五種藝術形態自然有機融合而成，並具有開放性與綜合性的結構系統。因此，按照這一結構

內容基本可以劃分到其他七個方向中；聚類 2 易俗社可以劃歸為秦腔班社研究；聚類 2、4、10、11，即秦腔音樂、秦腔聲腔、秦腔音調、秦腔伴奏、應歸併在秦腔音樂這一研究方向之下；聚類 5 和 8 可以歸併於歷史研究。

（三）秦腔研究成果的分析

而根據 citespace5.8 軟件聚類結果的衡量標準、該方向主要關鍵詞的出現頻次與持續年限以及該方向主流研究作者的出現頻次等因素進行考察，秦腔班社研究、秦腔音樂、歷史研究、文化研究、秦腔劇目是秦腔研究領域的核心與熱點方向。〔註7〕

第一個方向，秦腔班社研究。西安易俗社是民國初年成立於西安的一個革命機關、社會教育機關，也是一個集秦腔教育與演出於一體的新型秦腔班社。〔註8〕由於易俗社自身性質與歷史價值的特殊性，該研究方向的內容相對集中於易俗社這一主題之上，其主流學者為李有軍與郭紅軍。一是關於易俗社的歷史問題，其中研究成果主要有李有軍《民國時期西安易俗社秦腔理論考述》《民國西安易俗社秦腔媒介傳播考述》《民國西安易俗社秦腔藝術生產二重性探驪》《民國西安易俗社秦腔藝術生產體制探究》《民國西安易俗社與陝西軍政界多維關係考察》等；二是關於易俗社的劇本問題，其中重要文獻有李有軍《秦腔〈三滴血〉經典化構建，王馗《易俗社與秦腔經典〈三滴血〉》，雷琳靜《古調新探，探索戲曲傳承之道──以易俗社復排〈雙錦衣〉為例》，王衛民《移風易俗雅俗共賞──談西安易俗社前期的劇本創作》等；三是關於易俗社的影響與作用，其中主要研究文獻有郭紅軍《近現代政治化戲曲演劇的理想與實踐

對秦腔研究可視化圖譜的聚類結果進行梳理整合，可以將研究方向對應歸納為以下幾點：秦腔劇目、秦腔音樂、秦腔人物及表演（舞蹈和技藝的合併）、秦腔舞臺及美術。除此之外還有這些秦腔本體研究之外的相關研究方向，秦腔社研究、秦腔教育與傳播、歷史研究、文化研究。

〔註7〕這種考察具體而言如下例。根據關鍵詞共現圖譜的數據顯示，秦腔班社研究方向內出現的高頻詞關鍵詞為：「易俗社」「三意社」「民眾劇團」「陝西省戲曲研究院」「經典劇目」「媒介傳播」「劇本改編」等，其中「易俗社」的出現頻次最高 53，位居全部關鍵詞的第一名，而從表 1 秦腔研究領域關鍵詞出現頻次表中的數據可以看到，「易俗社」這一關鍵詞的初始年限與最終年限分別為 1992 年和 2021 年，持續時間長。另外從作者與研究機構的共現圖譜數據中觀察，從事秦腔班社研究的主流學者李有軍，為作者出現頻次的第一，這些說明了該方向的核心地位。

〔註8〕郭紅軍・在教育機關和戲園之間：陝西易俗社的身份建構和焦慮──從 1928 年印花稅事談起〔J〕・戲曲藝術，2021（3）：60。

——陝西易俗社成立及早期演劇考論》《在教育機關和戲園之間：陝西易俗社的身份構建和焦慮——從 1928 年印花稅事談起》，劉磊《從「移風易俗「看西安易俗社的品牌傳播》，蘇育生《易俗社公營後的社會影響與藝術貢獻》等；四是易俗社的傳承與發展，其中重要文獻有石岩《後疫情時期戲曲付費「雲直播「模式的新探索以西安易俗社、三意社為例》，陳振奇《易俗社傳承發展模式初探》等。除此之外，也對易俗社之外的班社與其他演出組織有所關注，但成果數量極少。

第二個方向，秦腔音樂。秦腔音樂對中國戲曲音樂的發展具有劃時代貢獻，因此，秦腔音樂是學者們關注的重要研究對象之一。〔註9〕自 20 世紀 40 年代開啟了秦腔音樂的系統性研究以來，不同時期湧現了許多主流學者與研究成果。而根據 citespace 可視化圖譜顯示，目前該研究方向的領軍學者為西安音樂學院的辛雪峰。這一研究方向主要涉及以下幾點內容：一是秦腔音樂的改革與發展，其中郭金芳從回眸的視角指出秦腔音樂改革在西北地區領先於其他劇種的成功，並對這一階段改革成功進行了經驗總結；〔註10〕辛雪峰從制度變遷、傳統劇目、團社組織以及改革模式等幾個方面分析了秦腔改革的方法與路徑。〔註11〕二是秦腔音樂的伴奏問題，其中程少華、賈曼、牛長虹、紹華主要以二胡與板胡伴奏為主要視角展開論述；〔註12〕張啟瑞、馬凌元、杜建武、申告身等主要以秦腔伴奏中的打擊樂為研究核心；〔註13〕檀革勝、王正強

〔註 9〕辛雪峰·20 世紀以來秦腔研究綜述〔J〕·渭南師範學院學報，2014（10）：58。
〔註 10〕參見郭金芳：《秦腔音樂改革回眸》，載《當代戲劇》2001 年第 2 期。
〔註 11〕參見辛雪峰：《制度變遷對 20 世紀戲曲發展的影響》，載《戲劇》2019 年第 3 期；《20 世紀秦腔改革的三大模式》，載《中國音樂》2018 年第 1 期；《論易俗社秦腔劇目改革的創新意義》，載《戲曲藝術》2016 年第 1 期；《從〈秦腔音樂〉看延安民眾劇團的秦腔改革》，載《天津音樂學院學報》2017 年第 2 期。
〔註 12〕參見程少華：《投入意境錦上添花——淺談秦腔中的二胡伴奏》，載《當代戲劇》2009 年第 3 期；賈曼：《秦地戲曲音樂對陝西二胡藝術之影響》，載《中國音樂》2005 年第 3 期；牛長虹：《談板胡在梆子腔劇種中的應用》，載《戲曲藝術》2003 年第 1 期；紹華：《「秦派」板胡的創立與發展》，載《中國音樂》1997 年第 3 期。
〔註 13〕參見張啟瑞：《秦腔動作鑼鼓節奏形態初探》，載《當代戲劇》1996 年第 3 期；馬凌元：《秦腔唱腔音樂六大板式圖表解析》，載《當代戲劇》2008 年第 6 期；杜建武：《對秦腔折子戲〈雙鎖山〉打擊樂設計的點滴感悟》，載《當代戲曲》2009 年第 5 期；申告身：《根植傳統不斷創新——秦腔打擊樂漫議》，載《當代戲劇》2002 年 S1 期。

則從戲曲音樂的中西融合之可能進行探討。〔註14〕三是秦腔的曲調唱腔，其中
閻可行主要研究秦腔音樂創作與唱腔、字調、曲調等的規律問題；〔註15〕陳志
勇主要對聲腔歷史源流進行考察；〔註16〕辛雪峰與束文壽關注於秦腔與其他
不同曲調唱腔間的關聯與區別。〔註17〕

　　第三個方向，歷史研究。自新中國建立以來，秦腔歷史研究逐漸從 50 年
代的孤立研究範式，轉變為 80 年代置身於中國戲曲發展史中的研究範式，到
90 年代已形成具有代表性的立論，至今看法一致，無太多突破與創新，研究
規模與熱情也大大消減。通過對本文 507 篇研究文獻對象進行分析，具體的主
要成果有關於秦腔形成與發展的研究；秦腔聲腔的形成與發展；秦腔劇目的源
流；秦腔劇作家的生平歷史；秦腔班社的形成與發展；秦腔藝人的生平歷史；
秦腔舞臺表演的發展情況等。其中大部分研究與上述兩個研究方向的內容相
重合，不再一一贅述。但是，近幾年有一些學者從不同以往的研究資料著手，
對秦腔的歷史研究給予了一些不同的思考。例如，郭紅軍的《民國時期西安報
紙中的秦腔史料及價值》就從民國時期的西安報紙出發，管窺秦腔本身及相關
的歷史問題。這種不同於以往的研究資料運用，有助於發現之前研究的舛誤和
疏漏，為研究提供新角度推動研究的細化和深化。

〔註14〕 參見檀革勝：《王西麟〈鋼琴協奏曲〉中傳統戲曲因素研究——兼論「戲曲音
　　　　樂交響化」問題》，載《黃鐘》2013 年第 2 期；王正強：《秦腔與電視審美語
　　　　彙的整合——評秦腔電視劇〈山裏世界〉的音樂》，載《當代戲劇》2003 年第
　　　　4 期。

〔註15〕 參見閻可行：《戲曲音樂發展的漸變性》，載《交響》1992 年第 2 期；《秦腔聲
　　　　調區與旋律的構成》，載《交響》1993 年第 4 期；《秦腔唱腔字調處理的基本
　　　　規律》，載《交響》1995 年第 2 期。

〔註16〕 參見陳志勇：《明末清初「楚調」的興起及其聲腔的衍化》，載《中山大學學報
　　　　（社科版）》2015 年第 6 期；《「二簧腔」名實考辨——兼論「皮黃合流」的相
　　　　關問題》，載《中山大學學報（社科版）》2018 年第 2 期；《「梆子秧腔」考——
　　　　兼論清前中期梆子腔與崑腔、弋陽腔的融合》，載《戲曲藝術》2019 年第 4 期；
　　　　《清代「吹腔」源流及其與周邊聲腔的關係》，載《中山大學學報（社科版）》
　　　　2019 年第 4 期。

〔註17〕 參見辛雪峰：《西調是秦腔嗎？》，載《四川戲劇》2008 年第 4 期；《論勸善調
　　　　與秦腔的聲腔淵源關係》，載《中國音樂學》2015 年第 3 期；束文濤：《弋陽
　　　　腔在陝西的傳承與創新》，載《四川戲劇》2007 年第 5 期；《論京劇聲腔源於
　　　　陝西》，載《中國戲劇》2004 年第 7 期；《前秦腔是京劇的母體——為程硯秋
　　　　先生「一個有趣的發現」補正》，載《中國京劇》2004 年第 7 期；《陝西是京
　　　　劇主調聲腔的發源地》，載《藝術百家》2005 年第 1 期；《二簧腔是早期秦腔
　　　　的主要聲腔答方月仿先生質疑》，載《中國戲劇》2005 年第 12 期。

　　第四個方向，文化研究。從表 1 中可以看出「文化」這一關鍵詞的持續年限在 2003 年～2021 年期間，屬於秦腔研究領域內的一個新方向，雖然該研究方向內還沒有形成系統的研究範式與核心學者，研究成果大多分散且學術性不強，但研究成果數量頗豐。目前主要關注於以下幾點內容：一是秦腔劇目的文化內涵，其中姚榮傑以秦腔《逐夢桃花源》為研究對象，對其文化內涵進行了剖析；〔註 18〕羊角岩通過秦腔歷史劇劇本《關西夫子》，指出其對現代文化的影響；〔註 19〕劉軍華關於秦腔傳統「楊家將」劇目中文化精神特質的論析；〔註 20〕；韓魯華對秦腔現代戲《路遙的世界》中精神文化的解讀；〔註 21〕李琰對新編秦腔歷史劇《司馬遷》的文化意蘊探索；〔註 22〕冉常建通過秦腔《狗兒爺涅槃》對當代小農文化的管窺；〔註 23〕劉小浩從秦腔《藏舟》中對陝西傳統文化中女性形象的揭櫫；〔註 24〕焦垣生關於秦腔現代戲《西京故事》引發的社會文化思考；〔註 25〕傅謹則通過秦腔《大樹西遷》對西部文化進行了詳細地闡釋等。〔註 26〕除此之外，還有以流冰琳、李慶明與張恒為代表的學者所關注的文化交流互動在秦腔劇目翻譯過程中的根本性價值。〔註 27〕二是秦腔中的傳統文化與傳承，其中田龍過在明清商業活動的視閾

〔註 18〕　參見姚榮傑：《鄉村振興戰略的舞臺暢想秦腔〈逐夢桃花源〉的文化內涵》，載《中國戲劇》2021 年第 10 期。

〔註 19〕　參見羊角岩：《歷史深處傳來的黃鐘之鳴——姚金成秦腔歷史劇劇本〈關西夫子〉印象》，載《戲劇文學》2021 年第 4 期。

〔註 20〕　參見劉軍華：《民間藝人的家國書寫——秦腔傳統「楊家將」劇目的文化精神特質論析》，載《陝西師範大學學報（社科版）》2020 年第 4 期。

〔註 21〕　參見韓魯華：《改革時代的夸父精神觀秦腔現代戲〈路遙的世界〉》，載《中國戲劇》2020 年第 10 期。

〔註 22〕　參見李琰：《新編秦腔歷史劇〈司馬遷〉的文化探索》，載《當代戲劇》2017 年第 5 期。

〔註 23〕　參見冉常建：《個人命運與民族命運交織而成的史詩》，載《中國戲劇》2016 年第 2 期。

〔註 24〕　參見劉小浩：《從秦腔〈藏舟〉看陝西文化視野下的女性人物》，載《當代戲劇》2015 年第 2 期。

〔註 25〕　參見焦垣生：《大型秦腔現代戲〈西京故事〉引發的社會文化思考》，載《西安交通大學學報（社科版）》2011 年第 4 期。

〔註 26〕　參見傅謹：《〈大樹西遷〉與西部的文化闡釋》，載《當代戲劇》2009 年第 5 期。

〔註 27〕　參見劉冰琳：《秦腔「走出去」之譯者認知對秦腔譯介內容制約研究》，載《外語教學》2019 年第 5 期；李慶明：《秦腔劇本翻譯之讀者意識關照》，載《外語學刊》2021 年第 4 期；《認知語言學翻譯觀視域下秦腔翻譯的多重互動性研究——以〈楊門女將〉為例》，載《外語教學》2016 年第 2 期。

下，分析了秦腔文化品格的形成；〔註28〕白少倫對秦腔文化進行了溯源，並對文化現狀給予了充分地分析；〔註29〕張西靜從文化學的角度分析了秦腔的文化價值和傳播形態，進而對秦腔文化的傳播路徑給予了思考；〔註30〕方嘉雯運用文化地理學理論對秦腔文化的起源與擴散展開了詳細地論述；〔註31〕趙東以秦腔為視角對廣義秦文化進行的再審視等。〔註32〕三是秦腔文化與其他文化的關係。其中杜倩萍在民族文化交融的視域下解讀秦腔文化的形成；〔註33〕張健從文化認同角度出發，積極探索戲曲地理在文化展演空間感知與認同方面的價值；〔註34〕蘭宇以人類文化學的視點，分析中原戲劇和西域戲劇及西亞歐洲戲劇之間的相互影響等。〔註35〕除此之外，還有以易俗社為主要研究對象的文化研究成果，如何桑《論易俗社的文化精神——從復排〈雙錦衣〉說起》《百年易俗社品牌的價值認知與當代傳承》《易俗社戲劇文化品牌的價值認知》；肖雲儒《百年易俗社的文化意義》；甄亮《易俗社文化談》等。

第五個方向，秦腔劇目。總體而言，秦腔劇目的最早研究可以追溯到1913年李桐軒撰寫的《甄別舊戲草》，該著作以劇本列舉的方式，以是否具有教化力為標準，對舊戲進行「可去」「可改」「可取」之甄別，以滿當時易俗社「移風易俗」之成立目標。新中國成立初期到改革開放前，研究多以秦腔劇目的整理與新劇的創作為主，鮮有關於傳統劇目的關注與研究。改革開放後，在關注新編劇目的發展前提下，傳統劇目的研究異軍突起，受到了更

〔註28〕參見田龍過：《明清商業活動與秦腔文化品格的形成》，載《戲曲藝術》2017年第4期。

〔註29〕參見白少倫：《研究性學習：秦腔文化溯源及現狀分析》，載《當代戲劇》2015年第3期。

〔註30〕參見張西靜：《基於文化價值論的秦腔傳播形態及傳播路徑探析》，載《新疆大學學報《社科版》》2014年第6期。

〔註31〕參見方嘉雯：《基於文化地理學視角的秦腔文化起源與擴散》，載《人文地理》2013年第3期。

〔註32〕參見趙東：《秦文化與秦文化餘續淵流——廣義上的秦文化再審視》，載《西安財經學院學報》2021年第3期

〔註33〕參見杜倩萍：《民族文化交融視域下論秦腔》，載《貴州民族研究》2018年第3期。

〔註34〕參見張健：《文化消費者對秦腔展演空間的感知與地方認同——以「易俗社」與「陝西省戲曲研究院」為例》，載《人文地理》2018年第1期。

〔註35〕參見蘭宇：《絲綢之路與中原戲劇的西向傳播——以秦腔為例》，載《西安電子科技大學學報（社科版）》2016年第3期。

多的關注。從表 1 中關鍵詞「傳統劇目」的頻次與持續年限可以看出，21 世紀初至今是傳統劇目研究的輝煌時期。通過可視化圖譜數據，秦腔劇目的具體研究內容包括以下幾點：一是劇目的源流，其中代表成果有王志直的《秦腔劇目源流初探》，作者簡單地對處在不同時期的秦腔劇目進行了回顧。二是劇目的發展，其中有對於傳統劇目的創新思考，如楊文穎在文章《秦腔〈遊龜山〉懸望》中提出，傳統劇目改編應賦予歷史之同情；還有關於新編劇目的改革建議，如冀福記《秦腔獲獎劇目的輝煌與困惑》提出新時期秦腔劇目的創作改革應在輝煌與困惑中前行；還有關於秦腔劇目的翻譯研究，有利於幫助秦腔「走出去」。三是，劇目的文學研究，其中如趙錫淮在文章《一部優秀劇目必有一個好劇本──新編秦腔歷史劇〈關西夫子〉劇本文學特色評析》中就對劇本的人物形象塑造、文學語言創作與戲劇結構構建等方面進行了詳細分析。四是劇目中文化表達的分析，這部分與上文文化研究相重合，不再贅述。

（四）「法文化」趨勢的呈現

以上 citespace 可視化圖譜與數據的詳細分析結果呈現出了未來秦腔研究領域的可能與趨勢，其中存在「法文化」研究的趨勢。首先在時間視域下進行比較，通過關鍵詞共現持續年限可以看出，文化研究與秦腔劇目這兩個熱點研究方向都更具有時代性。但是進一步以關鍵詞突現值進行比對，「文化」的突現值高居突現值排名第二位，且突現持續年限在 2000 年以後至今，而「傳統劇目」不具備突現表現，這說明文化研究方向的生命力更強，會具有更長的活躍週期。但從上文文化研究具體的文獻內容來看，關於秦腔的文化研究，大多以秦腔劇目為材料，這兩者研究方向實際上以一種傳承與更新的關係，從原來僅關注於秦腔形式層面的狹隘視角，逐漸擴展到了對於秦腔精神層面的關注。因此，關於秦腔文化的研究必將成為秦腔未來研究的主流趨勢。一則，是文化研究與劇目研究這種傳承與更新關係產生的更強學術生命力，二則這部分研究成果內容分散，缺乏主流學者，普遍學術力不強而缺乏立論，也未形成一支穩定的研究隊伍，其內部存在巨大的發展空間。而這種研究趨勢是當代學科交叉型研究範式與秦腔傳統耗散結構的必然結果，是以歷史、文學、文化以及哲學等學科，相綜合地對秦腔進行的更為深入地剖析與解讀。

　　而法文化作為文化的一個具體現象，實際上是文化系統中的一個子系統，是與法律有關的那部分文化，也必然會成為秦腔文化研究的一部分內容。在目前已有研究成果中，進行更為細緻地區分與鑒別，會發現法文化的研究已見端倪。其中主要存在兩個研究路徑：一是在法哲學研究範式內展開的關於法文化內涵的研究，旨在揭示法律文化現象中的法律精神。如 2018 年，陝西師範大學彭磊，發表於渭南師範學院學報的文章《秦腔劇〈竇娥冤〉中的「清官」情節》。該文首次明確以秦腔劇目《竇娥冤》為文本，就「清官情結」這一法文化內容展開了論述。該文在 1958 年馬健翎先生改變的秦腔劇《竇娥冤》與原本元雜劇《竇娥冤》比較的前提下，以該秦腔劇改編細節為分析對象，指出了秦腔劇《竇娥冤》中重點呈現的中國社會特有的「清官」情節與其具體表現。並提出在當代社會中，應對這一法律文化傳統持有辯證看待的態度，在建設現代化法治文明的時候，弘揚更加符合時代主題的「清官」文化。〔註36〕二是在法社會學範式內展開的，分析法文化與社會間的聯繫與互動。而這種法文化目前主要作為秦腔社會文化研究的一部分，呈現出來。如李會娥在其 2012 年發表的論文《秦腔社會文化研究述評》，該文在明確界定文化區與社會文化概念的前提下，對目前有關秦腔社會文化研究的總體進行了概括與論述，並指出該研究所存在的不足與未來巨大的空間。其中指出了一些法文化與社會的互動關係，如秦腔中所宣傳的「三綱五常」法文化精神對陝西地方秩序與人們性格的塑造價值等。〔註37〕

　　秦腔研究中這種關於法文化研究的趨勢也與秦腔自身的法律特質有關，如秦腔劇目以古代政治故事、戰爭故事為最多，公案劇與俠義劇為主，其中大多承載著法文化。像秦腔中經典劇目《鍘美案》《八件衣》《火焰駒》《忠孝圖》《春秋配》《宇宙鋒》《三滴血》《八義圖》《蝴蝶杯》《瀚墨緣》《法門寺》等，主要以法律問題為敘事主題。〔註38〕秦腔這樣的劇目傳統與價值定位，也成為其具有高於其他戲曲劇目的法律文化研究可能與傳統資源現代化空間。因此，隨著秦腔文化研究的不斷深入，法文化研究也會逐漸走向理性化，這是秦腔研

〔註36〕彭磊·秦腔劇《竇娥冤》中的「清官」情節〔J〕·渭南師範學院學報，2018（7）：97。

〔註37〕李會娥·秦腔社會文化研究述評〔J〕·西北農林科技大學學報（社科版），2012（3）：128。

〔註38〕田龍過·明清商業活動與秦腔文化品格的形成〔J〕·戲曲藝術，2017（4）：57。

究自身規律所決定的。那麼，從 citespace 軟件的可視化科學客觀分析出發，根據秦腔研究領域的自身規律進行展望，可以說，以秦腔為材料展開的文化研究是秦腔研究領域未來的主要趨勢，而其中具體以秦腔為材料的法文化研究會在這一大背景下具有迅速成長之可能。

二、法文化研究中的「戲曲」主流

秦腔法律文化概念的提出，除了秦腔研究領域客觀存在的文化研究趨勢背景，法文化研究領域內的戲曲材料主流化也是一個重要的背景。而這裡所指的法文化研究領域，主要是指更具有前沿後現代意義的「法律與文學」運動內的法文化研究。中國「法律與文學」運動出現於 90 年代美國法律與文學理論引進之時，但在此之前，法學領域內，早已存在一些零散的關於此類研究的成果，只是缺乏獨立的話語體系與統一的敘事語境。〔註39〕西方法律與文學「四分法」理論的引入，開啟了中國法律與文學的自覺序幕。「四分法」的理論內涵明確指明法律與文學由「文學中的法律」「作為文學的法律」「通過文學的法律」「有關文學的法律」四個研究方向所構成。其中法文化研究隸屬於「文學中的法律」研究方向之中。

（一）法文化研究成果的整理與計算

那麼，利用以上 citespace 軟件，單獨對「文學中的法律」研究方向進行分析，可以清晰地看到法文化研究領域內的「戲曲」材料主流化背景。按照上文提到的數據檢索策略，將 CNKI 檢索到的 108 篇「文學中的法律」文獻進行 citespace 化的數據處理，並輸入 citespace 軟件進行關鍵詞共現的運算，結果呈現如圖 3。

〔註39〕美國「法律與文學」概念體系引進之前，中國關於「法律與文學」的不自覺研究是指該理論引進前或引進初期，學者在並不知道該理論的前提下而作的相關研究。其中 1990 年賀衛方先生，在以古典中國的司法判決為材料的基礎上，提出的司法官員的文學家身份對司法文書修辭風格的影響及其中的法理問題；1991 年梁治平先生，在其專著《法意與人情》中以較多文人筆記、小品與故事為材料，展開的對於中國古代傳統法律文化的研究；1997 汪世榮先生，有關於中國古代判詞的研究，不僅涉及有關司法實踐的實判與擬判研究，同時還有關於文學作品中判詞的研究；1999 年郭建先生在其著作《中國法文化漫筆》中，以中國古代戲曲、小說、文人筆記、俗諺童謠為材料對古代民間行為規範中的文化意味與文化心理的揭示。

圖 3　文學中法律研究的關鍵詞共現圖譜

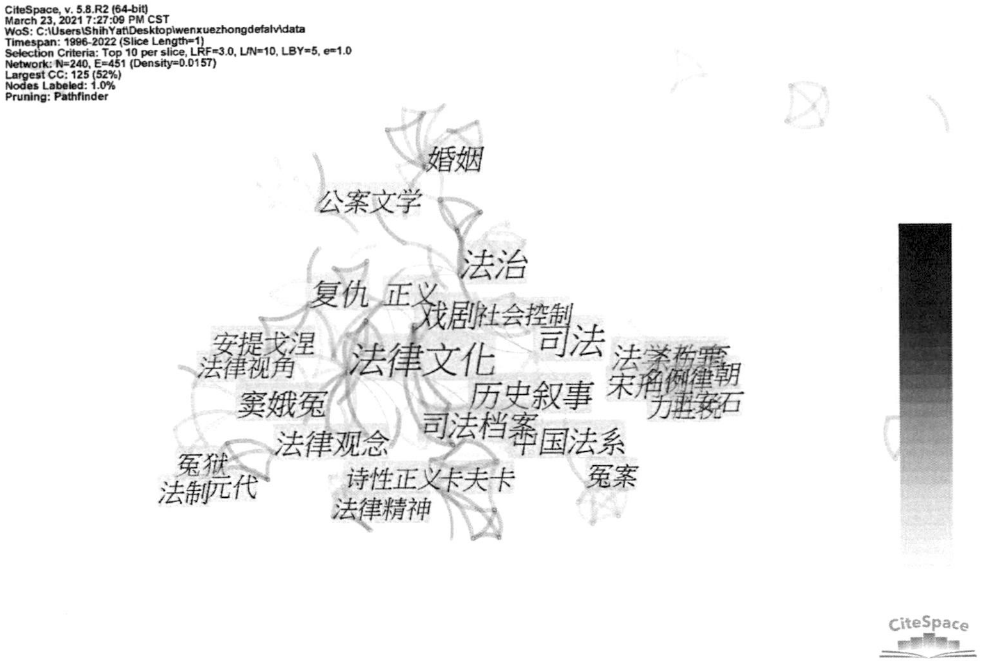
CiteSpace, v. 5.8.R2 (64-bit)
March 23, 2021 7:27:09 PM CST
WoS: C:\Users\ShihYat\Desktop\wenxuezhongdefalv\data
Timespan: 1996-2022 (Slice Length=1)
Selection Criteria: Top 10 per slice, LRF=3.0, L/N=10, LBY=5, e=1.0
Network: N=240, E=451 (Density=0.0157)
Largest CC: 125 (52%)
Nodes Labeled: 1.0%
Pruning: Pathfinder
婚姻
公案文学
法治
复仇
正义
戏剧
社会控制
司法
安提戈涅
法律视角
法律文化
历史叙事
窦娥冤
司法档案
中国法系
法律观念
冤狱
法制
元代
诗性正义
卡夫卡
法律精神
冤案
CiteSpace

表 2　文學中法律研究關鍵詞共現頻次在 2 及以上的關鍵詞

序　號	作　者	出現頻次 / 發文量（篇）	中心度	初始發文年份
1	法律文化	9	0.14	2005
2	法治	6	0.15	2005
3	復仇	6	0.04	2004
4	戲劇	6	0.05	2005
5	司法	5	0.18	1997
6	婚姻	5	0.06	2011
7	卡夫卡	5	0.03	2013
8	哈代	4	0	2010
9	正義	4	0.03	2012
10	法律視角	3	0.01	1996
11	法學教育	3	0.04	1996
12	竇娥冤	3	0.01	1996
13	公案文學	3	0.04	2004

14	冤案	2	0.04	2006
15	女性	2	0	1996
16	歷史敘事	2	0.03	2002
17	宋刑統	2	0.03	1996
18	紅樓夢	2	0	2009
19	狄更斯	2	0.04	2003
20	詩性正義	2	0	2005
21	法律異化	2	0	2013
22	清代	2	0	2015
23	安提戈涅	2	1	1996

（二）法文化研究成果的分析

如同以上 citespace 數據分析一樣，每一個節點代表一個關鍵詞，節點字體越大，代表的關鍵詞共現頻次越高，研究成果越多，為該研究領域的熱點問題，與之相對應的析出數據值詳細列舉在表 2 中。「文學中法律」研究的特點在於以一定形式的文學文本作為材料，來對其中所蘊涵的法理、法律制度、法律觀念、法律精神等問題的發掘與轉化。因此，該研究方向在可視化圖譜中呈現兩類內容：一則為文本形式，代表「文學中法律」研究的所選文本類型與形式；一則為研究主題，代表「文學中法律」研究所關注的法律主題。接下來，以此來對圖譜與相關數據進行詳細地分析。

第一，關注於圖譜中文本形式的可視化結果。從圖 3 與表 2 中可以看到，「文學中法律」研究所選取的文學文本分為西方文學作品與中國本土文學作品兩大類。與西方文學作品相關的關鍵詞，按其共現頻次從高到低依次為卡夫卡、哈代、狄更斯、安提戈涅、苔絲、莎士比亞等，其中相對應的文學形式有長篇小說與戲劇兩種，而關鍵詞頻次的高低說明我國「文學中法律」研究，更關注於西方近現代的長篇小說文本，尤其以卡夫卡作品為主要研究對象。〔註40〕與中國本土文學作品相關的關鍵詞，按其共現頻次從高到低依次為戲劇、

〔註40〕此類研究成果參見廖奕：《文學律法的倫理光照：卡夫卡〈審判〉新論》，載《外國文學研究》2015 第 02 期；劉星：《「冤案」與司法活動──從卡夫卡〈審判〉看》，載《法制與社會發展》2010 第 01 期；楊書評：《法之鏡折射生存困惑──談〈審判〉由顯而虛的主題》，載《時代文學（雙月上半月）》2008 第 01 期；劉僑：《走進法律之門──〈法律門前〉讀後》，載《華中農業大學學報（社會科學版）》2005 第 Z1 期。

竇娥冤、公案文學、紅樓夢、《詩經》、公案劇、三俠五義等，其中涵蓋了中國的兩種文學形式，即通俗敘事類文學與抒情類文學。從關鍵詞頻次高低來看，關於《詩經》等抒情類文學的法學研究成果較少，不是該研究領域的主要文學文本資料。〔註41〕而居於最高頻次的「戲劇」為研究熱點，是「文學中法律」研究的主要文本材料來源。查看該關鍵詞相關的所有文獻，其中以中國傳統戲劇，即戲曲為主要文本。再加之「竇娥冤」屬於元雜劇，公案劇屬於戲曲的一個類別，同時公案文學中包括公案戲這一類。鑒於此，關鍵詞合併後「中國傳統戲曲」為我國「文學中法律」研究的主流文學文本。

　　第二，依據「文學中法律」研究中關鍵詞共現頻次，對研究的法律主題從高到低依次排列為：「法律文化」「法治」「復仇」「司法」「正義」「冤案」「女性」「宋刑統」「詩性正義」「清代」。從共現頻次來看，「法律文化」無疑是該研究領域的主流熱點，其中涵蓋「復仇」「冤案」等具體法律文化內容。除此之外，還有關於法律史的研究熱點：「司法」「宋刑統」「清代」等。以及關於法理的「正義」「女性」「詩性正義」等主題。〔註42〕但查看詳細文獻資料發現，以西方文學為文本的相關研究偏重於對於法理的研究，其主要的研究旨趣在於從中析出西方現代化法治發展中的功過經驗與普遍規律。而中國本土文學文本，更關注於法律文化的研究，其中很多已涵蓋了法律史的研究內容。除此之外，從中心性數據出發，「司法」與「法治」的中心性最高，而「司法」實際上是法治的一個具體層面。〔註43〕從具體文獻內容來看，對於「法治」的關注主要落腳於優秀傳統法治文化的挖掘與當代法治文化的構建之上。中心性越高的關鍵詞在整個研究領域內的樞紐價值越高，具有統領的地位。而「法治」的中心性就決定了「文學中法律」研究，甚至「法律與文學」研究的核心旨趣

〔註41〕 此類研究成果參見鄭瑞平：《法律與文學——對〈詩經〉法意的解讀》，載《語文建設》2016 年第 21 期；余書涵、黃震雲：《法律語境下的漢代文學——以漢賦為例》，載《西北大學學報（哲學社會科學版）》2012 第 05 期等。

〔註42〕 此類研究參見強世功：《文學中的法律：安提戈涅、竇娥和鮑西婭——女權主義的法律視角及檢討》，載《比較法研究》1996 年第 01 期；陳璐曉：《從〈安提戈涅〉看自然法的精神》，載《江蘇廣播電視大學學報》2006 年第 04 期；何欣：《苔絲悲劇命運的法律審視》，載《外國文學研究》2012 年第 02 期；岳鵬：《西方文學作品中宗教與法律分離現象分析》，載《山西大學學報（哲學社會科學版）》2014 第 05 期等。

〔註43〕 中心度是指在網絡分析中刻畫節點中心性的最直接指標。一個節點的中心度越大就意味著與之連接的節點越多，這個節點在網絡中的重要性越強。

就在於「法治」，這也是法律文化研究居於中心地位的一種具體表現。

根據以上我國「文學中法律」研究兩類內容的分析與整合，以戲曲為材料的法文化研究熱點呈現出來，這是該研究領域自身客觀發展規律所決定的。當然這一客觀規律的主要決定因素，在於戲曲不同於小說、詩歌、話本等其他文學形式的特殊優勢。〔註44〕而隨著新法律文化史研究範式在法文化研究中的不斷構建與成熟，戲曲作為法文化研究將進一步主流化。不消說，這一主流化趨勢便是秦腔法律文化這一概念提出的一個重要客觀依據。一方面已有的研究，為秦腔法律文化研究提供了理論基礎與研究範式；另一方面秦腔作為具體的戲曲劇種，在中國傳統戲曲中的重要地位，也為這一「主流化」提供了更寬廣的空間。

三、戲曲作為「法文化」研究對象的特性

（一）戲曲文本的認識現狀

相比於秦腔研究領域內的法文化研究，法學領域內對於「戲曲」的研究更興旺，但主要呈現在「法律與文學」範式內。而就目前整個「法律與文學」學界內，關於戲曲的研究尚處於一種與其他中國傳統文學文本，尤其是小說文本相混同的自在研究狀態下，並未完全自覺地將其獨立提出並加以深入研究。法律與文學研究領域內的四大主流學者，蘇力、徐忠明、劉星、馮象，在描述中國傳統文學文本時，大都將戲曲與小說、話本、詩歌等進行統一的描述。除此之外，法律文化研究中的主流學者在進行相關研究時也存在這幾種文本混同共同使用的情況，例如郭建先生的著作《非常說法——中國戲曲小說的法文化》，以中國古代戲曲與小說為材料，從俗文化層面揭示了中國傳統法律文化的重要側面。〔註45〕但也存在一些關於戲曲文本獨立思考的「星星之火」。蘇力先生在其專著《法律與文學——以中國傳統戲劇為材料》中，在材料選取的介紹中從研究文本的廣泛性需求、「公案戲」特色與表演的大眾化等方面對戲曲材料的特殊性與優勢進行了簡單的說明。〔註46〕

目前，關於戲曲文本這樣的認識局限在於兩點：一則是由於原本「法律與

〔註44〕這一部分內容將在下一部分中做充分詳實的說明。

〔註45〕郭建：《非常說法——中國戲曲小說中的法文化》，中華書局2007年版，第1頁。

〔註46〕蘇力：《法律與文學——以中國傳統戲劇為材料》，三聯書店2017年版，第31～32頁。

文學」研究範式下，整體的混亂與衰退使很多學者都不願將其研究成果與其相關聯，而喪失「生命力」，大多關於戲曲法文化的研究成果並未被納入該研究領域內，而散落於法律與文學、法文化、法理或是法律史等幾個研究範式之內，其特殊性與獨立性無法凸顯；二則是該研究主題乃至整個法律與文學研究範式內的學者，大多數甚至可以說絕大多數是法學領域的，〔註47〕其基本從未系統的受過文學專業的系統訓練，對於不同文學文本的歷史背景、形成原因、邏輯關係與時代價值等沒有全面的瞭解，僅有關於文學的一點「愛好」，進而難以關注於其特殊性所在。而戲曲文本在法律文化研究方面的特殊性決定了戲曲中的法文化研究獨立性，需要詳實的論證與說明。

（二）戲曲文本的研究特性

文學的語言遠非僅僅用來指稱或說明什麼，它還有表現「情意」的一面，可以傳達說話者和作者的語調和態度。它不僅僅陳述和表達所要說的意思，而且要影響讀者的態度，要勸說讀者並最終改變讀者的想法。〔註48〕從中國文學史出發，由於社會經濟、政治、文化的影響，民族矛盾的影響，以及地理環境的影響，等等，不同文學文本在我國古代的地位有所不同。我國自古以來的文學文本中更強調與更強勢的是詩歌類抒情文本，敘事文本並不多見。早在商周時代就有了文字記載的詩文，到魏晉南北朝才有了初具規模的小說，白話長篇小說到宋元之際才形成，而中國戲曲形成的標誌則是宋代才出現的宋雜劇。〔註49〕而由於不同文學文本所表達的「情意」有所不同，其文化意蘊也就有所差異，詩歌類抒情文學被稱之為「雅文學」，小說與戲曲類敘事文學被稱為「俗文學」。「俗文學」作為我國法律與文學的主要文學文本，小說與戲曲成為主流

〔註47〕 法律與文學研究領域內也存在個別文學研究領域內的學者，其中最具影響力的為余宗其，但他的研究成果大多關注於涉法文學的創作、涉法文學文藝批判與涉法文學美學等純文學研究理論視閾內的問題，與法學研究方法與旨趣相去甚遠，已偏離法律與文學作為法學交叉學科的界定。此類研究參見余總其：《法律文藝學》，中國財富出版社 2014 年版；馬慧儒：《法律與文學運動研究》，四川大學 2006 年碩士論文；劉漢波：《文學法律學研究述評與理論建構》，載《重慶社會科學》2007 年第 9 期；趙勇賓：《文學與法律的對話》山東大學 2008 年碩士論文。

〔註48〕 〔美〕勒內・韋勒克，奧斯丁・沃倫：《文學理論》，劉象愚，刑培明，陳聖生等譯，江蘇教育出版社 2005 年版，第 12～13 頁。

〔註49〕 袁行霈主編：《中國文學史（第一卷）》，高等教育出版社 2014 年版，第 8～9 頁。

文學文本。單從文本類型上來看，兩者似乎不存在什麼太大的差別，但是從其產生的時間與背景、所表達的情意、在文學史上的地位以及產生的社會影響等文學視角出發，兩者存在根本性的區別，以兩者為文本所進行法律文化研究也自然會呈現出不同的結果。與小說相比，尤其是白話長篇小說，〔註50〕戲曲在法律文化研究中主要呈現如下幾點特殊性：

首先是廣泛性。廣泛性是文學史範式內的審視標準，主要指文學文本從時間與空間角度上來講對整個社會產生影響的長度與廣度，影響時間越長、廣大越大的文學文本所蘊含的歷史內容與文化基因也就越豐富真實，研究價值也就自然越高。中國古代戲曲的正式出現雖然在宋代，但那是從戲曲所特有的文學、音樂、舞美等綜合結構的完整性出發而言的，在此之前戲曲的起源與形成經歷了漫長的時期。從中國文明起源階段的祭祀腳本算起，到先秦歌舞、漢魏百戲、隋唐戲弄、再到宋代院本，在不同時期，不同的萌芽形式都在一定程度上以「戲曲」的「情意」表達能力對社會產生著影響。中國古代小說的直接源頭應是逸史，其中可被視為早期小說的為漢人傳記小說《燕丹子》，因而胡應麟稱：「燕丹子三卷，當是古今小說雜傳之祖，然漢藝文志無之。」。〔註51〕中國古代小說分為文言小說與白話小說，魏晉南北朝時期文言小說興盛，也稱作筆記小說，宋元話本則成為白話小說的成熟形態。因此，從兩者產生的時間上來看，戲曲具有比小說更為原始的「情意」表達能力與長久的社會影響力。至元代，小說與戲曲作為主要的敘事文學開始走向中國文壇的主導地位，最先興盛的是元雜劇與話本小說，接著是明代章回小說與崑曲傳奇的繁榮，清代以白話小說與地方戲曲兩種形式繼續繁榮發展。由於元代的特殊的政治原因，元雜劇實際上呈現出「一枝獨秀」的態勢，而明清商業的進一步發展所促發的社會娛樂需求要遠遠高於文人間的審美需求，同時戲曲本身所具有的主觀視覺效應，使得戲曲比小說在社會生活中更「受歡迎」，從而具有更廣的影響空間。再從更為延伸的時空視角進行考察，即小說與戲曲對於當今中國的社會影響力。由於技術的飛速發展，信息化時代到來，「快速」「視覺」「娛樂」成為人們對文學的審美標準，文學的範圍也擴展到電影、短視頻甚至遊戲的新興形式中。在這種新時代的文學審美標準具有一種強大的解構力，傳統的閱讀形式已

〔註50〕主要與白話長篇小說做對比主要是因為目前為止，法律與文學研究的古代小說文本主要是《水滸傳》、《紅樓夢》、《西遊記》與《金瓶梅》等白話長篇小說。

〔註51〕〔明〕胡應麟：《四部正偽》，北京書局1929年版，第61頁。

經逐漸被視覺化與碎片化，這使得古代小說的閱讀，尤其是經典的長篇小說幾乎「無人問津」，從中獲取的法治資源缺少一種「社會共情」，尤其在基層的治理中發揮的價值有限。戲曲雖受到近代新文化運動的重構影響，被話劇所衝擊，而後被電影與電視逐漸所取代，但是戲曲由於其本身的「地方性」「娛樂性」與「視覺性」，雖不再成為當代文學的主流形式，但一方面戲曲在各地方基層人民的生活中「生命力」依然旺盛，成為老百姓的一種普遍的娛樂方式；另一方面當代戲曲的保護與改良，使其社會影響力不斷擴大，很多小說也在借著戲曲的形式得以傳播。然而法文化研究的最終落腳點在於「實踐」，尤其是社會基層的法治實踐。戲曲這種特有的基層影響力將成為法律文化研究的一把利劍。

　　其次是民間性。民間性是從文學演進的視角來對文學文本的文化意蘊與歷史價值的考察。從文化哲學層面來講，文化是一種結構的存在，它具有雙重性，既有感性經驗欲望的層面的俗文化，又有超感性心靈層面的雅文化，前者是上層知識分子階層的文化，也叫作精英文化，後者是下層民眾的文化，也叫作民間文化。〔註52〕雅俗文化間存在相互聯繫，相互作用、與相互轉化，其中俗文化為一個民族文化的深厚功力與原始生機所在，每當雅文化發展到僵化、教條時，俗文化就會以自己特有的原始生命力給雅文化以衝擊、洗禮，是指更新、煥發青春，而雅文化會以理性的審美趣味來正確的引導俗文化的健康發展。文學作為一種文化形式，雅俗之間的互動，使其得以不斷地補充與更新，保持著強大的生命力。小說與戲曲雖然被共同稱之為「俗文學」，但在兩者之間依然存在「俗」的程度上差異。從俗文化的概念來看，定位俗與雅的標準在於其所面向的主體，越能夠表達廣大民眾「情意」的文學文本其越是「俗不可耐」，越具有民間性。從文學的民間傳播性來看，小說最初是因為它作為民間傳說的「筆記」而具有民間性，而後的發展也先是以「話本」的形式而展開，逐漸隨著市民經濟的發展、印刷業的發達與教育的相對普及而傳播於民間。戲曲由於其自身的直接視覺呈現效果與簡明輕鬆的娛樂性，從最早的祭祀腳本逐漸演變為宮廷帝王娛樂，而後至漢代成為民間娛樂後，一直延續至今。除此外，中國古代自漢代起出現的民間演出場所與民間藝人使戲曲有了更為廣泛的民間傳播基礎，其中戲曲的成熟形態在宋代的出現也是由於宋代民間的勾欄瓦舍的繁榮。對於文學的受眾群體而言，大多數甚至是絕大多數的古代民

〔註52〕劉進田：《文化哲學導論》，法律出版社1999年版，第300～314頁。

眾，由於文化程度、娛樂時間與審美能力的限制，不可能翻開書本去仔細閱讀與思考，就算是在當今中國社會幾乎沒有文盲的環境下，你也很難看到普通老百姓具有高尚閱讀的旨趣。因此，即使在古代小說異常發達的明清時期，其內容也主要靠「說話」與戲曲的形式的得以在人民大眾中傳播開來，另外讀書是一件非常個人化的事情，與中國傳統的農業文明下的「眾」文化也存在矛盾。而相比之下戲曲的直觀性很強，簡單易懂，其中最明顯的就是人物的臉譜化，這更容易被下層人民所接受與喜愛。再加上戲曲的演出面向於群體，能夠增強人民群眾的凝聚力，使我國傳統社會下以血緣為紐帶的關係更加密切與和諧，同時促進經濟的繁榮。因此，在中國歷史上，無論是農村的祠堂戲樓、神廟戲樓還是城市的會館戲樓都會定期舉辦演出。〔註53〕從文學的創作主體來看，古代士人是中國古代的知識分子階層，是中國古代文學作品的主要貢獻者。其中士人分為士大夫與士庶民兩大類，士大夫是雅文化的締造者，是當官或有聲望的讀書人，其文學的核心價值在於「載道」。而士庶民則是沒有取得官職或沒有地位的讀書人，是俗文學的主要創造者。〔註54〕其中有一部分稱為才人，是指與戲曲藝人關係密切且沒有聲望的社會中下層讀書人，大多依靠書會以寫戲曲劇本為生。〔註55〕因此，才人創作的文學作品只有在迎合人民大眾的審美與準確表達其「情意」的基礎上才能獲得成功。元代雜劇的異軍突起，就是在科舉取消後社會才人的大量出現，他們在結合民眾喜好與自我「苦悶」宣洩的需求下，揭露了社會的黑暗。

最後是相關性，是指文學文本的具體內容與法律的相關性。如上文關於民間性的分析可以得知，戲曲比小說更具有民間性，更為通俗。這裡的通俗指向了文學主題的兩層內涵：一是主題結構。戲曲文學的創作不是讓觀眾變成讀者，是需要通過演員的演出讓其瞭解劇本中的劇情與人物的命運，它受到演出時間、表演空間與觀眾接受力的限制，人物數量要少且形象鮮明，故事情節簡單且是非分明。因此，衝突表現力較強的法律問題成為戲曲的重要主題，往往在一個戲曲劇本內只表現一個法律問題。戲曲最早關於法律問題的關注應該是隋唐年間出現的「參軍戲」，雖然還不完全具備戲曲的所有組成要素，但是已具有腳色、扮演與故事。參軍是中國古代的官職名稱，而該戲主要表達了貪

〔註53〕田龍過：《明清商業活動與秦腔文化品格的形成》，載《戲曲藝術》2017年第4期，第54頁。
〔註54〕劉澤華：《先秦士人與社會》，天津人民出版社2004年版，第92～101頁。
〔註55〕錢南揚：《戲文概論》，上海古籍出版社1981年版，第217頁。

官污吏的主題。小說的創作要比戲曲自由的多，沒有時空甚至特定接受群體的限制，因此主題呈現多元化，尤其是中國明清時期成熟的白話小說，大多為章回體，篇幅極長，其中人物多，劇情複雜，其中雖含有法律主題，但很難提煉出一般意義的法律問題，例如《紅樓夢》這樣的一部如同無比龐大駁雜的生活本身一樣的小說，法律問題只是其中的個很小的片段。〔註56〕二是主題內容，由於主題結構的不同選擇，小說與戲曲所關注的主題內容也有所不同，戲曲主要關注以下六大主題，分別為：忠孝節義、清正廉明、忍辱負重、冤假錯案、見義勇為，其中的每一個主題都直接與法律相關聯，且幾乎涵蓋了法律問題的每一個側面，相互之間也有所關聯，甚至能夠形成一個獨立的法律研究體系，有利於法學理論的構建與創新。而小說的主題很難用幾個關鍵性的詞語來概括，涉及面非常廣泛，在中國文學史上較為興旺的主題就有志怪志人小說、傳奇小說、公案小說、人情小說等。

第二節　學術回顧與現狀分析

一、戲曲中的法文化研究成果

　　目前，以戲曲為研究對象的法文化研究專著較少，主題明確的最早有蘇力先生 2017 年出版的《法律與文學——以中國傳統戲劇為材料》一書，這是唯一一部明確打上「法律與文學」標籤的以戲曲為對象的法文化研究成果，該著作中蘇力先生在回顧「法律與文學」以往研究的基礎上，以中國古代幾個典型且通俗的戲曲劇目為材料，嘗試抽象中國古代法律現象背後的一些法律理性邏輯，有關於思想的、制度的、文化的還有方法的，這都是嘗試從戲曲具有的「個人」視角對於中國古代法律的一種重新解讀，只是更偏重於現代法理價值的視角。除此之外，有關於戲曲為對象的法文化著作，都是與小說中的法文化研究相混同的。其中研究成果最多的徐忠明先生，他也是「法律與文學」新法律文化史語境解讀的提出者，主要相關著作有 2000 年出版的《法律與文學之間》、2006 年出版的《案件、故事與明清時期的司法文化》、2007 年出版的《眾聲喧嘩：明清法律文化的複調敘事》，他的專著實際上有一個法律文化史向新法律文化史過渡的研究邏輯。還有郭建先生的《非常說法——中國戲曲小說中

〔註56〕李鵬飛：《古代小說主題的接受、傳承及其研究》，載《北京大學學報（社科版）》2011 年第 3 期，第 101 頁。

的法文化》一書，書中明確指出以中國古代戲曲與小說為材料對中國古代「民眾」法律文化側面的呈現，但他本身並未從事自覺地法律與文學研究。而劉星先生雖然是法律與文化的領軍者之一，但他僅在《古律尋義──中國法律文化漫筆》的專著中對戲曲材料有所涉獵。〔註57〕而梁治平先生作為資深的法文化研究學者，也在其著作《尋求自然秩序中的和諧──中國傳統法律文化研究》中，關注到了戲曲的法文化研究價值。〔註58〕

　　除了專著外，關於戲曲中法文化研究的相關論文情況就顯得興旺的多。為了能客觀的全面地呈現目前戲曲中法文化研究的整體情況，依然以 CNKI 數據庫為材料來源，利用 citespace5.8 軟件進行已有文獻的整理與運算。由於大多戲曲中法文化研究的文獻，不在法律與文學研究的領域內，其文獻關鍵詞中並不出現「法律與文學」，因此應採取更為廣泛的檢索策略。在對已有專著與文獻閱讀與研究的前提下，根據其主要主題制定以下檢索策略，在 CNKI 數據庫中進行檢索：即「主題＝法律與文學」＋「主題＝戲劇×法律／司法／判詞／法律文化」＋「戲曲×法律／司法／判詞／法律文化」＋「主題＝元雜劇×法律／司法／判詞／法律文化」＋「竇娥冤×法律／司法／判詞／法律文化」＋「包公戲×法律／司法／判詞／法律文化」＋「公案戲×法律／司法／判詞／法律文化」，時間不加限制，勾選同義詞擴展。〔註59〕同時在每一個主題檢索結果中，將有關戲曲中法文化研究的文獻全部導出，並剔除重複文獻，總共獲得 1988 年～2021 年相關文獻 120 篇。下面就在結合相關專著與可視化運算結果的情況下，對戲曲中法文化研究的具體情況進行詳細地分析。

二、戲曲中的法文化研究現狀

（一）戲曲中的法文化研究關鍵詞共現圖譜

　　將以上檢索與整理獲得的數據以 citespace 的運算數據形式導入，以「關鍵詞」作為節點類型，可獲得關於這 120 篇研究文獻的關鍵詞共現圖譜（如圖4）與相關數據（如表3）。

〔註57〕劉星先生通過《竇娥冤》、包公戲、狄公戲等中國傳統戲曲劇目，揭示中國古代民間存在的鬼神信仰「文化場」，以及這種文化場對於法律效力的價值。

〔註58〕梁治平先生通過對西方戲劇《麥克白斯》與中國傳統戲曲《伐子都》中善惡報應觀的對比，指出兩種道德觀與道德意識的不同狀態。

〔註59〕CNKI 數據庫高級檢索支持使用運算符，輸入運算符×表示「與」、＋表示「或」、──表示「非」。

圖 4　戲曲中的法文化研究關鍵詞共現圖譜

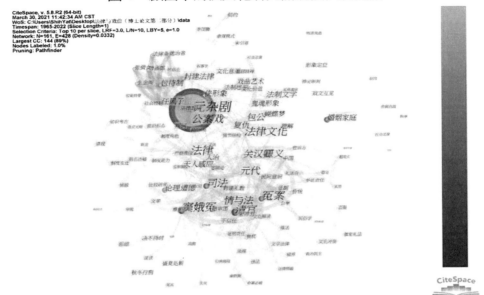

表 3　戲曲中的法文化研究關鍵詞共現頻次在 2 及以上的關鍵詞

序　號	作　者	出現頻次／發文量（篇）	中心度	初始發文年份
1	元雜劇	40	0.62	1990
2	司法	19	0.16	2000
3	竇娥冤	19	0.26	1996
4	法律	16	0.25	1996
5	冤案	14	0.2	1996
6	公案戲	13	0.13	2006
7	元代	13	0.16	1996
8	法律文化	12	0.16	1991
9	婚姻家庭	11	0.11	2005
10	清官	11	0.21	1998
11	正義	10	0.13	2005
12	包公	10	0.06	2010
13	情與法	6	0.1	2001
14	關漢卿	6	0.07	2002
15	倫理道德	5	0.03	2001

16	復仇	4	0.02	2004
17	俠形象	3	0	2010
18	鬼魂形象	3	0.01	1993
19	法理	2	0	2014
20	判詞	2	0	2010
21	人治	2	0.01	2001
22	證據	2	0.02	1996
23	神靈審判	2	0.01	2014

　　圖 4 戲曲中的法文化研究關鍵詞共現圖譜中，共顯示關鍵詞節點 161 個，節點間連線 428，整體網絡密度 0.0332，證明這些研究成果的關聯性與系統性強，已具有一定的獨立研究體系。其中節點的圓圈圖形越大其所代表的關鍵出現頻次越高，相關研究成果越多，是該研究領域的研究熱點，具體根據表 3 的具體數據我們可以得出，戲曲中的法文化研究領域內，目前主要關注於「元雜劇」「司法」「冤案」「公案戲」「元代」「清官」「婚姻家庭」「正義」「情與法」「復仇」「俠形象」「鬼魂形象」與「神靈審判」等主題。表 3 中顯示的中心度，表示該節點在整個網絡中的重要性，數值在 0.1 以上的關鍵詞是重要節點，起到對不同文獻間的連接作用，是可以概括多個節點的核心關鍵詞，通過中心度這一數據，可以進一步提煉出以戲曲為對象的法文化核心研究熱點。其中以中心度從大到小排列依次為：「元雜劇」「清官」「冤案」「司法」「元代」「公案戲」「正義」「婚姻家庭」「情與法」。實際上，以戲曲與法律文化理論進行梳理，會發現這些分散的熱點間存在一定的邏輯關係，並可以進行抽象與系統化，以展現該研究領域內的主題層次、理論邏輯與研究方法等。

（二）戲曲中的法文化研究圖譜分析

　　首先從戲曲理論出發，對以戲曲為對象的法文化研究所選取的材料進行分析。戲曲是中國特有的藝術形式，其劇種繁多，不同的劇種有著不同文化蘊涵，因此以戲曲為對象的法文化研究中就存在劇種選擇的可能。〔註60〕中國傳

〔註60〕中國戲曲的大的分布主要存在南北之分，北方與南方戲曲音樂與戲曲活動差異明顯。縱觀整個戲曲發展史，一直都有南北之爭，此消彼長之勢。中國成熟形態的戲曲，在宋代就已經出現了。而此時流行的是當時興起於溫州，風行於江南的南曲戲文，之後稱霸全國的則是北曲雜劇，元雜劇成為中國戲曲史上的里程碑。而後發展至明代，南曲戲文在此興旺起來，最終發展成為全國獨秀的崑曲，開啟了一個新的時代——傳奇時代。隨後來自北方的秦腔作為代表，

統戲曲的劇種存在時間分布與空間分布兩種形態，前一種分布形態早於後一種分布形態，且被後一種形態所替代。當下我國戲曲只存在空間分布形態，全國各地區的戲曲劇種約三百六十多種，傳統劇目數以萬計，是法律文化研究的巨大寶庫，具有很大的研究潛力與研究空間。

　　中國戲曲的形成發展過程實際上是一個一個劇種更替的過程，由最早先秦的「俳優」萌芽形態到漢代「百戲」與唐代「參軍戲」的形成階段，再到宋代「南戲」的發展期，直至元代雜劇的出現，中國戲曲進入成熟階段，此後元雜劇首先由明初期的崑曲所取代，到中期後出現了以秦腔為首，被稱為「花部」的各地聲腔，與崑曲為主流的「雅部」形成了「花雅爭霸」的態勢，最終形成了具有綜合性的京劇與各地地方戲曲共同存在與發展的空間分布現狀。而目前以戲曲為對象的法文化研究所追尋的更多的是前一種時間分布形態。從以上關鍵詞共現圖譜中可以看到，元雜劇是以戲曲為對象的法文化的主要研究材料來源。〔註61〕其研究成果占整個研究成果的 84%，其中公案戲是主要研究對象，主要熱點包括元代最著名的劇目《寶娥冤》與包公戲。〔註62〕因此，元代法律文化自然成為其研究的主要問題。〔註63〕崑曲是位居第二的材料「供給者」，但研究成果僅為 5 篇，且全部以劇目《十五貫》為研究對象。〔註64〕

戰勝崑曲，取得戲曲界的霸主地位。具體內容詳見傅謹專著《中國戲劇史》；胡兆量《中國戲曲地理特徵》載《經濟地理》2000 年第 1 期；鄧翔雲《論崑曲的傳播和古典戲曲的分布》載《藝術百家》2000 年第 3 期等。

〔註61〕根據目前已有的研究成果進行分析，以元雜劇為載體所進行的法律文化研究，其核心主題在於對元代法律文化的考察。具體而言，存在三個大的方面：一是關於清官與清官文化的研究，例如高益榮文章《「法意雖遠，人情可推」——元雜劇公案劇中清官形象的文化透視》；二是司法者藝術形象的研究，例如么書儀文章《從元代的吏員出職制度看元人雜劇中「吏」的形象》；三是探討古代法制與當代法治之間的關係，例如蘇力文章《傳統司法中的「人治」模式——從元雜劇中透視》。

〔註62〕公案戲是指與案件、審案有關的雜劇，後因其他劇種中也有關於案件或是審案有關的劇目，因此其範圍也延伸至其他劇種。包公戲作為公案戲的一種，與其相同前期主要存在於雜劇之中，而後擴展至各個劇種之中，其中以京劇包公戲最為典型。

〔註63〕由於包公戲本身所描述的是宋代的故事，因此也有以其為研究材料對宋代法律文化進行研究的成果，參見吳鈞：《被「包公戲」遮蔽的宋朝司法制度》，載《人民週刊》2016 年第 19 期；秦瀟：《透過「包公戲」看宋代司法文明》，載《公民與法》2021 年第 6 期。

〔註64〕此研究成果參加郭建：《十五貫》，載《法律與生活》2010 年第 17 期；潘志勇：《崑曲〈十五貫〉的中國司法傳統解讀——以當代刑事司法改革為視角》，載

由於崑曲本身一直延續至今，其劇目《十五貫》也存在不同朝代的劇情演變問題，屬於現代定性的傳統劇。因此，崑曲為對象的法文化研究並沒有明確的朝代，而是對中國古代法文化的整體性思考。除此外，還有關於京劇、秦腔與越劇的研究，但是數量極為稀少，但同時存在對明代法律文化與中國古代整體法律文化的研究。〔註65〕在關鍵詞共現圖譜的進一步運算下，得出了關鍵詞共現時間線視圖（如圖 5）。從該圖中可以看到，關於地方戲曲的法律文化研究屬於新興研究內容，是一種未來的研究趨勢，這也是以秦腔為對象的法文化研究現實性的一種表現，而在後面的具體研究中，戲曲本身創作的朝代、表達的朝代以及改編的朝代等應得到詳細地界分後，再來關注於其中的法律文化意蘊才更為準確。

圖5　戲曲中的法文化研究關鍵詞共現時間線視圖

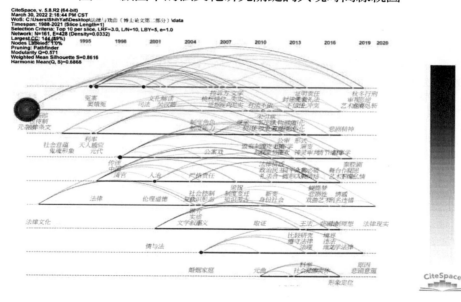

《中共南京市委黨校學報》2014 年第 2 期；李偉：《戲曲作品中的傳統證據文化探析——以崑曲〈十五貫〉為例》，載《牡丹江大學學報》2017 年第 8 期；賈耀凱：《崑曲〈十五貫〉中的司法制度與司法文化研究》，蘇州大學 2019 年碩士論文。

〔註65〕此研究成果參見邱志強：《文學文本中的法律隱喻——對〈梁山伯與祝英臺〉文本變遷的解讀》，載《作家》2008 年第 10 期；李靚：《京劇〈四進士〉表演中蘊含的傳統法律文化》，載《中國藝術空間》2018 年第 6 期；彭磊：《秦腔劇〈竇娥冤〉中的「清官」情結》，載《渭南師範學院學報》2018 年第 14 期。而蘇力先生在其著作《法律與文學——以中國傳統戲劇為材料》中，除了依然關注於以元雜劇為核心材料，但也開始涉及到一些經典的秦腔劇目，如《三滴血》。

　　其次是在法律文化哲學的理論視閾內，對以戲曲為對象的法文化研究主題進行抽象與梳理。美國當代文化學家克魯克洪指出：「文化除了具有內容之外還具有組織結構，這絕非談妄說玄。」〔註66〕法律文化作為文化的一種，也具有相關要素與組織結構，並且這種「結構關係」決定了法律文化的功能與作用。對於法律文化的任一要素，只有在該要素與其他要素的整體關係框架內，才能充分展示它的內涵。即「每一種文化都是關係的複合體，都是既有序且相關的部分的多重體。」〔註67〕而法律文化有兩大結構：一是法律文化深層結構，具有決定性作用，其中包括法律心理、法律意識、法律思想體系；二是法律文化的表層結構，指與法律意識形態相適應的法律規法律制度、法律組織機構以及法律設施的總和。這兩大法律文化結構之間構成一個整體，並且相互之間發生影響與作用，推動者法律文化的發展與演化。那麼，關於法律文化的整全研究應包括深層結構、表層結構以及兩者內部及相互之間的邏輯關係與互動機制的三方面內容。從以上提煉出的戲曲法文化研究的核心熱點來看，涉及法律文化結構要素的熱點主題主要有：「清官」「冤案」「司法」「正義」「婚姻家庭」「情與法」。其中涉及法律文化深層次結構研究的熱點為「清官」與「正義」。「清官」在相關文獻中，其研究的主要內容為清官情結、清官意識以及清官崇拜等，這些大部分是通過戲曲，尤其是包公戲或者公案戲對於民眾法律心理與法律意識的探究，其中以徐忠明先生為主要代表。〔註68〕「正義」在相關文獻中所呈現出的主要內容為實體正義、意外正義、詩性正義、程序正義與倫理正義等，主要關注於中國傳統戲曲中所蘊涵的具有共性的法律思想體系，偏向於法理方面的研究，其中以蘇力先生

〔註66〕　〔美〕克魯克洪‧文化與個人〔M〕‧高佳，譯‧杭州：浙江人民出版社，1987：12。

〔註67〕　〔美〕克魯克洪‧文化與個人〔M〕‧高佳，譯‧杭州：浙江人民出版社，1987：11。

〔註68〕　此類研究參見徐忠明：《包公故事——一個考察中國法律文化的視角》，中國政法大學2002年博士論文、《中國傳統法律文化視野中的清官司法》，載《中山大學學報（社科版）》1998年第3期；丁國強：《包公崇拜與法律信仰——讀〈包公故事：一個考察中國法律文化的視角〉》，載《博覽群書》2004年第02期；楊慧：《包公崇拜與清官司法——讀〈包公故事：一個考察中國法律文化的視角〉》，載《群文天地》2011年第22期；邱紅旗，孫永興：《清官文化的本質是法制文化——以元雜劇中的包公為例》，載《法制與社會》2017年第22期；張兆勇，劉麗麗：《包公戲中維法與違法情節漫述》，載《淮北職業技術學院學報》2016第01期等。

為主要代表。〔註69〕涉及法律文化表層結構研究的熱點為：「司法」與「婚姻家庭」等。對應關鍵詞相關文獻進行研覈，關於「司法」的研究主要關注於戲曲中所呈現的古代司法制度、司法程序、司法模式、司法者、司法腐敗等傳統法律制度層面的研究。〔註70〕而「婚姻家庭」主要關注於戲曲中所呈現的婚姻締結、婚姻解除、休妻制度、婚禮程序、婚俗等有關於婚姻的國家法律制度與社會法律制度，偶有關於家庭倫理的一些深層結構思考。〔註71〕而「冤案」與「情與法」主要是關於法律文化深層與表層結構的互動研究。關於「冤案」，一是通過對於冤案造成原因的剖析，呈現傳統法律制度層面的真實狀（主要是司法制度層面）、存在的問題以及對於民間社會生活所造成的影響，二是通過對於平反冤案的解析，呈現民間法律意識（主要是清官意識）對於法律制度的反作用力與最終效果。〔註72〕「情與法」分別作為民間法律

〔註69〕此類研究參見蘇力：《中國傳統戲劇與正義觀之塑造》，載《法學》2005年第9期；樂爽：《追尋心中的正義，竇娥冤的法文化解讀》，載《法學天地》2002年第04期；黨國華：《元雜劇〈竇娥冤的法理解讀──中國古代民眾超現實的實質正義觀簡論〉》，載《內蒙古民族大學學報（社科版）》2005年第2期；趙然：《從〈竇娥冤〉看程序正義的重要性》，載《現代商貿工業》2010年第19期；溫榮：《作為意外正義的王法之治》，載《金華職業技術學院學報》2014第04期；王連鵬：《由〈竇娥冤〉悲劇論法律公平正義的實現》，載《短篇小說（原創版）》2016第08期；王紅梅，牛軍利：《從傳統戲曲談司法正義的實現》，載《法制博覽》2019第02期等。

〔註70〕此類研究並未形成主流學者，具體參見趙曉寰：《元雜劇科舉戲婚姻家庭關係中所涉及法律問題考察》，載《上海師範大學學報（社科版）》2014年第04期；周國琴：《元雜劇中的婚俗概況、婚禮程序、婚禮形式述略》，載《蘭臺世界》2014年第35期；毛媛媛：《元雜劇中元人「休妻」淺談》，載《青年文學家》2015第27期；韓義盟：《從元雜劇看元代婚姻》，載《湖北職業技術學院學報》2016第02期等。

〔註71〕此類研究並未形成主流學者，具體參見秦瀟：《透過「包公戲」看宋代司法文明》，載《公民與法（綜合版）》2021年第06期；王麗娟：《從司法制度視角審視〈竇娥冤〉》，載《芒種》2018年第12期；韓澈：《從〈竇娥冤〉說司法腐敗》，載《雜文選刊》2000第12期；陳建華：《論元雜劇中的司法者》，載《戲曲藝術》2006第03期；陳宗峰：《〈竇娥冤〉中的司法模式與司法理念》，2009年蘇州大學碩士論文；賈耀凱：《崑曲〈十五貫〉中的司法制度與司法文化研究》，蘇州大學2019年碩士論文等。

〔註72〕此類研究並未形成主流學者，具體參見易延友：《冤獄是怎樣煉成的──從〈竇娥冤〉中的舉證責任談起》，載《政法論壇》2006年第04期；鄧建鵬：《也論冤案是如何產生的──對〈錯斬崔寧〉、〈竇娥冤〉的再解析》，載《法學評論》2010年第05期；劉婭：《中國古代刑事冤案發生原因探析──以古代戲劇〈十五貫〉為中心的考察》載《南海法學》2018年第05期；杜國潤：

意思與國家法律制度的中國傳統形式，關於它的研究也是對這種法律文化互動現象的呈現。〔註73〕除此之外，結合圖4與表3的相關數據，可以看到除了「冤案」與「情與法」這兩個持續性中心熱點外，又出現了「復仇」「俠形象」「鬼魂形象」「神明審判」等新興熱點主題，它們所表達的都是對於「冤案」無法平反或「情與法」衝突無法調和時，民間意識作用下私力救濟方式對於法律制度的另類「推動」。〔註74〕因此，以戲曲為對象的法文化研究熱點實際上是以「冤案」為核心主題，而展開的關於法律文化結構的整全研究，這是在把握戲曲自身民間性特點基礎上，而具有的真實性與科學性。但法律文化結構本身的複雜性，並未在現有研究成果中完全得到體現，僅有關於民間法律意識與法律制度間的深層與表層結構的互動思考，深層機構內部、表層結構內部，各要素之間的詳細互動情況、以及互動模式等並未受到關注，而這些才是最終決定法律文化內涵、作用與功能的關鍵。再有，從研究主題的類型上來講，以戲曲為對象的法文化研究以「冤案」為核心，研究偏重於刑法與司法方面的問題，但婚姻家庭研究也是其熱點。除此外，「契約」「身份」「科舉」等其他法律問題也逐漸成為關注的熱點。〔註75〕

最後是關於以戲曲為對象的法文化研究，已有研究成果中所體現的研究方法的考察。戲曲為對象的法文化研究是在「法律與文學」研究的範式內進行的，但以戲曲為對象的法文化尚處於一種「自在」向「自覺」過渡的研究過程

《以我國傳統訴訟制度為視角再看竇娥冤案》，載《公民與法（法學版）》2014年第02期等。

〔註73〕此類研究並未形成主流學者，具體參見潘利豔：《元雜劇包公戲中的情法取捨》，河南大學2010年碩士論文；何鵬：《「遵守法律」與「法律權威」——從兩部戲劇看中西法律文化的差異》，載《天中學刊》2014年第05期；王柘：《淺議〈竇娥冤〉中法理與情理的衝突》，載《芒種》2017年第6期；呂丹：《關漢卿公案劇的司法理念》，天津師範大學2018年碩士論文；王昊《論元雜劇與法律文化》，載《安徽教育學院學報》2001第04期等。

〔註74〕此類研究參見：陳建華《復仇原則與倫理正義——元雜劇〈蝴蝶夢〉法律意蘊探析》，載《社會科學論壇（學術研究卷）》2008年第07期；李豔《論清明戲曲中的城隍形象》，載《四川戲劇》2014年第04期；胡淑芳：《論元雜劇的復仇精神》，載《湖北大學學報（社科版）》2004年第05期；周書恒：《元雜劇中的俠形象研究》，山西師範大學2013年碩士論文等。

〔註75〕此類研究參見：丁芳：《論元雜劇中的契約》，載《中華戲曲》2011年第01期；潘麗豔《從元雜劇〈合同文字〉看元代若干民事問題》，載《文教資料》2009年第35期；王威：《身份社會、倫理法律與「輕程序」的邏輯推理——以戲劇〈蘇三起解〉為例》，載《重慶科技學院學報（社科版）》2011年第04期等。

中。從以上關於以戲曲為對象的法文化研究主題的分析中，也可以看到，現有成果更多從新法律文化史理論中展開，往往從「民間」視角出發，不再糾結歷史的真實性，在為「民間」法律事實探尋合理解釋的同時，揭示歷史進程中法律文化和社會的內在運作機制。雖不成熟，但已見成效。而在這個大的研究範式下，還有一些基於戲曲本身特殊性的研究方法值得關注。一是比較研究法，目前以戲曲為對象的法文化研究中，主要針對中西法律文化進行比較，但是這種比較太過宏觀與不切實際。〔註 76〕不同戲曲間的時間更替性決定了以某一單個劇本或劇種為對象難以形成關於中國法律文化的整體結論，與西方法律文化比較就會出現偏差。因此，應將比較法先應用於以不同劇目或劇種為對象的法律文化研究，析出各自的法律文化殊相，抽象出共同的共相更有價值，在此基礎上再與西方法律文化進行「點對點」的對比更為準確。二是交叉學科研究方法，主要是利用戲曲理論對於法學研究的擴展。戲曲在法律中所產生的價值與影響在於其所創造的藝術空間，應該借助於戲曲本身綜合性，從文本、音樂、臉譜、腳色、舞蹈以及服裝等各方面來挖掘其法律文化意蘊，而不是單純依賴於文本。這方面已有一些零星的思考，但有待進一步擴展。〔註 77〕而作為主要材料的文本目前已經開始在「故事」以外尋找資源，主要體現在對於戲曲文本中判詞的關注上。〔註 78〕三是案例分析法。一般戲曲中所展現的都是一個完整的故事，這也構成了一個完整的案例。因此，案例分析成為以戲曲為對象的法文化研究的主要方法，但其中有兩種具體形式，一種是「切入法」，一種是「分析法」。「切入法」是將戲曲作為佐證材料，在論證觀點時發揮詮釋作用的。此類方法以蘇力先生的研究為主要代表，存在於大部分研究成果中，成為該研究的主要方法。劉晗曾指出，在很大程度上，中國戲劇僅僅是「蘇力式的」

〔註 76〕此類研究參見：強世功《文學中的法律：安提戈涅、竇娥和鮑西婭——女權主義的法律視角及檢討》，載《比較法學研究》1996 年第 01 期；何鵬：《「遵守法律」與「法律權威」——從兩部戲劇看中西法律文化的差異》，載《中天學刊》2014 年第 5 期；俞娟《元雜劇包公戲與古希臘》，福建師範大學 2012 年碩士論文；宋元菁《論〈威尼斯商人〉及〈竇娥冤〉的法律主題》，上海外國語大學 2011 年碩士論文等。

〔註 77〕蘇力先生在其論文《中國戲劇於正義觀之塑造》中指出，要關注戲曲文本敘事以外的上場詩、開場白、角色、臉譜、腳色等具有戲曲藝術空間塑造價值的元素對於法律的意義。

〔註 78〕此類研究參見：李麗萍《論元雜劇公案戲中「判詞」的文化形態及史學價值》，載《中國文化研究》2012 年第 02 期；李麗平元雜劇的判詞研究》，河北師範大學 2010 年碩士論文。

法律社會科學理論的若干注腳而已。〔註 79〕這種研究方法並未對戲曲本身給予充分的尊重於利用，一方面在劇目選取上隨意凌亂，一方面並未真正發掘劇目中的法律文化意涵。「分析法」則是將戲曲看作研究材料，從中析出涉及法律的相關問題，並對這些問題進行研究與闡發。這一研究方法主要呈現在徐忠明先生 2000 年以後的研究成果之中，尤其在以小說為材料的研究中較為發達，以戲曲為對象的法文化研究中為數不多。〔註 80〕「分析法」作為能夠充分挖掘戲曲中優秀傳統法律資源的方法在研究中應得到深化與發展。

在對已有戲曲中的法文化研究科學計量運算的前提下，依據戲曲理論、法律文化理論與方法論對分析結果進行梳理與抽象總結可以得知，戲曲中的法文化研究不僅形成了關於「冤案」的刑法與司法研究主題，以及新興的民法、經濟法、行政法等研究主題，還在研究過程中逐漸形成了符合戲曲本身特殊性的研究方法。最關鍵的在於戲曲中的法文化研究本身已經出現了對於地方的關注。這些都為秦腔法律文化研究奠定了現實基礎。而從已有研究成果中抽象出地研究範式、進路與模式等，為秦腔法律文化研究的獨立性提供了理論基礎，成為秦腔法律文化研究提出的現實性表現。

三、從戲曲中的法文化到秦腔法律文化

目前「法律與文學」研究領域內，逐漸將「新法律文化史」研究視角引入其中。這種新的歷史研究視角，側重於具有民間性的「個人」歷史，而非王侯將相的官方「群體」歷史，從對歷史變化的理性抽象的分層的、單因果解釋轉向相互聯繫的多因果的解釋。找出那些不太容易被發現的潛在歷史事件，揭示他與歷史明顯的大事件之間的相互關係。那麼，這樣的研究旨趣就要求法文化在研究中，要選取更為「經驗」「微觀」「特殊」甚至「非主流」的材料，以挖掘「潛在的法律事件」。在文學文本的史學研究「非主流」方向定位下，戲曲的廣泛性決定了其豐富「經驗」的可能性，民間性決定了其「微觀」的必然性，而相關性決定了其「特殊」的現實性。而戲曲本身的綜合藝術性，也決定了法文化更為廣闊的發展空間，例如戲曲服飾中的法文化、戲曲音樂中的法文化以及臉譜中的法律文化問題等。因此，在新法律文化史研究視角的作用下，戲曲中的法文化研究，應逐漸擺脫僅僅依賴戲曲文學的現狀，向戲曲法律文化這一

〔註 79〕劉晗・超越「法律與文學」〔J〕・讀書，2006（12）：140。
〔註 80〕徐忠明，溫榮・中國的「法律與文學」研究述評〔J〕・中山大學學報（社科版），
　　　　2010（6）：167。

更為寬廣的研究範式之中。除了關注於戲曲中的文學敘事，更應關注於戲曲中的藝術敘事，實現從更為經驗與微觀，甚至多元的層面來解讀戲曲本身所表達的法文化內涵，而不是將其僅僅作為法文化研究的注腳。而秦腔法律文化這一概念，就是在這種背景邏輯下所提出的，這也注定了秦腔法律文化不同於秦腔中的法文化研究，更關注於秦腔本身的法文化基因、表現與內涵等，更趨近於揭示法文化的民間場景與法文化的哲學形態。

那麼，利用科學圖譜分析方法，對秦腔研究、法學研究、法律與戲曲研究所進行的客觀抽象與分析。主要從研究背景與研究現狀的兩個層面，呈現了其中存在的秦腔法律文化研究的可能性、必然性與現實性。這些充分說明了秦腔法律文化研究這一全新領域存在的理論與現實基礎，證明了提出該研究領域的正確性與準確性。並在抽象原有研究成果不足的前提下，進一步明確了秦腔法律文化具有進步性的研究方向與研究範式。但是，面對學界可能提出的種種問題，則需要在這種理性正名之後，對這一研究領域進行更為深入、細緻與全面的詮釋與闡發。而首先應對秦腔法律文化的一般理論展開論述，從而形成對於該研究領域的整體性把握。這種把握一方面有利於從宏觀視角上，廓清秦腔法律文化研究的整體圖景，突出該研究的獨立性與獨特性；另一方面有利於以後研究能夠有邏輯、有層面地展開，形成理性與宏大的研究成果體系。而這些一般理論中，包括秦腔法律文化的本體論、價值論、方法論與社會論等，具體而言包括秦腔法律文化的含義、秦腔法律文化的敘事文本、秦腔法律文化的類型、秦腔法律文化的發展階段、秦腔法律文化的內涵、秦腔法律文化的社會功能等。這些問題的剖析，將為以後秦腔法律文化的具體研究，奠定重要的理論基礎，也將成為以後秦腔法律文化研究的指南。同時，這也是本書的主要內容與核心寫作目的。

第一章　秦腔法律文化的界定與闡發

　　秦腔法律文化的概念決定著該研究的方向、對象、內容以及範圍等，只有對概念有了準確地界定才能獲得有價值的研究成果。秦腔法律文化作為戲曲中的法文化，更準確地說，作為戲曲法律文化研究的一個方向，應在戲曲中的法文化已有研究成果與戲曲法律文化應然態勢的總結之上來進行，一方面延續戲曲中的法文化研究邏輯，另一方面進入戲曲法律文化研究範式之內。這需要從戲曲理論與法律文化理論兩個方面，展開對秦腔法律文化的概念界定。所謂秦腔法律文化，簡單的來概括，就是以秦腔為材料而展開的法律文化研究。那麼，根據戲曲中的法文化分析邏輯，這個概念裏涉及兩個方面的含義要素。其一是關於秦腔這一材料的定位，秦腔是源於「秦地」的一種文化藝術，由於「秦地」的歷史沿革，它與現在的「秦」並不是同一個概念，不代表同一個地方。〔註1〕再加之秦腔本身的傳播歷史，受到不同被傳播地的影響而產生了具有不同內涵的秦腔文化，這些決定了秦腔本身也存在著不同時空與不同地域的文化表達，這就要求在研究開始之前要有準確的材料認識，不可張冠李戴。

　　從戲曲中的法文化研究已有成果出發，由於研究學者絕大多數為法學專業出身，沒有經過戲曲或是文學的系統性專業訓練。因而欠缺對於戲曲理論的關照，一方面在很多材料的選取上和得出的結論上，都存在「誤差」或是「錯

〔註1〕秦地的範圍最早是隨著秦族的遷移與政權發展而變化的，早期秦族活動在隴右地區，今甘肅天水一帶。建國後逐漸遷入關中，先秦時期的秦國就包括今天四川、甘肅、河南部分地區。元代時正式設有陝西行省，明代時陝西行省包括今陝西全境、甘肅嘉峪關以東各地、寧夏、青海湖以東以及伊克昭盟的大部分地區。清代康熙年陝、甘兩省分治，青海與寧夏歸甘肅省屬，此時的陝西行省才初具今天陝西省的雛形。

誤」。其研究成果也遭到了質疑，其中以文學界為主要代表。陳建華先生在其
發表的論文《一次失敗的跨學科研究——從蘇力的〈竇娥的悲劇〉說開去》中
明確指出：「蘇力教授的《竇娥的悲劇——傳統司法中的證據問題》一文存在
著兩處明顯的硬傷：一是不明白版本變遷錯把後人改動的劇本當作關漢卿所
作，造成了失實；二是由於不能正確把握元雜劇的藝術特質，對劇目情節進行
了過渡的文本細讀以至於過分泥實，混淆了文學作品與史料的界線。」〔註2〕
另一方面並沒有發揮戲曲本身所具有的多元法律文化價值，造成珍貴「原料」
的大量浪費。為了使秦腔法律文化研究免於受到戲曲中的法文化研究缺陷的
掣肘，得到一個「正確」的秦腔法律文化概念，就有必要在秦腔法律文化研究
前，對於秦腔做一個本體論的考察，選取準確的材料。

其二是關於法律文化的定位。由於秦腔自身的時空特性，這裡的法律文化
研究不同於以往對於中國整體的法律文化研究，它有特有的地域與特有的朝
代，這個需要在對秦腔的本體詮釋下來確定。除此之外，法律文化的涵義應從
哪個層面來確定，決定著秦腔法律文化最終的研究結果與價值。由於戲曲中的
法文化本身「民間性」蘊涵、秦腔自身的特性以及法文化的理性層面需求，按
照戲曲中的法文化含義詮釋邏輯與缺陷，從法律文化哲學層面出發，從戲曲法
律文化的研究邏輯對秦腔法律文化涵義的詮釋，才更為清晰與準確。

第一節　秦腔的界定

秦腔是中國戲曲藝術中歷史最悠久的劇種之一，它早在先秦時期就有了
最早的雛形，但是作為戲曲本身，他也是在經歷了一個漫長的孕育期後，才最
終在明代得以「分娩」。清康熙四十四年（1705 年），陝西涇陽人張鼎望在《秦
腔論》中寫道：秦腔「形成於秦，精進於漢，昌明於唐，完整於元，成熟於明，
廣播於清，幾經衍變，蔚為大觀。」〔註3〕這一悠久性既決定了秦腔作為法文
化研究材料的巨大空間，又表明了其複雜性所可能帶來的巨大挑戰。實際上，
任何研究的開始都應以材料的整理為開端，對於秦腔中法律文化的研究也應
以作為材料的秦腔整理為起始點，但是不同於以往關於秦腔藝術的研究，此處

〔註2〕陳建華·一次失敗的跨學科研究——從蘇力的《竇娥的悲劇》說開去〔J〕·社
　　　會科學評論，2008（3）：13。
〔註3〕王正強·中國秦腔藝術百科全書：上卷〔M〕·西安：太白文藝出版社，2017：
　　　406。

的整理更多的是從法律視角展開，以便於後面關於具體秦腔法律文化分析的
準確進行。具體而言，對於秦腔本體的詮釋主要通過秦腔與中國戲曲、秦腔源
流與發展兩個方面展開，從時間與空間、整體與部分的兩大分析系統出發，對
秦腔的法文化材料特性進行全面真實地呈現。

一、秦腔與中國戲曲

（一）中國戲曲發展中的秦腔

　　秦腔是中國戲曲的一個劇種，也是中國戲曲發展史上的一個過程，是首先
作為中國戲曲的一個部分存在的。它的發展受到中國戲曲本身發展的滋養，也
在自身發展中反哺於中國戲曲發展整體。因此，秦腔法律文化也同樣是戲曲法
律文化研究的一個部分，這其中也包含著不同時期劇種的不同時代法律內涵
的價值區分。那麼，戲曲中的秦腔視角有助於界定秦腔法律文化在戲曲法律文
化中的地位與價值。中國戲曲的產生、發展與演進經歷了一個漫長的過程，它
的起源較早，但是形成較晚，最終在中國廣袤的土地上，形成了地方化的多樣
表達方式。中國歷史上曾經出現過三百多種劇種，至今仍有二百個左右的劇種
流傳在全國各地，這些劇種的存在說明了中國戲曲的豐富性與多元性，秦腔就
是其中之一。

　　戲曲的最寬泛涵義在於綜合性表演，即唱歌與跳舞相間，且具有具體故事
與情感內容的表演方式融合在其中。以此寬泛的戲曲涵義為視角，中國戲曲的
正式形成雖然較晚，但是它的源流則可以追溯到上古時期。在那個充滿神話與
傳說的年代，祭祀作為人們群體生活的主要組成部分，由掌握權力的巫覡來承
擔，主要是以載歌載舞的方式來呈現。通常人們會在有節奏的打擊樂聲中，裝
扮成各式動物的樣子，跳著特定的舞蹈，並且具有特定的「劇情」，其中萌發
了最早的戲曲雛形。例如屈原《楚辭》裏的《九歌》與《九章》，實際上就是
當時楚國國家大型祭祀歌舞的唱詞部分。後來隨著國家的建立，理性政權逐漸
取代原始信仰，祭祀首先從國家層面開始萎縮。到了春秋戰國時期，娛樂神仙
的祭祀歌舞表演逐漸成為娛樂帝王的歌舞，巫覡也從權力的掌控著逐漸蛻變
為「倡優」，而民間依然保留著祭祀的各種傳統，例如今天保留下來的「儺戲」
「地戲」等，就是這種民間戲曲的雛形。

　　從春秋戰國到漢代，一方面從國家到地方，都保留了一部分出於祭祀為目
的「雛形戲曲」演出；另一方面隨著大一統政權的建立，經濟與社會的全面發

展，出於娛樂為目的的「雛形戲曲」開始從宮廷走向民間。那個時候，除了祭祀、慶典與年節禮儀等非娛樂表演外，漢代宮廷會在上林平樂宮等場所，舉辦面向普通老百姓的大型娛樂演出，促生了民間娛樂職業化進程。也就是從這個時候，戲曲中心開始了逐漸向民間轉移，最終成為民間藝術的表達。除此外，南北娛樂交融與西域歌舞技藝的流入，形成了漢代的「百戲」局面，這一局面在魏晉南北朝時期繼續盛行。從以競技為主的「角抵」到表達生活故事的歌舞「踏謠娘」，這些都為中國戲曲的形成奠定了重要的基礎。

進入隋唐時期，中國戲曲進入了形成階段，文學藝術在此時的繁榮，給予了戲曲發展更多的養料，決定了戲曲以後的獨立形態。唐朝專設的梨園教坊，為戲曲提供了大量的表達故事的歌舞劇目與高水平藝人，而原有「百戲」基礎上發展演進出的隋唐「參軍戲」，在以問答為主要形式的表演中，已經具有了戲曲腳色、扮演、故事等所需元素。此時「戲曲雛形」表現為以歌舞為主與以對白為主的兩種表演形式，而兩種形式的最終融合就標誌著戲曲的最終形成。到了宋金時期，規模較大的都市基本上形成，都市內部繁榮的經濟與文化使大規模的娛樂業產生——勾欄瓦舍的出現。各種形式的演出在裏面上演，以謀生為目的而產生的強大競爭力使藝術水平不斷提高的同時，相互之間的借鑒與融合成為了可能。加之，宋代為了進一步推動經濟的發展，取消了宵禁，使得演出市場異常發達，也進一步使戲曲加速走向成熟。在此基礎上形成了「宋雜劇」「金院本」與講唱形式的「諸宮調」，這些都是成熟的戲曲形式的前期表現。

13 世紀，元朝建立，在蒙古人政權的高壓統治下，一方面迫於生計「逼良為娼」的現象大量出現，為戲曲演出提供了大量的藝人，另一方面「科舉」的取消，迫使大量手無縛雞之力的文人，不得已以從事劇本創作來謀生。而雜劇在民間的普遍性，成為兩者共同從事的事業。文人們無法從政的「悲憤」成為元雜劇走向輝煌的主要原因，知識分子不在寄情於詩歌，而是從民間視角出發，將自身對於朝廷的不滿以民眾可以理解的方式進行表達。在文人、藝人與民眾的合力下，元雜劇無論從理論還是社會實踐層面都取得了巨大的成功，戲曲整體也在這種情形下走向藝術的成熟與完善。元雜劇不僅是當時的歷史條件下一種成熟的高級戲曲形態，還是最富於時代特色，最具有藝術獨創性的文學，因此也被視為一代文學的主流。除此外，戲曲的法律主題傳統在此時得以清晰顯現，並在此後得以延續發展。其中元雜劇中存在的公案劇一類，清晰呈現了元雜劇以法律為主題的特點，其中關漢卿的《竇娥冤》更是以冤案的法律

主題，成就了那個時代戲曲的輝煌。〔註4〕

　　明清時期，戲曲從成熟走向繁榮，秦腔的成熟形態在此時出現，並對後面戲曲的產生與發展起到了決定性作用，尤其是對梆子腔劇種具有決定性地位，並對京劇的形成，產生過十分重要的作用。明代早期，廣為流傳的是在宋元南戲基礎上發展起來崑曲，不同於元代文人的地位，明代知識分子不用再以「討好」民眾的方式為生，崑曲的創作更多地以文人趣味為主，而此時文人也已脫離「苦海」，更多的甚至成為了掌握國家政權的統治階級，「悲憤」的情緒也大大消減，因而更關注於兒女情長的故事。而從法律層面來看，這種變化應該是法律主題的轉向，應該是從重刑事主題向多元法律主題的轉向。〔註5〕但是崑曲經過明中期的輝煌後，其劇本開始趨近於「重案頭，輕演出」的純文學表達，給藝人的演出與民眾的理解帶來了巨大困難。明末清初，從民間原有戲曲藝術萌芽的形態中逐漸發展出符合各地老百姓趣味的地方戲，其中西北地區秦腔的出現，是中國戲曲藝術發展的另一個重要環節。明代，秦腔成為一個獨立而成熟的劇種，很快便以「梆子」的名義在全國各地傳播開來，帶領著地方戲曲對主流崑曲形成了強有力的挑戰，也成就了中國戲曲領域多聲腔並存的格局。隨著秦腔影響的增強與地方聲腔的不斷湧現，京劇隨後誕生於其中，並迅速成為最受歡迎的劇種之一。

　　進入近代，戲曲主要進入了改良期。辛亥革命後，為了進一步使革命的成果能夠在老百姓心裏扎下根，鑒於當時社會文化水平的低下，「文盲」現象的普遍化，戲曲的「教化」價值在這一時期被充分利用。全國各地以「移風易俗」為口號，以建社改戲為主要方式，對中國傳統戲曲進行了轟轟烈烈的改良。其中至今還存在的西安易俗社，就是1912年由同盟會會員所建立的，在近代戲曲改良中時間最長、影響最大、創作最豐富、留下最多經典劇目的團體之一。〔註6〕而此時，易俗社中具有「東方莎翁」稱號的劇作家范紫東先生，更是擅長於通過法律主題的劇目創作，來使民眾自覺鞭打社會醜惡與弘揚先進價值

〔註4〕元雜劇的題材十分廣泛，主要涉及政治、軍事、法律、愛情、神仙道化等領域，其中刑法問題是其法律題材中的核心主題。

〔註5〕崑曲的劇目雖多為兒女情長的表達，這些表達中更多涉及到的是民事問題、經濟問題、婚姻問題以及家庭問題等刑法以外的法律主題，表現出了一種多元化的轉向，但刑事問題依然是其關注的一個核心主題，其中最出名的代表作品是朱素臣的《雙熊夢》，也就是後來名滿天下的公案戲《十五貫》。

〔註6〕劉磊，敬曉慶·從「移風易俗」看西安易俗社的品牌傳播〔J〕·當代傳播，2012（2）：98。

觀。稍後時期在陝甘寧邊區成立的民眾劇團，亦以一些老百姓深惡痛絕的法律不公正主題，創作了優秀秦腔劇目《血淚仇》《中國魂》《窮人恨》等，為抗日戰爭與解放戰爭的勝利打下了堅實的群眾基礎。新中國成立後，戲曲步入了輝煌發展期，湧現出一大批優秀的劇目，其中也存在大量優秀的法律劇目。到今天為止，戲曲經過不同時代的洗禮，積累了深厚的歷史蘊涵，秦腔作為戲曲發展的一部分，不僅在整個戲曲發展中起著承上啟下的作用，也在戲曲歷史承載的過程中起到繼承與延續的價值，包括其中法律文化蘊含的歷史承載。因此，對於秦腔法律文化的研究也應在戲曲法律文化的整體研究中去探尋。

（二）全國流播中的秦腔

中國戲曲中的秦腔實質上是從時間角度出發，對於秦腔與中國戲曲關係的一種解讀路徑，而從以上戲曲整體的發展過程中可以看到，戲曲內部還存在空間解讀的可能。從空間分布來看，秦腔作為中國戲曲的一個部分，主要是指秦腔是一種地方劇種，代表特定地方的戲曲藝術，具有自己的地域性與獨特性。〔註7〕但是這種認識只是一種對秦腔空間認識的切割，是不完整的。秦腔雖然發源於秦地，但是在其發展過程中曾經流播至全國各地，對整個中國社會都產生過深遠的影響。而最終在其精神扎根於全國過後，又重新以地方劇種「存活」至現在。因此，以秦腔為材料的法文化研究，也應根據這種不同時期的空間布局來詳細解讀。

首先從地方劇種角度出發，秦腔產生於中國西北地區，由於古時這一帶被稱之為「秦地」，秦腔因地而得名，民間俗稱「大戲」。秦腔是中國最古老的戲劇之一，也是中國戲曲四大聲腔中最古老、最豐富與最龐大的聲腔體系。由於秦腔演出主要以棗木梆子敲擊來進行伴奏，秦腔也被稱之為「梆子腔」，俗稱「桄桄腔」「亂彈」。清人李調元在《雨村曲話》中云：「俗傳錢氏綴百裘外集，有秦腔。始於陝西，以梆為板，月琴應之，亦有緊、慢，俗呼梆子腔，蜀謂之亂彈。」〔註8〕秦腔是板腔體戲曲的鼻祖，形成後傳播於全國各地，對其他後

〔註7〕這種以秦腔為材料形成的法文化研究屬於一種地域性法文化研究的觀點，是法學領域的主流觀點。實際上，這種理解產生於對秦腔歷史的不瞭解。大多數法學學者對於秦腔是陌生的，當然也有一些熱愛秦腔的法學學者，但是他們大多喜愛的也只是秦腔的藝術形式，對於秦腔的歷史是不太深入研究的。因此，大多數學者是以秦腔在當代的空間布局為依據來瞭解秦腔法律文化的。

〔註8〕〔清〕李調元·劇話〔M〕// 中國戲曲研究院·中國古典戲曲論著集成：第8卷·北京：中國戲劇出版社，1959：47。

來形成的地方劇種產生了重要的影響。秦腔根植於西部熱土，蘊含了秦地、秦人的文化特性，不同於其他劇種而具有豪放、昂揚、樸實、粗獷以及生活氣息濃厚的實用主義品性。秦腔作為一種地方文化，其演出中的語言均為陝西關中方言，而唱腔主要有「苦音」與「歡音」兩種聲腔體系構成，使秦腔形成了區別於其他戲曲的高亢激昂、語音生硬與語氣結實等風格，而這些風格中都蘊含著豐富的地方法律文化，有待下一步的發掘、整體與歸納。

　　秦腔至今仍在西北的陝西、甘肅、青海、寧夏、新疆五個省區流傳，但由於各地地理、語言、習俗等的不同存在，各地秦腔也各自具有各自的特點，相互之間存在較大差異，其中陝西秦腔與甘肅秦腔是秦腔的兩大主流，而在陝西，秦腔是具有統治地位的一種文化。〔註9〕陝西的秦腔主要盛行於關中、商洛、漢中等地，流行區域西抵隴州、東至潼關、北達榆林、南不過寧強。但陝西境內的秦腔，也因為各地語言、語音的不同而演變形成了四路，分別為流行於關中東府同州（今大荔）地區的東路秦腔，稱為「同州梆子」；流行於中府西安地區的中路秦腔，稱為「西安亂彈」；流行於西府鳳翔地區的西路秦腔，稱為「西府秦腔」；流行於漢中地區的南路秦腔，稱為「漢調桄桄」。這其中關中作為明代成熟秦腔的形成地，中路秦腔一直發展較為突出。尤其在民國戲曲改良中，中路秦腔得到了絕對性的發展，流行於全省，甚至全國，而此時其他幾路秦腔逐漸萎縮。而後中路秦腔成為陝西秦腔的主流，這也是狹義的秦腔概念。而現如今，一提及「秦腔」，若不加限定詞，一般所指即為關中秦腔。因此，不同時空內的秦腔具有不同的具體含義，其劇目所蘊含的法文化內容與地域範圍也有所不同。而鑒於以往戲曲中的法文化研究，在戲曲劇目選擇上的混亂現象，在進行秦腔法律文化研究時，應根據秦腔自身的時空特性來進行劇種與劇目的選擇。

　　其次，從秦腔在全國流播歷史來看，自元代戲曲整體成熟之時，秦腔就開始以「秦聲」的形態開始了在全國的流播，從開始的藝術原因，到後來的政治原因、經濟原因與戰爭原因，秦腔在明末清初展開了向全國的極速擴展。向周邊流播至晉、魯、豫等地，對其梆子腔系產生影響；向北方流播至京、津、冀，促進並推動北方梆子聲腔劇種的形成與發展，向南方流播至江南地區，對蘇、浙、皖、贛等地的南方戲曲產生了重要影響，甚至流播至內蒙古與西藏，至今

〔註9〕李會娥·秦腔社會文化研究評述〔J〕·西北農林科技大學學報（社科版），2012（3）：127。

流行。鑒於此,秦腔也被稱為梆子腔的鼻祖。而秦腔這種全國流播的空間布局也使其超越了地域性的界限,有了不同於其他劇種的「國劇」意義與可能。因此,對於秦腔法律文化的研究,可以從西北地域出發或是以此為一個部分,但是前提在於要結合秦腔發展的時間線索。而對於傳統秦腔法律文化的研究,絕不能忽視秦腔在歷史中這種全國流播現象。

二、秦腔的淵源與發展

(一)秦腔的「秦風」與「秦聲」時期

秦腔的完全誕生年代,從整個戲曲發展史來看是在明末之際,這時的秦腔已經具備了成熟的戲曲形態。與此同時,由於秦腔在全國演出市場中,所擁有巨大影響力與傳播力,秦腔逐漸得到了主流文化的關注,開始從江湖走向廟堂。[註10] 但是,在此之前秦腔如同中國戲曲本身一樣,經歷了一個漫長的孕育與分娩過程,也可以說一部秦腔的發展史相當於一部中國戲曲發展史,它們在時間與空間上存在著重合。[註11] 秦腔與中國戲曲都發源於秦地,但秦腔更專注地承載著西北秦地文化的優良傳統,是陝西戲曲的主流劇種,它從孕育、形成到成熟具體經歷了三個階段,分別為:秦風時期、秦聲時期與秦腔時期。

上古時期,作為戲曲主要元素的「樂舞」,伴隨著祭祀的出現也在陝西民間出現,並且在實踐中開始了「擊石拊石」等伴奏活動,相關古籍中記載的遠古時期葛天氏部族的「八闋」歌舞、伊耆氏部族時期的「蠟辭」樂舞、黃帝時期的「彈歌」,都是這種秦腔雛形的代表。而通過考古挖掘出土的許多西北地區內的文物,也證明了上古時期陝西樂舞的存在,其中龍山文化遺址出土的陶鍾、仰韶文化遺址出土的陶哨以及秦安大地灣遺址中發現的,關於樂舞的地畫等也成為了有力的佐證。西周在陝西的灃鎬建都以後,周成王建「禮樂」制度,促進了陝西樂舞進一步發展。在官方層面有一套系統的樂舞體系與豐富的樂

[註10] 從上面關於秦腔研究的述評中可以看到,秦腔的歷史沿革是秦腔研究中的一個核心主題,其中存在爭議。一部分學者認為秦腔的出現在明末之際,另一部分學者則認為秦腔早在上古時期就已經出現。而目前戲曲學界達成一致意見,認可前一種結論。但實際上,本人寓目秦腔的研究成果時發現,學者們實際上更多的願意從第二種結論來對秦腔進行研究。本人認為,為了充分發揮秦腔作為法文化研究材料的需求,應從最長時間的範疇內去處理秦腔資料,以便發掘更多的法文化資源與法文化在足夠長的時間內的規律。

[註11] 王正強·中國秦腔藝術百科全書:上卷〔M〕·西安:太白文藝出版社,2017:1。

舞劇目，其中歌頌武王伐紂的《大武》聚樂、舞、詩為一體的表演，已經是一部完整的戲曲演出了，其中所包含的戲曲因素為西北地區戲曲藝術的形成奠定了基礎。民間層面也存在大量的樂舞劇目與演出，其中當時陝西各地秦人普遍以秦樂與秦聲對《詩經》中的「秦風」「豳風」「召南」與「周南」等的歌唱，也是秦腔的起源。

先秦至魏晉六朝是「秦音」時期。秦穆公在原來西周樂舞基礎上，進行了繼承與發展，形成了具有更強地域性與標識性的「秦聲」，「秦聲」實際上成為了秦國的「國樂」。秦統一後，以「秦聲」治國，使其成為全國性的「國樂」。而至漢代，政權統一，社會繁榮，「百戲雜陳」，「百戲」中的各種演出技藝被「秦聲」所吸納，這些技藝也賦予了「秦聲」許多實體性的表演內容。而戲曲史上的「角抵戲」與「歌舞戲」也是這一時期秦腔的原始形態，一開始由「樂」向「戲」發展。進入唐宋時期，梨園事業的繁榮、宗教藝人「唱」的出現、勾欄瓦舍的流行等力量的推動，「秦聲」開始由民歌向戲曲發展，「秦聲戲曲」出現。《中國戲曲志‧陝西卷》中記載了「蘇軾與秦腔」的傳說，相傳秦腔的梆子正為蘇軾在鳳翔上任期間用竹子所創，證明此時「秦腔」開始時向「秦腔」的過渡。元代雜劇的出現，標誌著中國戲曲的成熟，推動了整個戲曲事業的進一步發展，西安當時作為陝西四川中書省及奉元路的政治、經濟、文化中心，戲曲發展異常繁盛，官府與民間除了原有秦聲戲曲的表演外，還出現了秦聲演雜劇。在此過程中，雜劇本身成熟的舞臺藝術給秦聲戲曲提供了不少的資源與養分，推動了秦聲戲曲向秦腔這一成熟完備形態的發展。〔註12〕

（二）秦腔的「秦腔」時期

明代前期，秦聲戲曲在吸收雜劇表演藝術的先進因素的基礎上，成熟的秦腔形態已嶄露頭角。以歷史故事、神話故事等為主要題材的秦腔大本戲在這個時候已經出現。明中期至後期，隨著資本主義萌芽的出現與秦商活動的活躍，秦腔也進入了繁榮期，不僅自身的藝術有了更為精進的發展，表現出戲曲的成熟與規範形態，同時開始迅速向中國其他各地開始擴展。秦腔最早見於文字記載的，是萬曆年間浙江文人所撰的抄本《缽中蓮》，其中出現直接用「西秦二犯」的腔調進行演出的一段唱詞，「秦腔」這一稱謂正式出現。

清代是秦腔的鼎盛時期，從清初到清中期的二百多年裏，逐漸形成了以崑

〔註12〕閻敏學‧西安戲曲文化〔M〕‧西安：陝西人民美術出版社，2012：76。

曲為代表，表達上層精英階層審美標準的「雅部」與以秦腔為代表，表達民間大眾階層審美標準的「花部」之間的爭鬥，史稱「花雅之爭」。在這場爭鬥，作為「花部」盟主的秦腔名聲大噪，掀起了全國的「秦腔熱」。乾隆年間，秦腔表演大師進京後的精彩表演，轟動了北京九城，使秦腔成為了當時北京劇壇的盟主，取得了「花雅之爭」的勝利。而秦腔進一步得到了傳播，在傳播中，大多與當地民間藝術結合，形成了當地的地方新劇種。此後，秦腔流行於全國的地位，也逐漸被這些新興的地方劇種所取代。至清末，秦腔又變成流行於西北一帶的地方劇種。與此同時，陝西本土的秦腔也取得了輝煌的成績，以西安為秦腔事業的重心，不僅出現了眾多的優秀藝人與演出班社，還出現了許多優秀的劇目。同治、光緒年間，陝西當地的秦腔又迎來一次高峰期，逐漸形成東、南、西、中四路秦腔，四路秦腔的形成既標誌著秦腔在陝西的繁榮，也說明相互之間的交融與吸收，是推動秦腔進一步發展的動力。

　　中華民國成立後，秦腔在整體戲曲改良的大背景下也進行了「與時俱進」的改革與革新，其中易俗社的成立開闢了「現代秦腔」的新紀元。易俗社明確提出「補助社會教育，移風易俗」的辦社宗旨，將戲曲教育、人才培養、劇本創作與戲曲演出融為一體，高舉「科學」與「民主」兩面大旗，為實現革除人民群眾思想意識中的封建傳統與各種陳規陋習而努力。在易俗社影響下，陝西掀起了編演新戲、改良舊戲、建立新班社、改革舊體制的風潮，使古老的秦腔走進了現代化進程。抗日戰爭時期，秦腔在「保家衛國、同仇敵愾」的主題指引下繼續進行改革，除了易俗社編寫的劇目外，陝西各地的秦腔班社也紛紛創作愛國主義題材的劇目，其中陝甘寧邊區民眾劇團編演的《血淚仇》是秦腔進一步向群眾靠攏的具體表現，發揮了秦腔獨特的歷史價值。

　　新中國成立後，秦腔事業雖遭受了「文化大革命」的嚴重摧殘，但在國家政府的支持下很快得到了復興，傳統劇目得以重新上演，大量失去的秦腔技藝得以找回，秦腔逐漸振興。但是隨著改革開放到來，西方文化、港臺文化等不斷湧入，大量新型時尚藝術形式出現在中國人的生活中，「古老」的秦腔逐漸被年輕人所淘汰。因此，秦腔要想進行更好地傳承和發展必須積極創新，必須面向市場，滿足觀眾的喜好和需求等，同時也要立足於秦腔本身，充分發揮自身的特點。在秦腔戲曲的內容上、表演形式上進行現代化的創新，充分運用現代化的科技設備，吸取其他戲劇劇種的優勢，對自身進行不斷創新。〔註13〕除

〔註13〕田藝超·秦腔戲曲藝術的發展與創新研究〔J〕·名家名作，2021（10）：111。

此之，還可以從理論層面，充分發掘秦腔本身的各種蘊含與價值，「另闢蹊徑」的促進秦腔的再次繁榮，而秦腔法律文化的研究，就為秦腔開闢了前往法學的「蹊徑」，也許會有意外的收穫。

第二節　秦腔法律文化的涵義

秦腔法律文化是法律文化的一種具體表現，是一種領域文化，是採用秦腔學科的資料、理論或成果，來加深和拓展對法文化的理解與挖掘。因此，對於秦腔法律文化的理解，離不開對一般法文化概念的把握。法文化，即法律文化還是一個在認識上很不一致的概念。各國學者都曾提出過關於其的各種不同界定。〔註14〕而作為「法律與文學」研究的一個內容，秦腔法律文化的概念，更應以新法律文化史範式內的法律文化概念為基礎。只有對這一範式下的法律文化有了準確地定位，才能獲得秦腔法律文化的確切概念與研究方向。

一、秦腔法律文化的基本定位

新法律文化史是在新文化史的理論基礎上進一步提出的，是一個較新的概念，還未形成自己的理論體系，其主要概念、理論以及方法主要依託於新文化史。新文化史是在史學研究受到後現代主義影響下，針對計量史學研究的形式主義缺陷所提出的，它是一種新的歷史書寫方式，它是「以人為本」的人文主義精神的書寫，關注於民間的「個人」歷史，而不是宏大的帝國敘事，使史學從圍繞人的環境轉變到直接對於環境中人的關注，是一種轉向全面文化學的歷史研究旨趣。羅格・夏特爾簡潔地概括這種轉向為：「從社會角度的文化史向文化角度的社會史轉向。」〔註15〕

這種文化學轉變是一種向文化哲學的轉向，不只是對於文化的表層顯現進行剖析與研究，應是關於文化「形而上」的更深層次思考。正如恩斯特・卡

〔註14〕目前關於法律文化的概念存在大體三種：第一種是將法律文化等同於法律意識，其中代表學者有美國法學家勞倫斯・費里德曼；第二種把法律文化看作是法律意識中非意識形態部分，是一種人們在長時間積累下傳承下來的一些法律經驗或智慧等，代表學者有我國法學學者孫國華；第三種是把法律文化定義為法律現象和過程中的總和，是指有關法律意識、法律規範、法律設施、法律技術等一系列法律理論、實踐及其成果的總稱，代表學者有我國法學學者胡浩民。

〔註15〕楊豫，李霞，舒小昀：《新文化史學的興起──與劍橋大學彼得・伯克教授座談側記》，載《史學理論研究》2000年第1期，第146頁。

西爾所言：「生命，就它自己而言是變化不定的，但生命的真正價值將在一個不容許變動的永恆秩序中找到。」〔註16〕新文化史的旨趣就是對於這種「永恆秩序」的追求，他更多需要從文化自身的規律出發去尋找「個人」歷史、群體「潛在事件」以及這兩者之間如何互動影響的過程，以呈現「人」的歷史與人類的「符號」。那麼，以秦腔作為歷史的民間「個人」材料，是與新文化史研究相互耦合的，它所蘊涵的法律文化概念，應以法律文化哲學為具體視角來進行解讀。

在上文對戲曲中的法文化研究成果主題的抽象與梳理中，雖然運用了「法律文化哲學」中法律文化結構理論，但是限於戲曲中的法文化研究的不完善性，即已有研究中僅有關於民間法律意識與法律制度間的深層與表層結構的互動思考，深層機構內部、表層結構內部，各要素之間的詳細互動情況、以及互動模式等並未受到關注。因此，法律文化結構本身的複雜性，並未在現有研究成果中完全得到體現。僅在已有的研究成果內，對法律文化結構進行了簡單的說明，並未進行深入地闡述，這也是戲曲中的法文化研究的不足之處。而法律文化結構理論的整全性，最終決定了法律文化的概念。那麼，對於秦腔法律文化的研究而言，就應在已有基礎上，首先深度解析法律文化的結構，從而確定秦腔法律文化的具體概念。

二、秦腔法律文化的表層涵義

法律文化是文化哲學的衍生品，是文化在法律層面的形態。而對於一個具有整體性特徵的文化而言，它是一種結構性的存在，美國當代文化學家克魯克洪將文化分為「顯型文化」與「隱型文化」兩種，在西方也被通常被稱作「外顯結構」與「內隱結構」。其中「外顯結構」指向法律文化的外在表現，而「內隱結構」指向法律文化的精神內涵。

所謂文化的「外顯結構」是指文化「內隱結構」的外在表現形式，是與精神文化相適應的制度文化與物質文化，也是文化的重要組成部分。這其中制度文化是一個中介環節，是精神文化向物質文化外顯過程中的過渡階段，是人們為了反映和確定一定的社會關係並對這些關係進行整合和調控而建立的一套規範體系。物質文化則是精神文化的直接外化表現，是指人們在生產、生活的

〔註16〕〔德〕恩特斯‧卡西爾‧論人〔M〕‧劉述先，譯‧桂林：廣西師範大學出版社，2006：11。

活動中所創造出來的物質產品，是人們賴以生存的基礎。精神文化是制度文化與物質文化的主導力量，是區分不同民族文化的核心所在。

對應於法律文化表層結構，分別為法律制度文化與法律物質文化。其中法律制度文化是法律文化的關鍵部分，法律的精神文化層面只有通過制定相應法的律制度才能得以實現，才能對人們的關係和行為進行調整，從而使整個法律文化的功能與作用得以發揮，這也是以往法律史研究中的主要內容。在戲曲中的法文化的研究中，也突現了以「冤案」為線索的關於司法制度的研究重點，因此在秦腔法律文化研究中還應繼續加強對於法律制度層面的關注。不同的在於更深層地在法律制度研究下，去探尋與法律精神文化、法律物質文化間的關係。

具體而言，法律制度文化包括以下三個層次；第一是法律規範層次，這裡的法律規範是關於這個概念的最大範圍解讀，它不僅包括代表國家層面法律意識表達的各種硬法，還包括代表社會層面法律意識的各種軟法與民間法。其中以往戲曲中的法文化研究，所關注的更多的是前者，鮮有對於後者的關注，而後者本身就是法治時代建設有中國特色現代法律制度的重要資源。因此，秦腔中蘊含了大量的軟法與民間法的傳統是值得關注的，也應該成為秦腔法律文化概念的重要內容。第二是具體法律制度層面，具體的法律制度一般是由法律規範所確定的。鑒於法律制度的重要性，這部分也被稱作制度化了的法律文化，考察具體法律制度是考察法律文化的重要參照物。這也是以戲曲為材料的法律文化研究慣例，即以各個戲曲劇目所對應朝代的司法制度為研究重點。而秦腔法律文化的研究，也會在接續這種研究慣例的基礎上，進一步展開關於具體法律制度傳統的剖析。第三是法律的組織機構，這裡不單單指機構的名稱與物質形態，更多的指向的是其中不同權力與職能範圍的劃分與運行機制。其中立法系統與司法系統為主要的兩個內容。戲曲中更多關於法律的問題是以公案戲的形式所表達出來的，其中司法系統是研究的重點，但是很多戲曲中的案件往往最終影響了相關立法，在秦腔中亦有突出表現。那麼這是一個複雜的問題，其中有深層次精神文化層面的民間法律心理與國家法律意識的博弈，亦有表層司法到立法的運行機制，這些都是秦腔法律文化概念所應包含的內容。

文化的物質結構層面所對應的是法律物質文化，這個層面的法律文化是最表層的法律文化現象，是精神文化層面的最外顯與最終形態。由於戲曲的虛構性，它的物質層面也該要大於一般意義上的物質層面，它不僅包括與法律有

關的一切物質，還包括與法律有關的人物、行為以及形成的事件等。秦腔作為
戲曲藝術，以其自身的特殊性為主導，秦腔法律物質文化層面要注意兩方面問
題：一是以秦腔藝術為載體的法律物質文化，例如臉譜、服裝、動作以及唱腔
等藝術表現形式中的法律因素與相關意思表達，以及產生的社會效果等。二是
以法律本身為載體在戲曲中的物質表達，其中有法律對象、法律設施、法律人
物以及法律事件等。

三、秦腔法律文化的深層涵義

具體而言，「內隱結構」是指精神文化，也稱觀念文化，是以心理、觀念、
理論形態存在的文化。它包括三個層次：第一個層次是存在於人心中的文化心
理與心態，是精神層面的最初階段，是人的完全感性表現；第二個層次是存在
於心中的文化意識，較之第一層次減少了感性，是走向系統化的一個過渡；第
三個層次是已經理論化、對象化的思想理論體系，是人類完全理性的產物。

與文化理論相對應，法律文化的「內隱文化」表現為法律精神文化，其中
的三個層次分別是第一層法律心理，主要表現為一種關於法律心理的感受與
反映，以及長期形成的法律習慣與風俗等。它是日常生活中人們關於法律現象
所產生的直觀感性認識，其認識主體是未受過正式法學專業教育且文化水平
較低的社會大眾。是一個民族發展過程中逐漸累積的結果，更多地以一種「情
緒或情感」的形式出現，具有潛在性、多樣性、穩定性與滯後性。這些法律心
理由於地方的差異，也存在較大的差異，表現狀態也很複雜，但它都是一個地
方法律傳統的表現，影響著地方的法治，大多甚至是給法律實踐帶來困難的。
由於這些法律心理的潛在性，也使其難以在一般意義上的法學研究被捕捉。而
秦腔從其文學價值角度出發，它必然是一種感性的表達，再加之秦腔自身作為
戲曲藝術的直觀性與地方性，許多地方法律心理得以在其中得到清晰地呈現，
這是秦腔法律文化概念精神層面的一個基礎性部分。

第二層法律意識，它是社會意識的一個特殊形式，是人們關於法律現象的
思想、觀點和心理的總和，是法律現象的特殊組成部分。〔註17〕法律意識是介
於純感性法律心理與純理性法律思想體系之間的一種法律精神文化，其認識
主體是社會大眾中對法律現象有明確自己理性看法和觀點的一部分人，這部
分人在自己生活體驗中形成了法律價值觀，以此對法律現象做出評價，甚至進

〔註17〕孫國華・法學基礎理論〔M〕・北京：中國人民大學出版社，1987：294。

一步進行法律行為的調節。而這種法律意識具有不穩定性，一方面通過廣泛傳播可以被社會普遍所接受，而另一方面在社會發生重大變化後，它也會隨之變化。秦腔作為一項民間藝術，它的創作大多來源於民間的藝人，這些藝人大多為社會中下層中受過一些教育的文人，他們大都沒有受過系統的教育，缺乏理性的思考與建樹。但其自幼受到的一些教育，使具有了高於一般百姓的理性思考能力。因而在秦腔創作中，往往表達了一種具有社會性的法律意識，這也是秦腔法律文化概念精神層面的重要部分。

第三層法律思想體系，這是法律精神文化中的最高層次，是以上兩個層次的理性化與系統化整合。這一層次的認識主體一般是受過良好系統教育的學者、思想家或權力掌控者等。法律思想體系一般以法律理論、法律學說的形式出現，其中佔領統治地位的法律思想體系就會上升為國家法律，成為社會中人人必須遵守的行為規範。而秦腔劇目的創作後期，湧現了一批專業的劇作家，他們大多是受過國家系統教育，甚至是取得功名的讀書人，在他們的秦腔劇目中，就存在著一套系統的思想體系，這也成為秦腔的靈魂所在。而這套思想體系中包含著重要的法律思想體系。法律精神文化的三個層次構成了一個整體，但這三個層次之間卻產生著相互作用，其中通過理性化方式從下而上，由法律心理上升為法律意識再上升為法律思想體系，通過教育方式從上而下，以法律思想體系來指導法律意識與法律心理，當法律思想體系上升為國家法律逐漸僵化時，來自大眾層面的法律心理與法律意識會以「反抗」的形式去更新法律思想體系，是法律文化整體向前發展。戲曲就是這種「反抗」的主要表現形式，在秦腔劇目中，法律思想的最高表現為國法，而這些國法有時總以不為人們滿意或滿足的形象出現。因此劇目中存在著大量的情法衝突，就是這種法律精神內部的一種具體互動表現。而這種不同層次的互動也應是秦腔法律文化的重要內容，其中包括以什麼方式互動、怎樣互動以及互動的結果等。

從文化整體發展層面來看，無論法律精神文化、法律制度文化與法律物質文化各自內部的如何作用，這三者都是相統一的，三者的統一形成了一種無形的力量推動著法律文化向前的發展。其中法律精神文化是統帥，是將三者統一在一起的紐帶，法律制度文化與法律物質文化是其外在表現，法律精神文化是統一法律文化的特殊性所在，是一個法律文化區別於另一個法律文化的標誌。因此，在新法律文化史研究範式內，以秦腔為材料所進行的法律文化研究是關於法律文化的全面研究，必定包含對於這三者的整體性關注。

因此，以秦腔為對象的法文化，是指根據秦腔自身的特點，以秦腔完整劇目作為研究材料，從其中文學（詩詞曲白與故事）、唱腔（曲牌板腔）、表演、美術（臉譜服飾砌末）、音樂、技藝中析出與法律有關的精神、制度與物質元素，研覈其中各層面元素的互動關係，以及在此互動過程中形成的法律文化模式與功能。〔註18〕其中，各個層面法律元素本身首先就具有傳統法律文化對於當代法治的資源價值，一方面為當代法治建設中存在的傳統「頑疾」與「阻力」找到根源，另一方面為當代法治建設提供寶貴的傳統優秀「智慧」與「動力」。而文化模式的理性抽象，能夠深層次理解法律文化模式化過程中的必然性與整全價值，以及該法律文化模式對於中國傳統法律文化整體個性的塑造與當下及未來的影響。同時，以秦腔為對象的法文化研究，實現了從社會民間「個人故事」入手的新法律文化史研究的可能，其研究成果具有了更為「實用」與「真實」的價值。因此，以秦腔為對象的法文化研究，保留了以戲曲為對象的法文化涵義的整體性，可以適用於整個以戲曲為對象的法文化研究領域，具有普遍的方法論意義。

第三節　秦腔法律文化的突出特性

所謂秦腔法律文化的特點，是指針對秦腔本身所具有的特性而對秦腔法律文化這一概念所進行的實質性解讀，是秦腔法律文化特殊性的呈現。法律文化作為一種社會文化現象，是人類文化大系統中的一個重要文化類型，有著自己相對獨立的結構體系與內容，具有有別於一般文化的特性。〔註19〕而法律文化系統內也具有不同類型的法律文化，但分類標準不同，結果有所不同。目前，關於法律文化的分類存在多種徑路，並未有統一定論，其原因在於法律文化的分類具有極強的目的性，可根據具體需求，規定相應標準進行分類，以揭示某種法律文化存在的原因與獨特性、產生發展的規律，以及其價值與意義等。〔註20〕因

〔註18〕秦腔具有耗散結構，具體是指秦腔是由文學、音樂、舞蹈、技藝和美術這五種藝術形態自然有機融合而成，並具有開放性與綜合性的結構系統。

〔註19〕劉作翔·法律文化理論〔M〕·北京：商務印書館，2013：155。

〔註20〕目前法律文化的分類標準主要有四種：一是以法律規範的內容所依據的總體精神為標準，分為宗教主義類型、倫理主義類型、現實主義類型；二是以創制和現實法律規範的基本程序和方式為標準，分為判例法型、成文法型、成文判例法相結合的混合型；三是以文化起源為標準，分為橫向制約型法律文化、縱向操控型法律文化、倫理德治型法律文化、宗教超俗型法律文化；四是以十種不

此，根據法律文化所選取的研究材料為標準，法律文化也可以劃分為史料型法律文化、田野調查型法律文化與文學型法律文化三類。秦腔法律文化則屬於文學型法律文化，也有著自己相對獨立的特性。正如本章第一節中對於秦腔本體所做的詮釋，秦腔作為法律文化研究的材料，具有一定的特殊性，這在一定程度上決定著秦腔法律文化的特殊性。其中，秦腔在中國戲曲史中的地位、秦腔創作的機制、秦腔流傳的場所等，表明了秦腔法律文化較之以往以元雜劇、崑曲等為材料的其他戲曲法律文化研究得更為深入的民間性特性；秦腔根植於「秦地」並流播於全國的發展歷史，指明了秦腔法律文化的全國性特點；秦腔文化的延續性與秦腔劇目的持續性為秦腔法律文化的內在的延續性提供了有力的證據。

一、秦腔法律文化的民間性

（一）秦腔創作中蘊含的法文化民間性

秦腔自上古時期，就伴隨著祭祀活動出現在民間，而後伴隨著漢唐民間「百戲」形成「秦風戲曲」流傳於老百姓生活之中，在宋元雜劇成熟戲曲形態的影響下，也開始形成走向成熟，並在此過程中形成了自己獨特的「民間」創作機制與創作風格。秦腔早期的創作機制所採取的是「套路子」。所謂「套路子」是指幾個藝人在上臺前，聚在一起，以口頭方式，在借鑒已有現成的音樂唱腔、場次與演出套路等的前提下，對臺詞、場記、接口、唱詞、道白等進行重新編排的劇目創作機制。而早期秦腔在民間的演出靈活性相當高，不同場合下對於劇目有不同的要求，在實際演出中，往往是戲班子白天「套路子」，晚上就登臺演出，而這些創作大都取材於民間故事。在這種實踐演出過程中，藝人們創作了很多流傳於民間優秀的秦腔劇目，這些基本都是民間藝人集體創作的成果，具有集體性、大眾性與表演性的特點。而這些劇目中多有法律劇目，並以公案戲為集中表現。其中最為著名的有秦腔「江湖二十四大本」中，就存在這樣的創作邏輯。而民間流傳有關於這二十四本串成的歌訣一則：

《麟骨床》上繫《串龍珠》

《春秋筆》下弔《玉虎墜》

同的分類標準對法律文化進行的劃分，具體為地域性法律文化、國度型法律文化、宗教型法律文化、歷史序列型法律文化、法系型法律文化、法典型法律文化、文化形態型法律文化、表現及運作方式型法律文化、生產形態型法律文化、社會形態型法律文化。還有一些學者，根據別的標準做出了不同的新分類。

《五典坡》降伏《蛟龍駒》

《紫霞宮》收藏《鐵獸圖》

《抱火斗》施計《破天門》

《玉梅絛》捆住《八件衣》

《黑叮本》審理《潘楊訟》

《下河東》託請《狀元媒》

《淮河營》攻破《黃河陣》

《破寧國》得勝《回荊州》

《忠義俠》畫入《八義圖》

《白玉樓》歡慶《漁家樂》〔註21〕

　　明清之際，文人開始參與於秦腔劇目的創作之中，在此過程中秦腔由「口頭編創」轉向「劇本製作」，使得藝術結構更為奇特巧妙，情節更為曲折複雜，人物刻畫更為生動感人。故事題材除了民間故事，更多取材於古典長篇小說，但還是存在大量自己創作的劇目。其中依然重視對於民間現實生活的反映，立志於描寫人間疾苦，同時抒發作者自己的情感與看法。在創作風格上，力求達到「以俗為美，雅俗共賞」的境界，其中「俗」所代表的就是民間的審美需求。

　　早期秦腔主要的特點在於「俗」，清人昭槤在《嘯亭雜錄》中寫道：「近日有秦腔、宜簧腔、亂彈諸曲名，其詞淫褻猥鄙，皆街談巷議之語，易入市人之耳。又其音靡靡可聽，有時可以節憂，故趨附日眾。〔註22〕其中「淫褻猥鄙」說明秦腔之詞乃民間大眾「粗俗」的生活語言，被「市人」所追捧。隨著秦腔的全國流傳與其他戲曲的相互融合，以及文人劇作家的出現，秦腔逐漸以「通俗」為美，吸收融入古典詩詞之美，但同時堅持大眾審美，摒棄典雅華麗的辭藻，乾淨了當地將故事表達給觀眾，逐漸使秦腔成為雅俗共賞的戲曲藝術，成為了真正的「人民群眾的藝術」。正如清人焦循在其《花部農譚》中對秦腔的評論中所說的：「梨園共尚吳音。『花部』者，其曲文俚質，共稱為『亂彈』者也，乃余獨好之。蓋吳音繁縟，其曲雖極諧於律，而聽者使未覩本文，無不茫然不知所謂。其《琵琶》《殺狗》《邯鄲夢》《一捧雪》十數本外，多男女猥褻，如《西樓》《紅梨》之類，殊無足觀。」〔註23〕而秦腔的創作機制與創作風格

〔註21〕楊志烈，何桑‧中國秦腔史〔M〕‧西安：陝西旅遊出版社，2003：197～198。
〔註22〕〔清〕昭槤‧嘯亭雜錄〔M〕‧北京：中華書局，1980：236。
〔註23〕〔清〕焦循‧花部農譚〔M〕// 中國戲劇研究院‧中國古典戲曲論著集成：
　　　　第8卷‧中國戲劇出版社，1959：225。

所指向的是秦腔這種內在蘊含的民間性，這種內在蘊涵決定了秦腔法律文化「民間性」的內在涵義與屬性。

（二）秦腔傳播中體現的法文化民間性

戲曲整體而言屬於民間藝術，具有高於小說、詩歌、散文等的民間性，但就從戲曲的整體發展歷史的內部來看，不同劇種間的民間性存在差異。從民間百戲中成熟的戲曲首先是元雜劇，處於當時的政治原因，有別於以往文人的「才人」群體出現，在精神悲苦與生存艱苦的擠壓下，他們投身於戲曲行業，創作大量雜劇劇本。一方面確實推動了戲曲的發展與成熟，但也在一定層面上使戲曲逐漸走上脫離民間之路。在元代，文人為了能產生共鳴與供給溫飽，他們通過戲曲「委身」於民間，當然科舉的取消實際上也讓這些中國歷史上曾經驕傲的精英階層成為了「普通民眾」，但更多的是在表達自己作為文人對於社會的不滿與「懷才不遇」的絕望。因此，元雜劇的一開始就具有「雅」的蘊涵。很快隨著元朝的覆滅，明代知識分子的社會地位隨著科舉的恢復重新回到了國家統治階級的層面。

洪武三年（1370年），朱元璋確立明朝重新恢復科舉，並規定「中外文臣皆由科舉而進，非科舉者勿得與官」，洪武十七年（1384年）公布了科舉成文法規《科舉成式》。在此過程中，崑曲取代雜劇成為主流戲曲形態，被稱作「明傳奇」，其中文人趣味佔據了主導地位，而此時的「文人」不再是那個為了共鳴與溫飽而委身於「民間」的才人，是士大夫階層，他們的雅文化訴求完全脫離於普通老百姓的日常生活與審美世界，他們將「明傳奇」變成了純文學，很多劇本只為當作案頭讀物，供文人之間的欣賞品玩，而不是搬上舞臺供民眾欣賞。戲曲這樣的「雅化」大受朝廷喜愛，而被大力扶植，因此崑曲也被稱為戲曲的「雅部」。作為官方藝術，崑曲詰屈聱牙、晦澀難懂的戲詞、固守傳統的情節模式與自身的藝術形式僵化，使得人民群眾娛樂生活匱乏。於是在廣大農村，民間藝人在各地方傳統藝術的基礎上創造了各類地方戲曲，逐漸形成了與「雅部」相對峙的「花部」。〔註24〕

所謂「花」主要是指雜亂無章的意思，具體是指來自於草根的非純正之音，因此秦腔也被叫作「亂彈」。秦腔劇目多為民間傳說改編，其中故事通俗、唱詞樸實、曲調朗朗上口，完全代表了民間審美標準，迅速在全國傳播開來，影

〔註24〕孟曉輝·「花雅之爭」及雅部失敗的原因探析〔J〕·戲劇之家，2021（5）：16。

響不斷擴大。秦腔逐漸為成為「花部」盟主，並在乾隆中後期形成了戲曲史上有名的「花雅之爭」。以崑曲為主流的文人士大夫階層為了保證其正宗地位，對秦腔進行了全面打擊，但秦腔的「民間性」保證了它的生存空間，最終戰勝了「雅部」，改變了長期崑曲獨霸劇壇的局面。〔註25〕因此，秦腔的在中國戲曲發展史中應是民間性最強的代表，這種戲曲民間性層次體現，充分說明了秦腔法律文化較之其他戲曲法律文化的研究優勢。

二、秦腔法律文化的全國性與傳統性

（一）秦腔法律文化的全國性

從現實生活出發，進入西北地區，尤其陝西境內，從農村到城市，大街小巷各處，皆可聽到秦腔，秦腔是西北人的精神風骨，即使是在今天流行文化占藝術市場主流的現實面前，秦腔在整個西北的主流仍未改變。尤其農村地區，無論飯後娛樂、結婚生子、滿月過壽還是喬遷新居與老者去世等，都要以秦腔相伴。因此，秦腔也往往成為了西北地區的標誌，尤其成為了陝西的標誌。因此，秦腔往往也被稱之為陝西秦腔。這些都讓人們對秦腔有了一種地域性文化符號的認識，但是，從秦腔的整個歷史來看，秦腔的空間文化符號具有一種動態表現，而這種動態的最大範圍指向了全國性。這也是秦腔作為法文化研究材料，所具有的一種優勢。

秦腔作為一種戲曲形式，本身的概念存在廣義與狹義之分。狹義之秦腔僅指開始流行於中府西安地區，後經民國戲曲改良後，成為秦腔主流的中路秦腔。而這種主流化同時伴隨著陝西其他幾路秦腔的沒落，到現在中路秦腔成為了陝西秦腔。而秦腔的廣義概念則是指流行於整個西北地區的所有秦腔形式。在此概念下，20世紀80年代，五省區在西北地區《中國戲曲志叢書》寧夏銀川分片會議上，共同議定秦腔是五省區共同的地方戲。從這些民國以後的秦腔概念出發，秦腔法律文化卻是屬於一種地域性法律文化。

但是，秦腔作為戲曲史上的「花部」盟主曾經流行於全國各地，雖最終還是回歸為了一個地方劇種，其中所蘊含的法律文化卻扎根在其所促發新興地方劇種之中，影響著全國各地。因此，僅從當下的時空範疇內來定義秦腔，秦腔法律文化也必然成為一種只指向西北地區的地域法律文化。這樣的視角會給秦腔法律文化研究帶來極大的損失。而本文在於挖掘秦腔中所蘊含的最完

〔註25〕楊雲峰·秦腔史話〔M〕·北京：社會科學文獻出版社，2015：50。

整與最真實的法文化資源，這就需要將秦腔的概念擴展至最早、最廣的研究範式之中。在最廣泛、最古老的視域內，去揭示秦腔法律文化的蘊含，充分發掘這一古老藝術中的法律文化資源。從而最大可能性的供給於當代中國法治建設。因此，本文所指秦腔法律文化，是在秦腔全國性戲曲的概念中展開的相關研究，而以秦腔為材料進行的法律文化研究，也必將是關於全國性的整體法律文化研究，這是其他任何劇種都所不具有的專有特性。

（二）秦腔法律文化的傳統性

「傳統意味著許多事物。就其最明顯、最基本的意義來看，它的涵義僅只是世代相傳的東西，即任何從過去延傳至今或相傳至今的東西。……決定性的標準是它是人類行為、思想和想像的產物並且被代代相傳。」〔註26〕美國社會學家E·希爾斯對於「傳統」的這一定義，被我國學者所廣泛引用。〔註27〕以此概念來進行審視，秦腔作為中國特有的藝術形式，是中國民眾從生活生產實踐中所創造出來的特有人類「符號」，其中蘊含著人類豐富的智慧，具有「傳統」的第一層含義。而「傳統」的另一層含義「世代相傳」作為「傳統」這一概念的決定性含義，其中包含著兩個判斷標準，一是相傳的時間性，二是相傳的連貫性。

相傳的時間性決定了「傳統」的穩定性，沿襲時間越長的「傳統」所具有的穩定性越強，越是根深蒂固難以撼動，難以改變。反之，沿襲時間越是短的「傳統」，它越是容易被顛覆或是改變，而越是「頑固」的「傳統」，其現實價值越高。這意味著，優良的「傳統」對社會發展的推動作用與保守落後「傳統」對社會進步的阻礙作用的強弱都由「傳統」的時間性來決定。從秦腔的發展歷

〔註26〕〔美〕希爾斯·論傳統〔M〕·傅鏗，呂樂，譯·上海：上海人民出版社，1991：15。

〔註27〕關於「傳統」這一概念，學界並未完全達成統一的認識，在我國學界較為流行的除了上述美國社會學家E·希爾斯的定義外，還存在幾個著名的研究結論。英國學者亞·莫·卡爾桑德斯指出：「所謂傳統就是儲存，儲存就是這樣積累起來的，過去世世代代的知識傳到現在這一代，經過某種程度的修改再傳給後代。」日本學者務臺裏作指出：「傳統，是指一定的社會或民族，在一定的文化領域（如文學宗教等）中，由過去所形成的東西，以比較長的歷史生命為人所繼承下來的事情而言。」而我國費孝通先生則認為：「傳統是指從前輩繼承下來的遺產，這應當是屬於昔日的東西。但是今日既然還為人們所使用，那是因為它還能滿足人們今日的需要，發生著作用，所以它曾屬於昔日亦屬於今，成了今中之昔，至今還活著的昔，活著的歷史。」但無論哪一種界定，其中都包含了文中所指出的兩大特點，即時間性與連貫性。

史來看，本文所指之秦腔是最真實視角下的秦腔，是以巫術之禮始於上古時期，並延續至今的最古老劇種，是從「秦風」發展至「秦聲」，而後成熟為「秦腔」的最完整形態的戲曲。因此，作為中國最古老的戲曲之一，秦腔「世代相傳」的時間線從最早的上古時期開始一直延續至今天，依然存在，並且呈現繼續向後的相傳之勢，是華夏民族的「活化石」。其作為「傳統」的穩定性是不言而喻的，對於社會的作用力是絕對不容忽視的。相傳的連貫性決定了「傳統」的延續性，而這種延續的核心內容指向的是該「傳統」的特質部分。也就是說，「世代相傳」的重點在於傳承過程中保留「傳統」具有特點的部分，是其聯繫過去與未來不同形式「傳統」的內在共性，是一個「傳統」保持歷史慣性與發揮作用的核心力量，也是其與同類事物相比之下所體現出來的獨特性。而秦腔作為一種藝術形式，具有十分鮮明的特點，其具有樸實、粗獷、豪放、富有誇張性，生活氣息濃厚等特點，這些特點是從古到今的秦腔共性，串聯起整個秦腔歷史，實現著秦腔對於社會的特有價值。

所謂的「法律傳統」，也就是在某個特定的社會背景下，由人們在長期的法律實踐中累積而成的法律經驗、智慧與知識為元素，以法律價值觀念為核心，反映特定的法律文化特質，歷經世代傳承與演化，而以特定時空的現時代的人們不自覺的和無意識的法律思維與行為模式體現出其恒久不易的巨大現實影響的有關法律的習慣與慣例〔註28〕。因此，「法律傳統」作為「傳統」的殊相具有「傳統」的一般含義，在「法律傳統」的概念中也存在法律層面的相傳時間性與連貫性標準。而作為秦腔內在蘊涵的法律文化，是秦腔文化的一個側面，與秦腔「同生共死」的依附於秦腔發展之中，伴隨著秦腔的「世代相傳」必然具備了法律層面的「傳統」含義。這使其成為一種「頑固」、「獨特」的華夏民族「法律傳統」，成為中國傳統法律文化重要的資源。

第四節　秦腔法律文化的類型劃分

所謂秦腔法律文化的類型，是在秦腔敘事文本題材分類基礎上，以法文化的主題為選擇核心，對秦腔現存劇目進行的有關法文化的類型化處理。即在原有秦腔劇目分類研究成果基礎上，按照法律題材進行重新地歸納。秦腔劇目的題材類型主要有公案戲、婚戀戲、家庭戲、歷史戲、神話戲、恩怨戲、

〔註28〕姚建宗·法律傳統論綱〔J〕·吉林大學社會科學學報，2008（5）：75。

君臣戲、戰爭戲、鬼怪戲等。其中公案戲是與法律有直接關係的秦腔劇目，除此之外，婚戀戲、家庭戲、恩怨戲中也存在著明確的法文化旨趣。這些題材的敘事文本所指向的就是秦腔法律文化的敘事類型，即婚戀敘事類、家庭敘事類、恩怨敘事類、家庭敘事類，以及公案敘事類。但是應當注意的是，一方面蘊涵與法文化有關係的題材劇目中，不一定全部與法律有關，應注意加以剔除。例如秦腔婚戀戲《辛安驛》中，僅講述了女主人公對女扮男裝「男主人公」的愛慕、追求，以及最後的始知誤會的單純「愛情故事」。還有秦腔家庭戲《白丁修書》中講述的丈夫在外經商，修書於家中妻子，由於錯字滿篇而誤會連連的喜劇故事。

　　另一方面是在這些題材以外的歷史戲、神話戲、君臣戲、戰爭戲與鬼怪戲中也存在著隱蔽的法律主題，應將其抽出歸併在以上幾種基礎敘事類型之中。例如秦腔神話戲《槐蔭樹》（別名《天仙配》）中的敘事主題實際上是婚戀問題，這必然是秦腔法律文化的敘事文本。還有秦腔君臣戲中的《白叮本》，雖講述的是武則天與狄仁傑之間的君臣故事，但其中既有武則天斷案的司法情節，也有狄仁傑斷案的司法情節，可以歸類為公案戲之中。因此，秦腔法律文化的敘事類型與秦腔的題材類型並非完全相對應。最終將這些法文化敘事文本，從原有秦腔劇目研究成果中單獨抽出，按照這樣的敘事類型系統歸納整理。從而形成秦腔法律文化研究的專有敘事文本系統，避免以往戲曲中的法文化研究資料偏頗之嫌。〔註29〕

一、有關婚戀的法文化類型

　　婚戀戲作為秦腔法律文化婚戀敘事主要文本載體，是秦腔劇目中的主要題材。因此，以此題材所產生的秦腔法律文化劇目極其豐富。現存秦腔劇目中，僅傳統法文化劇目中就有婚戀劇目 100 多個個，大約占傳統法文化劇目總數的 20%左右。〔註30〕這些婚戀戲目構成了秦腔法律文化的婚戀敘事類型，形成了不同的法文化敘事主題，法文化敘事模式，表達了不同的法文化敘事內涵等。主要描述了不同類型的愛情故事，展現了古代不同身份的各種男女，如何

〔註29〕按照這一秦腔劇目分類整理方法，作者在本書寫作前已經整理形成了一套以秦腔現存全部劇目為基礎的法文化劇目資料，以支撐本書的撰寫。但由於該資料內容龐大，字數近10萬字，無法在本書內展示，但會在以後單獨出版，以供大家參考。

〔註30〕本數據來源於作者自己整理形成的秦腔法律文化劇目資料。

從普通關係走向戀愛，再由戀愛走向婚姻的整個過程。有些故事描寫的是成功的過程，有些則描寫的是失敗的過程。這些過程中的各種法律要素、法律程序以及法律結果等也得到了呈現。例如有父母之命下的婚姻締結劇目《雙蝴蝶》《蝴蝶杯》《姚期招親》《查關》等；有訂婚為婚姻締結程序的劇目《玉鏡臺》《琥珀珠》《九連珠》《報父樓》《金瓊釵》等；有招親形式婚姻締結劇目《孔雀屏》《秦段爭親》《雙葉緣》《西廂擂》《木楠寺》等；有多女配一男的婚姻締結劇目《滾樓》《鴛鴦扇》《魚水緣》《銀鎖記》《夜光珠》等；有私訂終身的劇目《雙鸞篦》《一枝梅》《雙合進京》《斑竹鐲》《泰山圖》等；有不同社會身份間婚姻締結的劇目《刺目勸學》《陳姑趕船》《百寶箱全傳》《墨痕記》《美術緣》等，以及權力干涉下的婚姻締結劇目《蝴蝶媒》《四素》《檀香墜》《花田錯》《雙還魂》等。

二、有關家庭的法文化類型

秦腔家庭戲中的敘事形成了秦腔法律文化的家庭敘事類型。其中呈現了與法文化有關的家庭敘事主題、敘事模式、敘事內涵，以及敘事價值等。就現存秦腔傳統法文化劇目中，共有家庭戲 70 多個，大約占傳統法文化劇目總數的 10%左右。〔註31〕這一敘事類型下所描述的主要是以血緣為紐帶的中國式大家庭內部的倫理規則，具體指家庭成員間的權力與責任、權利與義務、獎賞與懲罰等關係。例如呈現父系與子女間關係的劇目《曹安殺子》《黃河渡》《狀元譜》《香山還願》《秦健開弓》等；呈現母系與子女之間關係的劇目《三娘教子》《陳興打娘》《安安送米》《劈山救母》、《母子搶板》等；呈現婆媳之間關係的劇目《看女》《柳林會》《白玉罐》《姜氏掛帥》《火化牛欄》等；呈現兄弟之間關係的劇目《桑園寄子》《虎狼異》《仁義圖》《折桂斧》《雷火珠》等；呈現夫妻之間關係的劇目《五典坡》《馬前潑水》《趙五娘描容》《繡鞋記》《王春廉休妻》等，以及呈現妻妾之間關係的劇目《菊花宴》《捨金牌》《獨峰山》《雙搖簽》《雙妒鏡》等。

三、有關恩怨的法文化類型

無論婚戀敘事類，還是家庭敘事類，兩者所呈現的其實都是以血緣為紐帶的家庭關係，不同的是前者重點在於描述家庭形成過程中的關係構建規則，後

〔註31〕本數據來源於作者自己整理形成的秦腔法律文化劇目資料。

者則著重描述家庭形成後的關係維持規則。與此不同，秦腔法律文化的恩怨敘事類，更多的是呈現是超出家庭或是一定家族範圍之外，沒有血緣為紐帶的「陌生人」人社會，也就是通常俗稱的市井、江湖或是綠林社會中的關係建立規則與維繫規則。以往秦腔劇目研究中，並未給予恩怨戲太多關注，大多數情況下把其中很多劇目當作歷史戲來看待，忽視了其背後的法邏輯共相。因此，經重新分類整理後，現存秦腔傳統法文化劇目中，共有恩怨戲 200 多個，大約占傳統法文化劇目總數的 30%以上，其數量僅次於公案戲。〔註 32〕從這一點也可以管窺到中國傳統社會下「民間法」的強大生命力與社會價值。具體而言，這一秦腔法律文化敘事類型下有呈現擬血緣關係的結義劇目《三結義》《周仁回府》《雙靈牌》《白玉帶》《燕子盞》等；有描寫對抗朝廷殘暴的聚義關係劇目《九華山》《南陽關》《粉妝樓》《宋江殺樓》《林沖夜奔》等；有敘述報恩情節的劇目《龍虎報》《豫讓剌袍》《一捧雪》《春秋筆》《四報恩》等；有講述報仇情節的劇目《黃金臺》《庚娘傳》《李剛打朝》《漁家樂》《大報仇》等，以及演繹的神鬼報應劇目《馬王卷》《賢孝配》《天雷報》《對銀盃》《女鍾馗》等。

四、有關公案的法文化類型

　　公案敘事類，主要指官吏斷案的故事戲，按照秦腔法律文化的發展階段，應有傳統公案戲，指明清時期的秦腔公案戲；近代公案戲，指以易俗社劇目為核心的民國時期秦腔公案戲；現代公案戲，指以陝甘寧邊區民眾劇團為核心的秦腔公案戲；當代公案戲，之建國以後的秦腔公案戲。〔註 33〕那麼，以這四個不同時期的秦腔公案戲而展開的秦腔法律文化研究就具有不同的研究旨趣。而公案戲在整個秦腔的法文化劇目中佔有絕對數量，為 40%。目前現存秦腔傳統公案劇戲大概 201 個。官吏斷案戲 100 個，其中先秦故事 1 個、漢代故事 1 個、隋唐故事 5 個，宋代故事 32 個、金元故事 1 個、明代故事 27 個、清代故事 24 個、不明朝代故事 9 個。而民國劇目中存在著大量秦腔著名的「公案戲」，例如《三滴血》《瀚墨緣》《一字獄》等，陝甘寧邊區也存在一些經典的「公案戲」，例如《好男兒》《破奸案》《打虎記》等。而新中國成立後，大量新編歷史劇中也存在「公案戲」。這些秦腔劇目所蘊含與表達的就不僅僅是傳統法文化了，還包含近代、現代與當代的不同形態法文化。

〔註 32〕本數據來源於作者自己整理形成的秦腔法律文化劇目資料。
〔註 33〕這裡不同時期的問題將在下一部分秦腔法律文化的發展階段中，詳細論述。

第五節　秦腔法律文化的歷史譜系

　　秦腔與法文化分屬於兩個完全不同的學科，因而在各自研究領域存在著不同的概念與理論。而要想將這兩者融合在一個研究領域之內，就應對兩者之間存在矛盾的概念進行調和與重塑。如同對於秦腔法律文化的分類，是在秦腔劇目類型基礎上的重新梳理一樣，秦腔法律文化歷史階段的劃分，也應依託在秦腔概念與理論，尤其是秦腔劇目的研究成果基礎之上。具體而言，應按照法文化的概念重新界定劇目時間框架，使秦腔劇目的劃分更符合法文化研究的邏輯，能夠在正確的材料準備下，對秦腔法律文化的歷史沿革與其中的內涵表達有一個清楚的認識。在以往秦腔劇目的歷史劃分中，存在一個核心的政策性分類方法，即依照國家「三並舉」的政策對秦腔劇目所進行的分類。其中具體將秦腔劇目的歷史階段劃分為「傳統戲」「現代戲」「新編歷史戲」。〔註34〕「三並舉」這一戲曲政策，自1960年提出以來，一直沿用至今，也成為了秦腔劇目歷史沿革界分的唯一標準。其主要標準是以1949年新中國的成立為核心標準，對現存秦腔劇目進行的時代劃分。如前所述，這與法文化理論中，關於「傳統」的界定是相矛盾的。那麼，從法文化歷史劃分的理論出發，在兼顧秦腔劇目本有發展規律的前提下，應將秦腔劇目重新劃分為傳統法文化劇目、近代改良法文化劇目、現代革命法文化劇目，以及當代復興法文化劇目。〔註35〕其中分別存在古代、近代、現代與當代，不同時間階段的不同法文化，每一個階段的法文化既有聯繫，又有區別，共同呈現出了一副完整的，來自民間的中國法律文化圖景。

一、秦腔法律文化的古代傳統階段

　　按照戲曲「三並舉」政策，「傳統戲」是指1949年以前，各個歷史時期編

〔註34〕由於20世紀80年代以後，歷史戲的創作空前繁榮，作品數量不斷增大，但是對於「新編歷史戲」的爭議也隨之出現。因為對於歷史戲缺乏一個明確的界定標準，到底是以真實歷史為材料進行創作的劇目算是歷史戲，還是以稗史筆記、話本小說、民間傳說、神話寓言等為材料創作的劇目也算是歷史戲。於是在1984年顧錫東先生提出以「新編古代戲」來替換「新編歷史戲」的概念，將穿古代衣服，無論取材正史，還是故事，甚至神話等的戲，都包含在「新編古代戲」之中。而後這個新的三並舉政策得到了普遍的認可。

〔註35〕本文所用「傳統戲」「現代戲」「新編歷史劇」這三個概念，皆指秦腔領域內的專業概念。而所用「傳統法文化劇目」「近代改良法文化劇目」「現代革命法文化劇目」，以及「當代復興法文化劇目」這四個概念，皆指秦腔法律文化的專有劇目稱謂。

演、流傳的戲曲劇目，亦稱「傳統劇目」。〔註36〕「現代戲」沒有一個像「傳統戲」一樣的明確概念，但在具體政策中，多以「1919 年五四運動至中華人民共和國成立以來的戲曲藝術。」這一定義來概括。因此，在「三並舉」政策的分類下，「傳統戲」主要是指 1949 年以前創作的古裝戲，「現代戲」是 1919年以後至今創作的反映現代生活的時裝戲。

而在法學研究領域，關於法文化的歷史階段劃分存在著不同於戲曲研究領域的邏輯。粗略地看，一般中國法律文化的歷史階段劃分，是與一般歷史學中對於中國歷史的劃分相一致的，即 1840 年之前為中國古代時期，同時也是中國古代傳統法律文化時期；1840 年至 1919 年為中國近代時期，同時也為中國近代法律文化時期；1919 年至 1949 年為中國現代時期，同時也為中國現代法律文化時期；1949 年至今為中國當代時期，同時也為中國當代法律文化時期。但是，法律文化作為一種文化現象，同樣存在文化本身的複雜性，它具有表層的制度表現與深層的意識蘊涵。也就是說，從一個歷史時期進入下一個歷史時期，法律文化有著從表層向深層的一個過渡階段。而中國法律文化從古代進入近代，就是這樣一個過程。首先由 19 世紀 40 年代開始的洋務運動引起的中國表層「器物」與「制度」層面的近代化，中國法律文化開始向近代邁進。而後從 19 世紀 90 年代的戊戌變法到 20 世紀的辛亥革命，這期間帶來的是中國法律文化深層意識方面的變化，這一時期西方「天賦人權」「民主」「司法獨立」等思想開始深入民心，這一時期中國法律文化才開始完整地進入近代。〔註37〕

戲曲作為一種意識形態表達的工具，尤其是秦腔這種民間性的戲曲藝術，它主要是對法律文化中深層法律意識的表達，因此具有一定的延遲性。1840 年以後中國雖已經入近代，國家法律制度層面迅速以洋務運動、戊戌變法、清末修律等作出了回應與表達。但中國人民民智尚未開啟，中華法系封閉的控制著整個中國社會的法律思想、法律行為、法律評論與法律審美等。〔註38〕秦腔作為民間的一種戲曲，更是「自娛自樂」沉浸在民眾關於以往法

〔註36〕中國大百科全書出版社編輯部·中國大百科學全書：戲曲曲藝〔M〕·北京：中國大百科全書出版社，1983：46。
〔註37〕王申·法律文化層次論——兼論中國近代法律文化演進的若干特質〔J〕·學習與探索，2004（5）：35～37。
〔註38〕李豔萍·關於中國近代化場域中傳統法律文化嬗變的思考〔J〕·青海社會科學，2012（2）：81。

律的文學想像中,中國古代法律思想是秦腔的法律審美主流,也是秦腔法律文化的主題。因此,這一時期的秦腔法律文化仍然屬於古代法律階段。那麼,根據法文化自身歷史演變邏輯與秦腔自身藝術邏輯,古代傳統法文化劇目是指秦腔在 1911 年之前這段時間內所創作、編演與流傳的劇目,其核心是保存至今的明清劇目。

這段時間裏所構建的是秦腔法律文化的古代傳統部分,是秦腔法律文化的第一個階段。此時期所創作的劇目,許多流傳下來,成為了秦腔的經典劇目。其中流傳最為廣泛,保留最完的便是李芳桂的「十大本」。這些民間稱作「李十三十大本」的劇目中,六個劇目屬於傳統公案戲,即《火焰駒》《萬福蓮》《春秋配》《白玉鈿》《紫霞宮》《十王廟》。而另外三個折子戲中也有一個傳統公案戲,即《甕城子》。保留下來的這些傳統法文化劇目中,傳統公案劇目不僅數量居多,而且敘事模式全面,既有「清官」斷案戲《萬福蓮》《春秋配》《白玉鈿》《紫霞宮》;又有「權貴」斷案戲《火焰駒》;還有「鬼神」斷案戲《十王廟》。

二、秦腔法律文化的近代改良階段

按照「三並舉」戲曲政策的規定,秦腔劇目沒有近代的劃分,只有傳統與現代的劃分。但秦腔劇目中,卻存在著對於近代法文化的真實表達。結合以上關於「傳統」的界定可以知道,辛亥革命之後,針對民間思想依然的保守與延遲,精英階層想要進行改變,但當時社會中「國人知書者,百之一二」,因此,要改變他們,必須借助於戲曲形式。陳獨秀言道:「戲館子是眾人的大學堂,戲子是眾人的大教師,戲曲算得上是世界第一個大教育家。」於是這些精英階層主動利用起戲曲,在中國傳統社會中的教育普及與世風民俗改良價值。

此時,易俗社於 1912 年成立,以秦腔的改良,在全國戲曲界掀起了一場以「移風易俗、啟迪民智」為宗旨的改良風潮。因此,秦腔劇目對於近代社會的表達,也正式源自於 1912 年易俗社的成立。而易俗社作為改良的領軍者,在秦腔劇目的創作中,產生了許多表達近代法文化主題的經典劇目。其中范紫東先生創作的《三滴血》,成為了這個時代的法律文化的呈現者與傳播者,也成為了秦腔的代名詞。因此,秦腔近代改良法文化劇目,是指在 1919 年至 1949 年之間所創作的劇目,主要以國統區的秦腔民國劇目為核心,以易俗社劇目為主要代表。這些劇目中既有以古代故事來表達近代法律思想的劇目,也有以現

代現實故事來表達近代與近代向現代過渡的法律思想劇目。

　　秦腔由此進入改良期，這也是秦腔法律文化的第二個階段。此階段秦腔以易俗社的傳統劇目改良為現代化法制的主要戲曲想像，眾多劇目中表達的更多的是法律西方移植傳統中的權力理論與話語。因此，這一時期從時間上來講，1919 年已經進入現代，但其從意識形態與社會功能上來講，大多完成的是中國近代的舊民主主義歷史任務，表達的是近代的法律文化。〔註39〕

三、秦腔法律文化的現代革命階段

　　現代革命法文化劇目，則主要是指自1937年陝甘寧邊區成立以來，到1949年新中國成立之前，這個時間段內該地區戲劇團體所創作的秦腔劇目。其中以陝甘寧邊區民眾劇團為核心創作團體。陝甘寧邊區民眾劇團，是在毛澤東倡導下，在陝甘寧邊區成立的戲劇劇團。主要以秦腔為戲劇形式，為陝甘寧邊區宣傳工作提供服務的團體。陝甘寧邊區是 1937 年至 1949 年之間，在中華民國內的一個行政區域，是中國共產黨的根據地，在現代革命史上具有十分重要的地位。因此，該時期該地區更多表達的是社會主義話語，在這種話語下所創作的秦腔劇目具有現代革命蘊涵，其中也構建了秦腔法律文化的革命傳統，也是秦腔法律文化的第三個階段。

　　陝甘寧邊區民眾劇團以柯仲平、馬健翎、劉克禮等為骨幹，成員從開始的30 人，逐漸發展到 80 人。成立以來，大量創作了以反映邊區人民革命鬥爭生活為內容的「新秦腔」，主要表達了新革命內容的法文化。其中也存在經典的反映現代革命法文化的公案劇目《好男兒》《破奸案》《打虎記》等。這些劇目的創作與演出，不僅受到了邊區軍民的歡迎，也為抗日戰爭與解放戰爭奠定了重要的民眾基礎。

　　而在民眾劇團的啟迪與影響下，邊區各地分區也陸續成立了一批秦腔劇團，如安塞的邊保劇團、涇陽七月劇團、旬邑關中劇團、淳化八一劇團、綏德民眾劇團、西北劇社等，不僅大量演出了民眾劇團經典的法文化劇目，也在結

〔註39〕易俗社自成立以來，一直以「輔助社會教育、啟迪民智，移風易俗」為辦社宗旨，在劇目創作上也主要以這一宗旨為為創作核心，其劇本大多為圍繞著如何改變市民階層固有封建迷信觀念的古裝戲。更多傳達的是舊民主主義革命的平等、自由思想和民主共和觀念。只是在面對抗日戰爭的特殊情況時，創作了表達愛國情懷的一些劇目，例如封至模創作的古裝戲《山河破碎》與《還我河山》，但並沒有明確表達革命主題的劇目，也沒有關於新民主主義革命的馬克思主義思想表達。

合自身特點的情況下，創作了許多大受歡迎的現代法文化劇目，如《新教子》《上大當》《一家人》等。新中國成立後，陝甘寧邊區民眾劇團先後遷至西安，成為了今天的陝西省戲曲研究院，開始了關於秦腔當代劇目的創作，成為了秦腔法律文化當代階段的主要載體

四、秦腔法律文化的當代復興階段

當代復興法文化劇目則是指 1949 年新中國成立以後，全國戲劇團體所創作、編演與流傳的秦腔劇目。由於自新中國成立至今，中國在一個複雜曲折的歷史進程中前行，其中的法律發展也具有了複雜性。因而表達法律場景與法律精神的戲曲，也在創作上表現出了該時期存在的不同法律文化階段，秦腔亦然。

新中國成立後，中國的法律發展大致經歷了四個階段，這四個階段構成了中國當代的法律史。秦腔對於當代中國法律文化的表達，也以這一邏輯為核心分為四個階段：第一個階段為 1949 年至 1956 年，這一階段是新中國法制建設的初級階段，也是秦腔的「黃金時代」，除了關注於對傳統劇目的保護與整理，還注重以新的觀點與新的思想來進行劇目的創作，其中包括法律思想，其中經典法律文化劇目有《劉巧兒告狀》《梁秋燕》《小二黑結婚》《二巧離婚》《婦女代表》等；第二個階段為 1956 年～1966 年，這一階段為法制的停滯期，也是秦腔的「艱難期」，由於法制建設的停滯，與之相關的秦腔創作也在其影響下受到了衝擊，優秀法律文化劇目的創作也陷入了停滯。第三個階段為 1966 年～1976 年，這一階段為法制遭到破壞的時期，也是秦腔的「十年浩劫」，許多優秀的劇作家與藝術家遭到了批判在法律文化劇目的創作上，僅以反擊右傾翻案風與黨內走資派鬥爭為主題，形成了以「革命樣板戲」為核心的劇目成果。其中除了樣板戲外，還有秦腔劇目《泉水東去》《柿子紅了》《山花》《響水河》等。第四的階段為 1976 年至今，該階段為逐漸推進依法治國的階段，秦腔法律文化劇目的創作，也逐漸突出以「法治」為主題，一方面是為蘊涵「法治」精神的優秀傳統劇目進行平反，使其重新回到舞臺，如《鍘美案》《竇娥冤》《三滴血》《四進士》等。另一方面大量創作有表現「法治」主題的優秀劇目，如《生命的綠洲》《西京故事》《大樹西遷》《楷模村》等。

雖然這一時期中國的法律發展較為複雜，但從歷史整體的發展角度上來看，這一時期秦腔劇目的創作，是在傳承優秀傳統的前提下，對當代法治的表

達與弘揚。這也是未來很長的日子裏，秦腔與法律的關聯所在。只有把握這一客觀規律，才能發揮秦腔在社會治理中的當代價值，同時助力於秦腔在當代的復興發展。

第二章　秦腔法律文化的主要載體

　　秦腔法律文化的研究，雖遵循戲曲中的法文化研究一般邏輯，但是不完全相同於戲曲中的法文化研究。更多的是一種戲曲法律文化研究，不再單單針對於戲曲文學文本而展開研究，而是從戲曲藝術的文學、美術、音樂等各方面出發，來獲得一種更為立體與真實的法文化。這一點在秦腔法律文化的概念中也進行了充分的闡發，這也是秦腔法律文化，乃至整個戲曲法律文化研究所能帶來的重大突破。這既是戲曲本身所具有的綜合性所決定的，也是法文化研究應該進一步發展的必然趨勢，這使得秦腔法律文化研究具有更強與更廣的學科交叉性。例如，除了法律與文學的交叉，還存在法律與美術的交叉、法律與音樂的交叉、法律與數字的交叉等。〔註1〕因此，對於秦腔法律文化而言，它的載體，也就是其研究的材料與對象，也不僅僅只是文學，而是一種更為寬泛的敘事形態，這種敘事形態甚至可以延伸至秦腔藝術的最外層，例如戲樓的空間敘事。不同地區秦腔戲樓的建築位置、建築風格、建築結構，以及其中的文字墨蹟等，都是一種法文化符號，承載著傳統的基因，影響著當代的法律場景。這些都說明了秦腔法律文化的載體十分豐富，其研究的空間巨大，但秦腔法律

〔註1〕關於這些新興的法學交叉學科研究，目前都有相關零散的研究成果，其中關於「法律與美術」的研究具體參見閔晶晶的文章《淺析法律與繪畫》，載《法制與經濟》2011年第4期、劉風景，張翼的文章《顏色的法律隱喻》，載《新視野》2014年第2期、何麗萍文章《經濟法中顏色的法律隱喻分析》，載《法制與經濟》2016年第12期；關於「法律與音樂」的研究具體參見劉星顯文章《法律與音樂視域下的原意批判》，載《法制與社會發展》2017年第5期、鄭欣文章《法律與音樂》，載《法制與社會》2013年第31期；關於「法律與數字」的研究具體參見何柏生專著《法律文化的數學解釋》等。

文化研究應首先關注於秦腔的核心敘事形式，其中包括秦腔的劇目、秦腔的臉譜、秦腔的行當、秦腔的道具，而這些核心敘事形式中的法文化表達也是最為直觀與清晰的。那麼，對這些秦腔法律文化載體的認識上，也應首先從其自身的邏輯出發，以防止再次走入法律與文學研究的「臆斷」錯誤。

第一節　劇目文學

一、秦腔劇目的文學特性

　　雖然秦腔法律文化的研究不再單單是「法律與文學」研究的一個方向，但在一定層面上，秦腔法律文化研究，必然與「法律與文學」具有一致性。這種一致性體現在對於文學文本敘事的關注之上，文學文本則是法律，尤其是法文化，從古至今的另一個重要的敘事載體。具體而言，戲曲法律文化的敘事文本即為戲曲劇目，也可稱之為劇本，秦腔亦然。而劇目，不同於一般的文學文本，它不是一種單純的僅面向於閱讀而存在的文學敘事形式，它的根本目的在於實現舞臺的演出。一旦失去這樣的價值，戲曲必將走向衰落。就像崑曲在走向文案「玩物」之後，逐漸衰落，而促使秦腔的興起一樣。因此，戲曲劇目的結構極其複雜，不僅有故事情節的敘事，還有關於人物內心、形象、以及空間場所等詳細地表達。而其內涵也相當豐富，不僅涉及物質與制度層面的文化表達，更涉及不同人物，乃至當時整個社會精神層面的文化隱喻。那麼，這些就需要在秦腔法律文化研究之前，對秦腔劇目本身的敘事特殊性給予詳細地詮釋。

　　戲曲劇目作為法文化的敘事文本，亦是一種文學本文，但卻具有不同於以往文學作品的豐富性，不僅存在一般的故事敘事能力，還存在視覺與聽覺的敘事能力。而秦腔作為一個劇種，秦腔劇目則為秦腔法律文化之敘事文本，同樣存在多元的敘事能力。同時，戲曲劇目作為一種獨立的文學類型，一樣存在著自己獨立的理論體系。任何關於戲曲劇目的交叉學科研究，都不應脫離於其自身而展開。但在以往戲曲中的法文化研究中，一般存在兩個問題。一是對於戲曲文學敘事能力的單一化處理，二是對劇目基礎理論的忽略，這些都使戲曲劇目中的法文化，沒有得到完整與準確的呈現。因此，秦腔法律文化的研究，應在尊重秦腔劇目本身文學特性，與準確界定其理論基礎的前提下而進行。那麼，首先應對秦腔特有的文學性進行解讀，瞭解秦腔劇目中存在的法文化研究對象。

二、秦腔劇目的文學結構

　　秦腔劇目也稱為秦腔劇本，是我國特有的一種戲曲文本，亦是一種特殊的文學形式。它既是秦腔創作的載體，也是秦腔文化內涵的載體，其中包括法文化。秦腔劇目作為一種文學形式，具有一定的文學結構形式，通過這種結構形式，配合舞臺藝術的規律，以唱、念、做、打等綜合藝術為輔助手段，展開戲劇衝突，刻畫人物，抒發情感，表達秦腔的主題思想。因此，秦腔的劇本不同於以往文學形式的單一性，其主要由唱詞、道白與舞臺提示這三部分構成，具有一定的複雜性，但卻具有了更為直觀的解讀空間。而秦腔劇本中這些不同形式的文學表達承載著不同內涵的法言法語，這些法言法語是管窺法律文化更為細膩與深入的關鍵所在。因此，在對秦腔劇本進行具體分析時，應注意對不同文學表達形式進行瞭解與區分。

　　秦腔唱詞，是演員以演唱的形式來展現的文字部分，在劇目中一般以「（唱）」的形式進行標注，是在陝西民間原始說唱的基礎上演變而來的。一般是由七字句或十字句的無韻詩所構成的，也存在五字句、散文句、正格句、變格句、三字尾等格式，而每一種格式都有自己不同的涵義與價值。例如七字句最擅長於敘事，它的運用主要在於精細地描述某一事件；十字句地最大特點在於敘事的同時能夠抒情；三字尾對抒發人物情感具有強調補充之意，一般用於收尾。例如秦腔傳統公案戲《打鎮臺》中的唱詞，既有七字句也有十字句，將事情經過與人物內心表達的淋漓盡致：

　　　　王鎮：（唱）

　　　　　　　皮鞭打氣得人滿腔怒火，七品官在公堂無法奈何！
　　　　　　　李慶若上了氣公堂打坐，憑總鎮欺壓我實實可惡。
　　　　　　　這一案官司我怎結果，思前想後我無有發落。
　　　　　　　猛想來大宋天子汴梁坐，
　　　　　　　陳世美秦湘蓮結為絲籮，大比年間王開科。
　　　　　　　辭別了舉家人等上京去求科，做三篇文章如花朵，
　　　　　　　御筆欽點頭一個，披紅插花貢院過。

　　　　　　……〔註2〕

〔註2〕秦腔傳統公案戲《打鎮臺》中的唱詞。《打鎮臺》是秦腔傳統劇《秋江月》中的折子戲。故事主要講的是明神宗時，八臺總鎮李慶若之子調戲民女，被戶部尚書文慶激於義憤而打死。李慶若奏於聖上，聖上將此案批於華亭縣令王鎮審

　　秦腔道白，也稱作「念白」或「口白」，是戲中人物的說話，但不同於一般的生活語言，它是一種韻律感很強的散文體式，是在關中語言的基礎上，提煉而成的一種藝術語言，因此具有很強的地方性特色。秦腔道白依據不同的用處，具體有人物的道白、對白、獨白、滾白、叫板。其中人物道白主要指秦腔中的自報家門、上場引子與下場詩；對白指人物之間的對話；獨白是人物自己內心的活動，一般假設對方與其他人物不能聽到，是與觀眾的一種直接交流；滾白是秦腔所特有的，是一種介於說唱之間的一種有韻律的道白，經常用於痛苦與悲傷的情感表達上；叫板也是秦腔所獨有的，是從道白到唱詞的一個過渡。例如秦腔《白蛇傳》中白素貞的滾白，表達了人物內心萬分悲痛的心情：

　　　　薄命女嬌娥，點點血淚落。房屋被火燒，何處為巢窩？官人不
　　見面，恩愛如刀割。

　　　　呀哈哈！孩子要分娩，我在何處產哥哥？

　　　　我可莫說天哪天哪，你殺我太薄情了呀！

　　秦腔的舞臺提示，也稱作舞臺說明，是劇作家根據劇目需要在劇本中，給予導演、演員、伴奏等各部類的具體說明文字，以保證各部類間相互配合的順暢，使演出圓滿成功。在劇本中一般會以「（……）」的方式標注出來。具體包括對於時間、地點、人物、藝術處理、角色行當以及音樂等方面的提示。例如秦腔《鍘美案》第一場開場就有關於唱腔、音樂、人員安排等提示：

第一場　闖宮

（幕啟，陳與眾隨從上）

陳世美：（唱花音慢板）

　　　　適才間我在金鑾殿，萬歲駕前去請安。

　　　　同公主又到後宮院，太后一見笑開顏。

　　　　我本是當朝駙馬爵位顯，文武百官誰敢參。

　　　　行來宮門下車輦，大搖大擺轉回還。

秦香蓮：（唱苦音二六）

　　　　在此間我把鄉民問，他忘恩負義結皇親。

　　　　越思越想啥氣憤，木墀宮去找負心人。

理。李慶若自恃權勢顯赫，把小小的縣官全不放在眼裏，竟然在公堂之上大施淫威，甚至鞭打王鎮，使王鎮無法審案。但王鎮在經過一場心理鬥爭後，據理相爭，問得李慶若無言以對，並以大鬧公堂罪將李慶若飽打一頓，煞了李的威風，審清了案件，伸張了正義。

白門官大爺請來，貧婦人這廂有禮了。

三、秦腔劇目的文學名稱

戲曲劇目中存在一個有趣的現象，就是很多劇目中都存在同一個劇目同時擁有一個或幾個別名的現象，即同目異名。或者幾個不同劇目擁有同一個劇名，即同名異目。這一現象在秦腔中亦然。而這一現象在秦腔劇目整理與選擇的過程中都應當注意仔細研覈，以免重複與遺漏。其中同目異名的現象更為普遍，大多秦腔劇目都擁有自己的別名。其在故事情節一樣的前提下，有的偏重以人物名來進行命名，有的習慣於以故事情節來命名，有些則以故事中的主要對象來進行命名等，例如秦腔劇目中的經典劇目《玉堂春》也叫《女起解》《審蘇三》《三堂會審》；《玉虎墜》也叫作《馬武訪馮彥》《娟娟》；《五典坡》也叫《武家坡》《彩樓配》《大登殿》；《竇娥冤》也叫《金鎖記》《六月雪》《斬竇娥》等。

另外很多劇目中存在折子戲，折子戲一般單獨命名，也使同一劇目有了別名。例如《白蛇傳》中有折子戲《借傘》《盜仙草》《金山寺》《斷橋》；《遊西湖》中有折子戲《幽會》《鬼怨》《殺生》；《火焰駒》中有折子戲《打路》《賣水》《傳言》《哭殺場》等。這種同目異名現象究其原因，有異空間版本與異時間版本之分。異空間版本是同一時期不同班社、出版社與記錄者的不同理解而產生的。而異時間版本是不同時代的各種改編本，尤其民國時期戲曲改革中，出現的大量對傳統劇目改編後的版本，而這類劇本已與原版有了不同的思想意識內涵，在法文化研究中也應注意區分。

另一個是同名異目的問題。這一現象在秦腔中不像同目異名那樣普遍與清晰，很多同名異目的劇目在秦腔研究中，並未有顯著的標識，容易產生誤會。有些同名異目劇目中，存在人物與故事的相近性，而這類同名異目劇目占主流。例如秦腔劇目《閻王樂》，主人公同樣是閻王與戲子，故事情節大致講的都是戲子死後，在閻王審判時，唱戲逗樂閻王，後被賞賜還陽之事。但由於兩者人物名字、故事細節，以及曲詞等有所不同，因而屬於兩個不同的劇目。除此之外，還有《白叮本》《糊塗判》《滾樓》《告御狀》《拿王通》《陰陽河》等。還有一些同名異目的劇目，無論在人物設定、故事情節、還是曲詞設計等方面都相去甚遠。例如，秦腔劇目《八蠟廟》，一個版本大致是講淮安招賢鎮土豪費德功，獨霸一方，與米龍、竇虎遊八蠟廟。見梁氏女美，殺死丫鬟，搶其回家，逼婚不從，亂棒打死。金大力路遇梁僕，引見施世綸，最終得以明冤的故

事。〔註3〕而另一個版本則講述的則是唐王年老患病,西宮鄭妃乘機害死唐王。扶其子安吉登基,並領兵追殺太子。太子逃跑途中被賈月英救之,放太子赴遼東搬兵。兵至,賈月英助戰殺死鄭國舅,鄭妃自縊,太子登基,月英得封東宮的故事。〔註4〕此類劇目占少數,還包括《殺四門》《粉妝樓》《石敬唐篡位》等。

四、秦腔法律文化劇目的情況

由於秦腔歷史悠久,且在歷史長河中呈現出一片興旺與昌盛的景象,秦腔劇目豐富多彩,汗牛充棟。根據現有的秦腔劇目資料進行統計與估算,秦腔劇目的總數應當在萬本左右,其中傳統秦腔劇目數當在5000本左右。〔註5〕劇目之豐富,居我國三百多種之首。〔註6〕但由於秦腔自身的「口頭」化傳播傳統,加之年代久遠,很多秦腔劇目,主要是傳統劇目大量流失。目前僅存秦腔劇目的總數當在4700多個,其中傳統劇目為3000多本,而劇目完整的僅為2600多本。〔註7〕而《秦腔劇目初考》中收錄的1600餘個傳統秦腔劇目,是20世紀50年代戲改時期所能收集到的較為完整、重要的部分。〔註8〕這些秦腔傳統劇目數量巨大,且基本存在每一個朝代的故事,且分布較為均勻,可以串起一個連續的完整的中國歷史形態,其中包含著一個中國法文化的完整宏大全景。

傳統秦腔劇目,作為秦腔劇目的核心部分,由於歷史原因,存在形式比較複雜有三種:一是以清代至民國時期留存的刻印本與手抄本為主的「古本」,這些主要被作為文物收藏於相關文化部門,但也存在一小部分私人收藏的情況。其中以清代抄本為例,根據中國戲曲志中記載,陝西所藏抄本數在百個以上,甘肅所藏抄本在175個,青海所藏抄本為128個。二是秦腔的「存目」形式,這些是指已經丟失了具體內容,僅剩劇目名稱與簡介的秦腔劇目;三是秦腔的現代彙編本,新中國成立後,對秦腔傳統劇目進行了系統的收集、整理與出版,雖未能展現秦腔傳統劇目的全面,但為秦腔研究提供了寶貴的資源。其中秦腔傳統劇目的彙編本存在兩種不同時期的表現形態,一種是前期,新中國成立至八十年代,主要對傳統劇目中有礙觀瞻與封建迷信的部分做了刪改處

〔註3〕陝西省藝術研究院編·秦腔劇目初考〔J〕·西安:陝西人民出版社,1884:239。
〔註4〕陝西省藝術研究院編·秦腔劇目初考〔J〕·西安:陝西人民出版社,1884:243。
〔註5〕焦文彬,閻敏學·中國秦腔〔M〕·西安:陝西人民出版社,2005:76。
〔註6〕郭梅·秦腔經典劇目《火焰駒》〔R／OL〕·央視網,2012-04-13。
〔註7〕中國戲曲志編輯委員會·中國戲曲志:陝西卷〔M〕·北京:中國 ISBN 中心,1995:137。
〔註8〕趙莎莎·傳統秦腔劇目研究〔D〕·西安:陝西師範大學,2019:52。

理，劇目內容發生很大變化；另一種則是二十一世紀以來，處於考據與傳統文化保護目的而進行的彙編，其基本保留了傳統劇目的原貌。

圖6　秦腔法律文化傳統劇目出版物〔註9〕

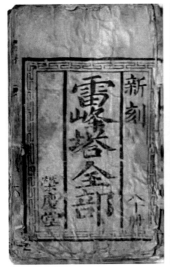

　　從地理分布上來說，秦腔劇目目前主要分佈在陝西、甘肅、寧夏、青海、新疆這五個省份。根據 20 世紀 50 年代，西部地區文化部門對傳統劇目進行的挖掘整理工作所得出的具體數據。其中以陝西所保存的劇目數量最為豐富，其中僅陝西省藝術研究院抄藏的四路秦腔的完整傳統劇目數量就高達 2500 多個，其中中路秦腔 891 個、東路秦腔 319 個、西路秦腔 640 個、南路秦腔 716 個。〔註 10〕位居第二的是甘肅省，目前保留秦腔劇目總數為 4000 多個，其中傳統劇目數為 1500 多個。〔註 11〕僅甘肅省文化藝術研究所收藏 1341 個，其中清代抄本 180 種。〔註 12〕寧夏歷史上存在過 6000 多個秦腔傳統劇目，在其舞臺上上演過的約 1000 多個，常演的近 400 個，加上整理改變的和創新的劇目大約有 500 多本。〔註 13〕青海目前所保留秦腔劇目總是大約有 70 多個左

〔註 9〕該圖左一為清末民初西安榮慶堂出版的秦腔法律文化傳統劇本《雷峰塔全部》，中一為民國時期西安三意社出版的秦腔法律文化傳統劇本《五家坡》，右一為民國時期同文書局出版的秦腔法律文化傳統劇本《珍珠衫‧送女》。

〔註 10〕楊志烈，何桑‧中國秦腔史〔M〕‧西安：陝西旅遊出版社，2003：190。

〔註 11〕焦文彬，閻敏學‧中國秦腔〔M〕‧西安：陝西人民出版社，2005：76。

〔註 12〕中國戲曲志編輯委員會‧中國戲曲志：甘肅卷〔M〕‧北京：中國 ISBN 中心，1995：100。

〔註 13〕中國戲曲志編輯委員會‧中國戲曲志：寧夏卷〔M〕‧北京：中國 ISBN 中心，1996：68。

右，其中傳統劇目 30 多個。〔註 14〕而目前新疆所保留秦腔劇目總數大約在 50 多個，其中傳統劇目 20 多個。〔註 15〕

　　以上這些傳統劇目中，包含法文化劇目大致 1000 個左右，以明清劇目為主，其故事的時代背景從上古時期直至延續至清代，其中不僅涉及公法問題，也涉及私法問題，既涉及官方法，也涉及民間法，法律場景豐富，法律內涵深遠。同時這些秦腔文學敘事的故事，除了取材於歷史事件與小說話本，還有很多取材於民間故事，而這些故事的真實性並不重要，主要的是其內在承載的精神是真實的，它是人心，是歷史本身，而其中的法律精神亦然。而這種宏大、系統與真實是以往法律正史文本載體，甚至其他小說與戲曲敘事，所無法比擬的。而由於秦腔自身歷史的悠久性，至今秦腔劇目的創作還在進行著，除了傳統劇目，還有現代劇目與新編劇目，其中也存在著大量的法文化劇目。這些法文化劇目除了蘊含著與傳統法文化劇目相承接的中國法文化的連續性基因，也承載著其所在時代的不同主體與精神，從而形成了秦腔法律文化的不同階段。

圖 7　秦腔法律文化近代劇目出版物〔註 16〕

〔註 14〕中國戲曲志編輯委員會·中國戲曲志：青海卷〔M〕·北京：中國 ISBN 中心，
　　　　1998：49～119。

〔註 15〕中國戲曲志編輯委員會·中國戲曲志：新疆卷〔M〕·北京：中國 ISBN 中心，
　　　　2000：82～149。

〔註 16〕該圖為 1983 年陝西人民美術出版社出版的易俗社獨有近代公案劇目《三滴
　　　　血》。

圖 8　秦腔法律文化現代與當代劇目出版物〔註17〕

第二節　臉譜化妝

一、秦腔臉譜的起源

　　臉譜本身最早起源於上古時期祭祀儀式中的面具。在秦漢之時，只有在巫術表演中會佩戴面具，但發展至唐代，梨園活動異常發達，為了追求更具有吸引力的舞臺效果，在歌舞表演中也大量地開始適用面具。而這種面具在梨園表演中的使用傳統，一直延續至今。目前，我國很多地方的儺戲仍然保留著佩戴面具的表演。但面具並不是真正意義上的臉譜，以現代戲曲臉譜的主要特徵來看，臉譜屬於一種化妝形式，是直接在演員臉部進行塗抹的。而這種參照面具直接在演員臉上進行塗抹的方式，直到唐代末期才開始出現，這是中國戲曲臉譜的真正雛形。〔註18〕而後經過宋代勾欄瓦舍時期的綜合性發展，不僅戲曲的成熟形式得以出現，臉譜也逐漸走向系統化。發展至元代，

〔註17〕該圖中左圖為1958年長安書店出版社出版的陝甘寧邊區民眾劇團編演的現代公案劇目《劉巧兒告狀》，右圖為 2020 年陝西省戲曲研究院（原陝甘寧邊區民眾劇團）編演的以廉政為主題的當代法律劇目。
〔註18〕周尚俊·大戲秦腔〔M〕·蘭州：蘭州大學出版社，2016：120。

在元雜劇中不僅已經具備了大量成熟的臉譜，而且這些臉譜的形態與寓意也基本穩定，不再具有隨意性。其中，已經具有黑、白、紅、黃四種臉譜，且不同顏色各有固定的寓意，而這些臉譜主要為整臉臉譜。如元雜劇《單刀會》中，黃文描述關羽時言道：「髯長一尺八，面如掙棗紅」。這說明在元雜劇中，關羽就已經是紅臉了。

秦腔的源頭雖然早在上古時期，但是作為一種戲曲形式，其與戲曲整體發展邏輯是一致的，其成熟的形態是在明代中期。由於時空關聯，秦腔與元雜劇之間實際是一脈相承的，秦腔是接續於元雜劇的北方戲曲。這使得兩者之間不僅在文學的審美上有著相同的旨趣，在臉譜表達上也具有相同的形式與蘊涵。而僅從臉譜角度來看，秦腔在傳承元雜劇的同時，有了自己個性化的發展。〔註19〕隨著明代中國資本主義萌芽的出現，商業經濟異常繁榮，在此時成熟的秦腔得到了前所未有的發展，不僅出現了大量經典的劇目，臉譜也有了極大的發展。秦腔臉譜不僅在數量上大大超過了以前，在顏色與圖案上，也較之以前豐富得多，而其背後的寓意也更為系統化。在秦腔臉譜中，除了保留了元雜劇中的整臉臉譜，還繼承了元雜劇中臉譜的基本設色取義，即紅、黃、白、黑，其中「紅忠黃猛，白奸黑剛」。在此基礎上，秦腔發展出了泰山眉臉譜、三頁瓦臉譜與狼窩子臉譜，這些秦腔臉譜不僅使得臉部分區更為明顯，顏色與圖案的使用也更為豐富，不僅提高了秦腔的觀賞性，也使得秦腔在人物的表現力上更具有個性化，其中的法律蘊涵也更為真實與豐富。這也對京劇在內的許多後生劇種的臉譜產生了深遠的影響。是中國歷史上一種獨特的藝術，與川劇臉譜、京劇臉譜並稱為中國三大臉譜系統。

二、秦腔臉譜的分類與特點

臉譜主要是戲曲角色中淨角的一種妝容，丑角中也有簡單地使用。這是一種誇張的藝術，想要通過臉部顯著的色彩與圖案，將人物的內心與故事的內涵直觀地傳達給觀眾。因此，秦腔臉譜也因為這樣的邏輯，具有了「寓褒貶、別善惡」藝術功能，使人們能目視外表，窺其心胸。具體根據秦腔的圖案排列，秦腔臉譜主要存在以下四種。

第一種為整臉，整臉是秦腔對元雜劇臉譜的繼承，在整個臉部上，用一個

〔註19〕張志峰·秦腔臉譜四大譜式演進論述〔J〕·海南師範大學學報（社科版），2015（6）：125。

顏色來進行塗抹，而後用黑色或是白色勾勒出眼睛、鼻子、嘴巴等的基本輪廓，面部雖然也有一些簡單圖案，但並不影響整臉的一個顏色布局，其中主要有黑臉、白臉、紅臉這三個整臉居多。

图9　秦腔整臉臉譜〔註20〕

　　第二種為三塊瓦，這也是秦腔中的基礎臉譜之一，較之整臉有著豐富的變化性，在表現人物方面更具有個性化，因而大量運用於秦腔演出之中。三頁瓦首先需要用黑色勾勒出眉毛、眼睛、鼻子和嘴巴的基本輪廓，從而將整個臉部劃分為一個額頭和兩個臉頰的三部分，然後在在這三個部分中，分別用不同寓意的顏色與形狀來進行填充，以表達不同的人物（如圖10）。其中更為具體的有紅三瓦、黑三瓦、白三瓦等的區分。第三種為四大塊臉，在額頭上畫上一個通天柱或衝天的圖案，從而使得額頭被分為兩個部分，再加上臉頰，整個臉被劃分為四個部分，然後在四個部分以不同顏色與圖案來進行完善，以表達不同人物（如圖10）。第四種為歪臉，這是秦腔所獨有的臉譜。一般的秦腔臉譜，都是以面頰兩邊對稱為主要表現，但歪臉主要以臉頰兩邊的圖案與色彩不對稱為主要表達，在視覺上形成一種嘴歪眼斜的效果，以此來表達面貌醜陋的人物（如圖13白石剛）。除此外，還有一些秦腔獨有的臉譜形式，如旋臉（如圖10）、兩膛臉、巴巴臉等。

〔註20〕　本著作中所有秦腔臉譜均為作者本人所繪製。該圖中第一個臉譜為秦腔整黑臉臉譜，所描繪的人物為秦腔劇目《鍘美案》中的包公，圖中第二個臉譜為秦腔整白臉臉譜，所描繪的人物為秦腔劇目《白逼宮》中的曹操。圖中第三個臉譜為秦腔整紅臉臉譜，描繪的人物為秦腔劇目《出五關》中的關羽。

圖 10　秦腔三塊瓦、四大塊、旋臉臉譜〔註21〕

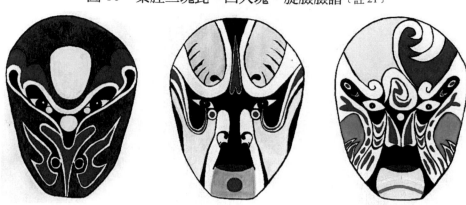

　　秦腔的臉譜的主要特點在於整體莊重、大方、乾淨、生動和美觀。因此，在顏色的運用上，發展至今，總共有十個基本色，分別為紅、白、黑、黃（金）、綠、紫、灰、銀、藍、赭，但主要還是以最早期黑、白、紅三個基本色為主，間色為副，很少使用過渡色。這些顏色在顯示人物性格上，表現為「紅忠、黑直、白奸、綠魔、黃神」的基本特點。在圖案紋飾上，要比色彩更為豐富。以所繪位置為標準，可以分為額頭圖、眉型圖、眼眶圖、鼻窩圖、嘴型圖，以圖案畫面為標準，可以劃分為動物紋、植物紋、礦物紋、器物紋等。而各種圖案有固定寓意，但在具體適用中較為靈活。如八卦圖代表神機妙算之人，火苗圖代表脾氣暴躁之人，通天柱代表智勇雙全之人。而在整體構圖中，秦腔臉譜的線條粗獷，筆調豪放，著色鮮明，對比強烈，濃眉大眼，圖案壯麗，寓意明朗，性格突出，整體格調給人一種「豪爽」的感覺。

三、秦腔法律文化臉譜的表達

　　所謂秦腔法律文化臉譜，主要是指秦腔臉譜中存在的一個能夠單獨表達法文化的臉譜系統。秦腔臉譜主要是表演中的一個符號，它的表達主要依附於秦腔劇目的具體內容與其中人物的設定。而秦腔中存在一條清晰的、系統的與完整的法文化敘事體系，而圍繞著這樣的敘事特點，自然也就存在一套法文化臉譜系統。而秦腔法律文化臉譜作為秦腔臉譜的一個子系統，主要是將秦腔中表達法文化意蘊的臉譜進行抽象與歸納而得來的，因而在設色、定圖與取義

〔註21〕　本著作中所有秦腔臉譜均為作者本人所繪製。該圖中第一個臉譜為三塊瓦臉譜，所描繪的人物為秦腔劇目《回西岐》中的雷震子，圖中第二個臉譜為秦腔四大塊臉譜，所描繪的人物為秦腔劇目《刺秦王》中的嬴政。圖中第三個臉譜為秦腔旋臉臉譜，描繪的人物為秦腔劇目《玉虎墜》中的馬武。

上，遵循著秦腔臉譜的一般邏輯。

在秦腔法律文化臉譜中，依然在基本譜系的基礎上，以十大基本色與主要圖案來勾畫臉譜，只是在寓意表達上更為突出於法律內涵的表達。但從顏色上來講，就存在著最為顯著的法律象徵意義：紅色代表赤膽忠心、黑色代表剛正不阿、白色代表奸詐陰險、黃色代表勇猛兇暴、綠色代表俠義肝膽、藍色代表智慧強悍、紫色代表果敢剛毅、金色代表佛祖神仙等。〔註22〕這些臉譜將秦腔法律文化的精神內涵直觀地呈現出來。其中形成了一些典型的臉譜，成為法文化承載與傳達的主要載體，也成為秦腔法律文化研究的主要對象。其中傳統劇目中臉譜的法文化寓意更為顯著與豐富，主要形成了以下幾個典型的臉譜表達。

首先是代表正義的清官臉譜，其中最具代表性的為黑臉包公臉譜。包公作為秦腔戲曲中黑臉的典型例子，深入人心。同時包公作為一個典型的清官形象，亦是深入人心。包公這一人物作為藝術與法律的紐帶，其臉譜具有強烈的法文化蘊涵。從圖9中可以看出，其中全臉的黑色代表剛正不阿，是一種公平的表達。臉頰兩邊的暗紅色代表忠心，是一種忠誠的表達。秦腔包公的臉譜具有特殊性，除了黑色主調以外，與京劇包公臉譜相比，不僅僅只在額頭勾出一個白色月牙，而是界以「白眉子」腦門勾一上弦月，內套一輪紅日，即為日托月，說明包公掌管陰陽兩界司法，日斷陽夜斷陰，權力極大。這樣大氣勢的藝術造型，加上淨行的動作、服飾與唱功，將包公清官氣質表現得淋漓盡致。

其次是代表忠義的義士臉譜，尤其在中國文學敘事中的傳統法律文化中，綠林好漢的俠義是其主要組成部分，因而在秦腔法律文化臉譜中也有著這樣的存在。其中最具有典型性的是紅臉艾謙的臉譜（如圖11）。艾謙是秦腔經典公案戲《火焰駒》中的主要人物，〔註23〕而《火焰駒》是秦腔根據李芳桂創作的碗碗腔劇目創作出來的，所以基本上是秦腔的獨有劇目，其他劇種少有演

〔註22〕 一個臉譜的寓意是由圖案、結構與顏色一起構成的，因而這些臉譜顏色的寓意也不是絕對的。例如《八義圖》中的屠岸賈以紅臉膛為主，但表示兇險奸詐之人，主要區別在於勾眼窩和不對稱的圖案上。

〔註23〕 《火焰駒》為秦腔傳統公案劇目，主要故事內容如下：宋時，李彥榮為帥出征，奸賊王強不發糧草，李彥榮仍勝，北狄王求和，交出王強勾結北狄密信一封。王強得知怕謀反事洩漏，乃先奏李彥榮投降北狄。宋帝不查真偽，即將李彥榮之父李綬收押監中。其弟李彥貴拜見岳父黃璋，其昧卻婚姻，桂英得知後，決定花園贈銀。不料被管家黃良聽知。正當丫鬟芸香給彥貴交銀之時，黃良殺死芸香，命人捉住李彥貴。誣告彥貴偷銀殺人，送之於官。縣官將彥貴判為死刑。幸有販馬義士艾謙騎上火焰駒，與李彥榮報信。李彥貴臨斬之日，李彥榮趕到，救下彥貴奔赴汴梁，面奏皇上，並呈上王強勾結北狄之密札，由皇帝親自平冤。

出，艾謙這個人物形象也就具有了秦腔獨有的法文化涵義。在《火焰駒》中，從艾謙的故事現來講，艾謙在好友被陷入獄之時，為救好友不辭辛勞，騎乘寶馬「火焰駒」日行千里，傳達消息，終使好友平冤昭雪，是一個典型的忠義代表。而艾謙的臉譜主要以代表忠義的紅色為主，在眼部使用立眉正眼的畫法，以表達人物的正大光明與忠義正直的氣質。因此，艾謙的臉譜也成為了秦腔法律文化臉譜中的典型代表。

圖 11　秦腔法律文化傳統劇目《火 焰駒》艾謙臉譜〔註24〕　　圖 12　秦腔法律文化傳統劇目《十 王廟》陸判臉譜〔註25〕

　　第三是代表正直的鬼神臉譜，具有一定級別的鬼神一般掌握有陰間或者天間的司法權力，而其所掌握的司法權力具有一種最高級別的性質，可以使陽間一切不公得到最終的公正。因而這些秦腔鬼神臉譜屬於典型的秦腔法律文化臉譜，傳達著一種正直的精神內涵。其中最為典型的是秦腔中的陰間判官形象，這些來自陰間的司法官員，往往突出形象的陰森恐怖，從而起到預防犯罪的最用。如秦腔《十王廟》中的陸判（如圖 12），〔註26〕以綠色為主要色調，以表達粗暴、野蠻、堅定與正直的性格，其額頭與面部勾勒出蝙蝠的形象，一方面增加人物的恐怖與威嚴，另一部分「蝠」與「福」同音，以表示「恨福來遲」之意，說明這些判官最終會為冤屈者帶來正義。

〔註24〕　本著作中所有秦腔臉譜均為作者本人所繪製。
〔註25〕　本著作中所有秦腔臉譜均為作者本人所繪製。
〔註26〕　《十王廟》為秦腔傳統公案劇目，主要故事內容如下：陵陽書生朱爾旦，生性蠢鈍，一日與友賭戲，看朱是否敢深夜獨自進入十王殿，背負判官出。果然，朱背負判官至，眾驚逃。判官見朱爾旦對其不生恐懼，便與朱結為義友，教朱作文。見其誠實善良，並代為換以慧心，朱應試中舉。朱嫌妻面醜，求於判客，乃取死女絳仙之頭，與朱妻飛燕更易，使其美之。後朱被死女絳仙家人誤為兇手，逮之，絳仙與朱妻飛燕同託兆，事乃明。

　　除了這些代表正面涵義的秦腔法律臉譜外，還存在承載反面涵義的秦腔法律文化臉譜，如代表邪惡的罪犯臉譜，其中秦腔中最為典型的是《八件衣》中的犯罪分子白石剛的白色加歪臉臉譜（如圖13）。還有代表奸惡的貪官臉譜，其中最為典型的是秦腔劇目《竇娥冤》中的白臉法官桃杌等（如圖14）。這些以法律主題為核心的秦腔法律文化臉譜，不僅承載與表達著秦腔法律文化的精神內涵，而且將這些法律精神傳播開來，傳承至今。

圖13　秦腔法律文化傳統劇目《八件衣》白石剛臉譜〔註27〕　　圖14　秦腔法律文化傳統劇目《竇娥冤》桃杌臉譜〔註28〕

第三節　行當程式

一、秦腔的行當角色

　　行當又稱角色或腳色，是戲曲術語，指根據演員所扮演人物的性別、性格、年齡、身份和地位等，在化妝、服裝、表演等各方面給予藝術誇張後，形成的人物形象典型化與類型化。秦腔行當具體分為生、旦、淨、丑四大類，除了旦行是表示女性人物以外，其餘均代表男性人物，而這四大行當又根據更為細緻的類型化標準，進行了進一步分工。其中生行分為鬚生、小生、武生；旦行分為正旦、小旦、花旦、老旦、彩旦、武旦；淨行分為大淨、毛淨；醜行分為大丑、小丑、老丑、武丑。其中鬚生是秦腔的首要行當，在戲班中處於挑梁的地位，以卦鬚為標誌。不同的行當是不同的形象體系與表演體系，其妝容、服裝、

〔註27〕本著作中所有秦腔臉譜均為作者本人所繪製。
〔註28〕本著作中所有秦腔臉譜均為作者本人所繪製。

造型、動作、唱腔等各有不同，既是人物情感的外化，也是觀眾審美的共相化。因此，對於不同人物所歸入的不同行當，表達了國人的共同價值觀念，其中也蘊含著國人的共同的法律心理、法律意識與法律思想等法律精神文化內涵。

圖 15　秦腔《睢陽魂》生行〔註29〕　　圖 16　秦腔《鍘美案》旦行〔註30〕

圖 17 秦腔《姜維》淨行〔註31〕　　圖 18 秦腔《三盜九龍杯》丑行〔註32〕

〔註29〕該圖為秦腔鬚生演員王永進演出秦腔《睢陽魂》時扮演南霽雲的劇照。
〔註30〕該圖為秦腔旦角演員屈巧哲演出秦腔《鍘美案》時扮演秦香蓮的劇照。
〔註31〕該圖為秦腔淨角演員常小軍演出秦腔《姜維》時扮演姜維的劇照。
〔註32〕該圖為秦腔丑角演員張浩演出秦腔《三盜九龍杯》時扮演楊香五的劇照。

二、秦腔的程式表演

秦腔的這些行當,一般配套有程式化的表演,即戲曲演出中的唱、念、做、打。〔註33〕而這種形象類型化與表演程式化,不同於西方的話劇,需要以表演體系來塑造人物,來表達人物性格,在表演中,這些人物的形象、背景與性格一開始就已經被生、旦、淨、丑這四個行當所呈現,同時被與之相對應的唱、念、做、打表演所塑造。也就是說,具體到一個人物就有一套固定的裝扮與表演系統,無論哪個演員上臺,是包公(黑臉)還是曹操(白臉)、是佘太君(老旦)還是秦香蓮(青衣)、是關羽(武生)還是程嬰(老生),人們心裏大概已經有數了。因此,秦腔作為一種戲曲表演,演員也是以生、旦、淨、丑的行當與唱、念、做、打的演出為核心的。〔註34〕這套演出體系具有「善惡分明、正邪突出」的藝術功能,而秦腔借助於這種藝術功能,將特有的法文化清晰明瞭地呈現在人們眼前,深刻進人們的內心。

三、秦腔法律文化表演的特色

具體從秦腔法律文化表演出發,也在遵循秦腔一般行當程式邏輯的基礎上,存在著一套成熟的表演系統,承載與傳達著中華優秀法律文化。其中以秦腔中的「清官」表演為例,秦腔法律文化中也基本形成了一套有關「清官」的行當程式。在秦腔「清官」敘事中存在兩套清官系統,相互獨立,又互相關聯。其一為「包公」清官體系,而這一體系基本被臉譜系統所承載,由包公特有的黑臉所呈現。其二就是包公以外的「清官」體系,也就是普通「清官」的體系。從具體敘事中可以知道,這些「清官」往往是對「包公」體系的一種補充,在司法效力上往往要比包公弱很多,更接現實生活中「清官」的形象。一般以鬚生來作為普通清官的主要行當,例如《串龍珠》〔註35〕中

〔註33〕唱指的是秦腔演出中的唱功;念指的是秦腔演出中具有音樂性的念白;做指的是秦腔演出中的表演;而打則指的是秦腔演出中的武功。

〔註34〕胡雪梅·行當·程式·性格——對秦腔表演藝術新的思考〔J〕·當代戲劇,2007(5):40。

〔註35〕《串龍珠》為秦腔傳統公案劇目,主要故事內容如下:元代,異族統治,極其黑暗殘忍。順帝時,貴族完顏佗與子完顏龍盤踞徐州,暴虐尤甚。孀婦李婉娘因穿孝服過其府門被挖一目,並殘殺懷抱幼子。出獵借水時,剁去花雲妻一手,又以販私鹽為罪收押花雲舅郭廣卿,並誣賴典當祖傳串龍珠之侯伯卿為盜,牽連典肆主人康茂才,送交州衙追贓問罪,同時李、花二婦也到州衙鳴冤。完顏父子勒令州官徐達罪陷茂才等,徐達知完顏父子不法,不肯逼審受害人等,秉公判斷,遂被完顏父子撤換。義軍頭目郭廣卿憤之,與眾受害人當堂打死繼任

的徐達、《十五貫》〔註36〕中的匡有義、《九黃七朱》〔註37〕中的施公皆為鬚生。鬚生屬於生行中的老生，之所以有「鬚」子，是該行當的形象中都必須佩戴鬍子，即「髯口」。而「髯口」表示嚴肅莊重，因而鬚生多扮演正值剛毅的正面人物。具體有正生、老生、紅生之別，其中正生表示中年男性，老生表示老年男性，紅生則勾紅臉表示文武兼備的男性，例如關羽。

圖19　秦腔法律文化傳統劇目《串　圖20　秦腔法律文化傳統劇目《十
　　　龍珠》徐達〔註38〕　　　　　　　　五貫》匡有義〔註39〕

　　　州官，勸徐達起義。花雲搬來梵王宮僧兵，一戰殺死完顏父子，集兵梵王宮。
〔註36〕《十五貫》為秦腔傳統公案劇目，主要故事內容如下：明時，有熊友蘭、熊友惠兄弟與蘇綺娟比門而居。熊友蘭出外做工，熊友惠在家讀書，書房與蘇綺娟繡房只有一牆之隔，老鼠將馮家銅錢嘵至熊家，馮家告官，縣官郭於執遂以十五貫錢判熊友惠與蘇綺娟有姦情。尤福祿之十五貫錢被陸亞夫盜去，並被陸亞夫殺死。眾鄉鄰以為尤福祿之繼女尤三姑串通姦夫盜錢殺尤福祿。追賊途中，遇熊友蘭身負雙熊夢，即認為錢被熊友蘭所盜。縣官郭於執以十五貫巧合贓銀而使熊氏兄弟蒙冤。知府匡有義審明此案，為熊氏兄弟平反了冤案，並將蘇綺娟與尤三姑分別許配給熊氏兄弟。
〔註37〕《九黃七朱》為秦腔傳統公案劇目，主要故事內容如下：清康熙年間，黃鳥、蜘蛛轉化的九黃和尚和七朱尼姑，聚眾淫樂，危害百姓，殺商販、劫銀兩。翰林胡好玄夫妻還願觀音庵，窺破七朱私情。七朱懷恨，訴之九黃，夜殺胡氏夫婦，將首級移往他處，遂釀成商人劉君佩殺死周無陽命案。九黃之眾，又搶海潮還之銀、劫其女。受害者均訴諸知縣施世綸。無頭案使施苦悶。一覺中，夢遇夢魂使，得知禍首。差人暗訪，果然不錯。遂設計捕捉九黃七朱，結了無頭案。
〔註38〕該圖為馮傑三先生於1962年整理出版的劇目《串龍珠》的封面。
〔註39〕該圖右邊為閻振俗先生飾演的《十五貫》中的匡有義，左邊為陸亞夫。

　　圖 19 與圖 20 分別為《串龍珠》中的徐達官服的形象與《十五貫》中的匡有義的便服形象，兩者都是以鬚生行當中的正生來表達其正面人物的形象。〔註40〕尤其圖 19 中穿上官服的徐達，儼然一副中國老百姓心目中清官的標準形象。而對於這類「清官」的鬚生演出，在唱、念、做、打方面，要求表現的更為老成穩重。例如《十五貫》中匡有義的念白，在表演時要求演員表現得更為沉穩流暢與剛勁有力。而對於匡有義的做工中，往往要求演員多以文氣與高雅的捋髯、提袍、甩袖、亮靴等程序來演出。而這種普通清官的造型不像包公那樣誇張，更接近生活，為老百姓能夠在生活現實中尋找到清官提供了可能，使清官的法文化體系更加完善，為老百姓構建起關於法律的信仰，是中國傳統清官文化的重要組成部分。而與「清官」相反，在秦腔法律文化中還存在這一套以丑角為核心的昏庸法官體系，除行當不同外，其程序演出多以滑稽為主，以突出對於這類官員的諷刺，從而起到對現實司法官員的警示作用，其中的經典角色既有秦腔傳統公案戲《打砂鍋》中的「法官」胡古董，〔註41〕也有秦腔近代公案戲《三滴血》中的「法官」晉信書。〔註42〕

〔註40〕鬚生中正生是秦腔中的主要行當，時表示正面人物的主要行當，但是也有偶而的例外，例如秦腔《鍘美案》中的陳世美也為正生，一是因為其為讀書的文人應在生行內，二是年齡為中年應帶髯鬚，這些都符合正生的一般要求。但是通過文本的敘事，反而使正生的形象具有了反作用，突出了陳世美「人面獸心」的形象，使其成為了中國法文化中的罪惡符號。

〔註41〕《打砂鍋》為秦腔傳統公案劇目，主要故事內容如下：敘胡倫好賭，父胡成勸其不聽，反遭其打。胡成告於縣官胡古董，命胡成傳子，又被胡倫痛打，胡成追之，不意打碎山西娃老王之鍋。王告於縣衙，胡古董誤王為倫，責打四十大板。胡成走後，古董始明，賠王二百四十個廢錢，又設計追回一百二十個真幣，遂得結案。

〔註42〕《三滴血》為秦腔近代公案劇目，主要故事內容如下：清時，山西人周仁瑞在陝經商時，其妻一胎生雙生子，後難產而死。周仁瑞無力完全撫養，只能養長子天佑，將次子賣與李三娘。三娘更其名為李遇春，與己女晚春訂為婚約。後仁瑞經商折本，帶天佑回山西老家想要拿回家產，其弟周仁祥霸佔家產，不認侄兒天佑。仁瑞訴至官府，縣官晉信書以書中滴血認親之法，斷天佑非仁瑞親生子，父子失散。遇春長成後，三娘病故，惡少阮自用看上晚春，假造婚書，逼其成婚。晉信書復以滴血之法認定晚春與遇春為親姐弟，將晚春判歸阮自用。花燭之夜，晚春逃出，尋找遇春。仁瑞尋子與遇春奶娘王媽相遇，皆不服滴血斷案之法，同往縣衙訴訟。晉信書又以滴血認親之法，斷周仁祥與其子牛娃又非親生。後天佑、遇春結盟投軍，各在疆場立功受封得官，提審縣令晉信書，冤案始明，闔家團圓。

圖 21　秦腔法律文化傳統劇目《打　　圖 22　秦腔法律文化近代劇目《三
　　　　砂鍋》胡古董〔註43〕　　　　　　　滴血》晉信書〔註44〕

　　除此外，還有秦腔中的砌末道具，其中砌末指傳統戲中的道具，而道具一詞在戲曲中主要使用於現代戲中。在戲曲表演中，砌末道具具有顯示人物身份、烘托氣氛、點燃環境與輔助表演等作用，因此是戲曲表演中不可或缺的部分。而在秦腔中存在著不同類型的大量砌末道具，其中有許多都與法律有關。其中最具典型性的是傳統公案敘事中的公案砌末，主要包括公案、官印、籤筒、刑具、令牌、狀紙等。圖23 為秦腔法律文化傳統劇目《八件衣》的劇照，〔註45〕其中表現的正是一場縣官通過刑訊手段進行審案的表演，其中對一些重要

〔註43〕該圖為秦腔丑角演員謝蛟演出秦腔《打砂鍋》時扮縣官胡古董的劇照。

〔註44〕該圖為「大秦之腔」北京青年研習社業餘秦腔演員演出秦腔《三滴血》時扮縣官晉信書的劇照。

〔註45〕《八件衣》為秦腔傳統公案劇目，主要故事內容如下：宋時，宋儒生張成愚欲赴京應試，往舅父杜九成家借貸川資。其舅命女兒秀英收拾幾件衣服交張去典當，秀英對表兄有意，將自己積蓄白銀十兩夾在其中，並附繡鞋一隻，以表情意。成愚不知，未打開包裹就拿到當鋪去當。適前夜富戶馬鴻被盜，且家院被殺，縣衙都頭白石剛見成愚典當之包內有銀兩又討價甚少，認定其為兇手緝拿。縣官楊連武斷其盜物殺人罪，誤將張成愚嚴刑拷死，拋屍郊外，幸被乞兒仁義救活，共赴包龍圖臺前告狀。經包公審理，張生得以明冤，與秀英完婚。縣官楊連被罷官，誣告者富戶馬鴻與與真兇都頭白石剛被處死刑，乞兒仁義被判繼承馬鴻全部財產。

的公案道具進行了呈現。如縣官面前的公案和公案之上的令牌、官印，還有衙門班頭執行刑訊時所用的刑具等。而這些公案砌末也是秦腔法律文化的主要載體，應該得到關注與重視。

圖 23　秦腔法律文化傳統劇目《八件衣》〔註 46〕

〔註 46〕該圖為 2016 陝西省渭南市秦腔劇團「一元劇場」演出秦腔傳統公案劇目《八件衣》的劇照。

第三章　秦腔法律文化的核心精神

　　「關學」雖然以關中這一地理名稱來命名，但是它並非是僅有地域特色的關中之學，它是中國古代的一個儒學流派，具體地講為一個理學流派。〔註1〕但由於關學與關中之間存在的緊密聯繫，尤其是受到關學學者關中背景的影響，關學對於關中的影響自然是最大的。自宋代張載開始，在關中之地逐漸形成了關學的文化場，其中也包括了關學的法律思想與精神。這種文化場不僅影響著關中民眾的一般法律審美，也影響著關中文人的法律意識，並通過秦腔的創作得以表達與傳播。秦腔的劇目創作模式，經歷了一個逐漸發展的過程，開始源發於關中民間的亂彈，是老百姓為了滿足自己娛樂生活需求，而在自娛自樂中邊彈邊唱創作出來的，其中一開始就飽含著關中民間法律的原始情感。隨著秦腔的不斷成熟，具有了商業演出價值後，戲班的出現與其中「戲包袱」的參與，不僅使秦腔有了完整的藝術形態，也使得秦腔中的法律意識開始具有抽象性與引導性。其中就包含著受到關學文化場影響的一般法律審美。秦腔作為藝術的不斷完善與其社會影響的不斷增強，受過系統教育的關中思想家，開始主動參與到秦腔劇目的創作之中。這些關中思想家，大多受過關學教育與滋養，一方面將民眾中分散的、具體的、個別的關學法律情感、觀念進行梳理與抽象，另一方面將完整的、系統的與理論化的關學法律思想體系注入秦腔創作

〔註1〕北宋理學存在四大學派，分別為「濂洛關閩」，其中每一個學派的名稱都是由其創始人家鄉來進行命名的，其中張載為關中之人，其學派命名為「關學」；周敦頤為湖南人，其流派是以其家鄉湖南省內的濂溪來進行命名的；是以其創始人張載出生地為學派；二程所創立之洛學，是以其家鄉洛陽來命名的；而朱熹的閩學，也是以其出生地福建的簡稱「閩」來命名的。

之中，並通過秦腔傳播出去。而秦腔也在關學的滋養下，成為更為成熟與規範的藝術，從而流播至全國。雖然秦腔由於地域原因或歷史原因，受到過不同思想的影響，但秦腔中這種關學品格，是貫穿在秦腔發展始終的，是其法文化的獨特內涵，也是秦腔法律文化區別於其他劇種法文化的決定性因素。因此，秦腔法律文化的這種關學品格，或張揚或隱匿地存在於秦腔法律文化的每一個階段，一直延續至今。

第一節　蘊涵的關學品格

　　「關學」一般指國家主流思想「儒學」的一個主要學派。自宋代發源以來，對陝西關中地區產生著重要的影響，尤其是對該地區的經濟、政治、思想與教育等領域。所謂文人是一個現代概念，但在古文中經常出現。從古代社會的涵義來看，常指會寫文章且有文德的讀書人，曹丕在《與吳質書》中寫道：「觀古今文人，類不護細行。」〔註2〕這些讀書人，是在古代科舉制度大背景下，以國家主流思想為指引，以文學為主要表達方式的人群。那麼，關中文人由於地域原因，便是受到「關學」影響的文學創作群體。因此，無論從歷史上，還是從當代現實出發，對於關中文人與其文學作品的研究一定離不開「關學」。而由於關學研究成果的汗牛充棟，在此之上，關學與關中文學的研究成果也是極為豐富的。這種關聯性關注，從明時的王恕、康海、馮從吾，到清代「關中三李一康」「關中四傑」「洮陽詩社」，一直到當代的陳忠實、賈平凹，不僅從未間斷，還在不斷深化。那麼秦腔，同樣作為一種發源於秦地，成熟於關中地區，並流行於關中地區的民間主流藝術形式，卻鮮有關於它與關學間的研究。秦腔一是它誕生於民間百姓的「自娛自樂」，二是一種綜合的藝術形式。因此，它不同於一般文學作品，一開始就形成了文人主導的形態，呈現出了與「關學」的直接關聯。對於秦腔的認知更多的是從民間藝術的角度展開的。但實際上，「關學」雖以文人為發展與傳播的主體，但最終面向的是民間群體，如《呂氏鄉約》對於「關學」的實踐。可以說，無論從地域上，還是時間上，秦腔與「關學」之間必然存在著緊密的關聯，甚至秦腔中存在更具實踐價值的「關學」形態。

〔註2〕《與吳質書》是魏文帝曹丕寫給友人吳質的一封書信。

一、空間關聯中的關學品格

「關學」從地域角度來講，是指由北宋張載創立的，至明清時代仍流行於關中地區的理學學派，是儒學的一個重要學派。由於其創立人張載為關中人而得名「關學」，也因張載世稱「橫渠先生」而亦得名「橫渠之學」。由於張載長期在關中講學，其弟子與後來的繼承者也多為關中人，並多以關中地區為其活動場域，「關學」成為了帶有地域標識性的思想文化，並滋養著關中地域的人文氣息。實際上，「關學」是在繼承正統關中血統之上而形成的。關中地區，一直是千年黃土龍脈所在之地，在經歷唐代的隆盛與失範後，至宋代進入修正時期，但其中關中地區源於歷史積累，所形成的豐富儒學資源與高尚儒學精神，卻在這一時期不斷地反思與發酵。

隨著新儒學思潮的出現，關中地區眾多儒家學子紛紛加入振新儒學隊伍之中，其中儒學中興之人就有關中華陰大儒申顏與候可，他們創立的「華山學派」，被世人稱之為「華學」。而張載所創立之「關學」就是在「華學」基礎上所創立起來的，是中國儒學史上承上啟下的重要學派。而秦腔，從其最早的上古文化基因形態來看，就產生於秦地，後經歷周秦時期的樂舞，漢代的歌舞百戲，至宋元時期初露崢嶸。而至明代，秦腔成熟而完整地呈現在世人面前，並在清代走向全國。這在地域上與「關學」是一直重合的。

進一步，真正從秦腔獨立形態與歷史記載的角度出發，秦腔則出現在明代陝西關中地區，它主要唱腔是以流行於關中地區的勸善調為基礎的，其唱詞內容多為「二十四孝」之類重在道德教化的故事。近晚發現的明代萬曆年間在南方演出的劇目《缽中蓮》，其中表明有「西秦腔二犯」的唱段。按照王國維關於「戲曲以歌舞演故事」的經典論述，這段表明﹝西秦二犯﹞的故事，是完全符合要求的秦腔劇目片段。因此，《缽中蓮》被認為是目前發現的，關於「秦腔」最早的文字記載。那麼，「關學」與秦腔都準確的產生於關中地區，兩者在地域上首先產生著天然的關聯。

從文化結構角度出發，「關學」作為一個儒家學派，主要呈現出一種文化精神層面的深層結構形態，而秦腔作為一種藝術表現形式，更多的呈現為一種文化物質層面的淺層結構形態。因此，它們在相同地域內，參加其中社會場域的方式上容易形成重合。一方面深層的精神層面「關學」需要能夠表徵自己的物質形態，而另一方面淺層物質層面的秦腔也需要尋求能夠充實自己的精神內核。「關學」在關中地區經久不衰，且不斷傳承的一個重要途徑就在於「大

興文教」。張載自創立「關學」以來，就不以「功名」為目的，而在於提高學員道德修養為旨歸，因而在宋代私人講學蔚然成風的大背景下，關學學者逐漸形成在家鄉關中開館授徒的普及教育路線。不僅在關中創立了許多著名的書院，還在關中廣收門生。張載不僅在眉縣故里創立了橫渠書院，還堅持在關中各地授課講學，其門生雲集，影響極廣。除此外，元代有名之關中書院多大八所，明清兩代主要傳授「關學」的書院多達二十多所。其中就有最為著名的「關中書院」，該書院由著名關學學者馮從吾於萬曆三十七年在西安創建，一經創建就成為了當時關中的思想交流中心：「一時同志川至雲集，吾道庶幾興起。」〔註3〕而馮從吾在書院中堅持講學二十載，被世人稱之為「關西夫子」。

　　「關學」通過這些具體的文教措施，逐漸成為關中社會場域中的主導思想與精神內核，並傳播於關中地域社會空間中的不同位置。而秦腔作為流行於陝西各地的一個最大的劇種，俗稱為「大戲」。清乾隆中葉嚴長明所著《秦雲擷英小譜》中記載：「絃索流於北部，安徽人歌之為樅陽腔（今名石牌腔，俗名吹腔），湖廣人歌之為襄陽腔（今謂之湖廣腔），陝西人歌之為秦腔。」〔註4〕這足以見證，秦腔在關中地域社會藝術空間中的絕對主流地位。其中必然在社會場域層面產生交集與重合。

　　從群體空間出發，由於「關學」創立之時的「非功名化」與「普及化」，使得「關學」逐漸走向了民眾，並以實踐方式深入民心，這也是「關學」千年經久不衰的原因所在。一方面在於「關學」強調實踐與實用，注重將理性抽象的理論，演繹在社會實踐之中，實現與現實的交互與對現實的干預。從張載起，就非常重視以民間場域為其理論實現的場域，樹立「關學」入民之情懷。其弟子呂大均更是將關學引入民間社會治理的層面，撰寫《呂氏鄉約》，教化鄉里，使得關中風俗為之一變，也使「關學」之思想潛入於關中百姓之內心深處。而在實踐中，學者們「躬行禮教」的踐行觀，也使得「關學」思想在民間場域中蔚然成風。另一方面，在「關學」大興文教的過程中，本就使其教育得到了一定的普及，而隨著「關學」的進一步發展，明確提出了教育主體的民間化。清末劉光蕡提倡「無論男女，胥入里塾」，一生都在完成「教民養民」的理想，大力推對了「關學」的鄉學模式發展。這些都使「關學」與民間群體緊緊地聯

〔註3〕〔明〕馮從吾·少墟集〔M〕//〔清〕紀昀·文淵閣四庫全書：第一二九三冊·臺灣：臺灣商務印書館，1983：248。

〔註4〕〔清〕嚴長明·秦雲擷英小譜〔M〕//傅謹·京劇歷史文獻彙編：清代第1卷·南京：鳳凰出版社，2011：11。

繫在一起，成為關中民間場域中的精神核心。

　　而秦腔是一種徹徹底底的民間藝術，它是在經歷一代又一代名不見經傳的秦地民間藝人的藝術實踐中逐漸成熟起來的。其中民間場域中普遍存在的「關學」思想必然不自覺地對秦腔有著重要的影響。而隨著秦腔成熟繁榮成為主流文化後，關中文人開始主動參與其中。這些出生於關中，生長於關中，並且受教育於關中的文人墨客與官場名流，其皆從關中文教中走來。那麼，「關學」與秦腔的關聯就不言而喻了。

二、時間關聯中的關學品格

　　從時間角度來看，「關學」與秦腔之間也存在著緊密的關聯。「關學」作為中國封建社會後期的一個相對獨立的地域性的哲學學派，從北宋創立到清末終結，歷時八百年之久。〔註5〕因此，「關學」一般被認為正式開始於北宋時期，這是以「關學」成熟為標誌的一種時間界定。正如上文分析所知，「關學」作為發源於關中地域的一個儒學流派，其自身中早已承接了秦地自周代之「禮」至唐代之儒學的歷史資源。同一個區域內，秦腔至宋代初露崢嶸之前，也存在著從上古至隋唐的各種秦腔成熟前形態。在這種同一時空的前提下，前「關學」形態其實早已與前秦腔形態糾纏在一起。其中，上古秦腔文化基因與「禮」皆源於上古的祭祀。上古巫風歌舞作為秦腔古老的文化基因，是祭祀的主要組成部分。而集中在渭河之濱的古成紀天水地界的四位「開元之神」，伏羲、女媧、黃帝、神農，既是原始宗教的大巫，又是巫風歌舞的權威，也是創造巫舞與樂器的高手。至周代，周公「制禮作樂」，明確理性的呈現了這一糾纏。西周周成王創作的《大武》祭祀歌舞，既是歷史上恢宏的祭祀儀式，也是一部非常完整的戲曲演出。《傳習錄》中記載，王陽明曰：「《韶》之九成，便是舜的一本戲子。《武》之九變，便是武王的一本戲子。」〔註6〕而後春秋戰國「禮崩樂壞」，「禮」與「樂」也被分離各自發展，「禮」以儒學之形式向精神層面發展，「樂」以秦風形式往藝術層面發展。但兩者以地域為前提，以文化中精神與物質的聯繫繼續發生著隱性的糾纏。

　　至宋代，在張載的創立下，「關學」首先以成熟的姿態出現於關中地區。這為秦腔的「關學」核心奠定了堅實的基礎，將「禮」與「樂」各自成熟的形

〔註5〕趙馥潔‧關學精神論〔M〕‧西安：西北大學出版社，2020：1。
〔註6〕〔明〕王守仁‧傳習錄〔M〕// 楊國榮‧象山語錄陽明傳習錄‧上海：上海古籍出版社，2000：285。

態又一次緊密地聯繫在了一起。「關學」自北宋創立以來，張載首先從學術對於現實的實際效用出發，形成了開設書院、躬行禮教與鄉里教化的「關學」傳統。藍田三呂在此基礎上，通過《呂氏鄉約》的制定與實施，進一步將「關學」由理論轉向實踐，並深入民間。至元代，「關學」雖受挫折，但仍然堅持走社會底端路線，並更加注重對於民間世俗生活的化育。明代，在呂柟、馮從吾等關中學者的努力下，「關學」出現中興態勢。直到清初，李顒以儒學代替理學，致使關學復盛而轉化。〔註7〕在此發展過程中，「關學」思想順利進入了關中地區的空間場域系統，其中既有以文人為主體的上層的雅文化場域，也包括以百姓為主體的下層俗文化場域。「關學」順利的成為了關中地區的主流思想，並在該地區形成了一種持久的文化習性。這一文化習性，一方面塑造著人們的文化心理，對其中的價值觀與審美觀產生潛移默化地影響，也就是說只有符合「關學」審美的藝術作品才能被接受與喜愛。另一方面這一文化習性，會主動參與到文學藝術作品的構建之中，它具有一種向外表現的主動性，會通過創作者的角度主動呈現出來。而秦腔在明代完整成熟的出現，是在「關學」文化習性形成之後，秦腔必然在「關學」影響之下。就秦腔自身而言，明代陝西戲曲基本上有四種：一是北曲雜劇，二是陝西曲子（以民間歌曲和散曲為中心發展而成，即後世的眉戶、道情），三是西曲秦腔（當地人稱大戲或亂彈，文人記述稱秦腔）；四是秧歌小戲。其中秦腔的發展最為普遍和興旺，已成為明代關注地區的戲曲藝術主流。〔註8〕因此，「關學」形成的文化習性對外主動的外顯，也必然會通過秦腔這種民間主流的藝術形式。

明中葉以後，隨著生產力的進一步發展，工商業日益繁榮，一方面促進城市繁榮發展，市民階層發展成為一定的社會力量，進一步加大了對於戲曲的需求，而陝西地區的經濟發展，也推動著秦腔的發展。另一方面促進了社會的流動，陝西商人在這一時期的活躍使得秦腔伴隨著商業活動走向了全國。「關學」在實際發展中，雖以關中地區為核心，但早已經超出該地區，對整個中國封建社會產生著巨大的影響。至明代，「關學」不僅在關中地區重新崛起，並且再次產生了全國性的影響。明成化年間的三原學派名播關中，其中最為著名的學者馬理。晚年歸隱於商山書院講學，影響甚大，全國學者皆慕名而來，甚至名聞海外。而明晚期馮從吾在構建「關學」譜系的基礎上，推進關學的總成，進

〔註7〕陳俊民‧張載哲學思想及關學學派〔M〕‧西安：人民出版社，1986：32。
〔註8〕焦文彬‧秦腔史稿〔M〕‧西安：陝西人民出版社，1987：252。

一步開啟「關學」在清代的全國性影響。此時「關學」的全國影響力，使其思想逐漸進入關中以外的社會場域中，為秦腔在全國的傳播中奠定了一定的思想意識基礎，人們在接受「關學」的前提下，更願意接受「關學」具體表現形式的秦腔。

　　清代「關學」在全國影響力不斷提高，該時期著名關學學者李二曲被世人稱為「海內真儒，關中正脈」。而此時，秦腔也走出關中，並首先在京城引起轟動，秦腔大師魏長生演出的秦腔最終奪得北京劇壇盟主地位，使得秦腔在持續一百多年的「花雅之爭」中，最終取得勝利。《燕蘭小譜》中記載：「使京腔舊本置之高閣。一時歌樓，觀者如堵。而六大班幾無人過問，或至散去。」〔註9〕而後隨著魏長生轉戰江南，並再次受到熱烈的歡迎。《日下看花記》卷四中記載，有人寫詩讚譽：「海外咸知有魏三，清遊流播大江南。」〔註10〕秦腔之所以能成為花部盟主，超越其他劇種在全國受到普遍的歡迎，與「關學」在全國成功的影響力是分不開的。是在「關學」所形成的全國性文化習性與秦腔本身所具有的「關學」品質的一種耦合必然結果。

三、主體關聯中的關學品格

　　秦腔與「關學」間的關聯，無論從空間上，還是從時間上，最終的都會落腳在主體的層面。「關學」通過自身的發展進入到民間文化場域，塑造民間的文化心理，其中包括民間的法律心理。通過關學教育形成的戲曲創作文人群體，不僅將民間中分散的「關學」法律心理與法律意識進行高度的抽象，並進一步將「關學」法律思想導入秦腔敘事之中，教化於民眾。因此，秦腔中蘊涵的法文化深層結構之間，存在著整體的統一性，是「關學」法律思想在不同群體、不同場域與不同形態下的呈現。隨著明清秦腔逐漸成熟與興旺，文人團體的加入是不爭的事實。在關中地區存在著一批受「關學」影響的文學家，其中不乏一批以「關學」為核心思想的劇作家。他們不僅從藝術層面逐漸為秦腔確立了時空自由的分場結構格局，從文學層面為秦腔增加了宏大敘事，更在思想層面理性與自覺地將秦腔與「關學」關聯起來，為秦腔注入了「關學」的品格。這些都是秦腔最後走向輝煌的根本原因。而在封建社會中，戲曲行業是被認非

〔註9〕〔清〕吳長元·燕蘭小譜〔M〕//〔清〕張次溪·清代燕都梨園史料：正續篇·北京：中國戲劇出版社，1988：32。

〔註10〕〔清〕小鐵笛道人·日下看花記〔M〕//〔清〕張次溪·清代燕都梨園史料：正續篇·北京：中國戲劇出版社，1988：105。

常低賤，因而從事戲曲創作的劇作家也大部分屬於在「功名」與「仕途」上，毫無希望的文人，或是出於興趣偶而而為之的文人。因此，秦腔的文人創作群體中也存在大量的無名氏，留有姓名的也為少數。而在歷史記載中，明確對秦腔發展有重要貢獻的文人，雖然不一定是所謂的關學家，但一定是具有一定關學背景的，而這些關學背景在其秦腔創作中亦有所呈現。其中，自明代至清末，康海、王九思、關中二韓、李灝、王筠、李芳桂作為主要代表，以「關學」為指導思想，為秦腔的發展做出了重要貢獻。

（一）康海

康海（1475～1540），陝西武功縣人，字德涵，號對山，又號滸西山人、進東漁父、太白山人，明代關學家、文學家、戲曲作家，被稱為秦腔的鼻祖。是著名的明「前七子」之一，並名列其首。康海成長生活於關中地區，其家族是關中地區的儒學世家。高祖康汝楫洪武初舉明經，為武功縣訓導，後被太祖詔求文學端正之士，選為太子傅，又徵為燕王相，曾祖康爵累官至中議大夫贊治尹、南京太常寺少卿；祖父康健因至吏部長揖不拜，觸怒吏部尚書大夫，故得通政司知事八品小官；父親康鏞善文辭，與靈臺人楊重、長安人李錦同被稱為「關中三才」。除此外，康海童年事邑人馮寅為蒙師，習小學，後又求學於關中理學名家習毛詩。因此，康海是在「關學」教育中成長起來的，在此過程中他所積累的「關學」知識，成就了他的學識與功名。弘治十五年（1502年），康海赴京參加會試，名列第四，殿試考策論時力陳改善吏治、裁庸任賢、興利除弊，令主考官拍案驚歎，後任翰林院修撰兼經筵講官。〔註11〕康海極具才華，就連明孝宗也對其殿試文章讚賞有加，稱道：「我明一百五十年來無此文體，是可以變今追古矣。」〔註12〕

在「關學」的影響下，康海以「關學」為本，堅持躬行禮教文本，秉承實學學風。一方面，對關學創建者張載十分尊重與敬仰，其言道：「宋儒言治，要之躬行，鮮而粉飾。麗若夫子，蓋周孔之後，一人而已。」〔註13〕此一人指的便是張載，並以張載所崇尚的聖人之性為終生追求。另一方面，康海以社會教化為己任，終生致力於弘揚禮法，並撰寫《武功縣志》，以期改變社會風氣，

〔註11〕〔清〕張廷玉·明史：文苑傳二〔M〕//〔清〕紀昀·文淵閣四庫全書：第三〇一冊·臺灣：臺灣商務印書館，1983：834。

〔註12〕蘇同炳·劉瑾與康海〔J〕·紫禁城，2009（9）：46。

〔註13〕〔明〕康海·康對山先生集：卷三十二〔M〕·西安：三秦出版社，2015：560。

教化鄉里。除此外，在「關學」背景之下，他多與關學名士交往，如呂柟、韓邦奇、韓邦靖、馬理、周惠、王九思等。康海與這些關學名士，相互學習與交流，共同發揚與傳播「關學」，並將其付諸於實踐，其中與明代關學大家呂柟交往甚密。呂柟在《與康太史德涵書》一文中說到：「固非若是以要譽干祿也，吾儒之法自當爾耳。官之有無已知，豪傑不以為意，但負此大材，遭時不靖，廢處山林，亦人所甚惜也。況志在斯民者，其自處又將若何而後可乎？承吾兄之教，日就梧齋，與化之效全未，四齊之心常存。」〔註14〕對兩者共同的「關學」理念與追求進行了感歎。

明正德五年（1510年），因劉瑾案株連而被罷官為民，永不錄用。此後直至其離世的三十年間，康海回歸故里，將所有經歷投入到戲曲的研究與寫作之中，寄情山水，以聲伎自娛。馬理在《對山先生墓誌銘》一文中記述到：康海認為「『辭章小技爾，壯夫不為，吾詠歌、舞蹈於泉石間已矣，何以小技為哉？』乃屢為樂章，求律於太常氏，又自定黃鍾而用之，然後宣以五音，舞以六羽，使聲容並作，以祀先業樂，賓觀者無弗歎賞，知古樂可未盡亡矣！」〔註15〕這一時期開啟了康海對於秦腔的貢獻之路，也是這一時期，康海將「關學」理想由現實轉向戲曲，期盼通過戲曲的方式教化於鄉里。因此，康海引導秦腔走上了理性的道路，它不再是單純的民間娛樂，而成為承載「關學」品格的教化工具。

實際上，康海與秦腔的情緣，早在其幼年時期就已經有所顯現。康海自幼好學，博覽群書，精曆算，尤喜律呂。青年時代，在京師館博覽元人雜劇和聲律方面的書籍《碧山樂府序》，對戲曲產生了濃厚興趣。早年又熱心秦腔，寫有《風俗論》（《康海集》卷五），稱頌秦腔在移風易俗方面的作用。而罷官後，才正式開始了他與秦腔的情緣，也開啟了秦腔理性地弘道廣教功能。罷官歸里後，康海遍訪秦中諸伎，而且與呂柟、馬理、王九思、胡侍、張治道等研習秦聲聲樂。而從康海專注於戲曲創作與研究的三十年中，其主要從四個方面為秦腔注入了「關學」的精神。第一，與王九思共同創造了秦腔聲腔中的康王腔。該聲腔與南方崑曲的「水磨調」，共同構成了中國地方戲曲聲腔的南北二派，成為中國戲曲史上的一段佳話。清人葉德輝說到：「自明萬曆至清初，……仍

〔註14〕〔明〕呂柟．呂柟集．涇野先生文集：下冊〔M〕．西安：西北大學出版社，2015：661。
〔註15〕〔明〕馬理．馬理集〔M〕．西安：西北大學出版社，2015：495。

以湖廣、陝西西腔為兩大宗。」〔註16〕而康王腔對於秦腔本身而言，不僅極大地豐富和發展了其音樂與唱腔，也為以後秦腔唱腔流派中西府秦腔的「周至腔」與「武功腔」開創了先河。清代戲曲家李調元在其《雨村曲話》中稱康王腔為「大似秦腔」。〔註17〕而周戶扶眉一帶秦腔老藝人，至今仍傳頌不已。第二，創作踐行「關學」之劇本。康海生平除著有詩文集《康對山文集》十卷，《康對山先生全集》四十五卷，散曲《洪東樂府》二卷及《武功縣志》外，還創作雜劇《東郭先生誤救中山狼》（《中山狼》）和《王蘭卿貞烈傳》兩種。其中《中山狼》淋漓盡致地展現了忘恩負義之徒的醜惡面目，《王蘭卿貞烈傳》極力表彰了王蘭卿之貞烈，以一正一反之敘事弘揚「關學」禮法之精髓，使其事有功於教化。第三，大力建設秦腔演出群體。康海自正德庚午（1510 年）削職為民以來，就以優伶為伍，潛心當地民間戲曲、音樂。大力支持民間班社的創建與發展，其中包括秦腔歷史上最悠久的班社華慶班。晚年，又行善好施，不少藝人晚歲涼倒，生活無依無靠，就投奔康海門下乞食，他也樂於將他們養老送終。另外，康海還成立了自己的家樂班子，人稱「康家班子」，不進供自己娛樂賞析，還對民眾開放演出，主要演出其自己與其「關學」摯友的作品。第四，積極構建秦腔演出場域。元明清三代八百年間，陝西農村秋神報賽演戲蔚然成風。這些迎神賽社演戲，大都由當地鄉紳、商賈或廟會長主持。屆時四方商賈雲集而來，熱鬧異常。康海對關中的秋神報賽活動，異常熱心，經常以會首的身份，主持當地規模盛大的廟會：「嘗病武功貿易之寂寥也，乃於城東神廟報賽。數日間，樂工集者千人，商賈集者千餘人，四方賓客男女長幼來觀者數千人。」〔註18〕這種秦腔演出場域的大規模構建，為「關學」法律思想的社會實踐，提供了堅實的空間基礎。

（二）王九思

王九思（1468～1551），陝西鄠縣人，字敬夫，號渼陂，別號碧山野叟、紫閣山人。明代關學家、文學家、戲曲家，是明代「前七子」之一，與康海交往甚密，共同為秦腔發展做出了重要貢獻。王九思出身鄠杜王氏，其家族為關

〔註16〕〔清〕嚴長明·秦雲擷英小譜〔M〕// 傅謹·京劇歷史文獻彙編：清代第 1卷·南京：鳳凰出版社，2011：3。

〔註17〕〔清〕李調元·雨村曲話〔M〕// 中國戲曲研究院·中國古典戲曲論著集成：第 8 卷·北京：中國戲劇出版社，1959：22。

〔註18〕〔明〕李開先著·李開先集：中冊〔M〕·北京：中華書局，1959：634～635。

中名族。其曾祖父王琰，字廷玉，讀書起家，為大寧、長清二縣知縣。其祖父王鉉，字大器，受高年爵。其父王儒，字文宗，歷任巴縣、祥符縣、南陽府儒學教官。因此，王九思出身於書香仕宦之家，其父對王九思十分嚴格，對其科舉成就功名的前途十分重視，於是將其從小就帶在身邊讀書，接受儒學教育。王九思從小聰明伶俐，刻苦努力，弘治二年（1489 年），參加陝西鄉試並得中舉人，督學馬中錫稱讚其「必作天下知名士」。〔註19〕但是其後兩年，王九思連續兩次會試不得中，便以舉人身份隨父親於大梁遊學，而後北上在太學學習。終於於明弘治九年（1496 年）進士及第，被選為翰林院庶吉士，授翰林院檢討之職，後任吏部郎中。王九思所取得的功名與其在家鄉關中所受「關學」的影響是分不開的。而這種「關學」思想進一步成為其政治抱負與學術追求。康海與李夢陽進京為官後，與之親近，並與徐禎卿、邊貢、王廷相、何景明並稱「前七子」。表面上，「前七子」是出於天然的關中地域好感而締結在一起，實質上是出於共同的「關學」思想而凝聚在一起。他們共同以「關學」之「往聖」情懷為追求，在文學領域提倡復古運動，主張「文必秦漢、詩必盛唐」，與「關學」學子之中興運動相互呼應，以期恢復「漢唐盛世」的景象。明正德五年（1510 年），與康海相同，因與劉瑾為同鄉，受其案件牽連，被貶壽州（今安徽壽縣）同知，次年（1511 年），又被削職為民，罷官歸里。

王九思與康海對於「關學」的推崇，可以說到了無以復加的地步。除了康海經常所表達的對於張載的敬仰以外，王九思也曾作詩《經橫渠綠野亭》，表達了對於張載的崇敬與對往聖的追隨之意：「王道蓁蕪久，斯文脈未寒。六經如瀚海，夫子力回瀾。故國嗟龍隱，高風陋考槃。吾儕二三子，好向孔門看。」而「關學」躬行禮教與重視實用的核心思想也成為了指引王九思為人處事的原則。王九思為官之時，可謂朝中一流人物，不僅清正廉明、盡職公正，在翰林院任吏部文選主事時，選賢任能公平公正，甚至不接受其恩師李東陽的請求與委託。雖與劉瑾同為同鄉，但與康海一樣並不與之親近，反而對其專權十分痛恨，以「妖星」專權稱之。康與王雖然因劉瑾牽連而遭受厄運，但亦然表達了對於劉瑾專權結束的慶幸：「玉石俱焚，自古有之。瑾誅，天下之幸，吾一人何足惜！」〔註20〕而在壽州任同知時，心繫百姓、一心為民，不僅注重民生改善，還大力改善鄉里教育與教化，使士兵民眾得以安寧度日且社會風氣為之一

〔註19〕〔明〕李開先．李開先集：中冊〔M〕．北京：中華書局，1959：598。
〔註20〕〔明〕李開先．李開先集：中冊〔M〕．北京：中華書局，1959：595。

新，受到愛戴。

而後王九思家居四十餘年，除了熱心於戲曲活動和戲劇創作外，還很關心家鄉人民的疾苦，造富鄉里，親自主持修復涉河石橋，深受當地群眾的讚許。明萬曆初年，皇帝下詔建立陝西名臣坊，王九思被列入名臣。王九思與康海一樣，與同時期的「關學」學者交往甚密，如呂柟、韓邦奇、韓邦靖、馬理等，且對他們稱頌備至。他們之間或是相互交遊，或是徹夜長談，或是書信交往，或是作序銘墓，共以「關學」為之旨趣。

由於共同的遭遇，從此與康海結為至交。王九思從罷官至 1551 年病卒的四十年間，專注於戲曲創作和演出活動。不僅自己專心致志地學習琵琶、填詞與演唱，還與康海等一起，對關中流行的曲子、山歌、樵唱、道情進行了大量的收集整理與演出，形成了具有慷慨激越，粗獷暢達風格的「康王腔」。而在此過程中，王九思也逐漸走上了以戲曲實現「關學」教化之路。除了與康海共同創造了秦腔的「康王腔」，王九思對於秦腔的貢獻還表現在他的劇目創作上。其一生著作甚豐，體裁形式也多種多樣。不僅創作了大量的詩文集與散曲集，也創作了許多樂府與戲曲作品。其中《碧山樂府杜子美遊春》（又名《杜甫遊春》）與《中山狼院本》最具影響，屬於明代戲曲傑作而被人傳頌。王九思所作之《中山狼院本》與康海之《中山狼》都是根據馬中錫的寓言小說《中山狼傳》改編的，但與康海嚴格恪守原作內容和情節的創作不同，王九思在情節上做了一些改動。但最終都是教化鄉里的一種「關學」戲曲敘事文本。其作品普遍被認為表現出秦腔成熟階段的特色，屬於完全的秦腔作品。清代戲曲理論批評家李調元在《雨村曲話》中稱讚王九思作品就是秦腔。

除此之外，王九思也在秦腔的演出群體與演出場域方面做出了突出的貢獻。王九思在支持江湖戲班與藝人的同時，組建了自己的家庭戲班，不僅修有歌樓舞榭，如牡丹樓、愛松醉月樓、春雨亭等，還擁有歌妓玲瓏、雪兒、小蠻、小環、小紅、樊素等。每有新詞遂送歌妓排演。甚至自己也參與於唱演之中，「其樂洋洋然手舞足蹈，忘其身之貧而老且朽矣！」〔註21〕並經常忙碌於演出的組織之中，「賞月登樓，遇酒簪花，皓齒朱唇，輕歌妙舞，越女秦娃……素指撥琵琶，把一個碧荷簡忙吸罷，翠袖舞煙霞，把一領絳羅袍典當咱。」〔註22〕八十多歲時，仍興致勃勃地到處「趕牛王會」。康、王二人志同道合，遂成

〔註21〕謝伯陽・全明散曲〔M〕・濟南市：齊魯書社，1994：996。
〔註22〕謝伯陽・全明散曲〔M〕・濟南市：齊魯書社，1994：940～941。

曲場搭檔，劇壇盟友，與康海「每相聚汧東鄠杜間，挾聲伎酣飲，欲製樂造歌曲，自比俳優，以寄其怫鬱。」〔註23〕還與「關學」學者馬里、呂柟等將《詩經》中不少篇章，重新譜曲、填詞度曲，並排練演出。在此過程中，推廣與發展秦腔，使「關學」付諸於實踐。王九思與康海一方面深受「關學」之指引，深入鄉里；另一方面出於自己家鄉地方戲曲的愛好，投身於其中，從而形成了秦腔的「復振」局面。在南曲獨霸文壇之時，獨唱北曲與之對抗，使得文壇逐漸出現戲曲南北爭豔之勢，為後期秦腔成為「花部盟主」提供了可能。

（三）關中二韓

康王復振秦腔的功勞，是可以與魏良輔、梁伯龍扶持崑曲的功勞並駕齊驅的，當時為他們推波助瀾的還有關中韓邦奇、韓邦靖兄弟和合陽的王元壽、王異兄弟。〔註24〕

韓邦奇（1479～1556）字汝節，號苑洛，為兄，韓邦靖（1488～1523）字汝度，一作汝慶，號五泉，為弟。兄弟二人為陝西朝邑（今陝西大荔縣）人，出生官宦世家，其父韓紹宗，官至福建按察副使。他們都是明代的唯物論思想家，其中韓邦奇是公認的關學學者，著有經典的關學著作。韓邦奇，正德三年（1508年）進士，授吏部考功主事，轉員外郎，後以疏諭時政，謫平陽通判。正德九年（1514年），稍遷浙江按察僉事，因作歌怒斥宦官橫行鄉里之事，而被誣奏怨謗，罷官為民。嘉靖初，起用山東參議，再次乞休，此後屢起屢休，年老辭官歸鄉。韓邦奇雖一生起起落落，但始終堅持與社會舊勢力不斷鬥爭，取得了非凡的政績。其一生以「關學」為其哲學追求，著有哲學著作《性理三解》八卷與《苑洛集》二十二卷，《性理三解》係指《正蒙拾遺》（一卷），《洪範圖解》（一卷），《啟蒙意見》（六卷）三書。《正蒙拾遺》是韓邦奇以注釋宋張載《正蒙》來闡述自己哲學思想的一部重要著作。韓邦奇高度讚揚張載之學，開啟了明代中期關學向張載之學復歸的思想動向，不僅積極繼承與發揚張載「以氣為本」的思想與「性與天道」等命題，還在有生之年推行張載「崇尚實踐」的關學宗風。

韓邦靖，弘治十四年（1501年）年十四即舉於鄉，正德三年（1508年）與兄邦奇同榜進士，後由工部主事進員外郎。韓邦靖在「關學」追求上，不僅

〔註23〕〔清〕張廷玉·明史：文苑傳二〔M〕//〔清〕紀昀·文淵閣四庫全書：第三〇一冊·臺灣：臺灣商務印書館，1983：834。
〔註24〕焦文彬·秦腔史稿〔M〕·西安：陝西人民出版社，1987：299。

體現在其詩歌之中，更多地體現在其對先師張載「為天地立心，為生民立命，為往聖繼絕學，為萬世開太平」[註25]的躬行實踐之中。不僅敢於對抗權貴，上疏直言，還能事事以民為先，為民除奸平冤。王九思稱：「其行蓋曠世之英，全德之士也。」[註26]正德九年（1514 年）京師地震，乾清宮火毀，上疏切中時弊，惹怒皇帝，最終罷官為民，返回故里。正德十三年（1518 年）應朝邑知縣王道約之請，撰《朝邑縣志》，世稱陝西八大名志之一。嘉靖初，起任山西左參議，分守大同，受當地軍民愛戴。後大同遭災，數次奏請賑濟不得，怒而辭官。

而「關中二韓」則通過自己的戲曲創作、研究與對康、王二人秦腔復振的支持，將「關學」之思想精神付諸於鄉里教化之中，實現「關學」學以致用之精神。對於秦腔的貢獻，一是在於戲曲作品的創作與演出，不但專注於樂府的創作，同時還傾心於秦聲的創作和演出實踐。其中韓邦奇著有《苑洛樂志》二十二卷，按秦聲體系為雲韶、大章、咸地、大夏等古樂譜過曲，並與康、王等關中學者多次組織演出。二是在於他們對於秦腔理論的研究。主要以雜劇和戲曲大家關漢卿為主要研究對象，並打算為關漢卿撰寫傳記。三是對於秦腔民間演出的支持。韓邦奇首次為秦腔藝人劉小桂寫有《烈女小桂傳》，收錄於《韓苑洛全集》卷八，既是因遭受誣陷被關進刑部大牢之時，他仍然不忘發出「與君歌一曲，一半是秦聲」的感歎。[註27]他熱情地在其詩歌《踏莎行·于少保石將軍》中，讚揚了人們根據少保石將軍事蹟所編之戲的演出，該詩收錄在《韓苑洛全集》卷十一中。

（四）李灌

李灌（1601～1676），字向若，又字連璧，陝西郃陽縣人，明末清初的戲曲家。幼年時從關西夫子望華公學，受「關學」教育，天資聰慧，勤奮好學，由於其文采出眾，二十歲入庠時就已享譽三秦。明崇禎六年（1633 年），與其同鄉范如游、管大聲與姚狒霄同時中舉。李灌文筆極好，督學使賈某曾稱讚其：「奇其文，拔置第一。」「聞生文，令人振儸。但恐子才大，地氣不堪

[註25]〔宋〕張載·張載集〔M〕·北京：中華書局，1978：320。
[註26]〔明〕王九思·山西布政使司左參議韓公邦靖墓誌銘〔M〕//〔明〕焦竑·焦太史編輯國朝獻徵錄：卷九十七·明萬曆時期徐象橒刊本：63。
[註27]此句出自韓邦奇的詩詞《獄中集古十六首·東岩同扉·其五》，全詩內容為：「感激平生意，此心誰見明。與君歌一曲，一半是秦聲。」

任耳」。〔註28〕在「關學」教育下，李灝以「往聖」為追求，憂國憂民。明末，他深感大明衰微，憤而終生不仕。明亡後，他至山西遂披剃為僧，清廷官吏慕名尋訪，他避而不見，並立志絕不在清廷為官，並多以詩文諷刺變節仕清之人。同時與管希聲、呂元佐、呂仲佐常常往來太華一帶，賦詩招隱，歌哭山林，懷念亡明，還支持顧炎武、傅山等人舉兵反清的鬥爭。因得罪朝廷，漂泊三十餘年，晚年回歸故里，隱居於合陽縣城南乳羅山金水溪的窯洞中。

　　李灝雖然不是正式的「關學」學者，但是他不僅自己從小受教於「關學」，還多與同時代的「關學」大家交往甚密，並與他們一起進行學術探討。其中與他交往最為密切的當屬當時的「三李一康」，即韓城的康乃心、周至的李二曲、郿縣的李柏與富平的李因篤，後康乃心鑽研《易》，他成了康的經常訪客。因此，其一生主要的詩歌創作與戲曲研究中，都浸透著「關學」的思想與品格。其中李灝創作的戲曲與詩歌，不僅表現出一個「關學」文人憂國憂民的情緒，還呈現了「關學」學者當時普遍不仕清廷的民族氣節。康乃心在《東李向若先生》中，對李灝的這種品格給予了高度的評價：「黃河東去斷天涯，舊是秦人避世家。一曲紫芝歌太古，五株青柳記年華。鴻飛鳳冥乾坤外，流水高山歲月賒，莫道橋頭迷臥虎，於今文獻續煙霞。」〔註29〕李灝死後，康乃心集其佚文散詩成《向若先生遺集》二卷，《向若遺事述》一卷，今僅存《向若遺詩》一卷。

　　而這種「關學」品性也注入在其關於秦腔的貢獻之中。晚年歸鄉後，李灝專注於陝西地方戲曲的研究與改革，經常置身於民間藝人之中，嘗「率諸弟侄班爛戲舞」，為秦腔、線戲等創作劇本三十餘部，內容主要以鮮明的民族思想與不屈不撓的反抗精神為主。如他寫出劇本《煤山淚》，是在崇禎自縊後所創作的，其中表達了他對大明王朝的懷念、對清兵入關的強烈不滿，以及對李自成農民起義軍的反感與仇視。而他所寫的劇本《黑山記》，則揭露了清廷的殘酷統治，因而遭到了禁演。

　　除此外，他還創作了一些有關民間生活的小戲，其富有生活情趣與鄉土氣息，受到民眾的喜愛，而其內容開始具有婚姻自由等先進思想。但由於其劇本主要為反對清廷的，因而遭到禁演而大多失傳。經過當代考查與研究，目前認

〔註28〕焦文彬·秦腔史稿〔M〕·西安：陝西人民出版社，1987：433。
〔註29〕〔清〕康乃心·莘野遺書：卷上〔M〕// 宋聯奎·關中叢書：第3集·陝西通志館排印本：12。

為，秦腔劇目中的《玉鳳簪》《白汗衫》《鸞鳳釵》《龍鳳燈》《金玉墜》《碧霞宮》《合鳳裙》等為李灌所作。同時他還對秦腔、線戲等陝西地方戲的演出做出了巨大的貢獻，尤其對合陽線腔木偶戲的唱腔、造型、臉譜、服飾、提線技巧等進行了大量的改革，使得線腔木偶戲煥然一新，得以搬上舞臺。李灌的劇本明顯具有了「關學」宗旨，具有了引導民眾的社會功能。雷葆謙在《郃陽縣新志材料》中說：「舊日所演出的線戲曲，多係明末逸老李向若等所編集，大半以灌輸革命為宗旨。現聘耆紳之通戲曲者，擬利用舊曲而改良之。」〔註30〕而這種引導的社會功能，實現了「關學」教化鄉里的價值。

　　而與李灌交往的「關學」學者中，也多有秦腔愛好，與其共同為秦腔發展做出了重要貢獻，其中最為突出的當屬「三李一康」中的郿縣李柏。李柏自稱太白山人，與李灌一樣，有終生不仕的志向，是明末關中八遺老之一。由於生長於關中，從小就對秦腔情有獨鍾。《三李年譜》與《郿縣志》乾隆本中，均有關於李柏鍾情秦腔的記載，如：「騎牛入城市中，兒童噪且隨之，牛歸臥場圃，柏便坐牛髀脅間，擊缶被發歌呼嗚嗚。」〔註31〕他在其家鄉郿縣生活的幾十年中，一方面喜歡與李灌這些具有相同「關學」思想且熱衷於秦腔的文人來往，另一方面喜歡與當地秦腔藝人來往，與他們探討秦腔藝術，並為他們提供大量的演唱材料。與李灌通過秦腔所實現的」關學「價值一樣，李柏在秦腔的藝術中亦寄託了自己的「關學」思想。

（五）李芳桂

　　李芳桂（1748～1810），本名鵬，字林一，號秋岩，又號鷺峰，元末明初著名秦腔藝人李十三的十四代孫。其原籍陝西華州（今華縣）大張東街，明洪武四年（1371年），為逃避饑荒，其始祖李十三攜家遷居於渭南藺店小鍾莊。後因李家人丁興旺，其始祖排行十三，人們將他們家居住的村子叫作李十三村，而李芳桂就出生在李十三村。後因李芳桂重要的戲曲貢獻，人們又以村名「李十三」作為其美稱，以示尊敬，這是我國久已有之的一種醇美的古風遺俗。李芳桂的直系先祖主要以務農為生，其父李增敏排行老二，字濬源，才開始了「功名」讀書之路，可惜只取得附生身份。後因家境貧寒，棄儒從醫，當上了

〔註30〕雷葆謙・郃陽縣新志材料〔M〕// 陝西省圖書館・陝西省圖書館藏稀少見方志叢刊：第9冊・北京：北京圖書館出版社，2006：590。

〔註31〕〔清〕吳懷清・三李年譜：卷五〔M〕// 宋聯奎・關中叢書：第5集・陝西通志館排印本：36。

一名鄉醫。生其兄弟二人，兄李龍，仍讓以務農為業，而將改換門庭的希望全部寄託在李芳桂身上。家境雖然貧寒，仍省吃儉用供其子讀書，並責督責嚴屬。李芳桂也謹遵父命，奮發攻讀以求功名。於是在乾隆三十二年（1767 年），其十九歲之時，以第一名的成績考中了秀才，此後便在鄰村先後設館教書，一邊繼續走著科舉之路，一邊教書育人為家鄉培養人才。

乾隆五十一年（1786 年），其三十九歲那年，參加陝西鄉試考中舉人，名震鄉里，更大範圍的教書育人。而嘉慶元年（1796 年），在其四十八歲時，第一次進京參加會試落榜，三年後被委任陝西漢中府洋縣教諭，在職僅僅一年。嘉慶四年（1799 年），李芳桂第二次進京參加會試，雖最終未被錄取，卻截取嵐皋知縣，但只是一紙空文，並未赴任。此次落選，使得李芳桂徹底打消了考取功名的念頭，返回故里，一邊執教於鄉村，一邊專心於戲曲創作。

從李芳桂的生平可以看出，他不同於其他投身於秦腔事業的「關學」文人，既有顯赫的「關學」出身與教育，又有興旺的「關學」交往。但渭南是關學士人聚集的集中區域，《關學編》記載有渭南籍關學士人 31 人，此地學者大都尊張載為「關中士人宗師」，繼承了張載的學術旨趣，這為李芳桂奠定了「關學」的大背景。另外清乾隆時期，與李芳桂同時期存在著一批全國裏影響極大的「關學」學者，其中早與李芳桂四十餘年的「關學」大師孫景烈，一生主要講學授徒於關中各地，其中雖然沒有明確的師承接受關係，但必然對李芳桂有的學業有著重要的影響。而這些「關學」的思想，也隨著李芳桂的戲曲創作深入民間。

由於本身出身於秦腔世家，其始祖李十三專攻於劇目創作，因而李桂芳對於秦腔的貢獻更為專注的表現在劇目創作上。他不僅將始祖創作並長期流傳於關中的劇本進行了收集、整理與加工，自己還創作了十部劇本，民間習稱李十三十大本。即《香蓮佩》《春秋配》《十王廟》《玉燕釵》《白玉鈿》《紫霞宮》《萬福蓮》《蝴蝶媒》《火焰駒》《清素庵》，陝西民間也流傳著關於這十部劇目的言語口訣：「佩配廟釵鈿；宮蓮媒駒庵。」〔註32〕除此外，還有三個折子戲，即《甕城子》《四岔捎書》《玄玄鋤谷》。李芳桂的這些劇目多年來在群眾中廣為流傳，因此被完整地保留了下來，至今仍然是秦腔舞臺上的經典常演劇目，還被其他劇種移植與改編。在全國影響極為深遠。目前這些劇目都被收藏於陝

〔註32〕中國戲曲志陝西卷編委會．中國戲曲志陝西卷：第 10 卷〔M〕．北京：中國 ISBN 中心，1995：101。

西省藝術研究所。

李芳桂的劇目相當深刻地反映了當時地社會本質，多側面地反映了當時的社會風情，並在具體敘事中充分表達了作者崇高的美學理念。〔註33〕除此外，其劇目能讓觀眾與讀者體會到忠、孝、節、義的大道理，能移情通感，洞曉情變。李芳桂不僅專注於劇本創作，使花部戲曲由俗入雅，劇目宗旨明確，大大提高了劇本的社會教育作用，還設有家班，並經常組織鄉里間的戲曲演出，為恢復戲曲高臺教化之功能做出了重要貢獻。而其劇目由於語言簡練生動，有濃鬱的生活氣息，受到民眾普遍喜愛，二百年來盛演不衰，產生了極大的影響，陝西其他地方戲和各路秦腔都有移植演出。

而隨著「花雅之爭」中秦腔的勝利，李芳桂的劇目也隨著秦腔的流播進一步流向全國各地，並且被其他許多劇種廣泛移植，流播各地。其中他的代表作品《春秋配》，於嘉慶四年（1799 年），由秦腔著名藝人姚翠官將帶入北京進行演出。一經演出便譽滿京城。隨後迅速流傳遠播大江南北，先後被京劇，河北梆子移植演出，川劇藝人還把《春秋配》列為自己的傳統四大名劇之一，京劇大師梅蘭芳於清宣統三年（1911 年），也演出了《春秋配》。至今，李芳桂的劇目在秦腔領域內仍佔據著重要地位，這也是「關學」在秦腔中一脈相承的表現。

（六）周元鼎

周元鼎（1745～1803），字象九，號免齋，陝西三原人，清代關學家與戲曲藝術家。乾隆三十六年（1771 年）中進士，後在分別在兵部與翰林院為官。周元鼎一生多才多藝，不僅工琴善奕，精於篆刻，還精通於星學與數學，關鍵對於詩、詞、賦與度曲填曲等靡不精通，其中著有《紅菊軒文集》。在學術研究上除了對於關學的專注以外，還潛心於性命之學。至清代，王心敬鑒於「關學」的新發展，開始對馮從吾的《關學編》首次進行補續，大約在雍正四年（1726年）完成。而在他編訂之後，周元鼎在嘉慶七年（1802 年）刊刻馮從吾《關學編》與王心敬《關學續編》時，為王心敬做傳，一併編入《關學續編》中，並在卷末為其作《後序》。周元鼎在《關學續編後序》中言：「《馮少墟全集》中有《關學編》二冊，先生所手訂也，余既與南塘傅君印行矣。已從友人錫爵劉公處得《關學續編》，則豐川先生所續也，自少墟先生至二曲先生之弟子而止。

〔註33〕驪之‧花部泰斗──偉大的戲曲家李芳桂〔J〕‧渭南師專學報（社會科學版），
　　　　1992（2）：93。

顧此本人不多見，予意其板或藏先生家，遂親詣鄠縣，就其曾孫求之，果得焉。乃就豐川先生集中，從觀其生平崖略，別作傳以續其後，並梓而行之。……」〔註34〕這裡言明瞭自己對於「關學」的貢獻。

周元鼎中年由於生病導致耳聾，於是主動棄官歸里。回到家鄉三原後，鑒於當時關中戲曲盛極一時的大環境，周元鼎也自然而然地置身於其中，一度熱心於地方戲曲，除了大戲秦腔以外，尤其對於皮影之類的小戲關心有加。並以其學識為陝西地方戲曲做出了重要的貢獻。一方面他積極投入於戲曲理論的研究之中，常常與當地木偶、皮影和亂彈藝人來往，在演出的一線中形成關於戲曲的思考與研究，並將理論通過對於藝人的演出指導而運用於實踐。並著有戲曲理論著作《影戲論》，其中對於皮影戲的演出、場域與功能等相關情況做了詳細地介紹：

「有梨園焉，昉於優孟之效孫叔傲。傀儡者，起於城之圍用以間閼氏。影戲，不知所起。挖皮以肖人也，甚為戲。四五人共一箱。出其籍藏，刻畫人物，長弗尺，縋以竹枝，可上下。其手膝以下，可拳曲跳擲，皆側影。耳目鼻口具。而賢否雅健高下之品辨焉。冠履服飾，則文武、男女異制，而富貴賤貧之等亦辨焉。布絹於箱之上，高不及三尺，闊倍之。而贏周以葦，注油滿器，燒棉其中，煌煌焜焜，以為光明世界。清夜無事，村之父老子弟，就絹外坐而聽，立而望。婦女坐其後。弗喧弗混，視觀優為什閒適。戲之作，以一人為數人語聲，兩手可指揮數人。使出入俯仰、揖讓之；循其度，極之。戈矛戟劍，爭鬥紛然，與夫神怪、雲龍，虎豹出沒之，各窮其度，亦云難矣。其徒三四人，絲竹金革之器畢具，隨其所宜。從應之，以寂以喧，以唱以歎，以喜笑，以怒罵，傳古今之聲容事理，亦可使觀者欣然忘臥。大抵鄉之人，有慶而事於神者，用之。視召優，費省又無其煩擾也。願作此技者，率不能勤於家，不甚供父母妻子之養，徒藉以邀食焉。朝東慕西，自為生理而已。」〔註35〕

另一方面，周元鼎也在劇目創作上，做出了自己的貢獻，創作有劇本《楊孝子傳》，該劇目的故事內容是根據當時三原縣徐楊堡一個著名皮影藝人的真實故事而寫成的，劇中主人公楊弗及先天失明，家中沒有父親的支撐，只有母親、幼弟與他三人相依為命，因而家中極其貧困。作為長子長兄，他肩負起養

〔註34〕〔明〕馮從吾‧關學編：卷六〔M〕‧光緒辛卯柏子俊刻本：78。
〔註35〕〔清〕陳夢雷‧博物匯〔M〕//〔清〕陳夢雷‧古今圖書集成：卷八〇五‧北京：中華書局，2011：39。

家的負擔，為了養活母親與弟弟，他刻苦學藝。最終學得技藝，吹拉彈唱、絲竹金革所事皆精，並進入皮影戲班操琴擊鼓，每日夜行三四十里，趕在日出入縣內各鄉演出，以此努力掙錢來供養全家人生活之需。日復一日，年復一年，堅持二十餘年。人人稱其為楊孝子。周元鼎在此劇中，明確歌頌了主人公楊弗及勤奮與孝親的高尚道德品質，並且具有教化鄉里之功能，這些都呈現出周元鼎在其戲曲貢獻中的「關學」理想與品格。

除以上典型代表外，秦腔中的「關學」品格傳達主體，要更為豐富與複雜。既有上述，有「關學」教育與研究背景的專門戲曲家，還有完全投身於「關學」事業但對戲曲充滿喜愛的關學家，如馬里、呂柟、李顒、李柏、李因篤以及康乃心等。還有身在官場，但秉承「關學」之風的戲曲愛好者，如郃陽謝浩，酷愛秦腔，不僅自己喜愛演唱秦腔，還在為官期間大力支持民間演出，推動秦腔發展。做官幾十年，一無所有，唯有一琴，而在其作縣令時，經常支持農村的戲曲演出。根據《郃陽縣志》記載，他善鼓秦聲，辭官後回家，與李向若一起，閉門教授生徒，對秦腔的劇目、演出與音樂都進行樂改進。除此之外，秦腔劇目還存在很多屬於「無名氏」創作的經典劇目，其中很多具有文人創作之特點，有較好的思想性與藝術性，但由於歷史的原因都無法確定具體的作者。但這些誕生並流傳於關中地區的劇目，必然大多出自關中文人之手，而其中呈現的與李芳桂「十大本」一致的思想體系，也表明了秦腔與「關學」的關聯，例如「無名氏」經典劇目「三珠一墜一寺」與「三打一破」。〔註36〕這些「關學」文人在不自覺與自覺中，將「關學」與秦腔關聯在一起，這既是他們作為思想體系創造者與傳播者的必然使命，也是兩者基於時間與空間重合性的本來命運。這種關聯使得秦腔敘事逐漸開始具有了明確的宗旨，並同時具備了切實的社會功能，使秦腔成為了中國之「大戲」。

第二節　存在的關學法治思想

北宋時期，周敦頤之「濂學」、程顥與程頤之「洛學」、朱熹之「閩學」、張載之「關學」被並稱為四大學派，都是在儒學衰退的前提下，為挽救儒學應運而生的。雖然「關學」在張載在世時追隨者眾多，但「關學」並非官方之學

〔註36〕「三珠一墜一寺」是指秦腔傳統劇目中的《慶定珠》《串龍珠》《明月珠》《玉虎墜》《法門寺》，而「三打一破」是指秦腔傳統劇目中的《打金釧》《打金枝》《打鎮臺》《破寧國》。

說，其更多表達的是一種民間需求。一方面張載之學關注的並非虛空的哲學理念，而是對於社會秩序的重塑，倡「復三代」之禮，法先王之正統，以期在重塑社會「太和」之境。另一方面，張載之學以「生民」為己任，意在保民存道。這些為「關學」思想體系提供了基本的理論範疇。而這種從社會實踐出發的視角，決定了「關學」思想中的存在的治理理論，而其中在傳統儒學「禮法」繼承與發展基礎上，衍生出來的「法治」思想，不僅對傳統社會具有極為深遠的影響，而且對當代法治有著深刻的啟發意義。這種具有民間表達力的「法治」思想體系，通過秦腔敘事得以承載與傳播，並通過這種藝術形式的流播教化於廣大民眾之中，形成了中國傳統社會中特有的法治景象。

一、關學與法治

　　「關學」是以北宋申顏、侯可之「華學」為開端，經張載所創立而成的理學學派，在宋代與濂、洛、閩三家共同構成了宋明理學四大流派。而後弟子三呂以《呂氏鄉約》發揚其思想與學說。張載離世後至南宋，「關學」逐漸式微，伴隨楊天德、楊恭懿與楊奐等的湧現，元代「關學」為之振興。明代三原學派、河東學派的創立，以及「關西夫子」馮從吾對關學行進的大力發揚，使得「關學」得以「中興」，纍作纍替。至清代，在李「三李一康」等學者的努力下，「關學」得以復盛，而至清末，在現代西方思想的衝擊下，「關學」逐漸走向終結。「關學」不是一般的「關中之學」，而是宋元明清時代的「關中理學」。〔註37〕不是一種完全地域化的文化，而是中國歷史上的一個重要的理學流派，具有全國性影響。而作為中國封建社會後期一個相對獨立的理學學派，「關學」在人文精神上具有自己鮮明的特色。

　　「關學」雖然經過不同時代的學術演變，但其內在始終保持著基本一致的關學精神。第一提出「立心立命」的學術使命。張載提出：「為天地立心，為生民立命，為往聖繼絕學，為萬世開太平」的言論，成為了「關學」後來繼承者一致傳承的使命。第二提出「勇於創新」的學術精神，張載所創立之「關學」，是在自己的探索與體會中創立的，其精神核心就在於創新，即「學貴心悟，守舊無功」、「多求新意以開昏蒙」，〔註38〕不僅張載在此精神之下，創造了豐富的研究成果，後來的「關學」學者也在這一精神指引下，不斷推陳出新。第三

〔註37〕魏冬·建構與詮釋：關學的歷史撰述及內涵指向〔R/OL〕·西北大學關學研究院網，2018-11-08。

〔註38〕〔宋〕張載·張載集〔M〕·北京：中華書局，1978：274～321。

提出「崇禮尚德」「經世致學」「躬行教化」的學術內容，明確「關學」力行本於守禮的實學思想核心。

　　而這些內容使「關學」在不斷完善的理論研究中，深入社會實踐之中，以「禮法」為核心形成現實教化之場域，成功區別於其他理學學派。「關學」的這些基本精神是中華優秀傳統文化的重要組成部分，不僅對中國傳統社會產生過深遠的影響，還對當代中國社會的發展有著重要的啟示。明代王廷相曰：「《正蒙》，橫渠之實學也。致知本於精思，力行本於守禮。精思故達天而不疑，守禮故知化而有漸。」〔註39〕自此，「關學」謂之實學。對於「關學」，王相廷認為其存在兩大實學特點，即「致知」與「力行」。

　　而鑒於「關學」的這種實學特徵，「關學」之中歷來存在著關於法治的智慧。這些智慧既是中華優秀的傳統法律文化的重要組成部分，也是當代中國法治建設的寶貴財富。在「關學」的實學發展譜系之中，一方面「關學」學者在「致知」的引導下，多有對於法治之思考與實踐。如張載青年時喜談兵事，曾著有《邊議九條》，向當時主持西北防務的范仲淹，陳述了自己關於軍事邊防制度的建議。在其擔任雲岩縣令時，為改變土地兼併而造成的國力積貧積弱現狀，他模仿周代施行井田之制。辭官歸里後，在社會治理方面做出了突出貢獻，建立了民間社會和諧的秩序。而其弟子呂大均所撰寫之《呂氏鄉約》更是成為中國古代民間法之典範，為社會法治做出了突出貢獻。

　　而明代「關學」大家呂柟主張「學貴於力行而知要」。〔註40〕在其為官期間，也在教育、農業、水利等方面踐行其法治理念。另一方面，「關學」學者們通過「力行」，完成法治之理想。自張載至明清之呂柟、馮從吾、李顒等，皆「務為實踐之學，取古禮，繹其意，陳其數，而力行之。」〔註41〕所謂「力行」主要落腳於教化，通過這種教化方式，使人們知法制、懂禮節、重仁厚、輕財利，最終從立法、執法、司法與守法四個層面全面實現社會法治之理想。因此，《明儒學案》中也將「關學」的重要特徵總結為：「關學世有淵源，皆以躬行禮教為本。」〔註42〕而秦腔作為「高臺教化」的一種主要方式，在與「關學」的時間與空間關聯中，成為「關學」法治思想的主要載體與傳播體。

〔註39〕〔明〕王廷相·慎言：卷十三〔M〕·嘉靖十二年癸巳年單刻本：1。
〔註40〕〔明〕馮從吾·關學編·涇野呂先生〔M〕·北京：中華書局，1987：41。
〔註41〕〔明〕馮從吾·關學編·涇野呂先生〔M〕·北京：中華書局，1987：41。
〔註42〕〔清〕黃宗羲·明儒學案：發凡〔M〕//〔清〕紀昀·文淵閣四庫全書：第四五七冊·臺灣：臺灣商務印書館，1983：12。

　　秦腔中所呈現的法律心理，是人民群眾對於法律的一種直觀的喜好與直接的反應態度，是一種完全出自民間群體的法律文化精神表達。而秦腔中較深一個層次的法律意識，則在接受一定「關學」影響的「戲包袱」介入下，開始具有教化的自覺意識。這種自覺地教化中所傳達的，實際上也是一種以「情理法」為核心的法治意識，要求在盡量遵守法律的前提下，達到「情法兩盡」的雙重正義追求。但是這種法治意識仍然具有一定的感性與分散性，其中的「情」「理」「法」三者，還沒有完全擺脫經驗層面的描述與表達，而「情法兩盡」的正義追求沒有完整的概念體系與內在機制。實際上，秦腔法律文化的法律意識層面的這些表達，都是「關學」法治思想的一種民間表達。

　　而秦腔在歷史上取得的全國性法治勝利，在古代社會中所取得的教化成果，則在於其內在系統的「關學」理性品質。而根據「關學」的基本精神，其中所蘊涵的「關學」法治思想體系，主要存在三個方面的內容：「崇尚禮法」的法治內涵、「誠明民和心」的法治追求、「躬行教化」的法治實踐。這些法治思想也在秦腔具體敘事中得到了充分的展現，並通過秦腔的傳播，導向民間群體，作用於民間社會。為了更為清晰的理解「關學」中的法治思想，將通過典型劇目中案例的分析來對其進行分析。秦腔中主要「關學」劇作者所創作的劇目，大部分未能保存下來，到目前為止，只有李芳桂的劇目保留的數量最多，且最為完整。這些民間稱作「李十三十大本」的劇目中，六個劇目屬於傳統公案戲，即《火焰駒》《萬福蓮》《春秋配》《白玉鈿》《紫霞宮》《十王廟》。而另外三個折子戲中也有一個傳統公案戲，即《甕城子》。李芳桂所保留下來的劇目中，傳統公案劇目不僅數量居多，而且敘事模式全面，既有「清官」斷案戲《萬福蓮》與《春秋配》；「權貴」斷案戲《火焰駒》；「冤者」《斷案戲》《白玉鈿》《紫霞宮》；〔註43〕還有「鬼神」斷案戲《十王廟》。其敘事中蘊涵著「關學」的法治思想。以下是關於這些劇目的具體介紹。

　　《萬福蓮》：武則天時，謝瑤環遊會，遇袁華罵武則天，隨帶入按院，以禮相待。肖九之妹肖慧娘，姿色豔麗，許與秀才龍象乾為妻。象乾遊學未歸，肖賣妹與張宏作丫鬟。肖慧娘知之逃去，遇龍秀才於小廟中，被肖告於謝瑤環

〔註43〕「冤者」斷案戲主要是指受冤者自己或親人朋友對所受冤案的平反，這裡的冤者指最大範圍的廣義冤者，包括受冤者的家屬與朋友。而救助的主要方式就是獲得權力，具體而言是獲得司法審判權力。從傳統公案敘事中可以看到，中狀元與立戰功成為了老百姓獲得司法審判權的主要途徑。這種文武雙通道，擴大了老百姓獲得權力的可能，最終實現了老百姓對於公平正義的追求。

堂下。謝斥責肖九不義，將慧娘判歸龍秀才。張宏懷恨在心，即上奏武則天，謂謝通匪，武即差人拿謝。謝聞大驚，告之袁華。袁藉此逼謝聯絡孫天豹反之，遂逼武則天退位。

《春秋配》：明末，張雁行約秀才李華，一同上山起義，李不允，二人李家夜飲，石徑坡入室行竊，李華贈銀兩，勸石改惡。次日李華送友歸，偶遇江秋蓮和乳母檢柴荒郊，心覺不忍，贈銀一錠。繼母賈氏得知，誣秋蓮與李華有私，欲報官。秋蓮懼，攜乳母夜逃，途中被侯上官搶走包裹，殺壞乳母，侯欲強姦秋蓮，秋蓮設計，推侯下澗，逃入慈悲庵中。石徑坡救侯，奪得包裹，投入李家報恩。李華反為賈氏誣告殺人藏女罪，押在獄中。張雁行送妹秋鸞到姑母家寄養。姑父侯上官，賣秋鸞為娼，秋鸞夜奔，被石誤為秋蓮，石欲扯鸞救華，反逼秋鸞投井，徐黑虎放江韻下井救出秋鸞，又將江韻塌死井內。幸遇按院經過救之，送鸞入慈悲庵。蓮、鸞庵中相遇，傾訴衷情，懇求按院明冤。按院私訪，弄明真相。招張雁行於山下；並將侯、徐處死；讓秋蓮和春發相配。

《白玉鈿》：元時，元順帝寵用番僧，命其江南訪選美女，以供淫樂。生員李清彥胸懷正義，面斥其非。李清彥上京應試，至鎮江與尚飛瓊花園相遇。飛瓊遺白玉鈿於李，李遺紫金魚於飛瓊，彼此相思，夢中定情。李清彥之友人董寅，拾去白玉鈿，遂冒充李清彥去尚家招親。飛瓊見其並非園中所見之人，羞愧投江，幸為呂思誠所救，寄身崔府。番僧選中飛瓊，聞被李清彥逼死，即拿李清彥治罪。李遇巡按蘇天爵得救，上京應試，選翰林。董聞飛瓊未死，又冒名崔府招親，被飛瓊認出，痛打一頓。董寅休恨，告於番僧。番僧即拿飛瓊，嚴刑拷打。適李清彥、蘇天爵出巡江南，審明案情，除了番僧，救下飛瓊，二人成婚。

《十王廟》：陵陽書生朱爾旦，生性蠢鈍，一日與友賭戲，看朱是否敢深夜獨自進入十王殿，背負判官出。果然，朱背負判官至，眾驚逃。判官見朱爾旦對其不生恐懼，便與朱結為義友，教朱作文。見其誠實善良，並代為換以慧心，朱應試中舉。朱嫌妻面醜，求於判官，乃取死女絳仙之頭，與朱妻飛燕更易，使其美之。後朱被死女絳仙家人誤為兇手，逮之，絳仙與朱妻飛燕同託兆，事乃明。

《甕城子》：張古董不務正業，因貧與妻沈賽花口角，誆妻布匹典當。表弟李天龍，曾聘周員外女，未婚而女死。周父告李，如另娶，可以亡女妝奩相贈。張聞而使妻假充李妻，前往領物，言明當晚即回。賽花至周家，周堅

留宿，弄假成真，張赴縣控告，縣官命沈賽花自擇。沈從李棄張，張古董人財兩失。

《火焰駒》：宋時，李彥榮為帥出征，奸賊王強不發糧草，李彥榮仍勝，北狄王求和，交出王強勾結北狄密信一封。王強得知怕謀反之事洩漏，乃先奏李彥榮投降北狄。宋帝不查真偽，即將李彥榮之父李綬收押監中。其弟李彥貴拜見岳父黃璋，黃璋見李家倒臺，昧卻婚姻。其女桂英得知後，決定花園贈銀於李彥貴，不料被管家黃良聽知。正當丫鬟芸香給彥貴交銀之時，黃良殺死芸香，命人捉住李彥貴。誣告彥貴偷銀殺人，送之於官。縣官將彥貴判為死刑。幸有販馬義士艾謙騎快馬火焰駒，與李彥榮報信。李彥貴臨斬之日，李彥榮趕到，救下彥貴奔赴汴梁，面奏皇上，並呈上王強勾結北狄之密札，由皇帝親自平冤。

《紫霞宮》：明時，山東新城縣解元穀梁棟進京獻策，家留繼母鄭氏、妻子吳晚霞以及繼母前夫之子女呂子歡、花瓣。惡僧海慧以算卦為名，走村串巷，物色美貌婦女。花瓣陪伴吳晚霞求卜，卦資三錢銀子。吳氏不便於向婆母討要，遂將頭上銀釵取下，以代卦資。呂子歡看見，誣吳氏與和尚有奸。夜晚與花瓣合謀將吳氏勒死，並作一懸樑自縊的假象。鄭氏請來親翁吳綬，厚殮吳氏，寄柩於東郊寺院。隨後呂子歡殺花瓣，以除後患。吳氏半夜甦醒，赤身奔於父家，吳綬給女兒穿戴整齊之後，令晚霞獨自回去婆家。晚霞未及到家，又碰見海慧，海慧命徒兒將晚霞捆縛，置於簍內。此事恰被山大王花紋豹看見，惡僧逃跑。花紋豹救出晚霞，安置於道觀紫霞宮內。後赴京鳴冤，恰遇已執掌刑部之穀梁棟，重審此案，冤案大明。

二、關學的崇尚禮法

張載「橫渠四句」的第三句「為往聖繼絕學」中，充分表達了「關學」的學術宗旨。所謂「為往聖繼絕學」，主要是指對於中衰的儒學進行繼承與發揚，這使得「關學」整體保持著著「崇儒」的基本風貌。自漢代「獨尊儒術」以來，儒學一直處於官方統治地位，國家自上而下也保持著對於儒家之「禮」的追求與信仰。但隨著隋唐時期佛教、道家的昌盛，人們對於「神」的追求成為了主流，這對儒家思想提出了挑戰，儒家逐漸走向衰落，社會風氣也日漸低下。在此境遇下，一方面為重建道統以強化儒家歷史傳承的合法性，另一方面完善自身以優化其理論體系的理性化，「關學」應運而生。因此，「關學」自張載創立

之初，基本上以復古周禮為己任，在實踐中不僅試行井田制，構建宗法制度，還以開辦書院等形式以倡導禮制。但從法治層面來看，「關學」所傳承與完善的不單單是儒家的「禮制」，而是一種「禮法」的傳統。正如張載所言：「聖心難用淺心求，聖學須專禮法修」。〔註44〕「禮法」最早見於《荀子》，其中《修身》篇曰：「故學也者，禮法也。」〔註45〕而《王霸》篇中亦有關於「禮法之大分也」〔註46〕「禮法之樞要」〔註47〕等論述。因此，「禮法」是在百家爭鳴後儒家所提出的概念體系，它不是春秋戰國以前單純的儒家「禮制」，而是儒家以「禮」與「刑」為法律文化元素所構成的一種中國古代法治文化模式。而「關學」之「禮法」也是在此概念體系之上所做的進一步理性化構建。

春秋戰國以前，中國逐漸從戰爭與祭祀的原始活動中產生了兩個起源性的法律文化元素，刑與禮。對於「禮生於祭」，一般認為原始社會禮與祭即為一體，禮最初源於祭祀之中，是氏族部落人們共同守護和遵循的習慣。《禮記·禮運》曰：「夫禮之初，始諸飲食。其燔黍捭豚，污尊而抔飲，蕢桴而土鼓，猶若可以致其敬於鬼神。」〔註48〕而禮就在中國原始社會祭天、祭祖與社祭中得以產生〔註49〕。關於「刑起於兵」，晉國范宣子言：「夫戰，刑也。」〔註50〕漢代王充言：「刑與兵，猶足與翼也。走用足，飛用翼，形體雖異，其行身同。」〔註51〕而《遼史·刑法志》開篇即曰：「刑也者，始於兵而終於禮者也」。〔註52〕而刑之創制者卻有爭議，《尚書·呂刑》：「苗民制五刑」，〔註53〕而《世本·

〔註44〕〔宋〕張載·張載〔M〕·北京：中華書局，1978：368。
〔註45〕〔戰國〕荀子·荀子：卷一〔M〕·明嘉慶時期顧氏世德堂刊本：19。
〔註46〕〔戰國〕荀子·荀子：卷一〔M〕·明嘉慶時期顧氏世德堂刊本：12。
〔註47〕〔戰國〕荀子·荀子：卷一〔M〕·明嘉慶時期顧氏世德堂刊本：18。
〔註48〕〔西漢〕戴聖·禮記·禮運〔M〕·北京：中華書局，2017：423。
〔註49〕武樹臣在關於「禮與祭」的關係上，另闢蹊徑，利用文字考古的方法來進行闡釋。一方面指出禮源於對戰勝之神，玉瓊的崇拜；另一方面指出禮生成於戰鬥之舞，旄舞的儀式規則。明確指出禮產生於與戰爭有關的祭祀之中，並解釋了後世「禮樂」並稱之原因。參見武樹臣：《尋找最初的禮—對禮字形成過程的法文化考察》，載《法律科學》2010年第3期；《尋找獨角獸—古文字與中國古代法文化》，山東大學出版社2015年版。
〔註50〕〔春秋〕左丘明撰·國語·晉語〔M〕·北京：中華書局，2007：262。
〔註51〕〔東漢〕王充著·論衡：卷八〔M〕·北京：中華書局，1990：360。
〔註52〕〔元〕托克托·遼史·刑法志上〔M〕//〔清〕紀昀·文淵閣四庫全書：第二八九冊·臺灣：臺灣商務印書館，1983：464。
〔註53〕〔宋〕胡士行·胡氏尚書詳解〔M〕//〔清〕紀昀·文淵閣四庫全書：第六〇冊·臺灣：臺灣商務印書館，1983：421。

作篇》：「（皋）陶作刑」。〔註54〕

《禮記·曲禮》載：「國君扶式，大夫下之；大夫撫式，士下之；禮不下庶人。刑不上大夫，刑人不在君側。」〔註55〕所謂：「刑不上大夫，禮不下庶人」即是從主體角度對於這兩個原始法律文化元素在先秦時期關係形態的闡述〔註56〕。一方面，面對穩定的貴族與平民的二分社會主體層次結構，在不同層次範圍內分別主要以禮與刑來進行行為規範。另一方面，先秦時期的禮刑結構，表現為一種「禮」元素與「刑」元素的並列狀態，並且相互分離，互不交集，兩者之間不存在必然聯繫，各元素之間存在壁壘，法律文化元素處在產生階段。

隨著春秋戰國時期的到來，經濟與政治的深刻變化首先使穩定的主體層次結構發生了巨大的改變。鐵器的發展與使用所改變的經濟基礎使主體層次發生混同與反轉，一則表現為平民人身解放與自由的擴張而獲得貴族身份，另則表現為原有貴族地位的喪失而脫離原有主體層次。其中「士」由以前的一個等級，在春秋戰國之時轉變成為一個社會階層，就是這種主體層次變化的具體表現。這個階層成為上（統治者、官吏和剝削者）與下（被統治者、民、被剝

〔註54〕世本：卷九〔M〕·清代秦嘉謨輯補本：6。

〔註55〕〔西漢〕戴聖·禮記·曲禮〔M〕·北京：中華書局，2017：47。

〔註56〕關於「刑不上大夫，禮不下庶人」，《孔子家語》中記載：「冉有問於孔子曰：先王制法，使刑不上於大夫，禮不下於庶人，然則大夫犯罪，不可以加刑，庶人之行事，不可以治於禮乎？孔子曰：不然，凡治君子以禮御其心，所以屬之以廉恥之節也，故古之大夫，其有坐不廉污穢而退放之者，不謂之不廉污穢而退放，則曰簠簋不飭；有坐淫亂男女無別者，不謂之淫亂男女無別，則曰帷幕不修也；有坐罔上不忠者，不謂之罔上不忠，則曰臣節未著；有坐罷軟不勝任者，不謂之罷軟不勝任，則曰下官不職；有坐干國之紀者，不謂之干國之紀，則曰行事不請。此五者，大夫既自定有罪名矣，而猶不忍斥，然正以呼之也，既而為之諱，所以愧恥之，是故大夫之罪，其在五刑之域者，聞而譴發，則白冠氂纓，盤水加劍，造乎闕而自請罪，君不使有司執縛牽掣而加之也。其有大罪者，聞命則北面再拜，跪而自裁，君不使人捽引而刑殺。曰：子大夫自取之耳，吾遇子有禮矣，以刑不上大夫而大夫亦不失其罪者，教使然也。所謂禮不下庶人者，以庶人遽其事而不能充禮，故不責之以備禮也。冉有跪然免席曰：言則美矣，求未之聞，退而記之。」這說明，大夫可受刑，但有優待，民需遵禮，但有別於大夫，兩者雖有交集，卻仍被局限在兩個主體層次範圍內。例如刑，主要針對於民而鮮于對大夫。《尚書大傳》：「唐虞象刑而民不敢犯，苗民用刑而民興相漸」、《周禮》：「罷民亦然，上刑易三，中刑易二，下刑易一，輕重之差」、《呂刑》：「士制百姓於刑之中」等，而沈家本在其《歷代刑法考》中，言先秦之刑時曰：「以圜土聚教罷民」「以嘉石平罷民」等。

削者）交流、轉換的中間地帶〔註57〕。其中貴族庶孽大多淪為士，如張儀、韓非、商鞅、范雎等。下層人則可通過選拔為士，《荀子・王制》中說：「雖庶人之子孫也，積文學，正身行，能屬於禮儀，則歸之卿相士大夫。」〔註58〕

社會主體層次的巨大變化，導致「禮崩樂壞」的狀態，原有單調與分離的法律文化元素也在這種崩壞中逐漸分解、發酵、更新與顯現。至東周之世，九流並起，而臻於極盛，百家思想孕育其中而誕生。《淮南子・要略》中首先探討了諸子的源起，並明確提出諸子之學皆起於時勢之需要而救其偏敝。〔註59〕這說明諸子百家之學實為治亂世之法，其中從原始的「禮」「刑」中演化出多種豐富的法律文化元素，逐漸形成新的並列狀態。而佔有主導並列地位並具有較高現實作為者有道家之「道」，其之宗旨一在守柔，二在無為，三在齊物；墨家之「愛」，《漢志》云：「墨家者流，蓋出於清廟之守。茅屋采椽，是以貴儉。養三老五更，是以兼愛」；〔註60〕法家之「法」，法家宗旨，在「法自然」，戒釋法而任情；以及儒家之「情理」，其中關於「情」儒家認為「禮」應符合於人的情感要求，而感情應約束在禮之內。郭店竹簡《語從二》：「情生於性，禮生於情」，〔註61〕而上博簡《孔子詩論》第十簡曰：「《關雎》以色喻於禮。」〔註62〕正所謂「禮生於情，而以禮制情」〔註63〕。這說明儒家對社會規制的解釋來自情感，李澤厚認為儒家的哲學體系就是「情本體」〔註64〕，但實際上這

〔註57〕劉澤華・先秦士人與社會〔M〕・天津：天津人民出版社，2004：94。

〔註58〕〔戰國〕荀子・荀子：卷五〔M〕・明嘉慶時期顧氏世德堂刊本：1。

〔註59〕馬育良・《淮南子・要略》與近世章胡諸子學論證〔J〕・淮南師範學院學報，2007（4）：32。

〔註60〕〔漢〕班固・漢書〔M〕//〔清〕紀昀・文淵閣四庫全書：第二四九冊・臺灣：臺灣商務印書館，1983：814。

〔註61〕簡帛書法選編輯組・郭店楚墓竹簡・語叢二〔M〕・北京：文物出版社，2003：1。

〔註62〕馬承源・上海博物館藏戰國楚竹書1〔M〕・上海：上海古籍出版社，2001：139。

〔註63〕根據郭店簡《性自命出》《語從》以及上博簡《孔子詩論》《性情論》等的論述中可以看出，先秦時期儒家存在過對於「情」的大討論，其中情與禮的關係是儒家早期反覆強調的問題。其所言之情是指性情之情，從人之本性出發，以情感為主要內涵的，不同於大多先秦文獻中的「情實」，指出禮應符合於情，但其並非唯情主義者，其「情」更重視的是「以禮節情」。因此，隨著先秦時期這種「情」與「禮」的不斷交融，至漢代董仲舒之時，儒家之情即為禮，情皆可從經義中尋得淵源，這也為「春秋決獄」做好了準備。

〔註64〕李澤厚・論語今讀〔M〕・天津：天津社會科學院出版社，2007：2。

樣的「情」，在與「禮」的互動下，不是指私情，而主要指民情與風俗習慣〔註65〕。而關於「理」，皮鹿門《春秋通論》云：「《春秋》有大義，有微言。」〔註66〕蓋大義者，如今人所謂「普世價值」也，當時之世，乃為君臣父子之倫理綱常。此時，這些法律文化元素從「禮」「刑」的分離並列狀態開始走向「百家爭鳴」的鬥爭並列狀態，為進一步的文化整合做好了準備。

　　而在經歷了秦代的獨刑排禮法律文化模式後，漢代中期民間的民族普遍認同也在進一步明確、系統與強大，以儒家法律文化的「情理」元素為理性表現形式的「禮」，形成一股強大的向上力量。統治者不再完全排斥法家之「法」以外的法律文化元素，而是嘗試將其慢慢融合，權力開始偏向並主流於儒家之「情理」與法家之「法」的法律元素整合。至此時，以董仲舒為始，「春秋決獄」逐漸形成風氣。董仲舒外，公孫弘以儒術緣飾文法、張湯治《尚書》《春秋》補廷尉史、兒寬以教義治獄訟，使「春秋決獄」達至盛況。在此風氣形成之中，「禮刑融合」法治文化模式得以形成。這種法治文化模式在經過魏晉隋唐時期的不斷發展後，至宋代臻於完善而延續至清末。因此，這種「禮刑融合」的法治文化模式就是「關學」所崇尚之「禮法」的前提，「關學」之自身「禮法」的邏輯也必須在此基礎上來進一步展開，這是歷史條件限定的必然，也是「關學」作為儒學傳承的必然。

三、關學的禮法邏輯

　　「關學」之禮法，是在儒家「禮刑融合」基礎上所構建起來的，因此，既有對於儒家原有「禮法」邏輯的繼承，也存在自身發展的特性邏輯。在繼承邏輯中存在著「以禮為主，禮法並用」的基本原則。在北宋五子中，張載是最重禮的，張載所提出的「漸復三代之法」的施政方略中，就體現了對於這種基本原則的繼承。張載指出：「為政不法三代者，終苟道也」。〔註67〕而此「三代之法」所指向的就是儒家之「禮」，其認為「禮」不僅是治國之重器，更是民間日常生活之準則。因此，即使是法律制度全然具備，也必須以「禮」為核心，才能得以實現。呂大臨在《橫渠先生行狀》中云：「先生慨然有意三代之治，

〔註65〕余榮根‧儒家法思想通論〔M〕‧北京：商務印書館，2018：30。
〔註66〕〔清〕皮錫瑞‧春秋通論〔M〕// 吳仰湘‧皮錫瑞卷‧北京：中國人民大學
　　　　出版社：362。
〔註67〕〔元〕脫脫‧宋史‧列傳〔M〕// 〔清〕紀昀‧文淵閣四庫全書：第二八八
　　　　冊‧臺灣：臺灣商務印書館，1983：20。

望道而欲見。論治人先務，未始不以經界為急，講求法制，粲然備具，要之可以行於今，如有用我者，舉而措之爾。嘗曰：『仁政必自經界始。貧富不均，教養無法，雖欲言治，皆苟而已。世之病難行者，未始不以亟奪富人之田為辭，然茲法之行，悅之者眾，苟處之有術，期以數年，不刑一人而可復，所病者特上未之行爾。』」〔註68〕

　　從「關學」禮法的特性邏輯出發，存在著「以禮為教」的原則。與以往「禮刑並用」的不同，「關學」所強調不僅是「禮」與「刑」在結合層面的強制性與懲罰性，在《經學理窟·月令統》中張載有云：「人道之用，盡於接人而已」，〔註69〕「禮教備，養道足，而後刑可行，政可明，明而不疑」。〔註70〕更多強調的是刑以外「禮」的勸善性與揚善性。以兩者的結合，將「禮」延伸至整個社會治理的層面，從而實現禮法的社會教化價值。程頤將張載學術特點概括為「以禮立教」四字，簡明扼要的概括出了張載「禮法」的特有邏輯。這種邏輯是儒家原有禮法邏輯的進一步發展，不僅在「禮刑並用」的邏輯內強調了「禮」的核心價值，以奠定以禮教化的法律基礎，更將「禮」延伸至刑以外，實現「禮」在法律之外社會治理的可能，進一步保障禮法之法治功能，既有「無訟」之成效，又有「息訟」之功效。呂大臨在《張御史行狀》中云：「自公安改知夏縣，縣素號多訟，君待以至誠，反覆教喻，不逆不億，不行小惠，訟者往往扣頭自引。不五六月，刑省而訟衰。未幾，靈寶之民遮使者車請曰：『今夏令張君，乃吾昔日之賢令也，願使君哀吾民，乞張君還舊治。』使者欣然，聽其辭而言於朝。去之日，遮道送，不得行。父老曰：『昔者人以吾邑之人無良喜訟，自公來，民訟幾希。是惟公知吾邑民之不喜訟也。』言已皆泣下。」〔註71〕

　　而秦腔作為「關學」禮法的載體，具體敘事中都包含了「關學」禮法的這些繼承邏輯與特性邏輯。因而，秦腔一方面更注重的是社會治理整個過程中忠、孝、節、義的倫理道德關心與宣揚，另一方面更具有民間性，不僅文字通俗易懂，聲調更加慷慨激，敘事也更具有民眾趣味，使人人皆懂便於教化。而清代著名學者焦循在其著作《花部農譚》中關於秦腔的盛讚，正好道出了秦腔中的「關學」法治品質，同時也呈現了秦腔法律文化教化的實效。他說：「花

〔註68〕〔宋〕張載·張載集〔M〕·北京：中華書局，1978：384。
〔註69〕〔宋〕張載·張載集〔M〕·北京：中華書局，1978：221。
〔註70〕〔宋〕張載·張載集〔M〕·北京：中華書局，1978：214。
〔註71〕〔宋〕朱熹·伊洛淵源錄〔M〕//〔清〕紀昀·文淵閣四庫全書：第四四八冊·臺灣：臺灣商務印書館 1983：462。

部原本於元劇。其事多忠、孝、節、義，足以動人；其詞直質，雖婦孺亦能解；其音慷慨，血氣為之動盪。郭外各村，於二八月間，遞相演唱，農叟、漁父，聚以為歡，由來久矣！自西蜀魏三兒倡……市井中如樊八、郝天秀之輩，轉相效法，染及鄉隅。……余特喜之，每攜老婦、幼孫，乘駕小舟，沿湖觀閱。天既炎暑，田事餘閒，群坐柳陰豆棚之下，侈譚故事，多不出花部所演，余因略為解說，莫不鼓掌解頤。」〔註72〕而從秦腔「李十三」傳統公案劇目出發，「關學」禮法的邏輯更為顯著。因而可以從敘事中的具體案例來對這一「禮法」邏輯進行深入的剖析，如表4。

表4 李芳桂傳統公案劇目中的關學禮法基本邏輯

劇目名 分析項	《紫霞宮》	《火焰駒》	《白玉鈿》	《春秋配》	《萬福蓮》	《十王廟》	《甕城子》
有無「刑」的依據	有	有	有	有	有	有	無
「刑」的內容	誣告、殺人者須治罪	誣告者須治罪	誣告、殺人須治罪	犯罪之有無故意	婚約受法律保護、強搶民女有罪	善惡	違背婚姻解除的法定條件
有無「禮」的依據	有	有	有	有	有	有	無
「禮」的內容	有義（知恩圖報）	有義（知恩圖報）	有義（綈袍之情）	有義（知恩圖報）	不仁不義（作惡多端、欺壓百姓）	善惡	違背女子「節義」的要求
審判結果／敘事寓意	犯罪者被殺，為「義」殺人者赦免	冤案終得平與對仁義之士的讚揚	犯罪者處以刑罰，念及「綈袍之情」免除死刑	故意犯罪者處以刑罰，為報恩過失者免除刑罰	犯罪者得以處罰，認定被告二人原來婚約有效	判官為原告換心助其成功	法官以「兩情相悅」將原告妻子判於被告
禮刑關係	以禮代刑	以禮補刑	以禮補刑	以禮注刑	以禮飾刑	嚴格依法	無法無禮
刑外之禮	孝義、仁義者得以圓滿	仁義、節義者得以圓滿	仁義、節義者得以圓滿	忠義、俠義得以獎勵	節義、俠義者得以圓滿	本性善良得以獎勵	無

〔註72〕〔清〕焦循·花部農譚〔M〕//中國戲曲研究院·中國古典戲曲論著集成：第8卷·中國戲劇出版社，1959：225。

　　以上表格分別將李芳桂「十大本」中的七個傳統公案戲,進行了兩大法律元素的六項主題解構,首先為「刑」元素的有無法律依據與具體法條內容的兩項主題,以此來考察秦腔法律文化的「刑」元素存在與否。其次,為「禮」元素的有無與具體內容兩項主題,以此來考察秦腔法律文化「禮」元素的存在與否,復次,是以審判結果或敘事的寓意為考察標準,考察「禮」與「刑」兩元素在禮刑結合層面的具體關係與邏輯。最後,是以對具體劇目中「刑外之禮」的分析來管窺「關學」禮法的特有邏輯。那麼,通過以上表格的量化與主題解構處理,可以清晰的看出秦腔法律文化呈現的「關學」禮法教化邏輯。

　　從禮刑結合層面出發,首先六個案例中都存在「禮」元素與「刑」兩種元素,並分別都以法律規定與儒家禮教的具體形式滲透到案件的審理之中,並貫穿於整個案件的始終。例如根據典型劇目《紫霞宮》中的敘事內容,穀梁棟最後對於案件的審判中,一方面對於呂子歡惡意殺害自己妹妹與陷害自己嫂子的判定,是根據現實的法律規定。而另一方面對於此案中花紋豹殺人罪判定的依據,則是儒家禮教中的「義」,前者判其有罪,後者卻予以赦免。而以此分析表格中的其他五個典型劇目中,可以看出「禮」元素與「刑」元素兩者都得到了關照,並貫穿於每個案例的始末。而《甕城子》作為一部諷刺官員糊塗斷案的典型劇目,其中的「無禮無法」的任意判決實際是遭到批判的。〔註73〕因此,主要以其他六部正面敘事的劇目來進行分析。其次,從案例中禮與刑的關係中可以看出,每一個案例中都各自存在「嚴格依法」「以禮飾刑」「以禮補刑」「以禮補刑」「以禮代刑」五種禮刑關係。當法律完全符合於禮教時,只需嚴格依法而判,例如《十王廟》中,陰曹地府的法律依據即為「善惡終有報」,與禮教懲惡揚善之價值觀完全統一,即對原告朱爾旦以善報。當按照法律嚴格斷案有悖於禮教時,可對法律採取注釋或者裝飾等變通的前提下進行適用,例如《春秋配》中巡按何雲升在案件審理中,對於石逕坡逼人下井之罪的處理,按照法律規定雖然乃是無心之失,但理應治罪,不過其是為報恩心急而為之,如果強行治罪有違禮教。因而,在以禮教之「義」對法律規定之「過失」進行注釋的前提下,免除了其刑罰。當法律存在規定不明確或是沒有規定的時候,

〔註73〕 與李十三村相鄰的張家村,有一個非常吝嗇、愛充風雅的張員外,為了抬高自己身份,常和斯文人打交道,還裝作很喜愛碗碗腔。有一次,這個張員外約李芳桂到家裏,請求為他編出戲歌功頌德。李芳桂趁此機會就編寫了這齣諷刺劇《甕城子》,上演後把張員外氣得半死。

則可以以「禮」來進行補充，例如《白玉鈿》中，李清彥作為巡按，對於其故友董寅欺詐、誣陷與逼人致死等罪應當按法處於死刑，而董寅提及「緹袍之情」，法律對此並未有所規定，但李清彥鑒於對「義」崇尚，免除了董寅的死刑，改為「重責四十押在監牢，聽候發落。」而當按照法律判決有悖於禮教之時，往往以「禮」代「法」，例如《紫霞宮》中對於花紋豹的赦免。

從「刑外之禮」的角度來看，「關學」中除了法制的懲罰以外，還有道德層面的褒獎。而這些褒獎並不與法律相違背，而是對於法律之外符合禮教善行的鼓勵與宣揚，能對法律無法實現的社會治理目標大有裨益。張載所建構的雙重人性論，決定了人可以通過改變「氣質之性」，回到「天地之性」。那麼，在張載看來改變氣質的關鍵在於「禮」，即「知禮成性」。而這個「知禮成性」的過程所強調的是對於禮法「去惡復善」的功能，指通過「揚善」使人們得以教化，法治得以實現。在以上六個典型案例中，除了對於案件中犯罪當事人的懲罰與赦免外，還都存在一條生活的獎勵邏輯，凡是遵循禮教之人，必有美好的結局，而凡是作惡之人即使法律無法懲罰，也必然遭受生活的絕境。例如《紫霞宮》，穀梁棟與妻子對於繼母的孝義，得來的高中與團圓。范嗣曾贈銀周濟夏良、夏雲峰父女的仁義行為，最終得來的平冤與圓滿婚姻。除此外，呂子歡的死於非命，都是一種社會禮教內容的呈現。

第三節　呈現的關學法治追求

以教化為核心的禮法是「關學」特有的法治內涵，這是「關學」基本精神在法治層面的體現，而這也決定了「關學」與傳統儒學對於治理的不同關注。「關學」不再像先秦儒學一樣高論「君臣之間」，也不像漢代以後儒學一樣追捧「天人感應」，其所強調的是人在天地間的主體地位，這種人是天地之心，是聖賢之學的目的，是政治活動的目標，這種人是具有平等意味的廣大民眾，不僅上可至君主、權貴與官吏，而且下可達社會中不同身份地位之百姓。明代「關學」學者馮從吾有云：「開天關地在此講學，旋乾轉坤在此講學，致君澤民在此講學，撥亂返治在此講學，用正變邪在此講學。」〔註74〕其中的「致君澤民」所表達的就是這一廣大民眾的涵義。而「關學」的學術使命就是為廣大的民眾，確立一個安身立命之所，設計一個萬世太平、永遠美好的理想社會。

〔註74〕〔明〕馮從吾・馮從吾集〔M〕・西安：西北大學出版社，2014：472。

這一使命在張載的「橫渠四句」中得到了充分的體現。因此,「關學」以禮法之名,實際上所關注的是社會治理層面的法治,以及廣大民眾為核心的主體。其中社會治理法治化的關鍵就在於為廣大民眾提供一個正確的法律價值觀,而這種正確的價值觀就是「關學」法治追求的具體表現。張載的弟子呂大臨就一直以教化人才、變化風俗為己任,明代「關學」繼承人呂柟也指出「下通民志」「太平之業」等聖學意義。其中存在兩個方面的主要內容。一是關於廣大民眾自身修養的追求,體現在對於「誠」「明」兩種品質的塑造與主宰性情之「心」的培養之上。二是關於廣大民眾主體間性的設定,主要體現在對於主體間「太和」與「民胞物與」的至高境界。因此,馮從吾在《諭俗》中概括地指出:「千講萬講不過要大家做好人,存好心,行好事,三句盡之矣。」〔註75〕

一、誠明之貴

張載在《張載集》中有關於「誠明」的專章論述,即《正蒙·誠明篇》。其中言道:「誠明所知,乃天德良知,非聞見小知而已。天人異用,不足以言誠;天人異知,不足以盡明。所謂誠明者,性與天道不見乎小大之別也。」〔註76〕明確地指出,「誠明」是「天德」,「誠明者」所實現的是「性與天道的一致」,這說明做人的成功根本在於「誠明」,它應該成為人們立身之本,故「君子誠之為貴」。具體而言,「誠」所指的是誠實信用,它是一切仁義禮智信的保障,「仁人孝子所以事天誠身,不過不已於仁孝而已」〔註77〕而「明」所指的則是聰明機智,其與「誠」相輔相成。如果只有「誠」而無「明」,人會成為愚笨老實之人,如果只有「明」而無「誠」,人會成為奸詐之徒,兩者缺一不可。而「關學」這種對於人自身修養的追求,也是其社會治理法治化的基本價值追求,只有自上而下皆為「誠明」,社會方得以井然有序。例如,在秦腔劇目的敘事中,對官吏之界分不獨以「善惡」為準則,更多在於對「昏庸」官員的諷刺。《甕城子》中以丑角刻畫的縣官形象,就是這種不「誠」不「明」的典型。而「清官」的主要特點就是「誠明」的品質,如《春秋配》中巡按何雲升。而對於正面人物的塑造中也多以「誠明」為標準,如《火焰駒》中的艾謙,也因為這種「誠明」而受到民眾歡迎,在民間廣為流傳。除此外,甚至存在對於皇帝塑造的「昏」「明」之別,以期在最高級別的主體層

〔註75〕〔明〕馮從吾·馮從吾集〔M〕·西安:西北大學出版社,2014:148。
〔註76〕〔宋〕張載·張載集〔M〕·北京:中華書局,1978:20。
〔註77〕〔宋〕張載·張載集〔M〕·北京:中華書局,1978:21。

面上，實現「誠明」的價值追求。

二、心統之道

　　張載在前人「性惡論」「性善論」「善惡論」等學說的基礎上建構起了雙重人性論，對心與性、性與情、心與情的問題進行了詳細地論述。「性」是指人作為有形之物所固有的性質，如人喜怒哀樂的內在性質，「情」是指人的情緒表達與表現，如人喜怒哀樂表現出來的行為。張載認為有「性」者必然有「情」，其中「性」為體為未發，「情」為用為已發。而這種表達出來的情緒行為有所謂善惡，其中善惡在於對這種情緒行為的「中節」，如《張子語錄》中言道：「皆中節謂之和，不中節則為惡」。〔註78〕而「中節」的關鍵在於「心」，「心」具有統攝「性」與「情」的價值，因而張載云：「心統性情者也」。〔註79〕從法治層面來講，「心」直接決定著人們的法律行為，只有有了適當之「心」，才能有遵禮法、守禮法與敬禮法等行為。因此，在「關學」的法治追求中，核心在於對「心」的培養之上，一是要以「大其心」的方式實現社會「視天下無一物非我」的普世價值觀，人人之間相互關心與體諒；二是要以「仁義禮智」之四德來善其心，使人人「性情皆善」。在「關學」法治追求的指導下，秦腔不同於其他劇種多以愛情與生活題材為主，而是以歷史戰爭和公案等宏大敘事為主，一則在此宏大敘事中「大」廣大民眾之心，二則在歷史戰爭與公案題材中弘揚更為寬廣之四德以「善」其心。而在李十三的「十大本」中，便多以歷史戰爭與公案為敘事主題，也在傳統社會中起到重要的作用，尤其對西北地區人民豪爽、善良、憨厚、仗義的性格有塑造價值。

三、生民之重

　　在「民胞物與」的精神支持下，「為生民立命」是「關學」的一個核心命題與使命。這在「關學」法治思想體系中主要是一種「向上」的價值觀，是立法、執法與司法層面法治化的一種追求。它的目的在於提示統治階級要處處以「生民」為己任，「生民」是治國理政之核心，唯有保民方能安邦。與以往儒學空談「民本」的思想有所不同，張載不僅在理論層面提出「為生民立

〔註78〕〔宋〕張載·張子集〔M〕·張錫琛，校點·北京：中華書局出版社，1978：323～324。

〔註79〕〔宋〕張載·張子集〔M〕·張錫琛，校點·北京：中華書局出版社，1978：338。

命」之說，更在實踐中為化解土地兼併中「生民」之貧苦，在其為官期間推行「井田制」。同時在政治上積極支持「變法」，「凡變法須是通，通其變使民不倦，豈有聖人變法而不通也」〔註80〕。而張載之後的「關學」學者也以「生民」為其思想之核心概念，並關注於實踐中的實現。呂大鈞在《民論》中言：「為國之計，莫急於保民。保民之要，在於存恤，主戶又招誘客戶，使之置田，以為主戶。主戶苟眾，而邦本自固。」〔註81〕這種對於統治者法治價值觀的追求在秦腔傳統公案戲中的「明君」「清官」等的塑造中體現的淋漓盡致，而李芳桂公案戲中的「清官」不僅皆有關於「為生民立命」的為官原則與法治價值觀，而且都以司法判決的形式中實踐了這些原則與價值觀。如《春秋配》中，「清官」巡按何雲升在其一上場便言道：「為官愛查民過，何若公門羅雀？」，而在最終審判中使形式正義與實質正義都得到了滿足，履行了為「生民立命」之使命。

四、太和之境

張載在《正蒙·太和篇》中言道：「太和所謂道，中涵浮沉、升降、動靜、相感之性，是生絪緼、相蕩、勝負、屈伸之始。」〔註82〕其中「太和」是張載對於太虛本體狀態的描述，是「和諧」的一種最高級狀態，也是「關學」追求的最理想社會境界。這種追求實際上是「關學」法治思想體系中一種「雙向」的價值觀。這一法治價值觀是對傳統儒學中「和為貴」的一種繼承與發展。張載言：「有象斯有對，對必反其為；有反斯有仇，仇必和而解」。〔註83〕在張載看來，大多數人難以「中節」自己的「情」，而在社會相處之中，又往往為了利益而相互爭奪，因而社會中必然存在著各種對立、矛盾與糾紛。但「和」是宇宙最終的歸宿，是永恆之道，是社會之康寧與人之本質，「太和」是解決社會中對立、矛盾與糾紛真正有效的方法。因此，它要求百姓之間以「太和」為根本追求，在此過程中，人們不僅需要通過各自遵守禮法來完成自身之「太和」，而且要在與人交往中以相互謙讓、理解、包容為原則，來最

〔註80〕〔清〕紀昀·欽定四庫全書·橫渠易說〔M〕·上海：上海古籍出版社，1990：87。

〔註81〕〔宋〕呂大鈞·民論〔M〕//〔清〕紀昀·文淵閣四庫全書：第一三五一冊·臺灣：臺灣商務印書館，1983：217。

〔註82〕〔宋〕張載·張載集〔M〕·上海：上海古籍出版社，2000：7。

〔註83〕〔宋〕張載·張載集〔M〕·上海：上海古籍出版社，2000：97。

終達到社會層面之「太和」。而對於統治階級，則要求以和諧為最終立法、執法與司法的目標。這種最高級別的和諧價值觀也處處體現在秦腔傳統公案戲之中，尤其「明君」的聖旨、「清官」的判詞，以及善良權貴對於案件的處理結果中，皆以解決糾紛與化解冤仇為根本目的，只求和諧而不獨為刑罰。其中李芳桂《春秋配》中「清官」何雲升的判詞中，惡貫滿盈者得以正法，善良行事者得以減免或獎賞，社會得以恢復寧靜，關鍵有情人終成眷屬，無家可歸者得以安頓，當事人皆滿意，民間無冤無怨，結局一片歡喜，而社會則是一番和諧之景象。

> 何雲升：這就是了，犯人聽審！
>
> 眾：是。
>
> 何雲升：江秋蓮越牆逃走乃繼母所逼，與私奔不同，以免究治，侯上官始而劫物，繼而殺人，俄而攜女，被推深澗，可見天網恢恢之不漏，為此案之首惡剮罪一名。（眾應聲）張秋鶯怕賣離姑母，畏逼投井，情亦堪憫，石徑坡有逼人下井之罪，乃是無心之失，南陽擊鼓俠義可欽，留在道衙效用，以為進身之階。
>
> 石徑坡：老爺恩寬。
>
> 何雲升：徐黑虎謀色害人，難逃刑戮，斬罪一名。（眾應）賈氏！無惜女之心，有誣告之嫌，交首縣杖一百枷，三月領夫屍埋葬。（眾應）李華陷不白之冤，經劫奪之險不肯隨賊造反，復來受死，以惻隱之心受無辜之累，不有獎功，安望後來？本院判江秋蓮與他為妻，淑女宜配君子，怨女終得佳婿，江秋蓮暫耿府居住，以待行禮。

秦腔之所以成為「關學」的承載與傳播者，除了由兩者之間的天時、地利、人和的自然關聯所決定，還在於「關學」自身的「經世致用」的求實作風所決定的。以張載為開端的「關學」與其他理學學派的最大區別在於「為學不尚空談」，其學術追求在於將內在的思想範式導入社會實踐之中，而這種導入的主要方式在於教化。而「躬行教化」作為「關學」的主要標誌，一直貫穿於「關學」800 年的歷史軌跡之中。秦腔作為一種戲劇，本就具有「高臺教化」之功能，而秦腔的這種功能與「關學」之需求產生了耦合，必然成為「關學」教化之工具。也可以說，「關學」學子們其實也是在一定自覺地前提下，貢獻於秦腔的發展。秦腔則也在這些「關學」學子的改良下，走向了更為興旺的景象，而不斷的興旺也將「關學」思想更為深刻與更為廣泛地導入了傳統社會的實踐

之中，這其中也包括「關學」的法治思想。這種良性循環使得秦腔與「關學」都得以薪火不斷、綿延不絕，並且至今仍，無論「關學」還是秦腔都是值得我們珍惜與學習的優良傳統。而這種教化也正是秦腔法律文化的核心功能。具體的內容將在下一章秦腔法律文化的教化功能中做專章的講述與分析。

第四章　秦腔法律文化的教化功能

「教化」一詞最早出現於西漢的《新語》中：「教化不行，而政令不從。」〔註1〕其中表達了「教化」在社會治理中的重要價值。其中「教」在《說文解字》中是指：「上所施下所效」，〔註2〕強調的是一種傚仿。秦腔作為一種教化方式，其敘事中的內容，為人們提供了一種傚仿的範例。例如人們對於伸冤方式的選擇，並不遵從於現實法律規定，而更多的是對於戲文中的模仿。而「化」在《說文解字》中指的是：「教行也。」〔註3〕具體可以理解為，人們置身於在一定環境之下，此環境足以使人們自然而然地受到影響，從而自覺地自願地為某一行為。而這一行為往往是「教」的具體內容。因此，只有在「化」的作用下，營造出能夠使人們自願為之的環境，「教化」才有了不同於「教育」的意義與價值。秦腔作為一種戲劇，從一定意義上來講是一種特殊的文學形式，是一種語言藝術，是話語蘊藉中的審美意識形態」。〔註4〕因此，秦腔中的審美屬性是其區別於其他語言的，這種審美性是秦腔文學價值的體現，具體表現為快感和有用性。這種「快感」在審美層面，使人們首先產生好感，在直覺層面上產生「自願」的意象。而秦腔中所表達的有用性，也稱之為嚴肅性，則是令人愉悅的嚴肅性，它的特殊之處在於不是那種必須履行職責或必須汲取教訓

〔註1〕〔西漢〕陸賈·新語：卷下〔M〕// 張元濟·四部叢刊初編：第 320 冊·景上海涵芬樓藏明弘治刊本：6。
〔註2〕〔東漢〕許慎著·說文解字〔M〕·北京：中華書局，2018：672。
〔註3〕〔東漢〕許慎著·說文解字〔M〕·北京：中華書局，2018：1664。
〔註4〕張榮翼·文學史中文學的「估值」問題〔J〕·人文雜誌，2018（2）：53～54。

的嚴肅性；而是那種可以給人快感的嚴肅性，即審美嚴肅性（seriousness of perception），也是一種知覺嚴肅性（seriousness of perception）。〔註5〕而秦腔的這種審美嚴肅性，不同於被動接受或強行要求的傚仿，使傳統社會法治在一種歡快與自願的狀態下得以構建與實現。秦腔敘事的這種教化功能本身是一種形式化表現，這是秦腔作為一種戲劇藝術所必然具有的一種一般性教化表現，它可以為任何法律思想體系來進行承載與傳播。因此，如同秦腔法律文化本身的階段性，以「關學」為法治思想核心的教化，突出呈現在秦腔法律文化教化功能的傳統階段，這種教化功能在歷史上具有顯著的成效。那麼，秦腔法律文化在其核心「關學」法治思想的指引下，存在著教化時間與空間、教化對象與場域、以及教化主體與貢獻的具體教化內容。

第一節 教化的時間與空間

秦腔以「關學」法治思想為核心所進行的教化，產生於秦腔與「關學」發生關聯之時，而伴隨著秦腔的流播，這種「關學」法治教化對全國產生了重要的影響，也對整個中國社會產生了深遠的影響。因此，在秦腔法律文化的教化歷史中，存在著時間與空間的兩條邏輯，而這兩條邏輯是相互聯繫在一起的。「關學」誕生於北宋的關中地區，秦腔萌芽所誕生於上古時期，但真正成熟起步於宋代，也處於關中地區，二者於此時在關中地區交互，但此時二者之間的交互處在一種無意識狀態，所起到的「關學」法治教化價值也不夠明確與理性，這是秦腔法律文化教化的萌芽階段。至明中期，康海自覺對秦腔進行的「關學」滋養，成為二者正式交互的起點，正式拉開了「關學」法治教化的歷史大幕。自此後，秦腔迅速成熟，並在陝西境內形成四路風格，清代時已傳播至西北五省。此時為秦腔法律文化教化的發展階段。而後伴隨著農民起義的鋪墊與商業的發展的刺激，秦腔進一步向全國發展至京、津、冀、魯、豫、皖、浙、贛、湘、鄂、粵、桂、川、滇等地區，與此同時「關學」的法治教化也被傳播於全國各地，秦腔法律文化的教化也進入了成熟階段。清末，在西方思想的不斷衝擊下，「關學」結束了自己800年的生命，秦腔法律文化的教化也開始走向新的階段。

〔註5〕〔美〕勒內・韋勒克，奧斯丁・沃倫・文學理論〔M〕・劉象愚，譯・南京：江蘇教育出版社，2005：21。

一、宋金元明清西北地區的教化空間

　　西北地區是一個逐漸形成的地理概念，開始於秦統一之後。秦統一之時，「西北」是指今陝西與在今甘肅設立的北地與隴西兩縣。漢代西域都護府的設立，標誌著西域正式歸屬於中央。元代開始出現甘肅行省與陝西行省，明代將兩省合在一起，甘肅屬於陝西布政史司與陝西都指揮史司。其中分別包括今陝西與甘肅蘭州以東，寧夏的固原、隆德與青海部分地區，以及甘肅河西與青海西寧地區。至清康熙年間，將兩者再次分開。而對於秦腔最多的評價，就是將其與西北地區聯繫在一起。這是因為，秦腔生長於西北地區，被認為是西北黃土高原的風情寫照。然而，秦腔雖然始於西北地區，之後卻影響於全國各地。據說秦腔的流播面積可達 240 多平方公里。〔註6〕但最後，在秦腔影響下，全國各地地方劇種的興起，使得秦腔再次回歸於西北地區，成為西北人的精神風骨。因此，秦腔法律文化傳播最穩定的地區就是西北地區，其中陝西與甘肅兩省最為突出。因此，秦腔中所蘊含的法文化都對西北地區當下的法治建設有著深遠的影響。作為最早的傳播區域，西北地區承載著秦腔法律文化的孕育、產生與發展，這是以後該法文化向全國傳播的基礎。

（一）宋金元時期的關中以內

　　宋代，秦腔還未完全發展成熟，屬於一種民間散樂形態，秉承以往發展的地域特點，主要流行於關中地區，逐漸開啟了秦聲雜劇的時代。這一關中地區內部的傳播經歷了宋金元五個世紀之久，是秦腔逐漸走向成熟的重要時期。從宋金雜劇整體出發，作為北宋時期北方戲曲的主要形式，在宋代繁榮經濟的影響下發展的異常昌盛。已開始由民間走向宮廷。《宋史·樂志》中言道：「真宗不喜鄭聲，而或為雜劇詞，未嘗宣布於外。」〔註7〕此時，宋金雜劇已經成為了一種社會的時尚趨勢，時人必備之技能，而從皇帝對它的喜愛來看，文人墨客必定也對其趨之若鶩。宋代孟元老所撰寫的《東京夢華錄》中，詳細記載了北宋時期雜劇的相關盛況。其中不僅有關於雜劇劇目的記錄，如《目連救母》，還有關於雜劇服裝、演技、排場、樂曲等情況，並且記載當時雜劇已經開始出現著名的藝人和作家，而民間、皇室和軍隊都有專門演出

〔註6〕曉亮，楊長春，付晉青等·秦腔流播〔M〕·西安：太白文藝出版社，2010：2。

〔註7〕許嘉璐·二十四史全譯·宋史：第5冊〔M〕·上海：漢語大詞典出版社，2004：2753。

雜劇的班子。在這種宋金雜劇整體興旺發展的背景下，使得秦腔也在承接漢唐之風的前提下，在關中一帶進一步發展。而秦聲雜劇在關中一帶的流行，成為了該地區文人學士日常娛樂的主要方式，受其追捧。在這種追捧下，秦聲雜劇不斷完善與成熟，並逐漸成為這些文人學士思想體系的主要載體，其中最為著名當屬蘇軾。

宋嘉祐六年十月，蘇軾從京師赴大理寺評事簽書鳳翔府節度判官廳公事，至鳳翔後，對秦聲產生了極大的興趣，並寫詩表達自己對於秦聲的喜愛之情。南宋胡仔在《苕溪漁隱叢話》中言道：「東坡善為秦聲，今所傳有一曲：『濟西秦好雪初晴，行到龍山馬蹄輕；使君莫忘雲溪女，時作《陽關》斷腸聲。』」〔註8〕除此外，蘇軾還為秦腔音樂的改良做出了自己的貢獻。傳說以後秦腔的主要樂器梆子，就是蘇軾最初用竹子製作出來的。〔註9〕但由於缺乏確切的歷史記載與史料佐證，對於蘇軾與秦腔之間的聯繫存在著爭議。清末《河汾夜話》中記載了人們關於蘇軾與秦腔之間的一些爭論。

隨著元代統治的到來，戰爭的重創、黑暗的壓迫與文人的走頭無路，一是大量女子被迫流離失所，流入歌妓行業。二是許多百姓迫於生活，流動於市井間賣藝為生。三是科舉制度的取消，斷送了文人晉升之路，毫無生活能力的他們常年混跡於藝人之間，以撰寫腳本為生。四是人們在生活痛苦之中，強烈需要一種情感抒發的端口。而關中作為金元戰爭過程中的重要戰場，幾十萬秦人備受殘害，流離失所。而作為秦人鄉音的秦腔，成為了人們宣洩情感的主要端口。另外，京兆即今天的陝西西安，作為元代雜劇創作與演出最為活躍的區域之一，主要以秦聲來演繹雜劇。這些都使得秦聲在元雜劇鼎盛發展的大背景下，不斷推陳出新。同時，這一時期文人也大量的參與到秦腔的發展之中，其中最為著名的有雷琯、元好問、張炎、楊奐、馬致遠等。元好問在《送秦中諸人引》中言道：「在關中風土完厚，人質直易尚義，風聲習氣，歌謠慷慨且有秦漢之舊。」〔註10〕對當時秦腔的特點做出了概括。馬致遠由於自己在陝西關中的生活經歷，對該地區學術傳統、風土人情與方言等都較為熟悉，寫有大量

〔註 8〕焦文彬·長安戲曲〔M〕·西安：西安出版社，2001：63。

〔註 9〕中國戲曲志陝西卷編委會·中國戲曲志陝西卷：第 10 卷〔M〕·北京：中國 ISBN 中心，1995：53。

〔註10〕《送秦中諸人引》是由金代詞人元好問所創作的一篇贈序體散文，其中主要描寫了關中地區的名勝古蹟與風土人情，該散文表達了作者自己對於關中地區的喜愛與嚮往之情

取材於關中該地區的雜劇。而這些文人學者有些參與於審音，有些參與於劇目，有些則參與於理論研究，使秦腔在「北曲別派」的范圍中佔有一席之地，並獨具一格，並開始出現秦腔的成熟形態。元代陶宗儀《南村輟耕錄‧金元院本名目》中的《串梆子》與明代臧懋循《元曲選》中的《風雨象生貨郎旦》，都是這一時期秦腔的劇目。其中《風雨象生貨郎旦》是一出典型的「冤者」斷案的劇目。〔註11〕

　　無論如何，經過宋金元時代的發展，秦腔已經成為秦人的一種風俗，因此，關於秦腔的演出也異常興旺，這為秦腔法律文化在關中地區的傳播提供了可能。歷史上，並沒有專門關於關中地區秦腔演出的具體記載，大多在南宋成書的著作，主要記載的是南方雜劇的演出情況，如灌園耐翁的《都城紀勝》，西湖老人的《西湖老人繁勝錄》，吳自牧的《夢粱錄》，以及周密的《武林舊事》等。但從中我們可以找到當時關中地區，秦聲雜劇的演出已經廣泛的分佈在民間。陝西一帶戲樓的大量修建與大批出土的墓葬戲曲俑、戲曲劇目也證實了這種演出的興旺。其中宋政和九年（1119年），在關中地區朝邑縣所建立的西原嶽廟，就保留著我國最古老的戲樓。元代，作為我國戲曲的繁榮時期，北方的戲曲演出也異常昌盛，尤其京兆地區的秦聲雜劇。元滅金後，喜愛戲曲的元世祖就在關中劫掠了一批關中婦女為娼，大力建設教坊、行院、勾欄，為關中秦聲雜劇的演出提供了場所。與此同時，京兆逐漸成為西北、西南與華北的經濟樞紐與軍事重地，且工商手工業發達。這使得京兆之地經濟發展蓬勃。這兩條件成為關中戲曲文化生活興旺的重要條件。

　　這些從元人的雜劇與元曲中，可以找到清晰的線索。例如楊景賢的雜劇《西遊記》與無名氏的《藍采和》中，都對當時京兆的戲曲演出盛況進行了描述。元好問在其詩文《長安少年行》中也對京兆的演出盛況做出了表達：「日暮新豐原上獵，三更歌舞灞橋東」。

〔註11〕 該劇講述了李彥和娶妓女張玉娥為妾，張玉娥與姦夫合謀謀奪家產，氣死李彥和妻子，將李彥和推入河中淹死，但被救起，想謀害李彥和兒子春郎與其奶母，被人發現，二人得以脫逃。奶母無法養活春郎，將其送給拈各千戶為子。十三年後，春郎長大成人，承襲千戶之職，外出偶遇奶母與父親李彥和，三人得以相認，後春郎抓捕張玉娥與其姦夫，並將其二人依法處斬。

（二）明清時期的陝西境內

圖 24　秦腔法律文化在陝西境內的傳播圖〔註12〕

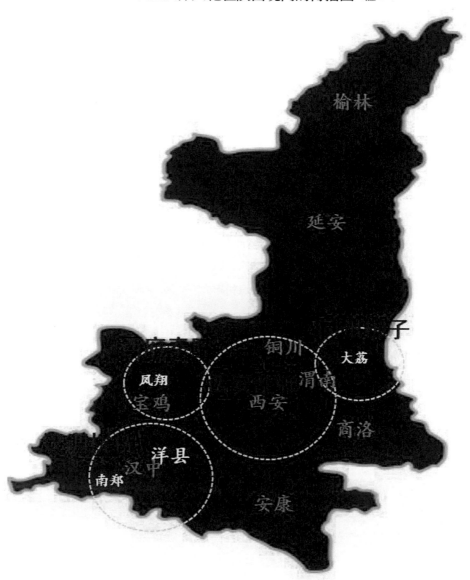

元末明初，北曲雜劇開始走向衰落，中國劇壇盟主的地位逐漸讓渡給了由南曲發展而來的崑曲，也叫作明傳奇。而後南曲由南方推廣至全國，成為明代戲曲的主流。但在宋金元北曲雜劇的影響下，以秦腔為代表的西曲不斷走向成熟，至明初已經展現出秦腔的成熟形態。雖然北曲雜劇走向沒落，但此時以秦

〔註12〕該圖信息來源於中國秦腔博物館。

腔為代表的西曲卻在自己的發展邏輯上，繼續推陳出新。尤其明中期「關學」文人康海與王九思對秦腔敘事與唱腔的悉心改革下，使得秦腔不僅在思想內涵上有了關學的理性高度，更在藝術層面有了更具審美價值的表現，秦腔的成熟特點越加明顯。至明中後期，萬曆年間抄本《缽中蓮》傳奇中出現的「西秦腔二犯」記載，成為了秦腔已經成熟的最早例證。〔註13〕清代嚴長明在其所著的《秦雲擷英小譜》中言道：「院本之後，演為曼綽、為絃索。曼綽流於南部，一變為弋陽腔，再變為海鹽腔，至明萬曆以後，梁伯龍、魏良輔出，始變為崑山腔；絃索腔流於北部，安徽人歌之為樅陽腔，湖廣人歌之為襄陽腔，陝西人歌之為秦腔。」〔註14〕從這段記載中，我們也能得出秦腔在明中後期，已經完全形成。隨著秦腔自身的成熟，再加上陝西境內各地語言與語音的不同，至明末清初，秦腔逐在秦腔境內形成四種風格。分別為西安亂彈、西同州梆子、西府秦腔、漢調桄桄，具體分布見圖24，具體信息見表5。這四路秦腔雖各具藝術特色，但從劇目出發，相互重複，且都存在大量傳統法文化劇目的演出，尤其以傳統公案劇目見長。而這四路秦腔在陝西境內的繁榮演出，進一步擴大了秦腔法律文化的傳播空間，並為下一步的傳播奠定了堅實的基礎。

表5　秦腔法律文化在陝西境內傳播信息表〔註15〕

劇種名稱	別　名	形成時間	傳播地區	傳統公案戲代表劇目
西安亂彈	中路秦腔	明末清初	關中西安地區	《萬福蓮》《黑驢告狀》《鍘美案》《八件衣》等
同州梆子	東路秦腔	明末清初	關中東府地區	《八件衣》《串龍珠》《蝴蝶杯》《玉虎墜》《閻王樂》等
西府秦腔	西路秦腔	明末清初	關中西府地區	《四進士》《春秋配》《八義圖》《玉虎墜》等
漢調桄桄	南路秦腔	明末清初	漢中部分地區	《火焰駒》《玉鳳釵》《赤金鐲》《紫霞宮》等

〔註13〕《缽中蓮》為明代萬曆年間的傳奇劇目抄本，今存十六齣，該抄本中第十四出中有關於「西秦腔二犯」的唱調記錄，是目前關於秦腔的最早記載。此抄本是江南無名氏所創作的，因而也證明了在明代萬曆年間，秦腔就已經傳播到了江南地區。也證明了秦腔的成熟形態，已經在明代中葉完全形成。

〔註14〕〔清〕嚴長明．秦雲擷英小譜〔M〕// 傅謹．京劇歷史文獻彙編：清代第 1 卷．南京：鳳凰出版社，2011：11。

〔註15〕圖表中數據來源於中國戲曲志編輯委員會彙編的《中國戲曲志（陝西卷）》。

　　西安亂彈，又稱中路秦腔，形成於明末清初，最早以西安地區為活動中心。西安亂彈唱腔高亢、明快、氣勢雄渾，表演幅度較小，給人們一種柔和、清麗、細膩並且深刻的感受，相比於其他幾路秦腔，更受老百姓歡迎。因此，老百姓稱讚道：「東咹咹、西慢板、西安唱的好亂彈」。〔註16〕鑒於西安亂彈的這種藝術優勢，道光至光緒年間（1821～1908），西安亂彈的發展異軍突起，逐漸成為秦腔四路中的主流，頻繁出現在西安郊縣城鄉各種宴會、慶典與祭祀活動中。在民國二十二年宋伯魯總纂的《續修陝西通志稿》中，詳細記錄了這一時期，陝西各縣在各種節日裏出現的西安亂彈演出情況，常常是陳戲多態，觀眾如潮。陝西各地的演出之中。以西安為中心的周邊個縣中，西安亂彈班社多達六十多個，其中就有光緒年間的最為出名的十大班社，分別為長安的玉盛班、慶泰班、鴻泰班、雙翠班，戶縣的金盛班，臨潼的華清班，西安的中和班、德盛班、福盛班、玉慶班等。而這一時期，經過「關學」與秦腔理性自覺地不斷交互，西安亂彈的劇目異常豐富，經常上演的有《北邙山》《無影簪》《德勝圖》《反延安》《汴梁圖》《打金枝》《遊西湖》《雙合印》《合鳳裙》《抱琵琶》《梅龍山》《乾坤帶》《春秋筆》《蝴蝶杯》《玉虎墜》《法門寺》《走雪山》《白水灘》《八義圖》《闖宮鬥抱》《轅門斬子》《殺狗勸妻》《雷峰塔》等，其中《雙合印》《抱琵琶》《蝴蝶杯》《玉虎墜》《法門寺》《走雪山》《八義圖》等均為經典公案戲，並以平反冤案為核心故事。除此外，這一時期西安、咸陽等地還出現了一批專門刻印西安亂彈劇目的木刻書坊，進一步擴展了秦腔法律文化的傳播範圍。

　　同州梆子，又稱東路秦腔，形成於明末清初，主要以同州（今大荔）與朝邑為中心，流行於關中東府十多個縣中。如圖24中所示，北達綏德，南至洛南，西抵渭南，東行潼關。在陝西大荔縣至今還流行著一句民間諺語：「坡南出了個驢子歡，一聲就能吼破天。不唱戲，沒盤纏，跟上李瞎子過潼關。唱紅了南京和燕山，不料一命喪外邊」。〔註17〕清末徐珂在《清稗類鈔》中也說到：「或曰秦腔明季已有，以李自成之事證之。」〔註18〕這些都說明，在明末李自成起義之時，作為軍戲的同州梆子就已經出現。發展至乾隆年間（1736～1795），同州梆子的戲班數不斷湧現，演出及其興旺。嘉慶至光緒

〔註16〕陝西民間流行的關於秦腔的諺語口訣。
〔註17〕該諺語中，驢子歡是明末同州梆子的藝人，而李瞎子指的就是李自成。
〔註18〕〔清〕徐珂・清稗類鈔：第十一冊〔M〕・北京：中華書局，1984：5019。

年間（1796～1908）是同州梆子的全盛時代，班社數量成倍地繼續增加，其中出現了歷史上著名的四大班和八小班，優秀的演員也不斷湧現。此時，上演了大量同州梆子獨有的優秀劇目，如《畫中人》《刺中山》《玄都觀》《六郎坐帳》《金陵討封》《龍鳳針》《普救寺》《鴛鴦劍》《鐵角墳》《人之初借錢》《司馬懋斷陰》《下河東》《昭君和番》等。同時還出現了許多關中文人創作的劇目。為同州梆子，如合陽雷學謙的《青雲庵》、許攀桂的《碧天砂》、蒲城何書寶的《節義樓》、大荔張仙曲的《鐮山鏡》、渭南張元中的《一筆劃》等，其中存在許多典型的傳統法文化劇目。

西府秦腔，又稱西路秦腔，最早流行於關中西府地區，後流行區域不斷擴展。如圖24所示，最北到達平涼，最南達到周至，西至甘肅天水、隴西，東不過興平，其中對鳳翔與寶雞影響最大。西府秦腔形成於明末清初，在明代末年已經存在關於其班社活動的例證，其中最為出名的班社為崇禎年間（1628～1644）所成立的張家班，開始活動於周至亞柏鎮譚家寨地區，演出劇目有《求真經》《對松關》《節虎堂》《六月月亮》等，但可惜這些劇目清末時已經失傳。清代道光至光緒年間（1821～1908），是歷史上西府秦腔發展的黃金期，不僅演出團體繁盛，而且演出場面極其宏大。此時，僅西府地域內就存在演出班社一百多個，其中既有專業演出的戲曲團隊，如著名的四大班、八小班、七十二個饃饃班，還存在許多由各村鎮民間組織的自樂班，被稱為「亂彈攤子」。光緒年間（1875～1908），各班社集資在鳳翔南街修建了宏大規模的莊王廟，並成立莊王會，於每年舉辦賽會演出。而每年舉辦的大型廟會中所舉行的賽戲演出，一連幾天通宵達旦，其中著名的有鳳翔蘇公廟會與岐山周公廟會。這些都說明了當時西府秦腔繁盛的景象。其中所演劇目百分之九十以上為傳統公案戲，其中保留至今的有《走雪山》《藥茶計》《烈海駒》《地風劍》《忠孝圖》等有關於法律的故事。

漢調桄桄，又叫作南路秦腔，最早流行於陝南地區，在當地百姓中影響力極大，因而當地人常說：「出面要吃畚畚面，聽戲要聽桄桄子」。〔註19〕根據歷史的相關資料，漢調桄桄最早是在明末清初之時，在關中秦腔戲班南下演出過程中逐漸形成的，到清代乾隆年間（1736～1795），才有了自己當地演

〔註19〕中國戲曲志陝西卷編委會·中國戲曲志陝西卷：第 10 卷〔M〕·北京：中國 ISBN 中心，1995：101。其中畚畚是指陝西人愛吃的一種麵片，而桄桄指的就是秦腔。

員組成的本地戲班。發展至嘉慶年間（1760～1820），漢調桄桄內部分為東、西兩路。其中東路桄桄又叫作下路桄桄，以洋縣為中心，流行於城固、西鄉、佛坪、鎮巴等地的，主要採用關中語音。西路桄桄又稱府壩桄桄，以南鄭縣為中心，流行於漢中、勉縣、略陽、寧強等地，主要採用巴山語音。道光至宣統末年（1821～1911），漢調桄桄進入興盛階段，不僅戲班與演員眾多，演出活動興旺，而且演出劇目也極為豐富，經常上演的有《伍員逃國》《帝王珠》《四望亭捉猴》《陳興打娘》《秦瓊賣兒》《黨閣老辭朝》《薛剛反唐》《轅門斬子》《秦檜頂燈》《四連夢》《血手印》《七星廟》《青梅宴》《雙相容》《夜打登州》《興隆會》《翠花宮》等，其中《血手印》作為秦腔典型包公平冤戲，至今仍為常演經典劇目。

（三）清代的西北五省

圖 25　秦腔法律文化在西北五省最早傳播圖〔註20〕

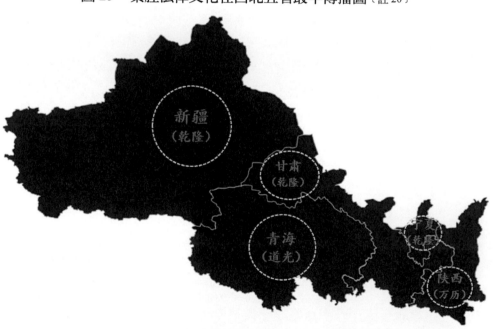

　　明中後期秦腔形成以後，不僅在陝西境內逐漸成熟與發展，同時還進一步向整個西北地區擴展，至清代主要流行於陝西、甘肅、寧夏、青海、新疆這五個地區。其中除了陝西外，甘肅境內秦腔發展最為興旺。而此時，「關學」在經過元明呂柟、馮從無與清代李顒的復興後，達到了全盛。而這些「關學」

〔註20〕該圖信息來源於中國秦腔博物館。

學子同時對秦腔的關照，不僅使秦腔的藝術境界更為臻美，關鍵在於秦腔法律文化也越加成熟與完善。而這些法文化隨著秦腔在西北五省的流播，進而向全國的流播中，傳播到了中國整個社會之中。具體分布見圖 25，具體信息見表 6。

表 6　秦腔法律文化在西北五省傳播信息表〔註 21〕

分布地區	最早演出記載時間	流　布	傳統公案戲代表劇目
陝西	明代萬曆	陝西境內	《八義圖》《黑驢告狀》《鍘美案》《八件衣》等
甘肅	清代乾隆	甘肅境內	《火焰駒》《血手印》《八件衣》《無雲寺》《包公審虎》等
寧夏	清代乾隆	寧夏境內	《四進士》《春秋配》《八義圖》《玉虎墜》等
青海	清代道光	青海境內	《十萬金》《蝴蝶被》《假金牌》《十五貫》等
新疆	清代乾隆	新疆境內	《玉虎墜》《火焰駒》《法門寺》《走雪山》等

甘肅的秦腔也具有悠久的歷史，可以追溯到秦腔的「秦風」時代。因此，甘肅對於秦腔整體的形成與發展有著與陝西不相上下的重要貢獻。但是陝西境內「關學」對於秦腔的哺育，使秦腔在思想層面有了更為雅致與理性的內涵，這也是秦腔最後走向全國，成為「花部盟主」，取勝「花雅之爭」勝利的關鍵。而甘肅秦腔雖存在自己一定特性的藝術形態，但從具體演出劇目來看，其也在不斷交流中，逐漸趨向於「關學」秦腔。關於甘肅秦腔演出的最早記錄，出現在清代康熙年間（1654～1722）。《甘肅通志》中記載：在康熙年間，「靖遠哈思堡旅社林立，萬商雲集，城堡內外有大戲兩臺演出，解旅客之寂寞，活市場之交易，民間傳有『日進斗金』之說。」〔註 22〕這段話呈現出了康熙年間甘肅境內，秦腔演出活動的繁盛景象。康熙至乾隆年間（1654～1799），甘肅境內不僅籌建廟樓戲臺，更是大量成立或重建秦腔「忠義班」，顧名思義是以高臺

〔註 21〕圖表中數據來源於中國戲曲志編輯委員會彙編的《中國戲曲志（陝西卷）》《中國戲曲志（甘肅卷）》《中國戲曲志（寧夏卷）》《中國戲曲志（青海卷）》《中國戲曲志（新疆卷）》。

〔註 22〕朱恒夫・中國戲曲劇種研究〔M〕・北京：人民文學出版社，2018：27。

傳播「忠義」教化為主要任務的，具有鮮明的「關學」法治思想。其中臨澤沙河渠主成立的渠戲班，成為沙河渠所屬的秦腔忠義班，演出受到了老百姓的一致好評。

　　道光至光緒年間（1821～1908），甘肅的秦腔班社發展進一步擴大，演出場地也不斷增加，秦腔演出還發展至省外。各個地方的演出，不僅出現在廟會等特殊時期，平日的白天也設有圈棚進行演出，觀看者源源不斷。而這些戲班演出劇目的主要來源於對陝西戲曲的移植，其中李十三的「十大本」是重點演出劇目。〔註23〕清嘉慶十二年（1807年），靖遠老君廟所鑄鐵鍾上，鐫刻著甘肅秦腔劇目，共一百二十八本，可見當時演出劇目已經非常豐富。鑒於甘肅秦腔自身的發展與壯大，乾隆年間（1711～1799），也逐漸分流為三路風格：東路秦腔、南路秦腔和中路秦腔。

　　秦腔在明末清初形成於陝西與甘肅之時，就傳入了今天寧夏南部地區。清乾隆十七年（1752年）《海城廳志》中記載道：「東嶽、關帝、城隍、太白等廟宇，各廟每年一會、再會不一，各有定期，並設會首以司錢穀出入，至期扮演設戲劇，男女縱觀，夜以繼日……窮鄉小區亦建方神廟，以為祈報之地，春秋二次亦共聚焉，力不能者，演燈影以酬神。」〔註24〕其中所言之戲劇就是當時的秦腔，這段話表明了秦腔在寧夏地區演出的繁榮。光緒末年至宣統年間，寧夏各地秦腔班社不斷增加，湧現出了劉喜班、裴大黑班、段萬寶班、姬家娃班、小奎班等著名的秦腔班社，演出活動異常活躍。寧夏秦腔由於早期藝人多來自於陝西，在藝術與思想上，也基本上與中路秦腔一脈相承。因此，其演出劇目在敘事內容上多表現為忠奸鬥爭、歌頌清官德政、揭露和鞭笞貪官污吏等。

　　對於青海而言，秦腔不是其本土劇種，而真正屬於流入劇種。隨著大量多次的移民與商業的不斷開放發展，零散秦腔藝人從陝西與甘肅流入青海，大致於清代道光年間（1821～1850）秦腔傳入青海地區，並盛行於該地區。秦腔傳入青海以後，除了存在專業戲班，如鴻盛班、福盛班與豐盛班等的演出外，業

〔註23〕李十三「十大本」是指由清代秦腔劇作家李芳桂，所創作的在民間非常流行的十個劇目，分別為：《紫霞宮》《如意簪》《玉燕釵》《春秋配》《火焰駒》《白玉鈿》《香蓮佩》《萬福蓮》《四岔捎書》《玄玄鋤谷》，其中大部分為秦腔傳統公案戲。

〔註24〕中華舞蹈志編輯委員會．中華舞蹈志：寧夏卷〔M〕．上海：學林出版社，2014：235。

餘秦腔班社的演出，也是當地的一大特色。如湟中縣賈爾藏鄉業餘秦劇團在廟會中的大量表演，互助土族自治縣哈拉直溝組織的「皮鞋戲班」的廟會演出。這一時期積累了大量的演出劇目，其中包括傳統公案劇目《十萬金》《清官冊》《八義圖》等。

　　秦腔對於新疆而言，也是一個傳入劇種，具體是什麼時候傳入新疆的，目前無可考證。但是從《清實錄》中關於新疆「梆子賣唱」的最早記錄來看，秦腔應該是以這種賣唱的形式傳入新疆的。乾隆四十年（1775 年）哈密地區已經出現了秦腔班社的演出。嘉慶年間（1796～1820）新疆秦腔演出活動頻繁，尤其突出的是新疆鎮西縣（今巴里坤縣），這裡是北路入疆的必經之地，縣內寺廟眾多，廟會與祭祀活動頻繁，每月都會有秦腔藝人趕來演出，較為出名的是當時的德勝班。光緒年間（1871～1908），秦腔在新疆盛行。這一時期，伴隨著新疆的收復，大量秦腔藝人隨軍入疆，秦腔演出規模與演出水平都大大提高，當時成立的新盛班轟動一時，他們的表演不僅常常出演在日常廟會中，還出現在富豪管家的迎送與娛樂演出中。而此時的演出劇目也頗為豐富，其中傳統公案劇目較多，如《走雪山》《花亭相會》《八件衣》等。這些使得秦腔在新疆的影響日益壯大，這也為秦腔法律文化在新疆的傳播空間進一步擴展提供了可能。

二、清中後期全國性的教化空間

　　實際上，秦腔的流播不是一個時間與空間完全對應的過程，秦腔在明中後期完全形成以後，在其本土西北五省內不斷完善與發展的同時，也在向全國各地流播。甚至在秦腔完全形成以前，就開始了這種流播活動。這是因為在現實之中，存在著藝術以外的經濟、政治與社會推動力。而秦腔流播向全國，就存在這樣三條主要原因：第一是經濟方面山陝商會的發展。由於明代資本主義的迅速發展，秦晉商人走向全國各地。清代嘉慶時期的《江都縣讀志》中言道：「明中鹽法行，山陝之商麇至。三原之梁，山西之閻、李，科歷三百餘年。至於河律、蘭州之劉，襄陵之喬、商，涇陽之張，兼藉故土，實皆居揚。」〔註25〕而這些商人所到之處必建商會戲樓，與辦家鄉的秦腔演出。因此，秦腔藝人也就隨之流向全國各地。二是政治方面農民起義的出現。其中明末在陝西首先爆發的李自成起義，對秦腔在全國的傳播起著至關重要的

〔註25〕〔清〕王逢源‧嘉慶江都縣續志〔M〕‧南京：江蘇古籍出版社，1991：635。

作用。李自成部隊中的官兵主要是陝西人，他們將秦腔作為自己的軍歌，慶祝勝利、娛樂消遣、鼓舞士氣或寄託思鄉之情，沿路將秦腔傳播至全國各地。清代陸次雲《圓圓傳》中記載：「明末李自成進北京，陳圓圓歌之，自成不慣吳歌，遂命群姬唱西調，自成拍掌以和之。」〔註26〕三是社會方面衝撞州府演出的出現。這是一種源於社會原因所造成的流浪賣藝演出形式。在自然災害或是戰火摧殘中，秦腔藝人為了維持生計，紛紛走出家鄉。根據歷史記載，早在明代初期就已經有陝西三河交匯處的秦腔藝人離開家鄉，開啟了秦腔的全國傳播之路。至清後期，秦腔流行於全國各地區，在此過程中，秦腔不僅將「關學」法文化的精神內涵傳播到了全國各地，還通過促成各地新劇種的形成，尤其秦腔作為「梆子鼻祖」對全國梆子腔的影響，將秦腔法律文化的精神內涵沉澱在了全國各地。具體而言，秦腔向全國的傳播路徑主要存在兩個大的方向，一個是向北方地區的傳播，一個是向南方地區的傳播。具體信息見圖26、表7與表8。

圖26　秦腔法律文化在全國範圍傳播圖〔註27〕

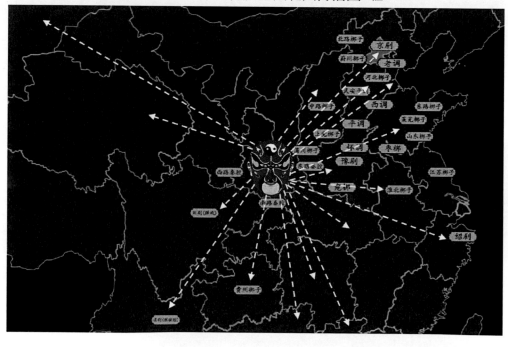

〔註26〕〔清〕陸次雲・圓圓傳〔M〕// 新文豐出版公司編輯部・叢書集成續編：第212冊・臺灣：新文豐出版公司，1988：226。
〔註27〕該圖信息來源於中國秦腔博物館。

表7　秦腔法律文化在全國範圍傳播信息表〔註28〕

地區	流播地區	流入時間	興盛時間	形成的劇種	傳統公案戲代表劇目
北方地區	京、津、冀	金元時期	清康熙以後	河北梆子、京劇	《鍘美案》《春秋配》《香連串》《倪俊烤火》等
	山西	金元時期	明清時期	山西四路梆子	《蜜蜂計》《十五貫》《火焰駒》《血手印》等
	河南	明末清初	清代時期	豫劇	《春秋配》《血手印》《六月雪》《蝴蝶杯》等
	山東	明末清初	清代時期	山東梆子	《春秋配》《宇宙鋒》《玉虎墜》《胡迪罵閻》等
	內蒙古	清代初期	清光緒以後	北路梆子、中路梆子	《包公私訪》《清風亭》《血手印》《鍘美案》《走雪山》《蝴蝶杯》等
南方地區	蘇浙皖贛	明代初期	明中期以後	淮北梆子、江蘇梆子、紹劇、贛劇、諸暨亂彈	《雙釘記》《香連串》《倪俊烤火》《鐵蓮花》等
	湖廣地區	明末清初	清代時期	湖北漢劇、廣東潮劇、廣東西秦戲	《二度梅》《玉簪記》〔註29〕《白兔記》《宇宙鋒》《六部大審》等
	川雲貴	明代初期	明清時期	四川梆子、雲南梆子、貴州梆子	《香連串》《倪俊烤火》《鐵蓮花》等

〔註28〕圖表中數據來源於中國戲曲志編輯委員會彙編的《中國戲曲志（北京卷）》《中國戲曲志（天津卷）》《中國戲曲志（山西卷）》《中國戲曲志（河南卷）》《中國戲曲志（山東卷）》《中國戲曲志（四川卷）》《中國戲曲志（雲南卷）》《中國戲曲志（廣東卷）》《中國戲曲志（浙江卷）》《中國戲曲志（蘇州卷）》等。

〔註29〕《二度梅》《玉簪記》《清風亭》《白兔記》為秦腔明清劇目，其中雖然沒有公案敘事，但四者都從社會倫理層面表達了「關學」法治思想，因此歸類於此處。

表 8　梆子系劇種信息表〔註30〕

地　域	劇　　種	別　　稱	形成地點	流佈區域
陝西	中路秦腔	西安亂彈	陝西西安一帶	陝西、甘肅、寧夏、新疆、青海、西藏
	東路秦腔	同州梆子	陝西同州	陝西東部、河南西部
	西路秦腔	西府秦腔	陝西鳳翔、岐山、寶雞一帶	陝西西部與甘肅、四川部分地區
	南路秦腔	漢調桄桄	陝西洋縣一帶	陝西漢中、安康地區與甘肅、四川部分地區
山西	蒲州梆子	蒲劇	山西蒲州	山西南部、河南西部、陝西東部與北部、甘肅、青海等地
	中路梆子	晉劇	山西晉中一帶	山西、內蒙古、陝西北部、河北張家口、井陘一帶
	北路梆子	上路調、北路調	山西北郡	山西北部、內蒙古、河北張家口和薊縣等地
	上黨梆子	上黨宮調	山西晉城一帶	山西東南部
河南	豫劇	河南梆子	河南開封	河南、山西、河北、山東、安徽、湖北、陝西等地
	平調	大平調	河南北部、山東西南部	河南滑縣、濮陽與山東西南部、河北南部
	宛梆	南陽梆子	河南南陽	河南南陽、方城、鎮平、南召、西峽等地
	懷調	淮調	河南沁陽	河南新鄉、沁縣一帶
河北	河北梆子	京梆子	河北	河北、天津、北京、山東、河南
	武安平調	平調劇	河北武安	河北邯鄲、邢臺地區與河南北部
	西調	澤州調	河北永年	河北邯鄲地區
	薊州梆子	梆子戲	河北薊縣	河北薊州一帶

〔註30〕圖表中數據來源於中國戲曲志編輯委員會彙編的《中國戲曲志（北京卷）》《中國戲曲志（天津卷）》《中國戲曲志（山西卷）》《中國戲曲志（河南卷）》《中國戲曲志（山東卷）》《中國戲曲志（四川卷）》《中國戲曲志（雲南卷）》《中國戲曲志（廣東卷）》《中國戲曲志（浙江卷）》《中國戲曲志（蘇州卷）》等。

	老調	老調梆子	河北保定、石家莊一帶	河北保定、石家莊、滄州、衡水等地
山東	山東梆子	高調梆子	山東西南部	山東菏澤、濟寧、泰安、臨沂等地
	棗梆	本地儲	山東鄆城、梁山、菏澤	山東西南部
	萊蕪梆子	萊蕪謳	山東萊蕪	山東萊蕪、泰安等地
	東路梆子	章丘梆子	山東章丘	山東章丘、惠民地區
安徽	淮北梆子	沙河調	安徽阜陽一帶	安徽淮河流域
江蘇	江蘇梆子	徐州梆子	江蘇徐州	江蘇徐州地區
四川	四川梆子	彈戲	四川	四川
雲南	雲南梆子	滇梆子	雲南	雲南
貴州	貴州梆子	黔戲	貴州貴陽一帶	貴州貴陽、平壩等地

（一）北方地區的教化空間

　　根據歷史的記載，秦腔在北方的流播面積最廣，大約在 150 萬平方米以上，除西北五省外，最北可達內蒙古境內，其餘還包括北方的京津冀地區與晉魯豫地區。由於同屬中國北方地區，一方面在於地緣上的接近，另一方面在於其戲曲分布上同屬北曲傳統，因而在戲曲的交流方面更早和更為頻繁。最早可追溯至金元時期的秦聲雜劇形式，一直延續至清代，各地區在秦腔影響下產生本地戲曲形式後，這些新興的地方劇種不僅保留了秦腔的藝術形式，也保留了秦腔的「關學」法律思想內涵。而這些法文化精神內涵，也在這些具有地方特色的戲曲演出中，得到了更為廣泛的傳播與發展。

　　秦腔在京津冀地區的流播就始於最早的金元秦聲雜劇時期。金元時期，大都（今北京）作為元人雜劇發展與活動的中心，也吸引了許多京兆長安勾欄裏著名秦聲雜劇藝術家的到來。其中包括劉耍、花子李郎與紅字李二，他們都是陝西人，是從陝西遷居大都的。劉耍和是戲曲世家，花子李郎與紅字李二是劉耍和的女婿。但紅字李二最有名，不僅在大都流傳著他自己的創作與演出的秦聲雜劇《病楊雄》《板踏兒黑旋風》《折擔兒武松打虎》，還有與馬致遠共同合作有雜劇《任風子》與《開壇闡教黃粱夢》。他們已經搶先為正式秦腔在京津冀地區的流播奠定了藝術基礎，做好了思想準備。朱元璋建立明朝之後，通過立法加強了官方對於戲曲的控制，也增強了戲曲教化的能力。其中《大明律·禁止搬做雜劇律令》就規定：「凡樂人搬做雜劇戲文，不許妝

扮歷代帝王后妃、忠臣烈士、先聖先賢神像，違者杖一百。官民之家，容令
裝扮者同罪。其神仙道扮及義夫節婦、孝子賢孫，勸人為善者，不在禁限。」
〔註31〕明代遷都北京後，由於關中籍官員康汝楫（康海的高祖）負責為朱棣
管理戲曲，加之明代許多在京為官者為陝西人，大量秦腔藝人與戲班進京演
出。而明代末年的李自成起義，進一步推動了秦腔在北京的影響。李自成在
推翻明朝後，在北京連續幾天演出秦腔，以示慶祝。至清代順治康熙年間，
秦腔在北京的演出已經具有一定規模，劉獻廷在《廣陽雜記》中寫道：「秦優
新聲，有名亂彈者，其聲甚散而哀。」〔註32〕而李聲振在《百戲竹枝詞》中
也多次提及秦腔演出盛況。但秦腔在北京成為真正的主流是在乾隆年間。在
秦腔藝術大師魏長生的帶領下，秦腔終於壓倒壟斷北京劇壇的崑曲，成為盟
主。清代吳長元在《燕蘭小譜》卷三中說到：「魏長生……在雙慶部以《滾樓》
一出，奔走豪兒，士大夫亦為心醉。……使京腔舊本置之高閣，一時歌樓觀
者如堵，而六大班幾無人過問，或至散去。」〔註33〕這不僅為中國戲曲史寫
下了輝煌的一頁，更為民間戲曲的發展打開了新局面，而在這其中也悄悄地
開啟了秦腔法律文化的全新傳播之路。之後魏長生雖然離開了北京，但秦腔
留在了北京，並孕育出京劇與河北梆子，其中的唱腔、臉譜、化妝、服飾、
劇目與思想等都傳承了秦腔的精髓。

在晉魯豫地區，秦腔首先對山西產生巨大影響。陝西與山西，兩地隔河相
望，交往向來密切，不僅兩地婚嫁之事頻繁，商業交往上也異常密切，常常被
看作一體，稱為「山陝商人」。而在戲曲交往當中，秦晉戲曲相同根同源，相
互交融不分彼此，秦腔也被稱為「山陝梆子」。因此，山西的四路梆子的形成，
都與秦腔的影響密不可分。明代大戲劇家湯顯祖，就曾言道：「有興真寧問天
水，醉後秦聲與趙聲」。〔註34〕其中山西南路梆子與秦腔的關係最為密切。蒲
州古為秦州，此地多有山陝戲曲的交流，清乾隆間山西布政司蘇去疾，帶著晉
中藝人赴西安拜陝西秦腔藝人申祥麟為師，並約赴太原教戲，培養藝人。清代
嚴長明在《秦雲擷英小譜》中寫道：「乾隆乙未歲（乾隆四十年，1775年），余

〔註31〕王利器‧元明清三代禁譭小說戲曲史料〔M〕‧上海：上海古籍出版社，1981：
　　　　　13。
〔註32〕〔清〕劉獻廷‧廣陽雜記：第三卷〔M〕‧北京：商務印書館，1937：140。
〔註33〕〔清〕吳長元‧燕蘭小譜〔M〕//〔清〕張次溪‧清代燕都梨園史料：正續
　　　　　篇‧北京：中國戲劇出版社，1988：32。
〔註34〕此段話出自湯顯祖的《送周子成參知入秦並問趙仲一》一詩中。

客長安，蘇顯之前輩自太原來，與祥麟習，道其尋親事特詳，余為之心動。」〔註35〕並講述了申祥麟多次到蒲州演出的事情。

明末清初，秦腔流播於河南與山東。其中由於地理原因秦腔對河南的影響更大些，清代李綠園在其長篇小說《歧路燈》中，對當時河南的秦腔演唱活動多有描述。〔註36〕而豫劇、秦腔與山西梆子共同稱之為「三省梆子」，俗語有云：「立在潼關城，三省梆子響」。〔註37〕根據相關記載，秦腔在河南的流播途徑主要有兩個方面：一是通過商業活動的繁盛，流傳於河南境內。河南地方志中記載，明代末年陝西商人遍布河南各地，普遍修建有陝西會館戲樓，經常舉辦秦腔演出，引來大量百姓的觀摩；二是河南作為李自成起義的主要軍事重地，不論在軍民交流中，還是官方演出中，都將秦腔逐漸扎根在此地。而豫劇就是在東路秦腔的影響下形成的。不僅在藝術形式上有很多相似之處，而且劇目與其中的思想內涵也基本一致。豫劇劇目有八百多個，其中有很大一部分劇目與同州梆子相同，其中存在大量法文化劇目。如《春秋配》《血手印》《六月雪》《蝴蝶杯》等。

對於山東地區，秦腔是明末清初，經由河南流播至山東境內的，清代山東梆子著名演員劉勾文說：「山東梆子最早是從山陝梆子經由河南開封一帶流傳過來的。」〔註38〕而至清代，秦腔已經在山東地區盛行，並在本地語言基礎上產生了新的劇種，主要為山東梆子與萊蕪梆子。因此，嚴長明在《秦雲擷英小譜》中寫道：「院本之後，演為曼綽，為絃索……絃索流行於北部……陝西人歌之為秦腔。……至於燕、京，及齊、晉、中州，音雖遞改，不過即其本土所近者少變之。」〔註39〕同治年間，秦腔在山東十分受歡迎，常常為當地山會、廟會、大集、年節、喜慶與還願等活動進行表演，其演出劇目中也多有秦腔經

〔註35〕〔清〕嚴長明·秦雲擷英小譜〔M〕// 傅謹·京劇歷史文獻彙編：清代第 1卷·南京：鳳凰出版社，2011：7。

〔註36〕清代李綠園在其世俗小說《歧路燈》中具體言道：「陝西關中客商閻相公最早在朱仙鎮著名富戶譚家做管家，積蓄了不少財富，後來回到陝西成為領東掌櫃，發了大財。」

〔註37〕這句話是來自戲曲圈內的民間諺語，由於潼關古來位置正好在河南、山西與陝西的交界處，因而該諺語中的三省分別為河南、山西與陝西。

〔註38〕孫守剛先生在其主編的《山東地方戲叢書》中記述了山東梆子著名丑角劉玉朋的師傅，即清代著名山東梆子演員劉勾文講過的這段話。

〔註39〕〔清〕嚴長明·秦雲擷英小譜〔M〕// 葉德輝·雙梅景暗叢書·北京：中文出版社，1986：692。

典公案戲，如《玉虎墜》《春秋配》《富貴圖》等。這些都說明秦腔不僅哺育了河南與山東的戲曲藝術，也滋養了當地的法文化精神。

秦腔在內蒙古被稱為「山陝梆子」，最早是隨著商路的延伸在清初傳入內蒙古的。當時山陝商人進入內蒙古經商的同時，還在其地區大量修建廟宇。如順治年間，在歸化城內修建的關帝廟、三官廟和十王廟。而這些廟宇都建有戲樓，成為了「山陝梆子」演出的主要活動地點，演出活動異常豐富。清張曾《歸綏識略》中記載：「歸化一城，歲三百六旬六日，賽社之期十逾八九，此外四鄉各廳尚難指數。」〔註40〕因此，除了歸化城內，郊區的戲曲演出也是十分繁盛的。除此之外，鑒於塞外天氣寒冷，內蒙古境內還修建有大戲館子，以便入冬後演出活動的進行。如清乾隆時期修建於歸化城內的「宴美園」，上下樓總共可容納上千人觀看演出，主要邀請「山陝梆子」的戲班來進行演出，演出劇目主要有《忠報國》《下河東》《天門陣》等傳播忠孝節義的劇目。清中期，「山陝梆子」演出進入內蒙古王府之中，王府之中都有供自己娛樂的戲班，戲班所演出的均為「山陝梆子」。其中，東土默特旗王府的慶和班、喀喇沁旗王府的三義班和巴林旗王府的雙盛班享有盛名。而民間山陝梆子藝人乾隆年間，在內蒙古所成立的民間戲班，不僅為該地區帶來了精彩的演出，還為當地培養了許多藝人。至光緒年間，「山陝梆子」在內蒙古達到鼎盛，不僅專業班社與藝人眾多，票房組織也異常豐富，這些使得「山陝梆子」在內蒙古的演出活動及其頻繁，其中所演劇目中也存在傳統公案劇目，如《包公私訪》《清風亭》《血手印》《鍘美案》《走雪山》《蝴蝶杯》等。

（二）南方地區的教化空間

與北方相比，秦腔傳入南方地區的時間相對較晚，主要是在秦腔成熟以後的明代，尤其秦腔在清代「花雅之爭」中，代表「花部」取代「雅部」，最終使得「秦聲驚落廣陵潮」。〔註41〕秦腔在南方的流播面積大約達到120萬平方，盛行於南方各地。因此，乾隆四十六年（1781年）《江西巡撫郝碩覆奏遵旨查辦戲劇違礙字句》中記載：「再查崑腔之外，有石牌腔、秦腔、弋陽腔、楚腔等項，江、廣、閩、浙、四川、雲、貴等省，皆所盛行……查江西崑腔甚少，

〔註40〕〔清〕張曾・歸綏識略：卷十八〔M〕・民國寫本：130。
〔註41〕此句出自《揚州竹技詞》，該詩全部內容為：「由來河朔飲粗豪，邗上彩歌節節高。舞罷亂敲梆子響，秦聲驚落廣陵潮。」該詩表達了明代初年，秦商從塞上撤業揚州，並將秦腔帶入揚州，使得揚州人中也多有唱秦腔者。

民間演唱有高腔、梆子腔、亂彈等項名目,其高腔又名弋陽腔。」〔註42〕其中,秦腔流播最西至西藏境內,中達四川、重慶、雲南、貴州、湖北、湖南、廣東、廣西,最東達到臺灣沿海一帶。秦腔在南方地區流播的過程中,對當地的戲曲產生了重要的影響,不僅使許多地方戲中形成了「梆子腔」「亂彈腔」或「西皮腔」,例如「江蘇梆子」與「淮北梆子」還使許多地區產生了屬於自己的新劇種,例如湖北的「漢劇」。而秦腔法律文化也早已深深地扎根於這些南方劇種之中,只是有了不同的語言、唱腔與藝術表達而已,但其中的傳播功能卻因為這些劇目濃烈的地方性,而具有了更高的社會治理效率。

　　蘇浙皖贛是秦腔在南方最早流播的地區,明代初期就有了相關的記載,這種最早的原因在於政治上的特殊性。明王朝在西安建立秦王府,秦王朱樉來到陝西,在民間徵選秦腔藝人,並在王府設立教坊,組織班社。根據1960年《陝西省文化局秦腔調查資料》,洪武年間(1368～1398)朱樉曾攜帶自己王府的秦腔戲班進南京獻藝。與此同時,明朝初期的經濟發展,也成為了明中期秦腔在蘇浙皖贛地區民間流播的重要原因。明初,大量山陝商人遷居這一地區,他們所在之處都會建設會館,會館之中必會興修戲樓,以作經商與娛樂之用。這些山陝商人經常會從陝西各地請來當地有名的戲班來戲樓進行演出,有些陝西班為了生計,也會主動跟隨這些商人來到蘇浙皖贛地區。例如歷史上有名的陝西周至慶華班,又名張家班就是隨著陝西木商、鹽商來到浙江一帶演出的。至明中葉,隨著山陝商人對該地區經濟的一定壟斷,秦腔也在此地盛行起來。不僅戲樓林立,班社眾多,出演也十分興盛,並受到了當地群眾的喜愛。明代中期江南無名氏之作《缽中蓮》,不僅證明了秦腔的形成,也證明了秦腔在江南的傳播與地位。清代,伴隨著幾位著名秦腔藝人的入江南演出,秦腔在該地區達到了全盛。其中包括乾隆四十年(1775年),西安著名秦腔藝人色子來到浙江一帶所進行的演出,以及乾隆四十八年(1783年)魏長生在浙江一帶長達八年的演出。杭州、安慶、揚州等大城市,都流傳著他演唱秦腔的趣聞。清代李艾塘在《揚州畫舫錄》中言:「魏三,年四十來郡城,投江鶴亭,演戲一出,贈以千金。」〔註43〕而這些演出中多有傳統公案戲,如《雙釘記》《香連串》《倪俊烤火》《鐵蓮花》等。秦腔也對該地區地方劇種產生了深遠影響,例如紹劇的形成,紹興戲老藝人就說:「紹興亂彈是秦腔系統亂彈傳到浙江後形

〔註42〕張書才·纂修四庫全書檔案〔M〕·上海:上海古籍出版社,1997:1326。
〔註43〕〔清〕李斗·揚州畫舫錄〔M〕·北京:中華書局,1960:132。

成的。」秦腔在江南的興盛也使它流播入臺灣與琉球列島，至今臺灣還有關於秦腔的官方與民間演出，這也是歷史上秦腔法律文化在南方地區教化的最東空間。

　　秦腔在湘楚之地流播的主要原因在於明末李自成與張獻忠領導的農民起義。荊襄一帶作為重要的戰略地點，常常受到李自成部隊軍樂——秦腔的耳濡目染，逐漸產生了對秦腔的喜愛。因此，《襄陽府志》《鄖陽府志》《光化縣志》的記載中，以及曾在襄陽做過縣令的歐陽修，在其詩詞中都有關於「耕氓好楚歌，喜秦音」的相關記載。〔註44〕隨著明代經濟的發展，大批陝西商人來到此地經商，以商會為連接紐帶，僅樊城異地就有商會18個，其中最大商會即為山陝商會，其會館中的戲樓每逢年節必有秦腔演出。〔註45〕再加之藝人不停往此地的遷徙，至清代，秦腔在湘楚之地已經相當繁榮。康熙四十三年（1704年），顧彩遊湖北容美之時，在其著作《容美記遊》中提到湖北「田氏家班」的時候言道：「男伶皆秦腔，反可聽。」〔註46〕而康熙年間流居湖南的學者劉獻廷在《廣陽雜記》中記載道：「秦優新聲，又名亂彈，其聲散而哀。」〔註47〕這些都呈現了當時秦腔在這一地區極受到歡迎的景象。而在秦腔影響下，對該地區的地方劇種也產生了重要的影響，其中楚調漢劇與秦腔的淵源最深。除了聲腔與表演藝術均借鑒於秦腔以外，其演出劇目也多移植於秦腔，如《六部大審》《雙合印》《玉堂春》《玉簪記》等，都為秦腔傳統公案戲。

　　秦腔傳入兩廣地區也大致在明末清初。廣東早在明代成化年間（1465～1487），就有關於戲曲演出活動的記錄，其中在廣東境內的戲班分為兩類，一類是由本地藝人組成的戲班，叫作本地班，另一類是由外地藝人組成的戲班，叫作外江班。外江班所帶來的主要就是秦腔中的梆子腔與亂彈。乾隆年間，隨著外江班的不斷增加，秦腔演出日益豐富、民眾喜愛成為普遍，本地班便開始與外江班進行合作，還不斷向外江班汲取養分，形成自己的風格，秦腔本地班開始出現。因此，清末丁仁長在《番禺縣志續》中記載：「凡城中官宴賽神，

〔註44〕以上關於各個文獻中的具體記錄內容，請參見朱傳迪文章《楚歌與楚音》，載《中國音樂學》1993年第7期。
〔註45〕沈海寧·楚腔漢調·漢劇文物圖說〔M〕·武漢：湖北人民出版社，2013：17。
〔註46〕〔清〕顧彩·容美紀遊〔M〕//沈雲龍·近代中國史料叢刊續輯：第511冊·臺灣：文海出版社，1977：620。
〔註47〕〔清〕劉獻廷·廣陽雜記：卷三〔M〕·北京：中華書局。1957：152。

皆係『外江班』承值。其中粵中曲師所教而多在郡。鄉落演劇者，謂本地班，專工亂彈、秦腔及角抵之戲。」〔註48〕而秦腔本地班出現後，既符合當地的文化特性，又具有秦腔的優勢，在群眾中極受歡迎，演出活動十分頻繁。清道光廣東舉人楊懋建在《夢華瑣簿》中記載道：本地班「腳色甚多，戲具衣飾極炫麗。伶人之有姿首聲技者，每年工值多至數千金。各班之高下，一年一定，即以諸伶工值多寡，分其甲乙。班之著名者，東阡西陌，應接不暇。伶人終歲居巨舸中，以赴各鄉之招，不得休息。唯三伏盛暑，始一停絃管，謂之散班。設有吉慶公所，……與外江班各樹一幟。」〔註49〕而早在明末就有了關於廣西盛行秦腔的記載。如清代的黃之雋在《桂林雜詠》中言道：「吳酉輸佳釀，秦音演亂彈。」〔註50〕秦腔在兩廣的流播都最終對廣東與廣西當地戲曲的形成與發展產生了深遠的影響，如廣東的「西秦腔」，即是全國流傳最早，保存最完好的二黃戲聲腔之一，也保留了秦腔法律文化的最原始樣態。〔註51〕

（三）川雲貴藏地區的教化空間

秦腔早在明初就流入川雲貴藏地區，由於陝西與四川相鄰，因而主要是先傳入四川，再由四川傳入雲貴藏地區。但早期在四川，秦腔的流播主要是以陝西藝人在四川農村的零散演出為主的。明代張誼在《宦遊紀聞》中就記載了陝西藝人在四川綿州進行演出的情況。明末清初，受到商業發展與農民起義的帶動，秦腔集中地向四川流播，出演活動也更為頻繁與盛大。雍正年間（1723～1735），於四川綿竹為官的陸箕永在《竹枝詞》中，對這種情況進行了描述：「山村社戲賽神幢，鐵撥檀槽柘作梆。一派秦聲渾不斷，有時低去說吹腔。」〔註52〕而隨著四川境內遍布陝西商會，許多著名的陝西秦腔藝人進入川地演出。其中秦腔大師魏長生在蘇浙皖贛之行後，返回四川在成都連續演出的八年，對秦腔在四川的流播起到了關鍵作用。而在明初秦腔傳入四川之時，也在通過四川繼續向我國西南地區的雲南與貴州流播。

〔註48〕〔清〕梁鼎芬，丁長仁，吳道鎔·番禺縣續志〔M〕//上海書店出版社編輯部·中國地方志集成·廣東府縣志輯：第7輯·上海書店出版社，2003：612。

〔註49〕〔清〕俞洵慶·荷廊筆記：卷二〔M〕·光緒乙酉年1885年刻本：9。

〔註50〕清代戲曲家上海松江府人黃之雋在廣西巡撫陳元龍幕府做幕僚之時，寫下詩詞《桂林雜詠》，文中出現這兩句，就出自該詩。

〔註51〕焦海民·秦腔與絲路文化〔M〕·南京：江蘇人民出版社，2020；176。

〔註52〕〔清〕陸箕永·綿州竹枝詞〔M〕//雷夢水，潘超，孫忠銓等·中華竹枝詞·北京：北京古籍出版社，1997年：3499。

　　至清乾隆年間，秦腔已經完全流行於貴州境內，並產生了有較高技藝的專業戲班與名伶，其中隨魏長生進京獻藝的秦腔藝人裏，就有貴陽名伶楊寶兒。《燕蘭小譜》中有關於對其贊許的詩句：「歌樓絃管聽應稀，豪客爭邀伴醉歸。已愛羞容桃灼灼，更憐柔緒柳依依。拋離鄉國上京華，十五盈盈正可誇。堪歎無瑕雙白玉，候人歌韻屬兒家。」〔註53〕在秦腔的影響下，具有地方特色的貴州梆子逐漸出現，至清嘉慶至道光末年盛極一時。《黔南叢書》第八卷《黔記》卷一中的一首竹枝詞對這種盛況進行了描述：「條條板凳坐綠鬟，娘娘廟前看豫聲班，今朝更比昨朝好，烤火連場演下山。」〔註54〕

　　與此同時，秦腔自明初進入雲南後，受到了當地老百姓的喜愛，從而引發了秦腔的地方化。清代乾隆年間的倪蛻在《戲為舉業文題詞》中提到：「秧歌稻鼓，楚咻秦鳴，無不雜然而出。」〔註55〕這情景所描述的就是當時「秦腔」的地方化，在這一過程中，雲南梆子也逐漸形成。而秦腔在雲南的傳播，也依靠於山陝商人在雲南的大力發展。因此，《雲南通志》也說：雲南的「典當業則為陝西、山西幫所開設者。」〔註56〕

　　而秦腔進入西藏的主要原因則是因為當時戍守西藏的陝西官兵。雍正七年（1729年），四川提督黃延桂在給皇帝的一份奏摺中提到：「駐藏鑾儀使周瑛，抵藏之後，竟於川省兵丁中，擇其能唱亂彈者，攢奏成班，各令分認腳色，以藏布造戲衣，不時扮演唱，以供笑樂，甚失軍容，而該將駐紮處所，容留蠻娼出入，男女雜沓，聲名狼藉。」〔註57〕雖然不是正面呈現，但也說明了秦腔在西藏存在的事實。除此外，西藏拉薩的山陝商人，也為當地帶去了秦腔。清代王錫琪在《小方壺輿地叢抄實編》說：西藏拉薩「城以內所駐商賈，唯秦、晉兩幫最夥。」〔註58〕因此，秦腔法律文化也必然對該地區產生了一定的影響。

〔註53〕〔清〕吳長元·燕蘭小譜〔M〕//〔清〕張次溪·清代燕都梨園史料：正續篇·北京：中國戲劇出版社，1988：30。
〔註54〕〔清〕李宗昉·黔記：卷一〔M〕·北京：中華書局，1985：3。其中《烤火》與《下山》都是秦腔經典曲目，逐漸在當地稱為貴州梆子劇目。
〔註55〕〔清〕倪蛻·蛻翁草堂文集二卷〔M〕//清代詩文集彙編編纂委員會·清代詩文集彙編：第二百二十三卷·上海：上海古籍出版社，2010：370。
〔註56〕焦文彬·秦腔史稿〔M〕·西安：陝西人民出版社，1987：46。
〔註57〕楊志烈·秦腔入藏史中國戲劇家協會西藏自治區分會出版（內部發行）〔M〕·拉薩市：中國戲劇家協會西藏自治區分會出版，1984：5～6。
〔註58〕焦文彬·秦腔史稿〔M〕·西安：陝西人民出版社，1987：46。

第二節　教化的主體與貢獻

　　從秦腔的流播史中可以清楚地看到，秦腔法律文化教化空間的廣大，對整個中國傳統社會，乃至當代社會的法治有著巨大的影響。而在這個巨大的教化空間中，離不開教化主體的推動作用。這裡所謂教化主體，是一個廣義的概念，指的是通過秦腔表演為主要手段，在社會中自覺或不自覺地塑造「關學」法治社會精神場域的群體。而秦腔法律文化的這種教化存在兩個特性：一是教化主體的非官方性。由於文化結構中的雅、俗二分，中國古代社會中也歷來存在雅文化與俗文化的界分。這導致在教化層面，也存在官方與非官方兩條路徑。而「關學」自產生以來，一直都不是中國傳統社會的官方思想，屬於一種具有民間性的思想體系，那麼它所對應的就是一種非官方教化路徑。因此，鄉約這種民間規則是「關學」的典型教化手段。而秦腔的民間性也是其在時空關聯前提下，成為「關學」載體的主要原因。二是教化主體的多樣性，秦腔法律文化的教化主體不同於一般形式的教化，主要在於秦腔本身的綜合性，尤其秦腔作為一種表演藝術，不同於一般文學的傳播，他還需要作者以外的其他藝術成員來共同完成，如演員在秦腔法律文化教化過程中的特殊性與不可或缺性。從上一章的內容可到，魏長生作為秦腔歷史上最偉大的表演藝術家，在秦腔法律文化從地域教化擴展為全國性教化過程中，起著決定性作用。除此之外，秦腔班社作為主要的秦腔表演組織，秦腔藝人的演出常常要依附於自己的班社，因而也成為秦腔法律文化教化的主要主體。秦腔法律文化教化作為一種民間教化形式，不具有官方教化來自國家統治階級的強大支持，但卻有來自民間或是官場之中「關學」的信奉者或是秦腔的愛好者，其中既有研究秦腔的理論家，推動秦腔發展的商人，也有支持秦腔事業的官員等。最重要的還有秦腔的劇目創作者，前文已有論述，這裡就不再贅述。這些不同的教化主體，涉及秦腔法律文化教化的不同層面，發揮了不同的效用。這些不同主體的多元化貢獻，一方面使秦腔不斷「關學」化而具備更為興旺的可能，另一方面使「關學」法治思想通過秦腔在社會治理中產生重要的教化作用，最終實現社會之「太和」的法治景象。

一、秦腔藝術家與其教化貢獻

　　陝西民間流傳著一句諺語口訣：「十年能學出個狀元，十年學不出個戲

子」，〔註59〕可見一個秦腔演員的重要性。而這種重要性不僅針對秦腔表演藝術本身，也針對於秦腔法律文化的教化。秦腔敘事中的「關學」法治思想，只有通過演員的精彩演出才能被教化對象所知道、所感與所服。這正是「高臺教化」的特殊與高明之處，不僅可以使教化的對象更為廣泛與普遍，還能體現教化之「化」的價值，使人們更為自願、自覺與主動地趨附於「關學」法治追求，正所謂：「舞臺方寸懸明鏡，優孟衣冠啟後人」。〔註60〕然而，在秦腔發展史上，曾經出現過許多著名的表演藝術家，生、旦、淨、末、丑各個行當中均有佼佼者，他們不但塑造了許多生動的秦腔敘事人物，更是在表演中使無數民眾移情通感、洞曉情變。

（一）魏長生

在秦腔旦角行當裏，出現了秦腔歷史上最重要的表演藝術家——魏長生。魏長生（1744～1802），字婉卿，行三，因而又常常被人們親切地稱為「魏三兒」，四川綿州金堂縣人，出生於農家。乾隆二十二年（1757 年），也就是他十三歲這一年，隨其舅舅至西安謀生，一年後來到大荔學習秦腔，並隨戲班演出長達十七年。乾隆四十年（1775 年），他第一次進京演出，但並未受到人們的重視與歡迎。回到陝西後，他一方面更加刻苦的練功，提高自己的表演技藝；另一方面總結演出失敗的原因，大力改進秦腔的藝術形態。於乾隆四十四年（1779 年），再次來到北京，請求加入當地班社雙慶班表演秦腔，並向班主保證：「使我入班兩月，而不為諸君增價者，甘受罰無悔。」這便開始了他在京城的第二次演出。這一次魏長生以《滾樓》一戰成名，轟動京城。〔註61〕清代吳長元在《燕蘭小譜》卷五中言道：「以《滾樓》一劇，名動京城，觀者日至千餘，六大班頓為減色。」〔註62〕雙慶班也成為了「京城第一」，原來獨霸京

〔註59〕中國戲曲志陝西卷編委會·中國戲曲志陝西卷：第 10 卷〔M〕·北京：中國 ISBN 中心，1995：102。

〔註60〕此民間戲曲對聯選自《城固縣戲曲志》。

〔註61〕《滾樓》的劇目簡介：張金定為驪山老母弟子，欲求天朝大將王子英為夫。一日讓其父張殼浪於莊門等候。王子英向張金定師姐高金定提親，被高追至莊門，張殼浪將王、高二人讓進家中，用酒灌醉，使張、高二女先後與子英結為夫妻。該劇目雖不屬於傳統公案戲，但卻反映了傳統社會治理中的婚禮問題，其中蘊涵「關學」法治思想，被筆者歸類在秦腔法律文化傳統劇目中的婚戀戲類別中。

〔註62〕〔清〕吳長元·燕蘭小譜〔M〕//〔清〕張次溪·清代燕都梨園史料：正續篇·北京：中國戲劇出版社，1988：45。

城劇壇的六大班無人問津。清代戴璐在《藤陰雜記》中記載道:「六大班伶人
失業,爭附入秦班覓食,以免凍餓而已。」〔註63〕此次魏長生在北京演出持續
八年之久,在這個過程中,魏長生帶領以秦腔為首的花部,最終戰勝了以崑曲
為雅部的劇壇霸主。秦腔從此名震四海,不僅引得全國各地藝人紛紛學習秦
腔,也使全國各地秦腔演出逐漸繁盛。但是由於崑曲所代表的是官方統治階級
的審美價值觀,秦腔的出現觸怒了既得利益群體,使得秦腔遭受了「禁演」的
命運。最終,乾隆五十年(1785年),清廷明令禁止京師演唱秦腔。於是,乾
隆五十二年(1787年),魏長生便離開京城前往江南之地。雖然魏長生離開了
北京,但秦腔卻在北京扎下了根,雖朝廷多有禁止,但無法禁止人民對於秦腔
的喜愛,民間演出活動依然存在。

　　魏長生離京後,經河北、天津、山東,南下揚州演出。由於前期秦腔在北
京所引起的轟動,影響至全國,加之江南之地山陝商人的大量存在,此地對於
秦腔的期盼相當強烈。因此,魏長生的到來迅速引起了江南地區秦腔的盛行。
如果說魏長生進京演出是為秦腔法律文化開闢了全新的傳承空間的話,那麼
他在江南的八年演出,則是為秦腔法律文化開拓了全新的傳承群體。秦腔不再
是只流行於民間的俗腔,文人階層,乃至統治階層整體開始出現對於秦腔的關
注與喜愛。如魏長生在揚州的演出,吸引了當時聚集在揚州的大批文人。其中
袁枚、謝榕、錢梅溪、焦循、沈起風、李斗、阮元等,在看過秦腔演出後,無
不為之折腰,並紛紛在他們的著述中,表示了對秦腔的讚賞。其中《揚州畫舫
錄》中記載到:「誰家花月,不歌柳七之詞;到處笙簫,盡唱魏三之句」。〔註
64〕此後,秦腔也不再受到官方的禁止,乾隆五十五年(1790年)乾隆皇帝為
了慶賀自己治理國家的功績,詔揚州優伶上京祝釐,揚州鹽務當局為了阿諛媚
上,特選了一批著名藝人上京。其中就有魏長生,但遭到了他的拒絕。結束了
江南八年的演出後,魏長生回到了自己的家鄉四川,進一步開拓秦腔在四川的
市場,從而影響了整個川雲貴藏地區秦腔的發展與延續。而嘉慶五年(1800
年),已經半百的魏長生第三次進京演出,在引起了整個京城的轟動,不僅百
姓為之激動,文人學士、名流學者各個為其洗塵。清代小鐵笛道人在其所著《日
下看花記》中,對魏長生的此次表演給出了極高的評價評:「冬至,頻見其《香
聯串》,小技也,而近乎道矣。其志愈高,其心愈苦,其自律愈嚴,其愛名之

〔註63〕〔清〕戴璐・藤陰雜記:卷五〔M〕・清光緒三年重刊本:8。
〔註64〕〔清〕李斗・揚州畫舫錄〔M〕・南京:江蘇廣陵古籍刻印社,1984:3。

念愈篤。故聲容如舊，風韻彌佳，演武技氣力十倍朗玉。」〔註65〕但嘉慶六年
（1802年），他在演出《背娃進府》時，在臺上氣斷聲絕。此後臥床不久，便
離開人世。

　　魏長生一生所演劇目主要為與法律問題有關的秦腔法律文化劇目。而這
些演出傳統，在其之後的徒弟演出中都得到了延續。表9為當時時人記錄中，
魏長生與其弟子所演的傳統法文化劇目，其中都存在大量平反冤案故事的演
出。根據時人記載，魏長生與其弟子所演劇目大致有五十多個，其中大部分為
秦腔傳統法文化劇目。再結合劇目具體內容可以看出，其劇目多以法律問題為
事核心，敘事內容則以忠孝節義為主，突出了「民生」「太和」等「關學」法
治追求。因此，《日下看花記》中言他「專趣忠烈俠義，矯矯傳奇」；〔註66〕《燕
蘭小譜》中言其「演貞烈之劇」；《燕蘭小譜》中言其「其事多忠、孝、節、義，
足以動人」。〔註67〕

表9　魏長生與其弟子所演的主要秦腔傳統法文化劇目〔註68〕

劇目名稱	劇目演出者	劇目類型	劇目演出記載
《滾樓》	魏長生	傳統法文化劇目——婚戀敘事	《燕蘭小譜》卷三，卷五，《日下看花記》卷四，《聽春新詠》別集，《揚州畫舫錄》卷五，《清稗類抄》卷七十九。
《香聯串》	魏長生	傳統法文化劇目——婚戀敘事	《燕蘭小譜》卷三，卷五，《日下看花記》卷四，《聽春新詠》別集，《揚州畫舫錄》卷五，《清稗類抄》卷七十九。
《鐵弓緣》	魏長生	傳統法文化劇目——婚戀敘事	《日下看花記》卷一
《檀香墜》	魏長生	傳統法文化劇目——婚戀敘事	《燕蘭小譜》卷三

〔註65〕〔清〕小鐵笛道人·日下看花記〔M〕//〔清〕張次溪·清代燕都梨園史料：
　　　正續篇·北京：中國戲劇出版社，1988：104。
〔註66〕〔清〕李斗·揚州畫舫錄〔M〕·南京：江蘇廣陵古籍刻印社，1984：104。
〔註67〕〔清〕吳長元·燕蘭小譜〔M〕//〔清〕張次溪·清代燕都梨園史料：正續
　　　篇·北京：中國戲劇出版社，1988：32。
〔註68〕此表格數據主要來源於《燕蘭小譜》與《日下看花記》中的記述。

《送燈》	陳金官	傳統法文化劇目——婚戀敘事	《日下看花記》卷一
《如意鉤》	滿囤兒	傳統法文化劇目——婚戀敘事	《燕蘭小譜》卷三
《訂親》	滿囤兒	傳統法文化劇目——婚戀敘事	《燕蘭小譜》卷三
《賣胭脂》	劉朗玉	傳統法文化劇目——婚戀敘事	《日下看花記》卷一
《闖山》	劉朗玉	傳統法文化劇目——婚戀敘事	《日下看花記》卷一
《賽琵琶》	魏長生	傳統法文化劇目——公案敘事	《花部農譚》
《鐵蓮花》	魏長生	傳統法文化劇目——公案敘事	《日下看花記》卷四
《百花亭》	魏長生	傳統法文化劇目——公案敘事	《燕蘭小譜》卷三
《倪俊烤火》	陳銀官	傳統法文化劇目——公案敘事	《燕蘭小譜》卷二、卷五
《樊梨花送枕頭》	楊八官	傳統法文化劇目——家庭敘事	《揚州畫舫錄》卷五、《燕蘭小譜》卷二
《小寡婦哭墳》	高明官	傳統法文化劇目——家庭敘事	《燕蘭小譜》卷五
《別妻》	魏長生	傳統法文化劇目——家庭敘事	《日下看花記》卷一
《別窯》	魏長生	傳統法文化劇目——家庭敘事	《燕蘭小譜》卷三
《清風亭》	魏長生	傳統法文化劇目——恩怨敘事	《花部農譚》
《背娃進府》	魏長生	傳統法文化劇目——恩怨敘事	《日下看花記》卷三、《夢華瑣薄》
《三元記》	劉鳳官	傳統法文化劇目——恩怨敘事	《燕蘭小譜》卷三

　　從表格中魏長生與其徒弟具體的演出情況來看，魏長生與其徒弟所塑造之形象也多為忠義之婦女形象，如魏長生拿手好戲《香連串》（《鍘美案》）的最

早版本）中的秦香蓮，就是一個淳樸、善良、孝義的婦女。焦循在《花部農譚》中道出了此劇在觀眾中的影響：「此劇自三官堂以上，不啻坐淒風苦雨中，咀茶齧蘗，鬱抑之氣不得申，忽聆此快，真久病頓甦，奇癢得搔，心融意暢，莫可名言。」〔註69〕除此外，魏長生所塑造的忠義婦女形象還有《背娃進府》中的表大嫂，《清風亭》中的周桂英，《殺四門》中的劉金定，《送銀燈》中的桂娟，以及《閩山》中的金蓮等。其中這些婦女形象中多有在伸冤中主張正義之形象。而這些形象得到了觀眾們的認可，這種形象的成功塑造對其中法文化精神的傳承、延續與發展有重要意義。

（二）其他秦腔藝術家

除了魏長生，秦腔發展史上還存在許多推動秦腔傳承的藝術家。其中有以魏長生為宗的魏派傳人陳銀官、王湘玉、陳金官、劉朗玉等，有享譽三秦的鬚生潤潤子，有將秦腔帶入湖北與山西的申祥麟，有在浙江演出的岳色子，還入川獻藝的張銀華等等。這些秦腔藝術家雖然沒有魏長生在秦腔歷史上的貢獻那麼突出，但秦腔整體的發展與傳承是這些伶人共同努力的結果。這些伶人成為了秦腔中法律文化的主要傳承者與攜帶者。這些伶人也跟像魏長生一樣，都善於傳統法文化劇目的演出，除此外，在劇目的選擇上也多為能夠體現「善惡」「正義」等內涵與追求的劇目。如潤潤子所演拿手的數十本劇目，《春秋筆》《破寧國》《出棠邑》《摘纓會》《血帶詔》《大報仇》《狀元媒》《八義圖》等，都是歌頌忠孝節義主題的秦腔劇目。其中也多有李十三之傳統公案劇目，倡導在守法重禮前提下，追求社會法治之太和。

二、秦腔班社及其教化貢獻

秦腔班社作為秦腔演出的主要組織者，實際上是秦腔法律文化教化中的一種組織形式主體。伶人的正式演出一般必須通過班社來進行，因而一般伶人先要進入一個班社後才能正式掛牌演出。其中可以是已經學有所成而入班社，也可以是以學徒身份入班學藝。秦腔作為中國戲曲的一個重要組成部分，其班社的形成、管理與演出也經歷了樂戶、家班、自樂班、民間職業班社等漫長的發展過程。而不同時期的班社形式，對秦腔法律文化教化的不同階段都有著重要的意義。

〔註69〕〔清〕焦循·花部農譚〔M〕// 中國戲曲研究院·中國古典戲曲論著集成：
　　　　第8卷·北京：中國戲劇出版社，1959：231。

（一）樂戶與家班

　　樂戶是指古代從事吹彈歌唱的高級奴隸，是從漢代一直延續至清代的一種制度，這種制度下產生了專業的娼優，戲曲事業也是在此基礎上發展起來的。而明代在樂戶制度基礎上發展起來的家班形式標誌著戲曲藝術水平的不斷提高與成熟，秦腔也是在這種背景下成熟起來的。所謂家班，最早是一些具有較高文藝修養的文人學士，出於對戲曲的愛好，而自己在家組建的演出組織。秦腔在明代已經開始形成，並在關中地區受到人民的喜愛而成為一種「鄉音」。而明代秦腔「關學」家班的成立，不僅大大提高了秦腔的藝術水平，理性了秦腔的思想內涵，還在民眾、文人與官吏中推廣了秦腔。這些不僅為以後秦腔的名聲大噪奠定了基礎，還為秦腔法律文化的形成、發展與傳承提供了可能。明中後期，關中出現了許多文人學士的秦腔家班，如長安的胡漾溪、許宗魯、胡侍、張治道、何棟，戶縣的王九思，周至的張附翱，武功的康海、張煉，三原的王承裕，華縣的張西溪等都。其中最為出名的當屬武功康海所組建的康家班。康家班在康海帶領下，不僅編演了《中山狼》《王蘭卿傳》《杜子美遊春》等經典劇目，還培養了如雙蛾、小蠻、春蛾、雪兒等優秀的伶人，對秦腔本身的發展與秦腔中法文化的傳承，都產生了深遠影響。乾隆嘉慶年間（1736～1820），民間職業班社逐漸興旺起來，秦腔演出活動得以在民間更為廣泛的展開，受到了民眾的歡迎。與此同時，官方也開始對家班進行限制與禁止，當時朝廷曾多次下旨禁蓄家班。根據《雍正上諭內閣》：雍正二年禁「外官蓄養優伶」；〔註70〕根據朱壽朋在光緒年間編纂《東華續錄》記載：乾隆三十四年又「嚴禁官員蓄養歌童」；〔註71〕而根據明亮等在道光年間纂輯的《中樞政考》卷十三《禁令》：嘉慶四年三月諭旨禁官員蓄養優伶，「一戲設宴徵歌，廣覓優伶另集成班，官為豢養，亦由首縣承值。……」；〔註72〕嘉慶四年五月諭禁官員蓄養優伶，「……嗣後各省督撫司道署內，俱不許自養戲班，……」。〔註73〕

〔註70〕王利器·元明清三代禁燬小說戲曲史料〔M〕·上海：上海古籍出版社，1981：31。

〔註71〕王利器·元明清三代禁燬小說戲曲史料〔M〕·上海：上海古籍出版社，1981：46。

〔註72〕中華書局清實錄編委會·清實錄·仁宗實錄：卷四十〔M〕·北京：中華書局，1986：474。

〔註73〕王利器·元明清三代禁燬小說戲曲史料〔M〕·上海：上海古籍出版社，1981：53。

從此後，家班形式走向衰落。

（二）民間職業班社

家班衰落後，民間職業班社發展起來。而民間職業班社的組建最早可以追溯到明代中期，山陝西商會在全國各地的出現。職業班社中藝人相對穩定，演出流動性大，相比家班而言，更有利於秦腔的傳播與傳承。從秦腔的流播過程來看，秦腔法律文化的傳播主要是在陝西本地班社發展的基礎上，由班社中著名的單個藝人或班社整體向外傳播的。因此，陝西本地秦腔班社的發展對於秦腔法律文化的傳承有著重要的意義。

歷史上，陝西班社中西安班社最為出名，影響最大，而元明以來西安班社就已存在。明正德年間周至的王綿班，為目前歷史記載中陝西最早的秦腔班社，該班社是由家庭成員所組成的戲班。後經正德年間周至縣舉人張附翱的擴建，成為後來歷史上的張家班，其中有著名藝人王蘭卿。當時「關學」文人康海、王九思、張治道等，都曾欣賞她的藝術與人品，常與之交往與交流。康海為其著有《王蘭卿傳》劇本，以載其事。而王蘭卿也把當時的「康王腔」大大地向前發展了一步，為後世的西府秦腔「武功腔」「周至腔」創造了優良的條件。明代中葉，隨陝西木商和鹽商到浙江一帶演出。發展至清代康熙年間，張家班以「賣箱不賣姓」的方式賣給了眉縣的張氏兄弟，後改為華慶班，康熙、乾隆年間曾隨軍演出四川大、小金川。其中關於王綿班與張家班的具體演出劇目雖然沒有相關的歷史記載，但從康王生平的歷史記錄中可以看到，張家班是在康海指導下重建的，王蘭卿的演出也是在與康王交流之下，並受其指導而進行的，因此可以斷定其演出劇目中大多為蘊含著濃厚「關學」法治色彩的劇目。而華慶班常演劇目為《泗洲》《降鼠》《收三霄》《水漫金山》《跑馬》《打秋》等，這些劇目中存在著秦腔傳統法文化劇目中的家庭敘事與恩怨敘事。

乾隆年間（1736～1795），西安發展出著名班社三十六個，嚴長明在《秦雲擷英小譜》中云：「西安樂部著名者凡三十六，最先者曰保符班。保符班有太平兒，姓宋名子文，色藝素佳」。〔註74〕其中最早的有保符班，繼而有江東班、泰來班與雙賽班等。每個班社都擁有一批色藝俱佳的藝人，而且形成了

〔註74〕〔清〕嚴長明·秦雲擷英小譜〔M〕// 新文豐出版公司編輯部·叢書集成續編：第 257 冊·臺灣：新文豐出版公司，1988：2649。

班社間不同風格的秦腔流派，也湧現出聲腔、表演、扮裝上各具藝術特色的流派。〔註75〕這一時期，雙賽班對整個陝西的影響最大。雙賽班，創建於清乾隆初年。根據嚴長明《秦雲擷英小譜》記載，「雙賽」之意，即演技長出於保符班與江東班。〔註76〕發展至乾隆中葉，該班社納入了當時著名的藝人申祥麟與岳色子，也被稱為雙才班，此後又陸續納入了著名藝人蘇顯之、三壽官、張銀花、白延孝、權必龍等。乾隆末期，隨陝西巡撫畢沅來西安的諸學者嚴長明、王夢樓、曹仁虎、莊炘、錢獻之、徐元九、洪亮吉等，都讚揚該班演員陣營整齊，演技精湛超群。該班社不僅頻繁地出現在民間的戲曲演繹活動當中，還成為了陝西巡撫署宴會必請的班社。其中藝人申祥麟曾到北京、武漢、山西與廣州等地演出，而藝人岳色子曾赴浙江演出。該班社中主要藝人常演劇目為：《樊梨花送枕》《琴操》《春遊》等，其中存在秦腔傳統法文化劇目中的家庭敘事，所弘揚的也是與秦腔法律文化基本一致的「關學」法治精神。

道光至光緒年間（1821～1908），隨著秦腔在全國的興旺發展，秦腔班社得到了進一步的發展，僅西安四周各縣，秦腔班社就達到 60 多個，其中最為知名的是光緒年間的十大班社，分別為：西安的中和班、德盛班、福盛班、玉慶班；長安的玉盛班、慶泰班、鴻泰班、雙翠班；戶縣的金盛班，臨潼的華清班等。這些班社承擔了西安郊縣城鄉中各種宴席、慶典與祭祀活動的秦腔演出活動，具有重要的法文化傳承作用。而玉盛班、德盛班、金盛班、華清班、福盛班，這五大班社中的著名藝人最多，在群眾中的影響最大，傳承能力最強。其中著名生角有潤潤子、李雲亭、劉立傑、茂盛兒等；旦角有梁箴、陳雨農、黨甘亭等；淨角的四金兒、姜科兒、張壽全等；丑角有水泗子、蘭州兒等。這一時期這些班社經常上演的劇目有《八件衣》《抱琵琶》《鐵蓮花》《乾坤帶》《春秋筆》《蝴蝶杯》《玉虎墜》《法門寺》《走雪山》《白水灘》《八義圖》《玉鳳簪》《轅門斬子》《殺狗勸妻》《華清宮》等 200 餘齣，其中大部分為秦腔法律文化劇目。通過這些班社的演出，這些劇目中的經典劇目得以流傳至今。

〔註75〕羅順慶・秦腔戲班〔M〕・西安：太白文藝出版社，2011：7。
〔註76〕〔清〕嚴長明・秦雲擷英小譜〔M〕// 新文豐出版公司編輯部・叢書集成續
　　　編：第 257 冊・臺灣：新文豐出版公司，1988：2649。

表 10　元明清時期陝西的主要秦腔班社與其常演劇目〔註77〕

班社名稱	建立時間	主要藝人	常演劇目	存在的傳統法文化劇目類型
王綿班	明正德年間	旦角：王蘭卿	無記載	無
張家班	明正德年間	旦角：王蘭卿	無記載	無
華慶班	清康熙年間	淨角：張義青、才娃子、麻娃、閻良、趙卯卯 旦角：省娃子、用娃子、八娃子、十娃子、王彥奎、臘娃子、田玉華、李四季兒、鎖娃子 丑角：王祿 生角：雷大坪 驢驢、張德明	《泗洲》 《降鼠》 《收三霄》 《水漫金山》 《跑馬》 《打秋》	家庭敘事 恩怨敘事
保符班	清康熙末年	旦角：太平兒	無	無
江東班	清乾隆初年	旦角：樊小惠、姚瑣兒、四兩兒、豌豆花、金隊子、喜兒、寶兒	無	無
雙賽班	清乾隆初年	旦角：申祥麟、岳色子、三壽宮、張銀花 白廷孝、權必龍	《樊梨花送枕》 《琴操》 《春遊》	家庭敘事
泰來班	清乾隆初年	張廷官、張世功、百順官、張德官	無	無
玉盛班	清同治年間	鬚生：二樓子、李範、潤潤子、陸順子	《鐵冠圖》 《光武山》 《玉鳳簪》 《八件衣》 《廣寒圖》 《李淵勸軍》 《煤山殺宮》 《李淵辭朝》	公案敘事 恩怨敘事

〔註77〕元明以來，陝西秦腔班社，總數上千，該表中只選擇其中比較重要的進行統計。

			《鴻門宴》 《金桃會》 《銅臺解圍》 《大報仇》 《漁家樂》 《摘纓會》 《破寧國》 《日月圖》 《鐵蓮花》	
金盛班	清同治末年	鬚生：恩科、李銀福 淨角：劉年兒 晉公子、黨金良、茂盛兒	《金臺將》 《三娘教子》 《金沙灘》 《湘江會》 《祭燈》 《觀星》 《調寇》 《雙靈牌》 《洪羊洞》 《破天門》	公案敘事 恩怨敘事 家庭敘事
雙翠班	清光緒初年	生角：李雲亭、黨金良、茂盛兒、郗德育、王德孝 淨角：姜科兒、張壽全、張慶林、一聲雷、安德功、田德年 旦角：李德印 安德恭、賈德善、王德成	《無影簪》 《美人圖》 《法門寺》 《老轅門》 《滿床笏》 《破寧國》 《火焰駒》 《清河橋》 《過巴州》 《紅逼宮》 《拆書》 《殺船》 《叮本》 《搜杯》 《翠華宮》 《烙碗計》 《七星廟》 《鍘美案》 《八義圖》	公案敘事 恩怨敘事
福盛班	清光緒初年	生角：恩科子、萬林子、晉公子 淨角：雷勞兒	《金臺將》 《三娘教子》 《紫霞宮》	公案敘事 家庭敘事 恩怨敘事

			《炮烙柱》 《三啟箭》 《麒麟山》 《斬莫成》 《斬秦英》 《永壽庵》 《假金牌》	
華清班	清光緒初年	旦角：陳雨農、鄭香亭 生角：劉立傑、白相、趙益兒 淨角：閻全德	《背娃進府》 《皇姑打朝》 《八義圖》 《走雪山》 《蘇武廟》 《鐵蓮花》 《日月圖》 《火焰駒》 《七星廟》	公案敘事 家庭敘事 婚戀敘事
明盛班	清光緒中葉	旦角：晏氏三兄弟 生角：晏積玉、晏保兒	《破棺材》 《珍珠衫》 《竇娥冤》 《窮人計》 《漁家樂》 《狸貓換太子》 《金臺將》 《永壽庵》 《伐子都》 《截江救主》 《轅門進酒》 《清河橋》	公案敘事 家庭敘事 婚戀敘事 恩怨敘事
玉成班	清光緒二十六年	旦角：陳雨農、薛五喜、白菜心兒、鄭長秀 生角：李鴻賓、屈景益、李雲亭、王果兒 淨角：張壽全	《鍘美案》 《玉虎墜》 《墳塋放飯》 《裙邊掃雪》 《窮人計》 《木楠寺》 《漁家樂》 《折桂斧》 《百花詩》 《廣寒圖》 《狀元媒》 《走雪》 《皇姑打朝》 《周仁回府》	公案敘事 家庭敘事 恩怨敘事 婚戀敘事

　　雖然秦腔在全國的影響，主要以陝西境內秦腔班社為中心，而後向外的流播。但隨著秦腔在全國各地影響的增強，各地方自己境內的秦腔班社也不斷建立起來，成為傳承秦腔法律文化的主要力量。如乾隆年間，魏長生在北京演出的雙慶班，以及後來專演秦腔的瑞勝班、慶勝和、義勝和、慶瑞和等；乾隆年間，在廣州大量存在的演出秦腔的外江班，其中著名的有以申祥麟命名的祥麟班；還有清末，四川商人所創立的同州梆子班社，有興泰班、興義班、孝義班等。除了樂戶、家班與職業班社外，民間存在的自樂班也是秦腔中法文化傳承的主要主體。自唐宋以來，全國就有民間自發成立的以家庭為單位的自樂班。這些自樂班在農閒時供以娛樂，或是應邀承應各種婚、喪、壽、誕等紅白喜事的演出，有時也參加祭祀演出。到了明代中期，隨著商業的發展，一些商人開始延攬一些藝人，成立自己的自樂班。至清乾隆以後，秦腔自樂班的存在更加廣泛與活躍，成為了秦腔班社中最活躍與最普遍的組織，極大地推動了秦腔的發展與流播，也促進了秦腔法律文化在一代與一代之間的傳承。

三、秦腔推動者及其教化貢獻

　　由於秦腔法律文化教化主體的多樣性，除了劇作家、演員與班社這些從正面推廣教化的主體以外，還存在一些從側面起到助力作用的教化主體。其中主要包括三類主體：喜愛秦腔的文人、農民起義的軍人與山陝商會的商人。這三類主體中，農民起義的軍人與山陝會館的商人的教化價值是在已有秦腔法律文化基礎上，提供了更為寬廣的教化場域，這部分將在下一章進行詳細地論述。而愛好秦腔的文人與秦腔劇作家、秦腔演員一樣，是在推動秦腔法律文化本身發展的前提下發揮了其教化價值。實際上，秦腔與「關學」的理性關聯就建立在關中文人對於秦腔的愛好之上，從而從劇目創作與理論研究的層面展開秦腔的「關學」化，並賦予了秦腔法律文化內涵。而這裡愛好秦腔的文人更多的是在秦腔「關學」化後，流播至全國而喜愛秦腔的文人墨客。他們雖有的有明確的「關學」背景，有的沒有，但他們通過自己的論著對這種具有「關學」法治內涵秦腔的推廣，所實現的就是秦腔法律文化的教化價值。尤其清代魏長生在北京戰勝崑曲雅部，並與楊八官、郝天秀、樊大睬等著名秦腔藝人將秦腔傳播到江南以後，這些文人集中開始了對於秦腔的關注，當時雲集在揚州的學者袁枚、謝榕、錢梅溪、焦循、沈起鳳、李斗、阮

元等，都表達了自己對秦腔的喜愛，並在他們的詩歌與著述中對秦腔進行了讚歎、記述或者研究。從而使秦腔本身更加完善與臻美，秦腔法律文化更加理性與系統。在此過程中也加強了秦腔的社會影響，尤其是對於統治階級的影響，文人雅士、達官貴人，甚至皇親國戚逐漸由鄙視秦腔轉而尊重與讚賞，這些都擴寬了秦腔法律文化教化的場域。因此，愛好秦腔的文人正式成為教化主體是在清代，其中著有秦腔專門著作的張鼎望、嚴長明、曹習庵、錢獻之、吳長元、小鐵笛道人、留春閣小史、小南雲主人，古陶牧如子、焦循、陳伯瀾是其中的重要教化主體。

張鼎望，陝西省涇陽縣人，出身仕宦之家。張鼎望尤為喜愛秦腔，著有《秦腔論》一文，收錄於作者《魯橋八景》一書之中。該書成書於清代康熙年間（1622～1670），而《秦腔論》一文是迄今為止所見的最早的關於秦腔歷史與藝術特徵的專論文章。《秦腔論》一文內容豐富，不僅涉及秦腔歷史源流、分布情況，還提及了秦腔腔調與藝術表演等，是一部全面的秦腔專著。可惜的是目前早已失傳，但從當時他在完成該文後，與好友張潮的信件交流中可以看出，他給予了秦腔極高的評價，並使人讀過後身臨其境，極大地推廣了當時秦腔的傳播。張潮在其所著《尺牘偶存》之卷十《復張渭濱》中言道：「暑中忽拜琅函，兼得大著《秦腔論》，快讀一過，如置身魯橋八景中，聽抑揚抗墜之妙，不禁色飛眉舞也。愚嘗謂：凡事一有妙處，定能動人。……愚雖不知秦腔故事，詞曲之可否，然以意度之，似必經我輩文人為之，定其故事之是非，詞曲之優劣，庶幾不負此妙腔耳」。〔註78〕

嚴長明，江蘇江寧（今江蘇南京）人，清代文學家。清乾隆四十年（1775年）隨陝西巡撫畢沅來西安，任其幕僚。四十一年南歸，四十三年又來西安。居官西安期間酷愛秦腔，不僅專注於對秦腔的研究，還多與秦腔藝人往來，其中包括申祥麟、三壽官、張銀華等。並與曹習庵和錢獻之合著秦腔論著《秦雲擷英小譜》，但六篇中，嚴一人共成四篇，是主要著作人。《秦雲擷英小譜》該書以當時西安著名秦腔藝人為對象，不僅對其藝術成就進行了談論，還對其高尚的品質進行了記述與贊許。同時還對秦腔源流、衍變、板式、表演等進行了研究，其中對秦腔在「花雅之爭」中的地位，秦腔與崑曲之異同有深刻的論述。該著作是繼張鼎望《秦腔論》之後的又一部關於秦腔的專著，目

〔註78〕劉輝·張鼎望與《秦腔論》——讀曲隨筆〔J〕·陝西戲劇，1981（10）：63～64。

前《秦雲擷英小譜》保留完整，收錄於《雙梅景暗叢書》之中。因此，該著作不僅對當代秦腔的傳承與研究有著重要的價值，更對整個秦腔與法律的研究具有重要意義。

　　吳長元，浙江仁和（今杭州）人，清代戲曲理論家與作家，著有《燕蘭小譜》。除了關於王湘雲表演藝術與成就的記述外，該著作還記錄了當時北京 23 位秦腔藝人的情況，甘肅西秦腔的相關情況，以及「花雅之爭」中花部取代雅部的現實等。全書共五卷，第一卷為《畫蘭詩》54 首，詞 3 首，穿插有關王湘蘭事蹟；二、三、四三卷是為當時北京旦角演員所寫，其中前兩卷為花部演員，後一卷為雅部演員並先設傳略，後以七言詩詠之，卷四為 20 位雅部演員傳記；卷五為演員軼事及雜詠，以及秦腔的一些相關理論研究。該書是現存清代花譜中年代最早的一部，其後多有模仿者，是研究秦腔法律文化的重要歷史資料，1959 年輯入《中國古典戲曲論著集成》。目前傳世版本為葉德輝《雙梅景閣叢書》本與張次溪《清代燕都梨園史料》本。

　　小鐵笛道人，蘇州人，曾在北京為官。於嘉慶八年（1803 年）著有戲曲雜著《判花偶錄》，又稱作《判花小詠》，由於只為「遊戲筆墨」「不必人人皆知」，在著作中隱去其真實姓名。該書後經與友人第園居士、餐花小史相互探討修改，成書為《日下看花記》。相創作者還著有《楊柳春詞》一書，以為補遺，但可惜並未傳世。該書為乾嘉時期花譜的代表作品，體例仿照《燕蘭小譜》，共四卷，記述了乾嘉時期興旺的北京劇壇，其中以藝人為主，先以小傳記錄，後以詩歌詠之。其中秦腔藝人 25 人，占所有藝人的三分之一。〔註 79〕除此之外，還對當時北京的班社、表演、唱腔、演出、劇目等情況進行了記述。目前傳世版本有張次溪編纂《清代燕都梨園史料》本。

　　留春閣小史、小南雲主人、古陶牧如子三人生卒與生平均不詳。其中，留春閣小史輯錄，小南雲主人校訂，古陶牧如子參閱，共同於嘉慶十五年（1810 年）完成戲曲雜著《聽春新詠》。該著作分為三卷，分別為徽部、西部、別集，主要收錄了嘉慶年間文人墨客關於詠贊戲曲藝人的詩歌，其中包括林香居士、小南雲主人、湖墅小隱、小頑道人、芳草詞人等。其中涉及秦腔藝人 17 人，體例依然仿照《燕蘭小譜》，先以小傳記錄，後以詩歌詠之。該書提供了嘉慶年間北京秦腔和京劇之間的基本情況與相互關係，目前傳世版本為張次溪編

〔註 79〕〔清〕吳長元・燕蘭小譜〔M〕//〔清〕張次溪・清代燕都梨園史料：正續篇・北京：中國戲劇出版社，1988：17～41。

纂的《燕都梨園史料》本。

焦循，江蘇甘泉（今揚州）人，清代著名的經學家、算學家、戲曲理論家。焦循在生活中及其喜愛秦腔，尤其晚年，不僅攜老婦、幼孫、乘駕小舟，沿湖觀閱秦腔，而且在炎暑、田事餘閒之時，常常群坐柳蔭豆棚之下，為人們講說秦腔所演之故事，受到民眾歡迎。而在學術研究方面，也極力推崇秦腔，不僅著有與秦腔有關的書籍《曲考》《劇說》《花部農譚》等，還專為秦腔藝術家魏長生寫有詩歌《哀魏三》，讚揚其高超的演技與對秦腔藝術的貢獻。其中《花部農譚》成書於嘉慶二十四年（1819年），是關於秦腔乃至整個花部頗有見地的一部著作。該書主要包含三個部分的內容：第一在於對花部在「花雅之爭」中的作用進行了總結與評價；二是在對花雅進行對比的前提下，指出秦腔與元雜劇之間的一脈相承；三是對秦腔劇目中影響最大的十部作品進行考察與評論。

陳伯瀾，陝西三原人，清代詩人、教育家。陳伯瀾一生酷愛秦腔，《群兒贊》即為秦腔藝人的詩讚，共有詩156首，涉及當時陝西秦腔藝人二十多位，涵蓋秦腔劇目四十多個。這些詩讚中提供了當時有關秦腔唱腔、表演、班社、劇目、藝人、演出習俗等各方面的詳細資料，該著作不僅進一步提高了當時秦腔在全國的影響，還成為了當代研究秦腔的重要資料。光緒二十一年（1896年）同州（今大荔）刻本是目前所見最早刊本，1985年《陝西戲曲資料叢刊》第三輯重刊。

除此外，清代戲曲家李斗著有《揚州畫舫錄》一書，記述了乾隆年間魏長生在揚州的演出情況；清代孫星衍與洪亮吉共同完成有秦腔著本《芍藥本事詩》，表達了對秦腔乾隆年間陝西秦腔藝人的讚頌；清代鐵橋出人、石坪居士、問津漁者三人合著的《消寒新詠》，記述了乾隆末期北京的秦腔情況；以及華胥大夫張際亮的《金臺殘淚記》、楊懋建的《夢華瑣簿》《長安看花記》等。這些清代的文人墨客通過自己的研究，一方面使秦腔自身具有了更為完善的理論自覺，幫助了秦腔藝術的進一步發展與完善。另一方面表達了對秦腔的讚賞，並從更高的層面上進一步推廣秦腔在全國的流播與影響。這些的關鍵在於直接導致了秦腔法律文化進一步的理性化與系統化，不僅具有了更強的教化能力，而且能夠在更廣的場域內發揮教化價值。因此，這些學者與「關學」劇作家、秦腔藝人共同構成了秦腔「關學」法治的多元教化主體系統，實現秦腔法律文化教化之功能。

第三節　教化的對象與場域

　　「關學」的法治思想在於寬於法律界限的整個社會治理層面，既包括立法、執法、司法、守法的法之內，也包括法之前的糾紛源頭與法之後的社會效應。而「關學」的禮法教化也存在於這整個法治過程之中，因而「關學」通過秦腔所進行教化的對象與場域，不同於傳統儒家教化，更為複雜化與多元化。而從「關學」的民間性出發，其價值追求的核心在於「生民」，相對應的教化也不同於以往官方教化的對象與場域。不再僅僅針對於社會百姓，還針對於統治階級，包括其中的權貴、官吏，甚至皇帝。因此，「關學」之教化，為一種「躬行教化」，具有雙向性。向上強調統治階級的「誠德踐行」與「養民治國」，向下強調社會民眾的「仁義禮智」，從而達到社會之「太和」境界。在「關學」的這種教化理念之下，秦腔法律文化的教化對象與場域也具有雙向性。向下針對於以老百姓為核心對象的民間群體，其教化場域主要由鄉里、商會與衝撞州府的演出來形成。其中以祭祀與鄉俗為主要目的所進行的鄉里間秦腔演出，主要在鄉村形成了宏大的教化場域。以商業活動為主要目的而進行的商會戲樓演出，則在城市中形成了強大的教化場域。基於生計而以流浪形式進行的衝撞州府演出，則鄉里與城市間遊走。而向上針對於以官吏為核心對象的官方群體，其教化場域包括官員自家所成立的戲班演出，這些戲班的秦腔演出常常在官員之間的宴會與交流間產生著教化作用；軍政官員迎送宴會、節署盛會與來往送迎中的秦腔演出也在官方群體中產生著教化作；而農民起義中軍隊所存在的秦腔演出，形成了對於軍人群體的特殊教化場域；而隨著清代乾隆年間魏長生進京演出所引起的轟動，秦腔也走入了宮廷，對官方群體的核心皇權產生了教化作用。

一、針對民間群體的教化場域

　　中國戲曲最早起源於遠古的祭祀活動，這些祭祀活動中往往伴隨著載歌載舞，以向神明與祖先進行祭拜，或是祈福或是報喜。戲曲就從這種載歌載舞中逐漸成熟起來的，而秦腔作為中國最早古老的戲曲之一，也是從秦地這種遠古祭祀歌舞中發展起來的。因此，秦腔的基因中保留著這種祭祀的特性與功能，成為了傳統民間社會生活中不可或缺的一個部分。伴隨著傳統民間社會中頻繁的祭祀活動，如鄉村中的秋神報賽與城市商會中的祀神麻，秦腔在民間的演出也異常興旺。而漢代百戲的發展使戲曲在「娛神」的前提下，具有了「娛

人」的功能，尤其在民間匱乏的生活場景中「看戲」成為了老百姓生活中最熱鬧的事情，俗話說：「遠看一堆柴，近看是戲臺，一聲鑼鼓響，『叫花子』跑出來」。〔註80〕而秦腔也繼承了這種戲曲的民間娛樂性，逐漸演變出堂會戲、節慶戲與喪葬戲等演出習俗。秦腔的這種民間性，為秦腔法律文化在民間場域內的教化提供了可能，而隨著秦腔在全國的流播，這種民間教化場域也在全國範圍內展開。

（一）鄉里演出

由於中國傳統社會的農業傳統，其民間普遍存在著意識鬼神化。這決定了中國傳統民間社會中存在著一套完善的特有鬼神系統，以及相關的特殊祭祀機制。毛澤東先生就曾指出過，中國民間社會中存在著一套特殊的鬼神權力系統：即「由閻羅天子、城隍廟王以至土地菩薩的陰界系統以及由玉皇大帝以至各種神怪的神仙系統——總稱為鬼神系統（神權）」。〔註81〕而在中國的這套鬼神體系中，最大特點在於「合天人、包萬有」，其中既有自然之天地萬物，又有祖先與品德高尚之故人，聖賢仙佛，各路鬼神應有盡有。胡石青先生將中國這一宗教現象劃分為三個主要內容，分別為「敬天」「敬祖」「崇德報功」。〔註82〕這說明中國傳統民間社會中，存在的鬼神偶像數量巨大，其中分工細化，能滿足老百姓的各種需求。這些通過秦腔敘事中鬼神形象的多樣化也呈現出來，因而民間常言：「戲文不夠，神仙來助」。〔註83〕因此，在中國傳統民間社會中，每一個鬼神偶像都具有不可或缺的價值，被人們所崇拜，幾乎圍繞著每一個鬼神偶像都存在著相應的祭祀活動，而秦腔就成為這些祭祀中的主要活動項目。鄉里作為農業生產的主要場域，祭祀活動異常頻繁與發達，秦腔也成為其重要的組成部分。其中寺廟神會的定期演出，即廟會戲也有稱山會戲，是鄉村中一種最為普遍的大規模祭祀演出，也是秦腔的主要演出形式。

廟宇作為供奉鬼神偶像的處所，往往是祭祀活動的主要場地。因而在中國傳統民間社會中，大多廟宇之中都建設有戲臺，俗稱「廟臺」，由於為常年固定演出場所，也稱為「萬年臺」。多建於各州、府、縣的城隍廟、祠堂、關帝

〔註80〕此言出自陝西民間當地的秦腔諺語。
〔註81〕毛澤東·毛澤東選集：第1卷〔M〕·北京：人民出版社，1966：31。
〔註82〕梁漱溟·中國文化要義〔M〕·上海：上海人民出版社，2005：90～91。
〔註83〕中國戲曲志陝西卷編委會·中國戲曲志陝西卷：第10卷〔M〕·北京：中國 ISBN 中心，1995：114。

廟、火神廟、海神廟與道觀等內部。宋代錢易在《南部新書》中記載道：「長安戲場，多集於慈恩，小者在青龍，其次薦福、保壽」。〔註84〕尤其進入明代，朝廷明令天下之州郡廣立城隍廟，而一般城隍廟都築有戲臺，於是廟宇與戲臺的結合成為了一種正式的建築風格，普遍流行於全國各地，形成了「城隍廟對戲樓」的中國傳統習俗，並在全國各地興起了大建廟臺之風。而發展至清代，廟臺已如星羅棋佈，遍及全國各地。以北方陝西為例，清以前陝西境內共計戲臺三千多個，目前保留下來的有一百三十多個。其中關中地區幾乎村村建有這種「廟臺」，而陝北和陝南各地山區內，也是廟臺所處可見。如陝北的神木縣黑木頭溝，三十公里長，就建有戲臺十五處。綏德僅有幾十戶人家的吉鎮，街東、街西、街南也修有戲臺三座，至今仍保存完好。而南方僅以蘇州市為例，其境內現存戲臺就有十四座之多。〔註85〕這些全國遍及的廟會戲樓成為了廣大鄉村秦腔演出的主要場所。

至明清時期，隨著經濟發展、秦腔的成熟與官方對於儒、道、佛三教的推崇，在全國興起廟臺建設熱潮的同時，秦腔會戲也空前繁盛。明代葉紹袁在其著作《啟禎記聞錄》中言道：明代「唱戲媚神」「此風大熾，城內戲臺相望」。〔註86〕而清代「獲嘉風氣，每村多醵金集會。春秋暇時，必演戲三日，或曰酬神，或曰還願，實則人民娛樂之一種耳」。〔註87〕而往往廟會之上，方圓幾十里群眾彙集，看戲者少則數千，多則數萬，場景極其宏大與壯觀。明代孫龍竹在《元君聖母廟牌樓記》中對這種廟會盛況有所記載：「芝川鎮有廟也，歷年久矣。遠祀孔明，報賽有期。禱祀時，至毓靈、孕秀，……萬盛會眾。」〔註88〕而這些廟會戲一般由當地鄉紳來主持，聘請民間的職業戲班來進行演出，其中演出費用則由當地百姓籌資，商賈與地方政府給予適當的補貼。廟會戲中多有不同習俗，不同規模，所演劇目也有所不同。以陝西關中秦腔廟會戲為例，一般為三天四夜，每天三場，上午一本，下午三折，晚上一本，即兩本捎三折。廟會開始前一晚演出「掛燈戲」，以神戲為首，例如《蟠桃會》《大賜福》《大

〔註84〕〔宋〕錢易・南部新書〔M〕・北京：中華書局，2002：6。
〔註85〕中國戲曲志編輯委員會・中國戲曲志：江蘇卷〔M〕・北京：中國 ISBN 中心，1995：754。
〔註86〕〔明〕葉紹袁・啟禎記聞錄：卷三〔M〕//〔清〕褚民誼・痛史・上海：上海商務印書館，民國初年版：6。
〔註87〕張紫晨・中國民俗與民俗學〔M〕・杭州：浙江人民出版社，1985：284。
〔註88〕王偉偉・秦腔傳播型態探析〔D〕・西安：西北大學，2012：23。

奠酒》《小奠酒》等。接著演出戲班拿手折子戲，其中多有秦腔傳統法文化劇目，如《鍘美案》《法門寺》《十王廟》等。而後第一天為頭會戲，第二天為正會戲，第三天為罷會戲，共演十場。大型廟會戲有演四天五夜或五天六夜甚至十天半月的慣例。其中所演劇目為本戲，主要以具有正面教育意義的秦腔法律文化傳統劇目，其中包公平反冤案戲中的《八件衣》《乾坤鞘》《天仙帕》等為常演劇目。但不同廟會的秦腔演出仍有不同，具體演出慣例詳見表 11。表 11為清明時期（嘉慶以前）關中地區每年不同時期廟會戲演出的一般慣例，從中可以看出秦腔演出的興旺，也揭示出秦腔法律文化鄉里教化的廣泛與穩定。

表 11　明清時期關中地區一年內廟會演出慣例〔註89〕

廟會地點	廟會時間	廟會名稱	廟會演出情況
周至	正月十七日	元宵節	演戲三天三夜
	二月初二	六家村會	
	二月初八、九	東花會	
	二月十五日	紀家村會	
	二月二十七、八日	南關火會、南集賢會	
	三月初一	司竹圍會	
	三月初三	啞柏鎮會	
	三月十五日	西關會	
	三月十八日	臨川寺大會	
	三月二十二日	澗裏堡會	
	三月二十八日	甘河廟大會、中望處會	
	四月初四	南集賢忠貞祠會（皇會）	
	四月初八	鎮會	
	四月十日	焦家鎮廟會	
	十月初十	馬召鎮廟會	
臨潼	正月十四日	新豐會、零口會、馬額廟會	
	正月二十三日	櫟陽會	
	二月十五日	北田廟會	

〔註89〕該表數據主要根據陝西各縣明清時縣志、《敕修陝西通志》、《續修陝西通志稿》、陝西各縣明清廟碑記中的歷史記載歸納總結得出的，但實際情況肯定要更加興旺，很多廟會戲活動並未被書面記載。

二月二十五日	留村會	
三月初三	縣城會	
三月二十八日	斜口修尼廟會	
四月初八	縣城、閻良會	
六月十五日	縣會	
七月十一日	關山會	演出夜戲三日
九月內	北田會	演戲三天三夜
九月內	九月會	
十月三十日	新豐會、交口會、雨金會、油坊會	
十一月初十	縣城會	
十二月初八	交口臘八會	
韓城 正月十四日	元宵節	演戲三日
二月初二	孫真人會	演戲三天三夜
三月初三	娘娘廟會	
清明節	清王廟會、司馬廟會	
三月二十八日	高神殿大會	
四月十五日	東嶽廟大會	
五月十三日	關帝廟會	
五月十八日	城隍廟會	
八月二十日	城隍廟會	演戲自八月初八持續到十月初十
十月初一	八蠟廟大會	演戲三天三夜
十月初十	蘭川德會	
十二月初八	園覺寺大會	
華陰 正月初九	無量佛廟會	
正月十七日	城隍廟會	
三月初八初九	西嶽廟會	演戲二十多天
三月十五日	玉泉院朝山會	演戲三天三夜
三月內	商山四皓廟會	
四月初八	阡村東嶽廟會	
六月十三日	南留村聖母會	
六月二十六日	五方村龍王會	

	七月十五日	八蠟廟會	
	八月初二	南姚村觀音會	
	九月十三日	關帝廟會	
	十月十五日	陽化村關帝廟會	
	十二月十五日	巨靈會	演戲十多天
大荔	正月初九	成家莊會	演戲三天三夜
	二月十五日	太村廟會	
	二月二十五日	白侯屯會	
	三月初三	同堤村會	
	三月二十八日	漢村會	
	四月初一	王馬村會	
	五月十八日	九龍會	
	六月二十八日	堰村會	
	七月七日	馬坊大會	
	七月十一日	龍池村會	
	八月初二	縣會	
	十二月初五	東關會、馮雲廟會	
渭南	三月初三	高村會	
	清明節	縣城清明會、曹村清明會	
	三月十八日	中張村廟會	
	四月初一	白楊寨會	
	四月初八	下邽會	
	四月十日	賀家村會	
	九月十日	崇凝會	
	十月三十日	豐原會	
	十二月初一	縣城會	
	十二月初八	龍背村臘八會	
潼關	正月初九	天神會	
	三月十五日	河壩火神廟會	
	三月二十一日	東山禹王廟會	
	四月初八	大關帝廟會	
	七月十五日	南五莊會	

	八月初八	東街城隍廟會	
	十月初十	玉溪屯會、十五里鋪會、倉村會	
	冬至	冬至會	
華縣	三月初一	西嶽廟會	
	清明節	清明會	
	三月初八、九	西嶽廟會	
	六月十六日	火神會	
	十月十五日	東方朔會	
	十月三十日	西關火神會、高塘會	
	十二月初二	城隍廟會	
涇陽	正月二十三日	文塔寺會	
	二月十五日	藥王會	演戲三天
	三月初八、九	石橋、大安無量佛會	演戲十多天
	四月初八	魯橋顯佑神會	演戲三天三夜
	五月十三日	關帝廟大會	
	七月十五日	厲壇會	
	冬至	冬至會	演戲半月
	十二月初二	白衣觀音會	
乾縣	二月初八、九	薛祿鎮太白會	演戲三天三夜
	三月二十八日	泰山會	
	四月初四	菩薩會	
	四月初八	北頭後村司浪廟會	
	四月十三日	王樂菩薩廟會	
	八月初二	城隍廟會	
	十月初一	城隍廟會	
	冬至	梁子鎮會	
藍田	正月初九	上九會（普化五皇）	
	正月十五日	瘟火會	
	正月十六日	元宵會	
	二月二日	白馬坡會	
	清明節	普化、三里鎮清明會	
	三月初八、九	瘟神會	

	六月十六日	堤牌神會	
	七月二十五日	城隍會	
永壽	正月十七日	上元會	
	三月二十八日	東嶽廟會、城關東嶽廟會	
	八月初二	城隍廟會	
	十月十五日	群神會	
郃陽	四月初八	關帝廟會	
	六月十六日	漢武帝廟會	
	八月初一至十五	東街會	演戲十五天
	八月內	郃陽會	商賈分行演戲
	十月三十日	十月會	演戲三、五天
耀縣	清明節	北五臺百戲會	演戲三天三夜
	三月二十八日	東嶽廟會	
	八月內	城隍廟會、藥王廟會	
	十月三十日	香山會	
鳳縣	正月初九	果老會	
	三月初三	縣會	
	四月初八	平木菩薩會	
	八月初二	城隍廟會	
岐山	二月二十二日	五丈原會	
	三月十五日	周公廟會	
	十月十五日	城隍廟會	
	冬至	鹽店鎮會	
長安	三月二十八日	東嶽廟會	
	六月初一	南五臺大會	
	六月十八、十九日	西五臺會	
	七月二十二日	財神會	
戶縣	四月初四	祖庵鎮重陽宮會、豆村廟會	
	八月初二	城隍廟會	
	十月十五	城隍廟會	

鳳翔	正月初九	瓦廟嶺會	
	正月十七	燈節會	
	三月初八、九	神誕會	
興平	正月十七日	元宵節會	
	三月二十八日	東街會	
	四月初一	西街會、南街會	
三原	正月十七日	燈山會	演戲五、六天
	八月內	八月會	演戲從七月上旬持續到九月上旬
	十二月初八	臘八會	演戲七天
宜君	三月初三	娘娘廟會	演戲三天三夜
	四月初八	大佛寺會	
	八月初二	城隍廟會	
同官	十月十五日	五山神會、山神會	演戲一個月左右
麟游	正月十七	火神會	演戲三天三夜
高陵	冬至	后土會	
白水	正月二十一日	杜康廟會	
富平	三月十五日	鹵泊湖灘會	
淳化	四月內	縣會	
咸陽	三月二十八日	東嶽廟會	演戲五臺
長武	八月初二	城隍廟會	演戲一個多月

　　除了「娛神」的廟會戲外，「娛人」的功能戲也是秦腔鄉里演出中的重要形式。這些秦腔演出大多屬於私人請戲，一般席棚搭設戲臺，延請民間職業戲班演出。其中主要有以祈求平安為目的的「平安戲」，演出劇目以不殺不搶、闔家團圓的內容為主，如《郭艾拜壽》與《大回荊州》等。以慶祝婚事為目的所演出的「婚戲」，多以生旦戲為主，內容則以終成眷屬與夫妻美滿為主，如《蝴蝶杯》《花亭相會》《三戲白牡丹》等。以辦喪事或過三週年為目的而演出的「喪葬戲」，多以悲傷寄託哀思之劇目為主，如《大報仇》《孫夫人祭江》或二十四孝戲等。以慶祝壽辰而演出的「壽戲」，主要演出以團圓與福壽為主要內容的劇目，如《八仙上壽》《大拜壽》《蟠桃會》等。其中劇目多有秦腔傳統法文化劇目。

（二）商會演出

隨著明清時期資本主義萌芽的出現，全國範圍內經濟活動頻繁，商人群體發達，其中逐漸形成了三個主要的商人群體，分別為秦商、晉商與徽商，明代宋應星在《野議·鹽政議》中言道：「商之有本者，大抵屬秦、晉與徽郡三方之」。〔註90〕因此，這三個商人群體在明清時期形成了三足鼎立之勢，支撐著整個中國經濟的資本主義轉向。明代，秦商已經成為中國著名十大商幫之第三，進入清代，秦商足跡已經遍布於全國各地。其中一方面以三原、涇陽為中心，形成了以關中為主體，西北地區與川雲貴藏地區為勢力範圍的商業大本營。另一方面形成北至內蒙古，南至佛山、神州、廣州、上海等地的商業帝國。其經營項目也極其廣泛，涉及鹽、茶、布、木材、糧食與藥材等。而由於經營項目、商品銷售市場、商業活動路線等的共同之處，以及地緣作用與傳統關係，秦商與晉商之間形成了相互聯合，成為了一個商業共同體，被稱為「山陝商人」。明清時期，山陝商人成為了中國商業中的最主要商業群體，幾乎控制著整個中國的經濟命脈。明代楊洵修與徐鑾在其所修的揚州地方志《揚州府志·序》中言道：「揚⋯⋯聚四方之民，新都（徽）為最，關以西（陝）、山右（晉）次之。」〔註91〕清代范承勳等所修《雲南通志》中也言道：「典當業則為陝西、山西幫所開設者。」〔註92〕而隨著這些山陝商人遍布全國的足跡，秦腔作為其「鄉音」也流播至全國各地，形成了以商業活動為前提的特殊教化場域。其中主要的教化場所，是伴隨著山陝商人經濟實力增強，而在全國各地建立起來的商會會館。

商會會館作為地域性商人群體之間的聯絡點，具有聯接情誼、加強合作、相互幫扶與信息交流等作用，不僅有利於地域性商業群體整體的發展，也有利於地域性商業個體的生存，尤其在自身本土地域以外的地區，這種作用尤為突出與重要。如安徽亳州山陝會館《重修大關帝廟碑記》記載道：「首事王壁，朱孔穎，皆籍係西陲，西行於亳，求財謀利，聯袂偕來，丞謀設會館，以為簪蓋之地」。〔註93〕另如山東聊城山陝會館《舊米市街太汾公所碑》中言道：「聊

〔註90〕〔明〕宋應星·宋應星四種·野議〔M〕·明崇禎時期刊本：20。

〔註91〕劉阿津，李剛·千年秦商列傳：宋元明卷〔M〕·西安：西安電子科技大學出版社，2015：24。

〔註92〕李剛·陝西商人研究〔M〕·陝西人民出版社，2005：151。

〔註93〕侯香亭，梅開運·亳州文史資料：第5輯〔M〕·亳州：安徽省亳州市文史資料研究委員會編輯出版，1992：117。

援為營運通衢，南來客船，絡繹不絕，以故吾鄉之商販者雲集，而太汾兩府尤夥，自國朝初康熙年間來者肩踵相接，僑寓旅舍幾不能容，有老成解事者，議立公所，謀之於眾，金曰：『善』，捐釐釀金，購舊家宅一區，因其址而肯修之，號曰『太汾公所』。〔註94〕因此，無論是陝西商人群體，或是山陝商人群體，在全國各地皆以商會會館的建設作為其商業活動的基礎。而隨著明清時期，秦晉商人在全國的閃耀發展，秦晉會館也遍及全國各地，其中全國各地共有陝西會館八十八個，山陝會館一百七十個。〔註95〕秦腔作為「鄉音」，其演出活動成為了實現商會會館價值的一種主要手段，從而戲樓成為了秦晉商會會館建設的必然配備，也成為了一大特色。如北京平陽會館，作為我國現存歷史最早的一座室內劇場，內建設有規模宏偉的會館戲樓。山東聊城的山陝會館內建有三層三間的大規模戲樓，同時配套有可容納千人的觀戲庭院。河南開封的山陝西會館中築有三座戲樓，而漢口山陝會館內更是以「一館多臺」為特色建設有六座戲樓。這些秦晉商會會館不僅具有了本身的商業功能、文化功能，還具有了重要的教化功能。

　　鑒於地緣原因，山陝商業群體具有明確的「關學」背景，如清初山陝商人中的中堅力量三原李家，即指「關學」大家李因篤。因而這種秦腔中「關學」法文化教化功能也成為該群體在商業活動中的一種自覺責任。一方面山陝商人皆以忠義、和諧、民生為宗旨，這種宗旨處處體現在會館戲樓的建築設計之中，如山陝會館一般建有大殿並供奉關帝，因此，山陝會館往往也被民眾稱作關帝廟、山陝廟或關聖宮者。而館內多掛有「履中」「蹈和」「精忠」「大義」等匾額。另一方面山陝商人皆強調「高臺教化」的戲曲觀，如山東聊城山陝會館戲樓內的楹聯所述：「響遏行雲，一曲笙歌欣樂利；歌翻白雪，八方舞蹈荷升平。」而不同於鄉里演出中的鄉村教化場域，由於商業發展的需要，商會會館大多建立在商業發達的省會、府、州、縣城與縣城所在的鎮與普通市鎮，或交通要道、水陸碼頭等地。這使得商會演出更準確地鎖定於以「城市」為核心的教化場域。〔註96〕那麼，會館的秦腔演出作為實現會館「聯接」價值的重要手段，其演出主要存在三大習俗：「迓神麻、聯嘉會、襄

〔註94〕竟放・山陝會館〔M〕・南京：金陵出版社，1997：3。
〔註95〕王俊霞・明清時期山陝商人相互關係研究〔D〕・西安：西北大學，2010：87。
〔註96〕田過龍・明清商業活動與秦腔文化品格的形成〔J〕・中國戲曲學院學報，2017（4）：54。

義舉、篤鄉情」，〔註97〕這表明了會館演出「娛神」「娛人」「繁商」「教化」的具體社會功能。這些多元社會功能，使得會館的秦腔演出在規模與頻次上更為壯觀，從而使秦腔法律文化，有了比鄉里演出更為廣闊的教化場域。

具體從秦腔演出的規模來看，以城市為核心的會館演出，其資金主要來源於山陝商人的資助，資金較之鄉里演出的鄉民籌集要豐厚的多，再加之貿易與祭祀的聯合，演出具有前所未有的宏大的景象。〔註98〕例如山陝會館中多供奉有關羽，一年便會有兩次的盛大的關帝廟會來進行秦腔演出。從演出商會的演出頻次來看，除了「娛神」以外，寄託思想之情的「娛人」，增加貿易機會的「繁商」，與創造良好營商環境的「教化」，都會成為會館秦腔演出的可能，因而演出不像廟會戲一樣受到時間的限制，更為頻繁。如商人自娛、會館建成、逢年過節、宴請賓客、商鋪開張，或者違反行規等都會進行各種秦腔演出，因而會館常常一年四季演出不斷。如成都的山陝會館存在，「秦人會館鐵桅竿，福建山西少者般。更有堂哉難及處，千餘臺戲一年看。」的說法。〔註99〕

而從演出劇目出發，根據目前相關歷史記載，全國各地山陝會館的演出劇目多以秦腔傳統法文化劇目為主，而傳統公案劇目中的平反冤案故事為經常上演劇目。如山東聊城於清乾隆八年起建，並保留至今的山陝會館，其戲樓後臺南、東、北三面牆壁與南北側四壁上留下了許多目前仍清晰可見的墨筆，這些墨蹟都是當時在這裡演出的藝人所留下的，主要記載了自清代道光至民國期間該會館戲樓的演出劇目。根據這些墨蹟記載，該戲樓曾上演過的各種梆子戲劇目150個，其中存在許多秦腔傳統法文化劇目，而常演秦腔傳統公案劇目有《八義圖》《蝴蝶杯》《法門寺》《春秋配》《六人傑》《七人賢》《九蓮燈》等，皆為平反冤案的故事。而在秦腔影響下發展起來的其他梆子戲，演出劇目中也多以傳統公案戲為常演劇目。這些劇目在全國城市場域中的教化，實際上是秦腔法律文化教化的一種擴展與延伸。表12中歸納了山東聊城山陝西會館的具體演出情況。

〔註97〕潮州會館記〔M〕// 彭澤益‧清代工商行業碑文集粹‧鄭州：中州古籍出版社，1997：153。

〔註98〕蘇州歷史博物館編‧明清蘇州工商業碑刻集〔M〕‧南京：江蘇人民出版社，1981：340。

〔註99〕〔清〕吳好山‧成都竹枝辭〔M〕// 林孔翼‧成都竹枝詞‧成都：四川人民出版社，1982：62。

表 12　山東聊城山陝會館戲樓墨蹟中記載的明清時期演出情況

演出時間	演出班社	演出劇種	演出劇目	劇目類型
道光二十五年五月十八日（1845 年 6 月 22 日）	江南三慶班、四喜班	二黃〔註100〕、亂彈	《雲羅山》	秦腔傳統法文化恩怨戲
			《明月樓》	秦腔傳統法文化恩怨戲
			《紅桃山》	水滸戲
道光二十六年六月二十一（1846 年 8 月 21 日）	山西德義班	梆子戲	無記載	無
咸豐二年八月十四（1852 年 9 月 27 日）	河北邱縣四喜班	梆子戲	無記載	無
咸豐三年五月二十五（1853 年 7 月 1 日）	河北連升班	梆子戲	無記載	無
咸豐三年五月二十五（1853 年 7 月 1 日）	河北連升班	梆子戲	無記載	無
咸豐五年正月（1855 年 2 月）	聊城德鳳班	梆子戲	無記載	無
咸豐七年四月初十至十二日（1857 年 5 月 3 日至 5 日）	四喜班	梆子戲	《挑簾裁衣》	水滸戲
			《慶頂珠》	秦腔傳統法文化恩怨戲
咸豐十年（1860 年）	三府五縣子弟班演唱六天，本年在此演出的還有秦和班，三慶班等	梆子戲	無記載	無
同治元年八月初一至初五（1862 年 8 月 25 日至 29 日）	安徽萬慶班	梆子戲	《滿床笏》	秦腔傳統法文化家庭戲
			《雙富貴》	秦腔傳統法文化公案戲
			《萬壽亭》	秦腔傳統法文化家庭戲
			《忠義圖》	秦腔傳統法文化家庭戲

〔註100〕二黃乃「秦聲吹腔古調新聲」，是早期「隴東調」、「西秦腔」在江漢流域的分支，與現稱的梆子秦腔同源異流，也屬於秦腔法律文化的延伸表現。

同治三年正月初一（1864 年 2 月 8 日）	安徽同慶班	梆子戲	《大賜福》	神話戲
			《龍虎鬥》	歷史戲
同治十年（1871 年）	東昌萬慶班	梆子戲	《雲羅山》	秦腔傳統法文化恩怨戲
			《春秋配》	秦腔傳統法文化公案戲
同治十二年八月二十六日至二十八日（1873 年 9 月 28 日至 30 日）	山西澤州府鳳臺縣(今晉城）全盛班	梆子戲	《渭水訪賢》	秦腔傳統法文化恩怨戲
			《鬧妝救青》	歷史戲
			《姑蘇臺》	歷史戲
			《二進宮》	歷史戲
光緒四年十月初六（1878 年 10 月 31 日）	山西太原府平定州全盛班	梆子戲	《一捧雪》	秦腔傳統法文化恩怨戲
			《二進宮》	歷史戲
			《三上殿》	秦腔傳統法文化恩怨戲
			《四才子》	秦腔傳統法文化婚戀戲
			《六人節》	秦腔傳統法文化公案戲
			《七人賢》	秦腔傳統法文化公案戲
			《八仙圖》	秦腔傳統法文化家庭戲
			《九蓮燈》	秦腔傳統法文化公案戲
光緒八年三月十七日（1882 年 5 月 4 日）	喜壽班	梆子戲	無記載	無
光緒十年四月十四（1884 年 5 月 8 日）起	四盛班	梆子戲	《富貴圖》	秦腔傳統法文化家庭戲
			《春秋筆》	秦腔傳統法文化恩怨戲
			《日月圖》	秦腔傳統法文化婚戀戲
			《美人圖》	歷史戲

			《紫金鐲》	秦腔傳統法文化公案戲
			《一捧雪》	秦腔傳統法文化恩怨戲
光緒十一年（1885 年）	山盛班	梆子戲	無記載	無

（三）衝撞州府演出

衝撞州府演出是秦腔演出的一種常見形式，是指秦腔藝人在沒有固定演出場所的前提下，在全國各地到處的流浪演出。這種演出形式往往也被人們稱作「賣藝」或是「跑江湖」。秦腔的最大特點在於民間性，這種民間性不僅表示秦腔是在人民大眾的集體創作所形成的，也表明人民大眾自娛自樂於秦腔之中。因此，秦腔百姓中多有擅長秦腔者，其中不乏優秀者。對於中國傳統社會中大多依靠農耕的百姓而言，往往面臨著自然災害、統治剝削或殘酷戰爭等的折磨，使得生活無以為繼。此時，這種秦腔的「本能」通常成為他們耕種以外的唯一本領，而無成本的「衝撞州府」就成為他們僅有的謀生手段。如明代正德與嘉靖年間，秦腔藝人常常翻山越嶺，到四川綿陽一帶「遊食演出」。有時，對於那些不甘於現有生活，而嚮往更美好生活的人群而言，「衝撞州府」也是一個主要選擇。如歷史記載中，明初生活在陝西三河交匯處窮鄉僻壤地區的秦腔民間藝人，為了改變自己生活的艱難處境，以流浪賣藝的方式將自己推向晉西南的臨汾、蒲州與豫西的靈寶、洛陽一帶的發達城鎮地區。至明中期以後，這種衝撞州府的流浪演出已成為了秦腔藝人演出的一種風尚，而這些民間秦腔藝人的流浪演出，在無意識中不僅促進了秦腔的發展、秦腔的流播，也實現了秦腔法律文化在全國範圍的教化實現。

具體而言，秦腔衝撞州府演出這一概念有狹義與廣義之分。廣義的衝撞州府演出具體包括三種類型：一是民間藝人自發的單獨流浪演出，其中存在以班社形式進行的演出，如明代張誼在《宦遊紀聞》中記載了當時秦腔班社入四川綿州的演出情況：「嘉靖乙丑，有遊食樂工，乘騎者七人，至綿州。……拋戈擲甕，歌喉宛轉，腔調琅然。適余憲副至，舉城市大夫、商賈無不聽悅，以為奇遇，搬做雜劇……作《雞鳴度關》，……」。〔註101〕同時也存在以個人形式進行的演出，如著名秦腔藝人魏長生進京與下江南的獻藝演出。二是民間藝人跟隨軍隊的流浪演出，其中有跟隨官方軍隊的流浪演出，如秦腔的首次入藏，

〔註101〕〔清〕趙吉士・寄園寄所寄：卷五〔M〕・合肥：黃山書社，2008：327。

就是康熙五十七年至雍正六年，清王朝對準噶爾戰事期間同官方部隊中的陝西兵將進入西藏的。還有跟隨農民起義的陝西軍隊在全國各地進行的流浪演出。如清同治五年（1866 年）白顏虎領導的陝西回民起義，軍中就帶有秦腔戲班，經常演出。三是民間藝人跟隨商業群體，背井離鄉的流浪演出。從前面闡述的山東聊城山陝會館戲樓明清時期的演出情況中可以看出，商會會館戲樓往往是這些流浪藝人的演出場所。由於後兩者衝撞州府的演出，分別隸屬於軍隊教化場域與商會教化場域，因而狹義的衝撞州府演出，僅指民間藝人自發的單獨流浪演出。

這些民間藝人自發流浪演出主要目的在於「遊食」，正所謂「走江湖一把傘，只吃沒有攢」。〔註 102〕因此，這些民間藝人的演出場所也相當自由，只要可以滿足謀生的需求，任何地方都可以成為其演出場所。其中既包括城市中高官權貴的庭院、宏偉的會館戲樓與簡潔便利的街頭巷尾，也可以包括鄉村裏的寺廟戲樓與地頭裏的空地或廣場。這些演出場所決定了衝撞州府演出中，教化場域的綜合性與廣泛性，不僅同時包括城市與鄉村這兩大教化場域，還能實現對於傳統社會最高層與最底層對象的教化。但由於這種演出形式的自由化與分散化，大多數演出活動並沒有得到記錄，只有個別演出活動存在相關歷史記載，具體情況如表 13。而根據表 13 所整理的秦腔衝撞州府演出情況，可以看到，其演出劇目幾乎全為秦腔傳統法文化劇目，傳統公案戲為其中主要演出劇目。

表 13　秦腔衝撞州府演出的大致情況

演出時間	演出主體	演出主體出發地	演出地點	演出劇目	劇目類型
金元時期	秦腔戲班	陝西	山西	無記載	無
明中葉	華慶班	陝西周至	江浙一帶	無記載	無
明嘉靖八年（1529 年）	秦腔戲班	陝西	四川	《雞鳴度關》	秦腔傳統歷史戲
清乾隆三十年至三十六年（1765 年～1771 年）	申祥麟	陝西渭南	武漢、山西、湖北	無記載	無

〔註 102〕此言出自陝西民間當地的秦腔諺語。

乾隆四十年 （1775 年）	岳色子	陝西長安	浙江	無記載	無
清乾隆四十一年 （1776 年）	姚瑣兒	陝西周至	陝西西安江東班	無記載	無
清乾隆四十四年 （1779 年）	魏長生	陝西西安	北京雙慶班	《滾樓》	秦腔傳統法文化婚戀戲
清乾隆四十八年 （1783 年）	魏長生	陝西西安	浙江	《滾樓》	秦腔傳統法文化婚戀戲
				《背娃進府》	秦腔傳統法文化恩怨戲
				《倪俊烤火》	秦腔傳統法文化公案戲
				《香聯串》	秦腔傳統法文化婚戀戲
清乾隆五十六年 （1791 年）	祥麟班	陝西	廣州	無記載	無
清光緒十六年 （1890 年）	吳占鱉	陝西寶雞	新疆	《花亭相會》	秦腔傳統法文化公案戲
				《走雪》	秦腔傳統法文化公案戲
				《玉堂春》	秦腔傳統法文化公案戲
				《三娘教子》	秦腔傳統法文化家庭戲
清光緒十七年 （1891 年）	黨甘亭	陝西三原	陝西三原	《玉虎墜》	秦腔傳統法文化公案戲
清光緒十九年 （1893 年）	大盛班	陝西長安	青海西寧	《鐵蓮花》	秦腔傳統法文化公案戲
				《八義圖》	秦腔傳統法文化公案戲
				《臨潼山》	秦腔傳統歷史戲
				《出棠邑》	秦腔傳統歷史戲

清光緒二十三年（1897 年）	王德元	陝西大荔	陝西渭南、大荔、朝邑	《漁家樂》	秦腔傳統法文化恩怨戲
				《石佛口》	秦腔傳統歷史戲
				《殺狗》	秦腔傳統法文化家庭戲
清光緒三十二年（1906 年）	王謀兒、李桂亭	陝西渭南	北京	《斬韓信》	秦腔傳統歷史戲
				《轅門斬子》	秦腔傳統歷史戲
				《十道本》	秦腔傳統歷史戲
清宣統二年（1910 年）	張新春	陝西渭南	青海西寧	《火牛陣》	秦腔傳統歷史戲
				《大劈棺》	秦腔傳統法文化家庭戲
				《春秋筆》	秦腔傳統法文化恩怨戲

二、針對官方群體的教化場域

　　與以往儒家教化有所不同,「關學」教化的最大特點為「躬行教化」,這種「躬行」率先要求對於官方權力群體的教化,在這種教化的作用下形成社會上層的表率作用,從而進一步推進對於民間群體的教化,最終實現對於整個社會的教化。官方群體作為教化對象主要存在士人、軍人與皇親國戚三個類型,分別對應著官家演出、軍隊演出與宮廷演出三種教化場域。秦腔雖然產生於民間群體之間,是老百姓自娛自樂的一種方式,但作為一種「鄉音」,秦腔首先受到了陝西境內文人與鄉紳的關注與喜愛,其中許多文人與鄉紳也都具有官家背景,或是出身官宦之家學子,或是即將為官讀書人,或是致仕歸鄉的老者,或是政治失意的官吏,他們皆以寄情山水與「自比俳優」為時尚。而在這一時尚的驅動下,一方面使秦腔具有了理性的「關學」精神,這種理性精神不僅提高了秦腔的藝術價值,也使秦腔這種俗文化逐漸具有了「雅」性,成為了具有「雅俗共賞」價值的藝術形態。另一方面擴展了秦腔的演出場域,使秦腔不僅在民間擴大了影響,還使其成為了官吏群體的追求風尚。鑒於秦腔逐漸形成的這種理性化與擴展化,增強了秦腔向外的溢出性,不僅溢出於原有地域,更溢

出於原有群體，最終通過宮廷演出這一最高級別的教化場域，實現對於「皇權」群體的教化。而在這個過程中，秦腔以「鄉音」的形式在軍隊中的演出，不僅滿足了軍人群體對於思鄉之情的寄託，還形成了軍隊中的教化場域，實現了對於軍人群體的教化。同時，隨著士人群體與軍人群體的流動，秦腔的溢出得以實現，秦腔法律文化的教化場域得以擴展至全國。

（一）官家演出

　　士人作為中國傳統社會中的知識分子，其來源主要有文人、鄉紳與官員。其中文人為還未取得功名的讀書人，但是這些文人要麼出生官宦之家，要麼具有「秀才」等特殊身份，是一支準官員隊伍，在傳統社會中享有一定的權力。鄉紳則是由科舉及第未仕與落第的士子、退休回鄉與長期賦閒居鄉養病的官吏、當地有知識的地主等所構成的群體，而這一群體在傳統社會中同樣具有一定的權力。至於士人中的官員，則是權力集團中的核心，享有絕對的國家權力。因此，士人屬於傳統社會中的統治階級，是相對於秦腔法律文化教化民間群體的社會上層群體，具備「躬行」的身份與能力。那麼，針對士人所進行的官家演出，是秦腔法律文化教化的主要場域。官家演出中主要存在兩種演出形式：一是士人參與的民間演出活動，二是士人自己組織的演出活動。

　　無論在鄉里廟會的活動之中，還是商會的大型活動之中，一般都需要當地軍政要員與縉紳頭面人物出席。因此，多有士人關於此類活動的詩詞作品，如道光《沁陽縣志》中記載了當時河南沁陽知縣倪進明，在觀看關帝廟會後賦詩的情況，其詩言道：「千年廣廈群迴廊，百貨喧陳大會場。自惜祠基傳水府，於今廟貌壯西商，攤錢估客居成肆，入市遊人樂列行。最是城西逢九月，開棚幾日醉梨殤。」〔註103〕這些特殊的參與者一般不僅享有最好的觀戲待遇，甚至還享有「點戲」的特權，即在戲班班主所提供的戲碼單上選擇上演劇目的權力。根據相關記載，關中地區的王九思、張附翱、喬世寧、王三聘、胡蒙溪、韓邦奇、韓邦靖、何棟、胡纘宗、王元壽、王無功、馬理、呂涇野、屈復、王承裕、劉天虞、趙時春、羅燃登、李灝、馬汝驥、趙邦靖、王維楨，他們在歸田後的日子都要大量「逛廟會」的經歷。而往往在這些看戲之中，一些士人與伶人之間結下了深厚的友誼，不僅進一步促進了秦腔的理性化，還使秦腔在士人群體中產生了更為重要影響。如王蘭卿在民間演出中與康海的結識，而魏長

〔註103〕劉文峰．志文齋劇學考論〔M〕．北京：中國文聯出版社，2014：262。

生在他一生的演出中結識了許多達官貴人與文人墨客，其中既包括朝廷官員李調元、袁枚、趙翼、阮元，也包括著名學者焦循、李斗等。那麼，在這種民間群體的教化場域中就無形中形成了一種特殊的官家演出形式，實現了對於傳統社會中知識分子的教化。

在民間教化場域之外，士人群體還通過自己的組織方式促成了秦腔的演出，形成了另一種官家演出的教化場域，即庭院寄情的纏頭演出。這些士人有的出於自娛自樂，有的出於婚喪嫁娶等習俗需求，有的則出於顯貴炫富，往往在官府或私人府邸內進行專場演出的堂會戲。尤其在秦腔演出中「堂會戲」成為了一種演出習俗，在關中一帶尤甚。〔註104〕如乾隆三十六年（1771年）秦腔藝人申祥麟在沈竹坪觀察衙門中的演出，乾隆四十三年（1778年）秦腔藝人曹二虎在宋慎亭臬使府的演出。這種堂會演出中，一般是通過聘請民間班社來進行演出，但有些士人則會通過成立自己的家班來進行演出。如前述，明代康海與王九思都擁有自己陣勢強大的家班，清代周至舉人李炳南也創建了秦腔班社鴻盛班，而在陝西出任巡撫十四年的畢沅也擁有自己的秦腔家班。而這種庭院寄情的纏頭秦腔演出，在士人當中極其興旺，王九思不僅經常性以自己家班為主體來進行堂會演出，而且經常延攬當地藝人，在自己家裏舉辦飲宴，進行演出。明代撫陝客陝的不少士人，如謝茂秦、王世懋、常倫大都在庭堂內經常進行秦腔堂會演出。到了明末清初，此風只增不減，正如明末清初詩人錢謙益所言：「許宗魯，家本秦人，承康王之流風，罷官家居，日召故人，置酒賦詩，時時作金元詞曲，無夕不縱倡樂。關中何棟、西蜀楊石浸淫成俗。熙熙樂事，至今士大夫猶豔稱之。」〔註105〕根據《秦雲擷英小譜》記載，至清代中葉，在當時的陝西官場已經形成一個以畢沅幕府為核心，各州縣官署為點的官員幕府觀演秦腔的戲曲文化網絡。〔註106〕這些官家演出中，也多以秦腔傳統法文化劇目為主，尤其能滿足士人群體「清官」情節的公案戲最受歡迎。而隨著官、紳、富裕文人間的攀比成風，清末「堂會戲」便走出官家庭院，在公館之搭臺演戲，這與民間群體的教化場域產生了耦合，增強了教化的效力。

〔註104〕「堂會戲」是指由個人出資邀請藝人或自己成立家班，來專門為自己家進行演出的習俗。一般會在過年過節、家逢喜事、或特殊的日子舉辦，來招待親朋好友，顯示財力與或炫耀實力。

〔註105〕〔清〕錢謙益·列朝詩集小傳〔M〕·上海：上海古籍出版社，2008：36。

〔註106〕陳志勇·畢沅幕府與清中葉西安的秦腔秦伶〔J〕·戲劇藝術，2020（1）：67。

（二）軍隊演出

在秦腔向全國進行流播的過程中，軍隊的流動起著關鍵的作用，民間藝人或是軍中的秦腔演唱者跟隨軍隊的移動，將秦腔傳播至全國各地。在此過程中擴展了秦腔法律文化教化場域的同時，也在軍隊內部，針對軍人群體形成了一個特殊的教化場域。秦腔與軍隊之間這種密切的關係也在《秦雲擷英小譜》中得到了印證，正所謂：「秦聲激越，多殺伐之聲。」「秦腔為人心不靜之機」，秦腔成為了傳統社會中的軍隊之聲。〔註107〕而秦腔法律文化不僅對官方軍隊產生過重要的影響，也對農民起義的軍隊產生了重要的影響。這種影響主要從陝西籍的軍人群體中散播開來。上古時期，關中地區就扮演了政治核心的角色，在這一大背景下，關中自然擁有當時的核心軍事力量，這種核心一直到秦始皇統一六國達到一個高潮，陝西軍隊成為中國古代軍隊的核心力量，一直延續至唐代。即使宋代以後，政治中心向南移動，陝西軍隊仍為全國精士健馬的集中地。陝西軍隊在全國軍隊中的這種影響力，也決定了秦腔法律文化對於整個軍隊的教化可能。也正是因為陝西「精士健馬」的軍事條件，陝西歷來也是農民起義的多發之地，自漢代黃巾軍、隋代瓦崗寨、唐代黃巢、元代紅巾軍，一直到明代李自成，以及從宋代延續至清代的白蓮教，都是出自陝西「軍隊」的農民起義。而秦腔作為「鄉音」，成為了這些軍隊所必不可少的部分。而這些軍隊中常常會進行各種規模的秦腔演出，有的是軍人之間的閒暇娛樂，有的則是官員主持的正式性演出。

表14　明清時期農民起義軍隊中秦腔演出的大致情況

演出時間	演出地點	演出劇種	演出劇目	劇目類型	演出部隊	演出原因	演出形式	部隊性質
明末清初	沿途（全國南北各地）	秦腔	無記載	無	李自成所領導的農民起義軍	寄情、娛樂、慶祝、宣傳、慰勞	部隊攜帶戲班演出	農民起義部隊
明崇禎十三年（1640年）	安徽、四川	秦腔	無記載	無	張獻忠領導的農民起義軍	慶祝壽辰	部隊攜帶伶人演出	

〔註107〕〔清〕葉德輝‧秦雲擷英小譜〔M〕// 陝西省藝術研究所編輯部‧秦腔研究論著選‧西安：陝西人民出版社，1983：165。

明崇禎十七年（1644年）	陝西、河北	秦腔	無記載	無	李自成所領導的農民起義軍	慰勞慶祝	部隊攜帶戲班演出
明崇禎十七年（1644年）	山西	秦腔	無記載	無	李自成所領導的農民起義軍	慶祝勝利	軍隊自組戲班演出
明崇禎十七年（1644年）	北京	秦腔	無記載	無	李自成所領導的農民起義軍	慶祝勝利	部隊攜帶戲班演出
清順治六年（1649年）	昆明	秦腔	無記載	無	李定國、劉文秀、艾能奇、孫可望領導的大西軍	節日慶祝	各地戲班
順治十六年（1659年）	四川	秦腔	無記錄	無	楊國民領導的農民起義軍	宴請招待	各地班社
同治五年（1866年）	陝西、甘肅	秦腔	無記載	無	白顏虎領導的陝西回民起義軍	寄情娛樂	部隊攜帶戲班演出

　　表 14 與表 15 中分別列出了目前現有歷史記載中，一些官方部隊與農民起義部隊的具體演出情況。這些演出情況大部分是關於部隊流動過程中的秦腔演出，主要在於表明秦腔的流播情況，因而這些歷史記載所呈現的只是軍隊秦腔演出的一小部分。實際上，軍隊中的秦腔演出要豐富得多。關於軍隊秦腔演出的記載，最早開始於明末清初的農民起義軍隊，主要以李自成與張獻忠所領導的軍隊為核心。首先這些農民起義的組成從領導到士兵大部分為陝西地區的農民，日常鄉里頻繁的廟會戲，已經使得秦腔藝術成為這些軍人生活中，必不可少的一部分。其次這些農民起義的領導人中，很多是出身於陝西民間藝術行列的，本身就對秦腔等藝術表演有著天然的喜愛之情，如李自成本身就出生在一個陝西「樂戶」家庭，從小就跟隨父母學習與演出秦腔。因此，李自成與張獻忠的軍隊之中都攜帶有秦腔藝人或是戲班，甚至自己在軍中還會專門設立戲班。

　　這些藝人與戲班在追隨軍隊的過程，會展開沿途隨時隨地的演出，或是正式的戲樓演出，或是隨軍演唱。清代吳偉業在其撰寫的明末農民戰爭史書《綏

寇紀略》中記載道：李自成的部隊「車優與女陬常在帳中供奉。」〔註 108〕興安李公祠與祁州關帝廟，都有過李自成軍隊沿途演出的歷史記載。而根據清代鄭達在《野史無文》中的記載，張獻忠所領導的軍隊，也常常是「唱戲歡飲」，並按照一般鄉里習俗一唱就是三天三夜。〔註 109〕在這些興旺的秦腔演出中，軍隊中不安的思鄉之情得以寄託，枯燥的戰爭生活得以舒緩，戰爭勝利的快樂得以抒發，最關鍵的在於這些演出可以鼓舞軍隊的整體氣勢，為後面的戰爭鋪墊勝利的希望與可能。

表 15　明清時期官方軍隊中秦腔演出的大致情況

演出時間	演出地點	演出劇種	演出伶人 / 班社	演出劇目	劇目類型	演出部隊	流播原因	演出形式	部隊性質
康熙五十七年（1719 年）	西藏	秦腔	軍中業餘愛好者	無記載	無	色楞、延信等所率清軍	平定準噶爾之亂	士兵自娛自樂演出	官方部隊
雍正二年（1724 年）	青海	秦腔	金環	無記載	無	年羹堯、岳鍾琪所率清軍	平定羅蔔藏丹津之亂	部隊攜帶戲班演出	
雍正七年（1729 年）	西藏〔註 110〕	秦腔	所轄軍隊中能唱者	無記載	無	周瑛所轄駐藏清軍	駐守西藏	軍隊自組戲班演出	
乾隆三十六年（1771 年）	西藏〔註 111〕	秦腔	華慶班	《泗洲》《降鼠》《收三霄》《水漫金山》《跑馬》《打秋》等	家庭戲、恩怨戲等	陝西赴金清軍	伶人隨軍入疆演出	班社隨軍入藏演出	

〔註 108〕〔清〕吳偉業‧綏寇紀略〔M〕‧上海：上海商務印書館，1937：178。

〔註 109〕〔清〕鄭達‧野史無文〔M〕// 孔昭明‧臺灣文獻史料叢刊：第 5 輯‧臺灣：臺灣大通書局，1987：198。

〔註 110〕大小金川今屬於四川省地，根據《西藏志》所載，在清代以前，長期被認為是西藏的地方。

〔註 111〕大小金川今屬於四川省地，根據《西藏志》所載，在清代以前，長期被認為是西藏的地方。

乾隆三十六年（1771年）	西藏	秦腔	張銀花	無記錄	無	陝西赴金清軍	伶人隨軍入疆演出	伶人隨軍入藏演出
乾隆五十三年（1788年）	西藏	秦腔	所轄軍隊中能唱者	無記載	無	慶麟所轄駐藏清軍	駐守西藏	軍隊自組戲班演出
光緒元年（1875年）	新疆	秦腔	秦腔伶人	無記載	無	左宗棠所率清軍	平定阿古柏叛亂	伶人隨軍入疆演出
光緒三十三年（1907年）	西藏	秦腔	秦腔戲班	《五典坡》等	家庭戲等	趙爾豐所帥清軍	駐守西藏	部隊攜帶戲班演出
宣統三年（1911年）	甘肅	秦腔	常俊德	《春秋筆》《寧武關》《草橋關》等	恩怨戲等	張兆鉀所轄部隊	甘肅本地部隊	軍隊組織戲班演出

　　而官方軍隊的秦腔演出，實際上也比表 15 中所歸納的歷史記載要豐富得多。明末清初的農民起義中，來自陝西的農民成為了起義的核心力量，李自成與張獻忠所分別領導的大順軍與大西軍中陝西官兵佔有絕對數量。這使秦腔成為軍隊「軍樂」的必然，而隨著戰爭的爆發到結束，在這整個過程中，陝西軍人之中逐漸形成了以秦腔為伴的軍隊演出習俗。雖然最終李自成所領導的農民起義以失敗告終，但這種陝西軍隊的秦腔演出習俗卻到了保留，並延續在官方的陝西軍隊之中。

　　因此，陝西清軍常常好秦腔之風，並經常組織演出，極其頻繁。在清初康熙五十七年（1719 年）至雍正六年（1728 年），清廷平定蒙古族準噶爾的戰事中，先後派遣色楞、延信等帶兵進藏對準噶爾用兵。〔註 112〕而根據清《世宗實錄》卷 75 載雍正六年辦理藏務吏部尚書查部阿等向清室的留軍摺奏中記載，這次進藏兵丁中以陝西兵最多，達八千多人，幾乎是整個部隊的一半。戰後留藏的兩千名兵丁中，一千為陝西兵。〔註 113〕這些陝西士兵承襲了軍中以秦腔演出為伴的演出習俗，頻繁地在戰事方休，閒駐期間在軍中組織秦腔演出。由

〔註 112〕 楊志烈．秦腔入藏史中國戲劇家協會西藏自治區分會出版（內部發行）〔M〕．拉薩：中國戲劇家協會西藏自治區分會出版，1984：4。
〔註 113〕 楊志烈．秦腔入藏史中國戲劇家協會西藏自治區分會出版（內部發行）〔M〕．拉薩：中國戲劇家協會西藏自治區分會出版，1984：6。

於這種演出之風的盛行，導致軍容有失，訓練有鬆，致使清廷以軍隊「禁戲」
來進行干預，甚至有關官員被依法罪責。如駐藏鑾儀使周瑛最終因在軍中攢湊
戲班，組織秦腔演出而被罷官，由此可見當時軍中秦腔演出之興旺。但即便如
此，仍無法阻止軍中秦腔演出之習俗，在此次罷官之後仍有官兵演出秦腔而被
追責之記錄，如乾隆皇帝竟於五十三年，兩日內連發兩道諭旨職責駐藏大臣慶
麟組織班社演出秦腔之事。

　　而後鑒於這種演出習俗有利於軍隊之建設與發展，不但不再禁止，還為朝
廷所主動認可與支持。清光緒三十四年（1908年），漢軍正蘭旗人趙爾豐被任
命為駐藏大臣，為安撫軍心與民心，在部隊中組織地方戲班經常進行秦腔演
出。〔註114〕而這種秦腔的軍中演出習俗，也在其他存在陝西兵丁的部隊中得
以延續，並影響著來自其他地方的兵丁，如歷史記載中進入青海與新疆的部
隊。

　　關於明清時期軍中演出之秦腔劇目，雖然只有一些零星的歷史記載，但鑒
於秦腔在軍隊演出中的目的，可以知曉其演出劇目中應多為當時陝西本地所
流行之經典劇目，從而能夠產生一種情感共鳴。而從上文秦腔發展歷史中可以
得知，這些劇目中大多為秦腔傳統法文化劇目。其中對於明末清初的農民軍隊
而言，應該主要以明末清初之秦腔流行劇目為演出核心，其中大致包括家庭戲
《五典坡》與《合鳳裙》；公案戲《賽琵琶》（後稱為《鍘美案》）《白汗衫》；
恩怨戲《碧霞宮》等。對於清初至清末的官方軍隊而言，除了記載中的家庭戲
與恩怨戲以外，當時所流行之李桂芳公案劇目、無名氏之「三珠一墜一寺」與
「三打一破」也必然是其演出之重要劇目。在這些演出之中，必然形成圍繞軍
人群體的秦腔法律文化教化場域，而這些教化也使得整個軍隊具有更強的紀
律性與穩定性。

（三）宮廷演出

　　隨著秦腔的發展與繁盛，至明清時期，作為一種流行的劇種，必然會在宮
廷戲曲演出中佔有一席之地，從而在「皇權」層面形成一定的教化場域。而關
於秦腔與「皇權」的最早記錄始於明初之時，明洪武十一年（1378年）秦王朱
棟來陝，帶所賜詞曲雜劇一千七百本，建皇城，設教坊，演戲作，此時起西安
明秦王府不斷選民間秦腔戲班，進府演唱。至明中期，明宮中教坊的主管人員

〔註114〕楊志烈·秦腔入藏史中國戲劇家協會西藏自治區分會出版（內部發行）〔M〕·
　　　　拉薩：中國戲劇家協會西藏自治區分會出版，1984：16。

長期為陝西人，如明成祖朱棣的老師正是陝西人康海的高祖康汝楫，主要負責為朱棣管理戲曲。另有宦官劉瑾，充當皇宮教坊總管幾十年，在此期間為了討得明武宗寵愛，專注於為其挑選優秀的藝術表演人員，鑒於自己的陝西背景，其所選藝人中多為善於秦聲的陝西人，因而宮中經常有關於秦腔的演出。而在劉瑾這樣的秦腔氛圍引導下，明武宗也多喜秦腔，索秦聲女樂劉美人入宮，打破明初立下的內廷不用女樂的規矩。〔註115〕而明代末年，則有地方戲班進宮演出的記錄，西安秦王府選取《五典坡》一劇，進京為崇禎之母祝壽演出。但整個明代時期，秦腔的宮廷演出還處於比較模糊與分散的狀態，秦腔此時的主場主要還在民間，宮廷中仍以雜劇與傳奇為演出核心劇種。而隨著商業、戰爭與秦腔理性化的不斷發展，至清中期，魏長生在京城所引起的秦腔轟動，徹底使秦腔入駐清朝內廷演出之內，同時也將具有「關學」法文化精神扎根於「皇權」之中。

　　清中葉秦腔在京城劇壇大放異彩，內廷管理戲曲的機構南府及其後的昇平署關注到此新動向，將秦腔引入宮廷演出。〔註116〕此後，秦腔則以「侉戲」之名字，於乾隆年間便開始在皇宮內廷戲臺開始上演。在清代南府總管的奏摺中曾經有弋腔、崑腔、侉腔三者並列的記載，這說明了當時秦腔在宮廷演出中的鼎立之勢。〔註117〕由於清代宮廷整體空前規模的演戲場面，「侉戲」作為其中一個重要組成部分，其演出也異常的興旺。如乾隆五十五年（1790年），乾隆為自己做舉辦了一生中最為隆重的八十歲壽辰慶典。《乾隆朝上諭檔》中記載，七月初七日到八月二十一日的四十四天內，共演戲二十天，分別在紫禁城的寧壽宮大戲臺、圓明園的同樂園大戲臺等設有演出地點。其中，浙江鹽務官員承辦乾隆八十壽辰祝壽「皇會」，總督伍拉納命徵余老四所營、以高朗亭為臺柱的三慶班進京獻藝。而高朗亭亦擅秦腔，因而《揚州畫舫錄》卷五稱：「高朗亭入京師，以安慶花部，合京、秦兩腔，名其班曰三慶」。〔註118〕嘉慶十年（1805年）十一月二十三日《旨意檔》記載內廷搬演過《雙麒麟》，該戲為秦腔名伶魏長生徒弟陳銀兒拿手好戲。道光五年（1825年）七月十五日《恩賞檔》記載，中元節道光賞儀親王及群臣聽戲，搬演「侉戲」《賈家樓》。至咸豐

〔註115〕李真瑜・明代宮廷戲劇史〔M〕・北京：紫禁城出版社，2010：109～114。
〔註116〕陳志勇・清中葉梆子戲的宮內演出與宮外禁令——從內廷檔案中的「侉戲」史料談起〔J〕・文藝研究，2019（9）：89。
〔註117〕南府是承應清代內廷演戲和演樂的重要機構。
〔註118〕〔清〕李斗・揚州畫舫錄〔M〕・北京：中華書局，1960：130。

年間，由於咸豐「酷嗜俗樂」，大量招選民間藝人入宮，這使宮廷之中以秦腔
為代表的亂彈藝人數量大量增加，秦腔演出也較之以往更為突出。根據相關記
載，咸豐二年（1852 年）七月十六日同樂園演出有「侉戲」《奇雙會》，咸豐二
年（1852 年）十月十五日，重華宮演出「侉戲」《打櫻桃》，咸豐三年（1853
年）正月初十日金昭玉粹承應有「侉戲」《打麵缸》等。而光緒年間，隨著宮
中民間「侉戲」藝人數量的進一步增加，「侉戲」演出劇目也豐富起來。

　　光緒二十二年（1896 年），一份宮廷民間藝人向昇平署上交的劇目記錄中
記載到：初九日交《樊江關》《孝感天》《灑金橋》，初十日交《雙包案》《御林
郡》，十一日交《翠屏山》《御林郡》《虎鬥》，十二日交《捉放》《摘纓會》《拾
鐲》，十三日交《捉放》《定軍山》《戰太平》，十四日交《采石磯》《雙包案》
《魚腸劍》，十五日交《烏龍院》《失街亭》，十七日交《虹霓關》《盜魂鈴》，
十八日交《青石山》《馬上緣》《回龍閣》，十九日交《樊城昭關》《天齊廟》《雪
杯園》，二十日交《荷珠配》《審頭刺湯》，二十一日交《翠屏山》《取滎陽》，
二十二日交《鍘包勉》《賣馬》，二十三日交《取洛陽》《鍘美案》。〔註119〕其
中共有劇目 29 個，其中秦腔傳統法律文化劇目為 7 個。至宣統年間，宮廷「侉
戲」劇目總共 291 中，其中大部分秦腔傳統法文化劇目，常演公案戲有《紫霞
宮》《打麵缸》《宇宙鋒》《法門寺》《鍘美案》等。而宮廷之外的各地王爺府邸
中，秦腔的演出也是絡繹不絕，如光緒三十二年（1906 年），秦腔藝人白長命
入京，搭六王爺府班演出，其演出劇目有《鍘美案》《回荊州》《玉虎墜》《興
漢圖》《白蛇傳》等，其中主要為秦腔傳統公案戲中的平反冤案故事。

　　此外，少數民族的政權核心群體中也多有流行秦腔的歷史記載，其中以蒙
古地區最為突出。清中葉，乾隆年間，內蒙古王府蓄養戲班之風盛行。其中東
土默特旗王府的慶和班、喀喇沁旗王府的三義班和巴林旗王府的雙盛班以演
出秦腔而出名，並曾經進京為乾隆獻藝。其餘相關記載如，光緒九年（1883 年）
冬，內蒙古阿拉善旗王爺塔旺布日格吉派人從綏遠將梆子演員小十二紅等劫
持到定遠營（今巴音浩特），入王府戲班。光緒十年（1884 年）蒙古喀喇沁旗
第十一代王爺旺都特那木濟勒，建立王府戲班，演出梆子腔和皮簧腔。光緒十
七年（1891 年）蒙古翁牛特旗札薩克多勒杜陵郡王贊巴勒諾爾布，亦建立王
府戲班，演出梆子腔和皮簧腔。這些少數民族政權統治群體中的秦腔流行，成
為秦腔法律文化「皇權」場域中的一個重要分支，呈現出秦腔廣泛流播下，秦

〔註119〕楊連啟．清代宮廷演劇史〔M〕．北京：文化藝術出版社，2017：282。

腔法律文化教化突破時間與空間的廣泛性與有效性。

　　秦腔法律文化，在「皇權」中所形成的場域不同於其他場域的單向接受性，更多所展現的是一種雙向的接受與利用。尤其清政府作為一個少數民族政權，統治者深切地意識到文治在鞏固自己政權方面的價值，不僅在宮廷之中的戲曲演出中要求以「忠孝」思想為核心主題，還對民間戲曲演出中不符合該主題的戲曲大肆禁止，而秦腔最初也曾因為多有「淫穢之詞」而遭到禁止。如乾隆於五十年（1785 年）下令：「（京師）城外戲班，除崑、弋兩腔仍聽其演唱外，其秦腔戲班，交步兵統領五城出示禁止。現在本班戲子概令改歸崑、弋兩腔，如不願者聽其另謀生理。倘有怙惡不遵者，交該衙門查拿懲治，遞解回籍。」〔註120〕在此後，在一系列「關學」劇作家的努力下，秦腔劇目越來越理性地朝向關學獨特的「善惡」「正義」「禮法」等主題轉變。秦腔中大量經典「關學」法文化劇目，如「四山」「四柱」「四袍」「三珠一墜」「江湖十八本」「上八本」「中八本」「下八本」等都是這一時期所創作出來。而現存秦腔傳統劇目五十多種中的絕大部分，都是這個時期的創作與改編地。因此，「皇權」教化場域中延伸出來的這些法律規定，也在一定程度上進步加速了的社會教化功能。而隨著秦腔的這一轉變，秦腔不再遭到禁止。嘉慶於四年（1799 年），下達的有關戲曲的禁令中，再未提及對秦腔的禁止。此後秦腔法律文化，進一步在社會治理中發揮著更為重要的作用。

　　秦腔萌芽於上古時期的秦地，成熟於明代的關中地區。自此後，迅速成熟與傳播開來，並在陝西境內形成四路風格，清代時已傳播至西北五省。而後伴隨著農民起義的鋪墊與商業的發展的刺激，秦腔進一步向全國發展至京、津、冀、魯、豫、皖、浙、贛、湘、鄂、粵、桂、川、滇等地區。清末，秦腔又再次回歸為西北地區的地方劇種。而後在以易俗社與陝甘寧邊區民眾劇團分別為首的兩次秦腔改革運動中，秦腔得以傳播發展至今。秦腔法律文化也在這個秦腔傳播的時空布局中也得以傳播至全國。並且通過優秀藝人、班社與秦腔熱愛者對於秦腔藝術的貢獻而得以傳承下來，並在這種傳承中不斷發揮著寓教於樂的特有社會教化功能。而秦腔法律文化的教化歷史、教化對象與教化形式等對當代法治建設有著重要的意義。其中不僅存在著寶貴的原始教化資源，同時也存在著重要的現實教化基礎，值得我們思考與挖掘。

〔註120〕沈雲龍・近代中國史料叢刊三編：第 692 冊〔M〕・文海出版社，1973：2146。

第五章 結 語

　　秦腔作為中華民族的「根文化」之一，其整個生命過程不僅展現了中國戲曲整體的發展脈絡，也蘊涵著中華民族的文化全景。其中，秦腔的法文化形態從未得到關注，但卻是一種更具現實性價值的秦腔解讀方法。這一視角的引入能夠更深層次地發掘出秦腔的法治資源，在實現當代法治構建意義的前提下，實現秦腔本身的當代轉型。因此，從現實層面出發，秦腔法律文化研究既是一種全新的範式，也是一種必然趨勢。

　　從秦腔法律文化的概念出發，秦腔法律文化不是一個隨意提出的概念，它是秦腔、法文化、秦腔與法文化中原本就存在的一種必然邏輯，這一邏輯在以往中國歷史中以無意識的方式，推動著秦腔的發展，也助力於法治的發展。而隨著中國當代法治建設與秦腔自身復興的雙重需求，秦腔法律文化研究這一隱性邏輯應被明確地提出與完善。目前，秦腔法律文化研究還處在萌芽階段，一是研究內容分散，缺乏獨立明確的研究成果；二是研究視域過於狹隘，僅圍繞傳統文本展開，並未涉及秦腔中的其他藝術形式，例如服裝、臉譜、道具等。而這些藝術形式中也蘊含著豐富的法治資源，有待進一步發掘；三是研究群體單一化，關於秦腔法律文化的分散思考主要來源於文學專業的學者，是其本學科研究中偶然形成的。還沒有法學專業的學者發起關於秦腔法律文化的思考，而秦腔法律文化的研究則需要來自法學、文學、藝術等多學科的交叉合力來完成。

　　而從秦腔法律文化的內容出發，秦腔法律文化不是一個簡單的問題，它是一個宏大的、複雜的、系統的研究領域，這一研究領域是由秦腔本身的悠久性、豐富性、多元性所決定的。關於這一問題的研究，不能單純的依靠於法學的研

究範式，也不能完全借用於秦腔的理論，需要建立在對這兩個學科進行梳理、比較、選擇與融合的基礎上。從研究材料、研究方法、研究路徑等多個方面，構建出屬於秦腔法律文化研究的特有理論框架。然後在這種理論框架內，以不同階段與不同類型展開秦腔法律文化的詳細研究，從古代階段、近代階段、現代階段，到當代階段，從婚戀法文化、家庭法文化、恩怨法文化，到公案法文化，深層挖掘不同時期，不同形態秦腔法律文化的具體蘊涵，形成系統的理論成果。

　　戲曲是中國特有的藝術形式，是中華民族的文化符號。在過去它是老百姓的全部生活，在當代它是老百姓的民族自信。秦腔作為中國戲曲史上曾經紅極一時的一個劇種，具有更為深刻的符號價值。秦腔不僅是西北五省人們生活的主要組成部分，也曾是全國人們生活的組成部分。雖然當下秦腔不再具有往日的輝煌，而且很可能在當今多元娛樂的社會形態下，秦腔再也無法回到往日的輝煌。但是人是一種符號的動物，這意味著人類不僅僅生活在一個物質的世界，也生活在一個符號的世界，秦腔作為一種文化符號，就是這個世界的一部分。因此秦腔一樣具有符號的普遍性、一般性、有效性與可應用性，儘管它不再輝煌，但它依然具有勾連起古代與當代之間中華民族的共同心理的功能，不僅實現中國當代人與人之間的交流，也能實現中國古人與今人的交流，使人們可以開啟並進入「文明世界」。而其中的法文化符號，也必然是開啟「法治文明世界」的一把鑰匙。

參考文獻

一、中文

（一）史料

D

1.〔西漢〕戴聖・禮記〔M〕・北京：中華書局，2017。

F

1.〔明〕馮從吾・關學編・涇野呂先生〔M〕・北京：中華書局，1987。

G

1.〔清〕顧彩・容美紀遊〔M〕・北京：中華書局，1957。

H

1.〔明〕胡應麟・四部正訛〔M〕・北京：北京書局，1929。

J

1.〔清〕紀昀・欽定四庫全書〔M〕・上海：上海古籍出版社，1990。

K

1.〔明〕康海・康對山先生集〔M〕・西安：三秦出版社，2015。

L

1.〔明〕李開先・李開先集〔M〕・北京：中華書局，1959。

2.〔清〕李斗・揚州畫舫錄〔M〕・北京：中華書局，1960。

3.〔清〕李宗昉・黔記〔M〕・北京：中華書局，1985。

4.〔清〕劉獻廷・廣陽雜記〔M〕・北京：商務印書館，1937。

M

1.〔明〕馬理·馬理集〔M〕·西安：西北大學出版社，2015。

Q

1.〔宋〕錢易·南部新書〔M〕·北京：中華書局，2002。

2.〔清〕錢謙益·列朝詩集小傳〔M〕·上海：上海古籍出版社，2008。

W

1.〔東漢〕王充·論衡〔M〕·北京：中華書局，1990。

2.〔清〕王逢源·嘉慶江都縣續志〔M〕·南京：江蘇古籍出版社，1991。

3.〔清〕吳偉業·綏寇記略〔M〕·上海：上海商務印書館，1937。

X

1.〔清〕徐珂·清稗類鈔〔M〕·北京：中華書局，1984。

Y

1.〔清〕余洵慶·荷廊筆記〔M〕·光緒 1885 年刻本。

Z

1.〔清〕昭槤·嘯亭雜錄〔M〕·北京：中華書局，1980。

2.〔清〕趙吉士·寄園寄所寄〔M〕·合肥：黃山書社，2008。

3.〔宋〕張載·張載集〔M〕·北京：中華書局，1978。

4.〔春秋〕左丘明·國語·晉語〔M〕·北京：中華書局，2007。

（二）著作

B

1. 白慧穎·法律與文學的融合與衝突〔M〕·北京：知識產權出版社，2014。

C

1. 陳璽·唐代訴訟制度研究〔M〕·北京：商務出版社，2020。

2. 陳俊民·張載哲學思想及關學學派〔M〕·北京：人民出版社，1986。

F

1. 傅謹·中國戲劇史〔M〕·北京：北京大學出版社，2018。

G

1. 郭建·非常說法——中國戲曲小說中的法文化〔M〕·北京：中華書局，2007。

2. 郭建·王金龍難娶玉堂春——中國傳統戲曲的法眼解讀〔M〕·北京：北

京大學出版社，2012。

H

1. 侯香亭，梅開運・亳州文史資料〔M〕・亳州：安徽亳州市文史資料研究委員會編輯出版，1992。

J

1. 焦文彬，閻敏學・中國秦腔〔M〕・西安：陝西人民出版社，2005。
2. 焦文彬，閻敏學・秦腔史稿〔M〕・西安：陝西人民出版社，1987。
3. 焦文彬，閻敏學・長安戲曲〔M〕・西安：西安出版社，2001。
4. 焦海民・秦腔與絲路文化〔M〕・南京：江蘇人民出版社，2020。
5. 竟放・山陝會館〔M〕・南京：金陵出版社，1997。
6. 劉星・法律與文學——在中國基層司法中展開〔M〕・北京：北京大學出版社，2019。

L

1. 劉進田・文化哲學導論〔M〕・北京：法律出版社，1999。
2. 劉作翔・法律文化理論〔M〕・北京：商務印書館，2013。
3. 劉澤華・先秦士人與社會〔M〕・天津：天津人民出版社，2004。
4. 劉文峰・志文齋劇學考論〔M〕・北京：中國文聯出版社，2014。
5. 李剛・千年秦商列傳：宋元明卷〔M〕・西安：西安電子科技大學出版社，2015。
6. 李剛・陝西商人研究〔M〕・西安：陝西人民出版社，2005。
7. 李澤厚・論語今讀〔M〕・天津：天津社會科學院出版社，2007。
8. 李真瑜・明代宮廷戲劇史〔M〕・北京：紫禁城出版社，2010。
9. 梁漱溟・中國文化要義〔M〕・上海：上海人民出版社，2005。
10. 魯迅・中國小說史略〔M〕・北京：人民文學出版社，2007。

Q

1. 錢南揚・戲文概論〔M〕・上海：上海古籍出版社，1981。
2. 秦腔經典四十劇編委會・秦腔經典四十劇〔M〕・西安：西安出版社，2013。

S

1. 蘇力・法律與文學——以中國傳統戲劇為材料〔M〕・北京：三聯書店，2017。
2. 孫國華・法學基礎理論〔M〕・北京：中國人民大學出版社，1987。

3. 沈海寧·楚腔漢調·漢劇文物圖說〔M〕·武漢：湖北人民出版社，2013。

4. 沈雲龍·近代中國史料叢刊三編：第 692 冊〔M〕·臺灣：文海出版社，1973。

5. 陝西省藝術研究院·秦腔劇目初考〔M〕·西安：陝西人民出版社，1884。

6. 蘇州歷史博物館·明清蘇州工商業碑刻集〔M〕·南京：江蘇人民出版社，1981。

W

1. 汪世榮·中國古代判詞研究〔M〕·北京：中國政法大學出版社，1997。

2. 王正強·中國秦腔藝術百科全書〔M〕·西安：太白文藝出版社，2017。

3. 王利器·元明清三代禁燬小說戲曲史料〔M〕·上海：上海古籍出版社，1981。

4. 武樹臣·尋找獨角獸—古文字與中國古代法文化〔M〕·濟南：山東大學出版社，2015。

X

1. 許慧芳·文學中的法律——與法理學有關的問題、方法、意義〔M〕·北京：中國政法大學出版社，2014。

2. 謝伯陽·全明散曲〔M〕·濟南：齊魯書社，1994。

3. 曉亮，楊長春，付晉青等·秦腔流播〔M〕·西安：太白文藝出版社，2010。

4. 許嘉璐·二十四史全譯·宋史〔M〕·上海：漢語大詞典出版社，2004。

Y

1. 閻敏學·西安戲曲文化〔M〕·西安：陝西人民美術出版社，2012。

2. 楊志烈，何桑·中國秦腔史〔M〕·西安：陝西旅遊出版社，2003。

3. 楊志烈·秦腔入藏史中國戲劇家協會西藏自治區分會出版（內部發行）〔M〕·拉薩：中國戲劇家協會西藏自治區分會出版，1984。

4. 楊連啟·清代宮廷演劇史〔M〕·北京：文化藝術出版社，2017。

5. 余宗其·法律文藝學〔M〕·北京：中國財富出版社，2014。

6. 余榮根·儒家法思想通論〔M〕·北京：商務印書館，2018。

7. 袁行霈·中國文學史〔M〕·北京：高等教育出版社，2014。

8. 楊雲峰·秦腔史話〔M〕·北京：社會科學文獻出版社，2015。

Z

1. 趙馥潔·關學精神論〔M〕·西安：西北大學出版社，2020。

2. 朱恒夫·中國戲曲美學〔M〕·南京：南京大學出版社，2008。

3. 朱恒夫·中國戲曲劇種研究〔M〕·北京：人民文學出版社，2018。

4. 張書才·纂修四庫全書檔案〔M〕·上海：上海古籍出版社，1997。

5. 張紫晨·中國民俗與民俗學〔M〕·杭州：浙江人民出版社，1985。

6. 中國戲曲志編輯委員會·中國戲曲志：陝西卷〔M〕·北京：中國 ISBN 中心，1995。

7. 中國戲曲志編輯委員會·中國戲曲志：甘肅卷〔M〕·北京：中國 ISBN 中心，1995。

8. 中國戲曲志編輯委員會·中國戲曲志：寧夏卷〔M〕·北京：中國 ISBN 中心，1996。

9. 中國戲曲志編輯委員會·中國戲曲志：青海卷〔M〕·北京：中國 ISBN 中心，1998。

10. 中國戲曲志編輯委員會·中國戲曲志：新疆卷〔M〕·北京：中國 ISBN 中心，2000。

11. 中華舞蹈志編輯委員會·中華舞蹈志：寧夏卷〔M〕·上海：學林出版社，2014。

12. 中國大百科全書出版社編輯部·中國大百科學全書：戲曲曲藝卷〔M〕·北京：中國大百科全書出版社，1983。

13. 中華書局清實錄編委會·清實錄·仁宗實錄〔M〕·北京：中華書局，1986。

（三）譯著

E

1.〔德〕恩特斯·卡西爾·論人〔M〕·劉述先，譯·桂林：廣西師範大學出版社，2006。

K

1.〔美〕克萊德·克魯克洪·文化與個人〔M〕·高佳，等，譯·杭州：浙江人民出版社，1987。

L

1.〔美〕勒內·韋勒克，奧斯丁·沃倫〔M〕·文學理論〔M〕·劉象愚，刑培明，陳聖生，等，譯·南京：江蘇教育出版社，2005。

X

1.〔美〕愛德華·希爾斯·論傳統〔M〕·傅鏗，呂樂，譯·上海：上海人民

出版社，1991。

（四）期刊論文

B

1. 保羅・雅欽，德斯蒙德・曼德森，伍小鳳・莎士比亞與審判：「法律與文學」的重生〔J〕・京師法學，2019（1）。

C

1. 陳志勇・明末清初「楚調」的興起及其聲腔的衍化〔J〕・中山大學學報（社科版），2015（6）。

2. 陳志勇・「二簧腔」名實考辨——兼論「皮黃合流」的相關問題〔J〕・中山大學學報（社科版），2018（2）。

3. 陳志勇・「梆子秧腔」考——兼論清前中期梆子腔與崑腔、弋陽腔的融合〔J〕・戲曲藝術，2019（4）。

4. 陳志勇・清代「吹腔」源流及其與周邊聲腔的關係〔J〕・中山大學學報（社科版），2019（4）。

5. 陳志勇・畢沅幕府與清中葉西安的秦腔秦伶〔J〕・戲劇藝術，2020（1）。

6. 陳志勇・清中葉梆子戲的宮內演出與宮外禁令——從內廷檔案中的「侉戲」史料談起〔J〕・文藝研究，2019（9）。

7. 陳寶琳・中國古代判詞的發展演變和特點分析〔J〕・襄樊學院學報，2004（6）。

8. 陳璐暘・從《安提戈涅》看自然法的精神〔J〕・江蘇廣播電視大學學報，2006（4）。

9. 陳建華・論元雜劇中的司法者〔J〕・戲曲藝術，2006（3）。

10. 陳建華・復仇原則與倫理正義——元雜劇《蝴蝶夢》法律意蘊探析〔J〕・社會科學論壇（學術研究卷），2008（7）。

11. 陳建華・一次失敗的跨學科研究——從蘇力的《竇娥的悲劇》說開去〔J〕・社會科學評論，2008（3）。

12. 陳思思・「春秋決獄」形成的法律文化模式及其功能〔J〕・學術探索，2022（12）。

13. 陳思思・「法文化」秦腔傳承與發展的全新範式〔J〕・當代戲劇，2022（6）。

14. 崔新建・試論文化的基本功能〔J〕・探索，1992（10）。

D

1. 鄧駿捷，劉曦冉·美國漢學界中國公案小說研究的價值與意義──以「文學中的法律」問題為中心〔J〕·明清小說研究，2020（3）。

2. 鄧翔雲·論崑曲的傳播和古典戲曲的分布〔J〕·藝術百家，2000（3）。

3. 鄧建鵬·也論冤案是如何產生的──對《錯斬崔寧》《竇娥冤》的再解析〔J〕·法學評論，2010（5）。

4. 丁國強·包公崇拜與法律信仰──讀《包公故事：一個考察中國法律文化的視角〔J〕·博覽群書，2004（2）。

5. 黨國華·元雜劇《竇娥冤》的法理解讀──中國古代民眾超現實的實質正義觀簡論〔J〕·內蒙古民族大學學報（社科版，2005（2）。

6. 杜國潤·以我國傳統訴訟制度為視角再看竇娥冤案〔J〕·公民與法（法學版），2014（2）。

7. 丁芳·論元雜劇中的契約〔J〕·中華戲曲，2011（1）。

F

1. 范玉吉·論涉法文學初探〔J〕·江西社會科學，2006（7）。

2. 樊安·德沃金法律解釋理論的獨到之處──基於文學的法律視角〔J〕·昆明理工大學學報（社科版），2014（2）。

G

1. 郭紅軍·在教育機關和戲園之間：陝西易俗社的身份建構和焦慮──從1928 年印花稅事談起〔J〕·戲曲藝術，2021（3）。

2. 郭金芳·秦腔音樂改革回眸〔J〕·當代戲劇，2001（2）。

3. 郭建·十五貫〔J〕·法律與生活，2010（17）。

H

1. 韓義盟·從元雜劇看元代婚姻〔J〕·湖北職業技術學院學報，2016（2）。

2. 韓澈·從《竇娥冤》說司法腐敗〔J〕·雜文選刊，2000（12）。

3. 何欣·苔絲悲劇命運的法律審視〔J〕·外國文學研究，2012（2）。

4. 何鵬·「遵守法律」與「法律權威」──從兩部戲劇看中西法律文化的差異〔J〕·天中學刊，2014（5）。

5. 黃智虎·略論新時期文學的法律表達〔J〕·華東政法學院學報，1999（6）。

6. 胡靜波·淺析法制文學的普法意義〔J〕·湖南省政法管理幹部學院學報，2002（1）。

7. 胡兆量·中國戲曲地理特徵〔J〕·經濟地理，2000（1）。

8. 胡淑芳·論元雜劇的復仇精神〔J〕·湖北大學學報（社科版），2004（5）。

9. 驪之·花部泰斗——偉大的戲曲家李芳桂〔J〕·渭南師專學報（社會科學版），1992（2）。

L

1. 李會娥·秦腔社會文化研究評述〔J〕·西北農林科技大學學報（社科版），2012（3）。

2. 李偉·戲曲作品中的傳統證據文化探析——以崑曲《十五貫》為例〔J〕·牡丹江大學學報，2017（8）。

3. 李靚·京劇《四進士》表演中蘊含的傳統法律文化〔J〕·中國藝術空間，2018（6）。

4. 李廣德·法律文本理論與法律解釋〔J〕·國家檢察官學院學報，2016（4）。

5. 李豔·論清明戲曲中的城隍形象〔J〕·四川戲劇，2014（4）。

6. 李麗萍·論元雜劇公案戲中「判詞」的文化形態及史學價值〔J〕·中國文化研究，2012（2）。

7. 李豔萍·關於中國近代化場域中傳統法律文化嬗變的思考〔J〕·青海社會科學，2012（2）。

8. 劉星顯·判決書文學化現象的產生原因及其合理性〔J〕·吉林省教育學院學報，2014（10）。

9. 劉星顯·「冤案」與司法活動——從卡夫卡《審判》看〔J〕·法制與社會發展，2010（1）。

10. 劉婭·中國古代刑事冤案發生原因探析——以古代戲劇《十五貫》為中心的考察〔J〕·南海法學，2018（5）。

11. 劉燕·案件事實，還是敘事修辭——崔英傑案的再認識〔J〕·法制與社會發展，2007（6）。

12. 劉燕·案件事實的人物建構——崔英傑案敘事分析〔J〕·法制與社會發展，2009（2）。

13. 劉漢波，呂悅然，肖愛華·從《尤利西斯》案看法律與文學的互動機制〔J〕·贛南師範大學學報，2020（2）。

14. 劉僑·走進法律之門——《法律門前》讀後〔J〕·華中農業大學學報（社會科學版），2005（Z1）。

15. 劉漢波·文學法律學研究述評與理論建構〔J〕·重慶社會科學，2007（9）。

16. 劉晗·超越「法律與文學」〔J〕·讀書，2006（12）。

17. 劉磊，敬曉慶·從「移風易俗」看西安易俗社的品牌傳播〔J〕·當代傳播，2012（2）。

18. 劉連群·關於「三並舉」的再認識〔J〕·藝術百家，1999（2）。

19. 廖奕·文學律法的倫理光照：卡夫卡《審判》新論〔J〕·外國文學研究，2015（2）。

20. 欒爽·追尋心中的正義，竇娥冤的法文化解讀〔J〕·法學天地，2002（4）。

M

1. 馬捷，劉小樂，鄭若星·中國知網知識組織模式研究〔J〕·情報科學，2011（6）。

2. 孟曉輝·「花雅之爭」及雅部失敗的原因探析〔J〕·戲劇之家，2021（5）。

3. 苗懷明·中國古代判詞的文學化進程及其文學品格〔J〕·江海學刊，2000（10）。

4. 毛媛媛·元雜劇中元人「休妻」淺談〔J〕·青年文學家，2015（27）。

P

1. 潘志勇·崑曲《十五貫》的中國司法傳統解讀——以當代刑事司法改革為視角〔J〕·中共南京市委黨校學報，2014（2）。

2. 潘麗豔·從元雜劇《合同文字》看元代若干民事問題〔J〕·文教資料，2009（35）。

3. 彭磊·秦腔劇《竇娥冤》中的「清官」情節〔J〕·渭南師範學院學報，2018（7）。

Q

1. 強世功·文學中的法律：安提戈涅、竇娥和鮑西婭——女權主義的法律視角及檢討〔J〕·比較法研究，1996（1）。

2. 秦瀟·透過「包公戲」看宋代司法文明〔J〕·公民與法，2021（6）。

3. 邱志強·文學文本中的法律隱喻——對《梁山伯與祝英臺》文本變遷的解讀〔J〕·作家，2008（10）。

4. 邱紅旗，孫永興·清官文化的本質是法制文化——以元雜劇中的包公為例〔J〕·法制與社會，2017（22）。

S

1. 蘇力·中國傳統戲劇與正義觀之塑造〔J〕·法學，2005（9）。
2. 蘇力·傳統司法中「人治」模式——從元雜劇中透視〔J〕·政法論壇，2005（1）。
3. 蘇力·未老先衰——「法律與文學」在當代中國〔J〕·法律科學，2021（5）。
4. 蘇力·「一直試圖說服自己，今日依舊」——中國法律與文學研究 20 年〔J〕·探索與爭鳴，2017（3）。
5. 蘇力·崇山峻嶺中的中國法治——從電影《馬背上的法庭》透視〔J〕·清華法學，2008（3）。
6. 舒國瀅·從美學的觀點看法律——法美學散論〔J〕·北大法律評論，2000（2）。
7. 石挺·從《水滸傳》議宋代刑法制度〔J〕·法制與經濟，2015（12）。

T

1. 田龍過·明清商業活動與秦腔文化品格的形成〔J〕·戲曲藝術，2017（4）。
2. 田荔枝·清末民初判決修辭的理性化取向〔J〕·山東大學學報，2013（2）。
3. 田藝超·秦腔戲曲藝術的發展與創新研究〔J〕·名家名作，2021（10）。
4. 童珊·從《紅樓夢》看清代法制〔J〕·學習與探索，2011（1）。

W

1. 吳躍章·判決書的敘述學分析〔J〕·南京社會科學，2004（11）。
2. 吳曉棠·論文學中復仇主題的影響因子〔J〕·名作欣賞，2021（28）。
3. 吳鈞·被「包公戲」遮蔽的宋朝司法制度〔J〕·人民週刊，2016（19）。
4. 王昊·論元雜劇與法律文化〔J〕·安徽教育學院學報，2001（4）。
5. 王婧·對於《竇娥冤》的現代法律分析和思考〔J〕·文化學刊，2021（3）。
6. 王紅梅，牛軍利·從傳統戲曲談司法正義的實現〔J〕·法制博覽，2019（2）。
7. 王威·身份社會、倫理法律與「輕程序」的邏輯推理——以戲劇《蘇三起解》為例〔J〕·重慶科技學院學報（社科版），2011（4）。
8. 王申·法律文化層次論——兼論中國近代法律文化演進的若干特質〔J〕·學習與探索，2004（5）。
9. 溫榮·作為意外正義的王法之治〔J〕·金華職業技術學院學報，2014（4）。

10. 武樹臣·尋找最初的禮——對禮字形成過程的法文化考察〔J〕·法律科學，2010（3）。

X

1. 肖明，邱小花，黃界等〔J〕·知識圖譜工具比較研究〔J〕·圖書館雜誌，2013（3）。

2. 肖愛華，劉漢波·從《包法利夫人》案看法律與文學的博弈機制〔J〕·贛南師範學報，2021（1）。

3. 辛雪峰·20世紀以來秦腔研究綜述〔J〕·渭南師範學院學報，2014（10）。

4. 辛雪峰·20世紀秦腔改革的三大模式〔J〕·中國音樂，2018（1）。

5. 辛雪峰·論易俗社秦腔劇目改革的創新意義〔J〕·戲曲藝術，2016（1）。

6. 辛雪峰·從《秦腔音樂》看延安民眾劇團的秦腔改革〔J〕·天津音樂學院學報，2017（2）。

7. 辛雪峰·西調是秦腔嗎？〔J〕·四川戲劇，2008（4）。

8. 徐忠明·中國的「法律與文學」研究述評〔J〕·中山大學學報（社科版），2010（6）。

9. 徐忠明·《竇娥冤》獄元代法制的若干問題〔J〕·中山大學學報（社科版），1996（S3）。

10. 徐忠明·解讀包公故事中的罪與罰〔J〕·政法論壇，2002（4）。

11. 徐忠明·中國傳統法律文化視野中的清官司法〔J〕·中山大學學報（社科版），1998（3）。

12. 徐忠明·試論中國古代廉政法制及其成敗原因〔J〕·學術研究，1999（1）。

13. 徐忠明·從《喬太守亂點鴛鴦譜》看中國古代司法文化的特點〔J〕·歷史大觀園，1994（9）。

14. 徐忠明·《活地獄》與晚清州縣司法研究〔J〕·比較法研究，1995（3）。

15. 徐忠明·從明清小說看中國人的訴訟觀念〔J〕·中山大學學報（社科版），1996（4）。

16. 徐忠明·《金瓶梅》「公案」與明代刑事訴訟制度初探〔J〕·比較法研究，1996（1）。

17. 徐忠明·從話本《錯斬崔寧》看中國古代司法〔J〕·法學評論，2000（2）。

18. 徐忠明·辦成「疑案」：對春阿氏殺夫案的新文化史分析〔J〕·中外法學，2005（3）。

19. 徐忠明·雅俗之間：清代竹枝詞的法律文化解讀〔J〕·法律科學，2007（1）。

20. 徐忠明·傳統中國鄉民的法律意識與訴訟心態——以諺語為範圍的文化史分析〔J〕·中國法學，2006（6）。

21. 徐忠明·明清刑訊的文學想像：一個新文化史的考察〔J〕·華南師範大學學報，2010（5）。

22. 徐忠明·法律的歷史敘事與文學敘事〔J〕·中西法律傳統，2003（3）。

23. 徐忠明·制作中國法律史：正史、檔案與文學——關於歷史哲學與方法的思考〔J〕·學術研究，2001（6）。

24. 許慧芳·文學中的法律史研究及其限度〔J〕·東方論壇，2014（1）。

Y

1. 姚建宗·法律傳統論綱〔J〕·吉林大學社會科學學報，2008（5）。

2. 楊大慶·形式與路徑——法文學概念初探〔J〕·當代文壇，2014（5）。

3. 楊書評·法之鏡折射生存困惑——談《審判》由顯而虛的主題〔J〕·時代文學（雙月上半月），2008（1）。

4. 楊慧·包公崇拜與清官司法——讀〔J〕·群文天地，2011（22）。

5. 于潞晗·偵探小說與正義價值分析——以阿加莎·克里斯蒂的作品為例〔J〕·古今文創，2021（37）。

6. 余書涵、黃震雲·法律語境下的漢代文學——以漢賦為例〔J〕·西北大學學報（哲學社會科學版），2012（5）。

7. 岳鵬·西方文學作品中宗教與法律分離現象分析〔J〕·山西大學學報（哲學社會科學版），2014（5）。

Z

1. 趙華軍·判決書的風格和藝術從美國最高法院大法官卡多佐看判決書的製作〔J〕·中國審判，2011（5）。

2. 趙曉寰·元雜劇科舉戲婚姻家庭關係中所涉及法律問題考察〔J〕·上海師範大學學報（社科版），2014（4）。

3. 張軼君·司法文書中的文學敘事與判決倫理〔J〕·理論月刊，2018（1）。

4. 張兆勇，劉麗麗·包公戲中維法與違法情節漫述〔J〕·淮北職業技術學院學報，2016（1）。

5. 張榮翼·文學史中文學的「估值」問題〔J〕·人文雜誌，2018（2）。

6. 鄭瑞平‧法律與文學——對《詩經》法意的解讀〔J〕‧語文建設，2016（21）。

7. 周國琴‧元雜劇中的婚俗概況、婚禮程序、婚禮形式述略〔J〕‧蘭臺世界，2014（35）。

8. 周汶‧簡析功能學派〔J〕‧學理論，2013（2）。

（五）學位論文

C

1. 陳宗峰‧《竇娥冤》中的司法模式與司法理念〔D〕‧蘇州：蘇州大學，2009。

J

1. 賈耀凱‧崑曲《十五貫》中的司法制度與司法文化研究〔D〕‧蘇州：蘇州大學，2019。

L

1. 呂丹‧關漢卿公案劇的司法理念〔D〕‧天津：天津師範大學，2018。

M

1. 馬慧儒‧法律與文學運動研究〔D〕‧成都：四川大學，2006。

P

1. 潘利豔‧元雜劇包公戲中的情法取捨〔D〕‧鄭州：河南大學，2010。

S

1. 宋元菁‧論《威尼斯商人》及《竇娥冤》的法律主題〔D〕‧上海：上海外國語大學，2011。

W

1. 王偉偉‧秦腔傳播形態探析〔D〕‧西安：西北政法大學，2012。

2. 王俊霞‧明清時期山陝商人相互關係研究〔D〕‧西安：西北大學，2010。

Y

1. 俞娟‧元雜劇包公戲與古希臘〔D〕‧福州：福建師範大學，2012。

Z

1. 趙勇賓‧文學與法律的對話〔D〕‧濟南：山東大學，2008。

2. 趙莎莎‧傳統秦腔劇目研究〔D〕‧西安：陝西師範大學，2019。

3. 周書恒‧元雜劇中的俠形象研究〔D〕‧太原：山西師範大學，2013。

二、英文

（一）著作

A

1. GEARED A. Law and Aesthetics [M]. Oxford: Hart Publishing, 2001.

2. BENJAMIN BRICKER A. Libel and Lampoon [M]. Oxford University Publishing, 2022.

E

1. S ANKER E, MEYLER.B. New Directions in Law and Literature [M]. Oxford University Press, 2017.

G

1. OLSON G. From Law and Literature to Legality and Affect [M]. Oxford University Publishing, 2022.

J

1. DAILY J, DAVIDSON R. The Law of Superheroes [M]. Gotham2012.

2. STONE PETERS J. Law as Performance [M]. Oxford University Publishing, 2022.

L

1. LEDWON L. Law and Literature Text and Theory [M]. London: Routledge, 2015.

M

1. FLUDERNIK M. Metaphors of Confinement [M]. Oxford University Publishing, 2019.

O

1. RICHARD A P. Law and Literature [M]. Mass.: Harvard University Press, 2009.

S

1. ELSKY S. Custom, Common Law and the Constitution of English Renaissance Literature [M]. Oxford University Publishing, 2020.

2. Sokol B J., SOKOL M. Mary Shakespeare's Legal Language: A Dictionary [M]. London: Athlone Press, 2000.

（二）論文

A

1. TSIOUVALAS A. Corto Maltese and the Myriad Narratives of a More-than-Human Ocean: Revisiting Some of UNCLOS' Ontological Assumptions [J]. Law and Literature, 2023(35).

B

1. CHRISTIAN B. Judicial Fictiona and Literary Fiction: The Example of the Factum [J]. Law and Literature, 2008(20).

C

1. TOMLINS Christopher. A Poetics for Spatial Justice: Gaston Bachelard. Walter Benjamin, and the Return to Historical Materialism [J]. Law and Literature, 2020(32).

I

1. ZIOGAS I. Law and Love in Ovid: Courting Justice in the Age of Augustus [J]. Law and Literature, 2022(25).

O

1. RICHARD A P. Law and Literature: A Relation Reargued [J]. Virginia Law Review, 1986(72).

S

1. ANNA S. Shades of Justice-The Trial of Sholom Schwartzbard and Dovid Bergelson's Among Refugees [J]. Law and Literature, 2007(19).

附錄 秦腔法律文化劇目選

傳統公案劇目《八件衣》

人物表

張成愚	秀才	小生
杜氏	張母	老旦
杜九成	張的舅父	老生
白石剛	班頭	副淨
杜秀英	杜九成之女、張的表妹	小旦
馬成	家人	老生
馬鴻	富戶	大丑
楊連	知縣	正生
鄉約		雜
地方		雜
仵作		雜
家院		雜
老王	當鋪掌櫃	雜
仁義	乞兒	小丑
包文正	丞相	大淨
王朝	差官	毛淨

馬漢	差官	毛淨
提牌官		雜

場次

第一回　借貸

〔張成愚上。

張成愚　（引）少年初登第，皇榜得意回。

　　　　（詩）少小讀書不用心，不知書內有黃金。

　　　　　　　早知書內黃金貴，高點明燈下苦心。

　　　　小生張成愚。今乃大比之年，心想上京應名赴試，缺少路途盤費，須和母　親商議。有請母親。

　　　　〔成愚母上。

杜氏　　成兒一聲請，上前問分明。〔坐介〕

張成愚　母親萬福。

杜氏　　我兒少禮，坐了。

張成愚　孩兒告坐。〔坐介〕

杜氏　　請娘出堂為何？

張成愚　孩兒心想上京應名赴試，缺少路途盤費，須和母親商議。

杜氏　　我家貧寒，去到你舅父家中告借。借得幾兩銀子，以做路途盤費。

張成愚　孩兒遵命了！

　　　　　（唱）母親不必囑託言，你兒心內有點檢。

　　　　　　　　草堂施禮莫怠慢，舅父家中走一番。〔下。

杜氏　　　（唱）見得成愚出門去，倒叫老身把心擔。

　　　　　　　　若要我把心放下，除非是成愚轉回還。〔下。

　　　　〔白石剛上。

白石剛　　咱家白石剛。以在原郡打傷人命，怕吃官司，一陣好逃，逃在原城堂前，當了一名快差。拖欠皇銀百兩，老爺命我補賠，我該拿什麼補賠？有了，馬鴻是富豪之家，今晚奔上他家偷盜，只得走走了！

　　　　　（唱）自幼兒咱習就提門扭鎖，

　　　　　　　　因家貧才學會這樣生活。

　　　　　　　　就地下拍一把越牆而過，

　　　　　　　　我奔上他家內去盜財物。〔下。

　　　　〔張成愚上。

張成愚　　（引）離了寒家內，來在舅父門。

　　　　　　　　舅父開門來。

　　　　〔杜九成上。

杜九成　　（引）家有掌上珠，

　　　　　　　　門缺五尺童。

　　　　〔開門介〕成愚到了，請到家中。

張成愚　　要到家中。舅父萬福。〔拜介〕

杜九成　　少禮，我兒坐了。〔坐介〕

張成愚　　甥兒告坐。〔坐介〕舅父身旁卻好？

杜九成　　承問了。甥兒你好？

張成愚　　掛念孩兒。

杜九成　　不在你家，來到我家為何？

張成愚　　今乃大比科年，甥想上京應名赴試，缺少路途盤費，來在舅父家中告借。

杜九成　　噫，這個。舅父手頭不便，須和你表妹商議。

張成愚　　商議不錯。

杜九成　　我兒請在下邊。

張成愚　　孩兒遵命。〔下。

杜九成　秀英走來。

　　　　〔秀英上。

杜秀英　（引）佩環響叮噹，

　　　　　　　聽呼離繡房。

　　　　爹爹萬福。〔拜介〕

杜九成　少禮，坐了。

杜秀英　喚孩兒到來，有何教訓？

杜九成　哪有常常教訓之理。今春皇王開科，你表兄上京應名赴試，缺少路途
　　　　盤費，來在我家告借。為父手頭不便，須和我兒商議。

杜秀英　莫若將咱家衣裳包得幾件，拿在大街去當。當得幾兩銀子，以做路途
　　　　費。

杜九成　我兒言者甚是。下邊料理。

杜秀英　爹爹請退！

　　　　（唱）大比年間王開選，

　　　　　　　上房以內討鑰鍵，

　　　　　　　小房以內包衣衫。

　　　　秀英便說，包得幾件衣裳，該能當多少銀兩？奴家零零碎碎攢下十兩
　　　　銀子，與我那表兄，以做路途盤費了！

　　　　（唱）八件錦衣包停當，

　　　　　　　十兩銀子內邊藏。

　　　　與我那表兄暗送十兩銀子，我那表兄不知奴的心意，不免暗藏繡鞋一
　　　　隻，我那表兄一見便解其意了。〔藏鞋介〕

　　　　（唱）轉步挪足草堂上，

　　　　　　　請出爹爹說端詳。

　　　　〔杜九成上。

杜九成　我兒將衣衫可曾包就？

杜秀英　兒包了男女衣衫八件，送與我那表兄，拿在當鋪去當。

杜九成　我兒下邊休息。〔秀英下〕成愚走來。

張成愚　商議怎麼樣了？

杜九成　你表妹包來男女衣裳八件，拿在當鋪去當。當得幾兩銀子，以做路途
　　　　盤費。

張成愚　舅父請上，受甥兒一拜了！

　　　　（唱）舅父請上兒拜見，

　　　　　　　　你待甥兒恩義寬。

　　　　　　　　有朝一日功名顯，

　　　　　　　　報馬兒報在了你家門前。

　　　　〔下。

杜九成　（唱）成愚出門望不見，

　　　　　　　單等甥兒的報馬還。

　　　　〔下。

第二回　行竊

　　　　〔白石剛上。

白石剛　來在馬鴻家中，待我入內室去盜。且慢，觀見他家家人馬成到來，待我 躲在屋簷之下。

　　　　〔馬成上。

馬成　　（引）黃犬汪汪叫，

　　　　　　　正是三更交。

　　　　　　　不是牛尋犢，

　　　　　　　便是羊產羔。

　　　　耳聽前院呼呼叭叭，想是有賊，待我上前觀看。

白石剛　〔學貓叫〕咪咪。

馬成　　我當有賊，原是貓兒捕鼠，待我小房躺覺。

白石剛　觀見家人馬成走去，等我入內室去盜。

馬成　　當真有了賊了，小夥計走來。

　　　　〔眾小子上。

眾小子　老夥計，講說什麼？

馬成　　府下有了賊了。

眾小子　前後門大開，趕賊。

眾小子　趕趕趕拉住。

馬成　　哎，前後門掩了趕賊。

白石剛　休走。〔殺死馬成介〕

眾小子　好賊王八日的，把一袋子麥給捎的摞到這兒咧。待我把麥先捎回去。哎呀，了不得，賊人把馬成給殺了。小子，請爺。

〔馬鴻上。

馬鴻　（引）穿的皮襖套的靴，

　　　　　　人人把咱叫肥鱉。

小子請爺為何？

眾小子　賊將家人馬成殺壞。

馬鴻　啊！殺在哪裏？

眾小子　殺在馬房。

馬鴻　領爺去看。哎，馬成呀馬成，掩在一旁。啟開文房提筆可。這是一帖，曉與縣主得知。人在家中坐，從天降下禍。真遭的奇怪。〔下。

小子　急急忙忙，離了家鄉。曉與縣主，捉賊拿贓。哎呀，來至已是。白頭在此，待我上前答話。白頭請了，我爺有帖。

白石剛　呈上來。稟老爺，馬府有帖。

家院　呈上來。稟老爺，馬府有帖。

楊連　〔內白〕呈帖來。原為馬府被盜之事。前邊安置，老爺隨後檢驗。

家院　前邊安置，老爺隨後檢驗。

白石剛　人來，前邊安置，老爺隨後檢驗。與老爺打轎伺候。

〔楊連帶四衙役上。

楊連　下官進士楊連。只因馬府被盜，傷壞人命，本縣親身檢驗。快頭，打轎一奔馬府。

〔下。

第三回　驗屍

〔鄉約、地方上。

鄉約　鄉約、地方。

地方　年年遭殃。

鄉約　鄉約吃肉。

地方　地方喝湯。

鄉約　地方娃，誰把馬成殺咧？老爺檢驗。屍棚呢？

地方　搭下咧。

鄉約	盒酒呢？
地方	擺下了。
鄉約	閒話未盡，仵作大哥來也。
	〔仵作上。
仵作	（引）我當仵作甚是賢，

　　　　　　老爺驗屍我當先。

　　　　　　屍場多講一句話，

　　　　　　不是銀子便是錢。

　　　　來至已是。哎，鄉約嗎？老爺這兒檢驗卡，屍棚呢？

鄉約	搭下咧。
仵作	盒酒呢？
鄉約	擺下了。
仵作	要哩、要哩、要哩。
鄉約	要啥呢？
仵作	要酒呢。
鄉約	要多少？
仵作	抬上二十簍子。
地方	開酒店卡嗎？
仵作	屍場要用呢。
鄉約／地方	有你用的。
仵作	還要呢。
鄉約／地方	要啥呢？
仵作	要紙呢。
鄉約／地方	要多少？
仵作	拉上幾十車。
鄉約／地方	開紙店卡？
仵作	屍場要用哩。
鄉約／地方	有你用的。
仵作	還要呢，還要呢。
鄉約／地方	還要啥哩？
仵作	陳石灰。

鄉約／地方　三間房倒滿著呢。

仵作　　不要那些，只要一燒酒杯。這才把他卡的，這個萬瞅不上。還要呢，還要呢。

鄉約／地方　要啥呢？

仵作　　要蛤蟆尿呢。

鄉約　　地方娃，要這個蛤摸尿，縱然捉上個蛤蟆，得知道今天尿卡嗎，明天才尿卡？給他說，把這事兒免了去。哎，仵作大哥，把這個蛤蟆尿免了去，沒這個東西。

仵作　　沒有了是個小事。

鄉約／地方　哎呀，仵作大哥是個好人。

仵作　　你好我不好。就等我家老爺到來，我說回老爺的話，小人向他要這個蛤蟆尿，非離這個蛤蟆尿驗不出傷來，他們沒有。我家老爺惱怒，叫衙役看板子，叫皂役看拶子。三十個板子，一拶子，拶得你二人腿畔哩尿點子，你好比黃河開了口咧，唰唰地往出流呢。你給我三十五十我不要，咳，說我這個人不知禮儀乎。

地方　　說你伸手來，伸手來，敢把我這個手打一下子。〔塞介〕

仵作　　鄉里這個人，不敢擺佈，一擺佈，白圪塔塞了一蛋子。〔看介〕鄉地你說沒有，這是個小事。言話未盡，老爺來了。

　　　　〔四衙役、白石剛引楊連上。

鄉約／地方　參見老爺。

楊連　　移屍點香。〔移屍介、點香介〕

仵作　　拿酒來，拿酒來。拿紙來，拿紙來。〔驗屍介〕前心，無故。手心，無故。翻屍翻屍。〔翻屍介〕後心無故。腦後，稟老爺，腦後是一刀傷。

楊連　　點香，待本縣驗過。掩蓋一旁，喚馬鄉紳。

　　　　〔馬鴻上。

馬鴻　　伺候父臺。

楊連　　本縣回衙與你急速捕捉兇手，查明此案。

馬鴻　　過了午著再去。

楊連　　不便打擾。打轎回衙。〔下，又上。

衙役　　老爺回來了。

楊連	白石剛過來，賜你火籤一支，限你三日辦理此案。〔下。
白石剛	老爺請退。我想人是我殺的，該向哪裏破此案呢？小夥計走來。
眾役	伺候白頭兒。
白石剛	隨我來，當店走走。
	〔下。

第四回 被冤

〔當店老王上。

老王	（引）家住在山西，
	出門做生意。
	我乃老王，山西臨晉縣人氏。清晨早起，小夥計，招牌掛出。
	〔掛牌介〕
白石剛	（引）離了衙廂口，
	來在當店門。
	掌櫃的請了，有人當典不明，早稟我知。
老王	請到內邊用茶。〔石下。
張成愚	（引）離了舅父家，
	來到典當門。
	掌櫃的請了，我有幾件衣衫，前來典當。
老王	陳上來，待我看過。一、二、三、四、五、六、七、八。銀子一封，繡鞋一隻，小夥計，將銀子秤得一秤。小夥計天平一響，白銀十兩。
老王	這一相公，你要當多少銀兩？
張成愚	我當銀五兩。
老王	這就是了。典當不明，白頭兒走來。
白石剛	講說什麼？
老王	有一相公，拿了男女衣衫八件、繡鞋一隻、銀子十兩。他當銀五兩，這就典當不明。交付與你，與我無干。
白石剛	與你無干，下去。這一相公，到此為何？
張成愚	前來典當。
白石剛	當的什麼東西？
張成愚	男女衣衫八件。

白石剛　當銀多少？

張成愚　當銀五兩。

白石剛　帶了。〔帶介〕

張成愚　我一不欠糧，二不欠草，為何拿法繩帶我？

白石剛　見了我老爺再說。〔同下。

　　　　〔楊連帶四衙役上。

楊連　　（引）爾俸爾祿，

　　　　　　　　民膏民脂。

白石剛　交簽，將案辦齊。

楊連　　你在哪裏捕捉？

白石剛　以在典當捕捉。

楊連　　哦，本縣上任以來，我的好百姓，連當也不敢當了。

白石剛　當當不明，小人不得不拿。

楊連　　他當的什麼東西？

白石剛　他當的男女衣衫八件、白銀十兩、繡鞋一隻，當銀五兩，小人不得不
　　　　拿。

楊連　　帶上來。

　　　　〔張成愚上。

張成愚　父臺在上，生員打躬。

楊連　　口稱生員，莫非在庠？

張成愚　身入黌門，尚未登科。

楊連　　名叫什麼？

張成愚　名叫張成愚。

楊連　　聞聽你是一名飽學生員，放你的正事不務，為何做盜做賊？

張成愚　今春皇王開科，心想上京應名赴試。無有路途盤費，以在我舅父家中
　　　　告借。我舅父手頭不便，賜我男女衣衫八件，拿到當鋪典當。遇見楊
　　　　老爺的人役，將我拿上堂來，我也不知我身犯何罪？

楊連　　你舅父何名？

張成愚　我舅父名叫杜九成。

楊連　　這就是了，丹墀伺候。白石剛過來，執爺火簽，去提杜九成當堂回話。

白石剛　杜九成染病在床，怎樣的上堂呢？

楊連	你如何得知？
白石剛	他和小人是鄰居。
楊連	依你之見？
白石剛	依小人之見，把馬鄉紳提上堂來，背身認贓，說得字字相投，此案就為實。
楊連	喚馬鄉紳。
白石剛	馬鄉紳走來。〔馬鴻上〕你家被盜，你可曾記得失遺的什麼東西？
馬鴻	誤記了。
白石剛	聽我與你講說。男女衣衫八件、繡鞋一隻、銀子十兩。你來看，我們住衙門的人難處多著呢。
馬鴻	我心上明白。〔進介〕參見父臺。〔拜介〕
楊連	這是馬鄉紳，與你將案辦齊，命你背身認賊。
馬鴻	倒也情願。男女衣衫八件、繡鞋一隻、白銀十兩。無有了。
楊連	下邊伺候。喚張成愚。
張成愚	伺候老父臺。〔跪介〕
楊連	現有包裹銀兩，將你證住，好好招出。
張成愚	父臺，卻怎麼這樣的審法？
楊連	我是怎樣的審問？
張成愚	莫非你受他家的賄賂來？
楊連	本縣受賄賂卻是多少？
張成愚	一千也不多，八百也不少。
楊連	本縣受賄賂你見來？
張成愚	生員殺人誰見來？
楊連	人言說你是一位飽學生員，本縣拿問不了你。先殺一殺你的火性。快頭過來，這是一帖，曉諭老師，將這秀才罰學除名。
白石剛	是。〔繞場上〕老爺請看。
楊連	成愚，看你那秀才還在也不在？
張成愚	陳來。〔看介〕無有此事，罰學除名，死不瞑目。
楊連	大膽！
	（唱）罵一聲成愚好利口，
	本縣把話說來由。

既讀詩書習孔孟，

秀才做賊理不周。

張成愚　（唱）張成愚跪在公堂上，

　　　　　　　不殺人來心不慌。

　　　　　　　是清官在此把榮享，

　　　　　　　是贓官打道回故鄉。

楊連　　（唱）成愚當堂罵破口，

　　　　　　　罵得本縣滿臉羞。

　　　　　　　人役們交叉亂板打。

白石剛　〔暗〕我想人是我殺，賊是我做。兩膀加力，將他打死，先與他個死

　　　　口無對。老爺驗刑。

楊連　　打。〔白打介〕

白石剛　稟老爺，絕氣了。

楊連　　〔驚介〕天，哎呀，蒼天，成愚上得堂來，未曾審下口供，拷死公堂。

　　　　上司大人若知，大料我這官銜，必定有險。

白石剛　老爺，當堂拷死行兇作歹之人，上司大人若知，也無有什麼情罪。

楊連　　好，將屍扯奔荒郊。

　　　　〔扯屍介，同下。

第五回　遇救

　　　　〔仁義上。

仁義　　（唱板歌）

　　　　　　　花兒奔波，

　　　　　　　一條棗棍手內托。

　　　　　　　見了那年老人，

　　　　　　　叫一聲爺爺婆婆。

　　　　　　　見了那幼年人，

　　　　　　　叫一聲爹爹哥哥。

　　　　　　　爺爺婆婆，爹爹哥哥，

　　　　　　　大家吃飯積攢著。

　　　　　　　與我花兒一個饃，

　　　　　我與你唱一個蓮花落。〔坐介〕

（引）日頭出來一點子，

　　　手裏拿了個光杆子。

　　　別的東西不想用，

　　　想吃羊肉夾卷子。

我乃仁義兒的便是。父母在世，騾馬成群，家產豪富。自從二老去世，好比個雞毛毽子，踢了個精光，身落乞討之中。今天四山清亮，出外討要一回。只得走走。

（唱板歌）

　　　說家窮，道家窮，

　　　窮人幹的窮營生。

　　　夜晚宿在城隍廟，

　　　城隍爺爺驚睡夢。

　　　開金口，露銀牙，

　　　開言再叫仁義聽。

　　　今日窮，明日窮，

　　　窮過臘月三十從頭窮。

這個「窮」字，把我就給纏住了。待我喝起道來。太爺們，打發打發。〔下。

〔抬屍下丟介，仁義上。

（唱板歌）

　　　我走過，大牌坊，小牌坊，

　　　聲聲哭得好恓惶。

　　　夜晚宿在城隍廟，

　　　無有被子兒蓋，

　　　風吹屁股透心涼。〔碰屍介〕

出得衙來，觀見死屍當道，這是國家不祥之兆，待我打道回衙。唔呀，觀見這一漢子，穿了些好衣裳，待我脫下，好來遮寒。哎，且慢，觀見這一漢子，臉上顏色未變，待我將他救得一救。哎，且慢，再是個人，我把他救活；再是個鬼，把我再鬼了呢？我給你可說呢，我爺會降鬼，我爸會捉鬼，到我手裏，我會失鬼。待我先捏起訣來。呀呀吒。

木耳金針，蒜拌涼粉，一頓吃了八斤。吃得多了，我害頂人。太上老君，坐的草墩，自不小心，胳肢窩裏咬人。叫了八個小夥子，搔了一早晨。這可叫個啥名字價，給他冒捏個名字。張王李趙，李相公醒來。

張成愚　（唱）魂靈兒正做陽臺夢，

　　　　　　　忽聽耳邊有人聲。

　　　　　　　猛然睜睛用目奉，

　　　　　　　花兒大哥守屍靈。

　　　（滾）今本是大比科年，心想上京應名赴試，缺少路途盤費，以在我舅父家中告借。我舅父手頭不便，賜我男女衣衫八件，奔上當鋪典當。遇見楊老爺的人役，將我拿上堂去，交叉亂板打死，死屍拋在荒郊。不是花兒大哥到來，我焉能得生了。

仁義　　這才給倒了運了，沒人問了。買席包給買成囤了，買鞭杆給買成棍了，睡覺去婆娘把被給撤了，屙屎去把官茅子給禁了。我可莫說楊知縣呀，這相公不會做賊，你打著叫這一相公做賊呢。相公你不會告他去？

張成愚　我在哪裏去告哩？

仁義　　你不會在包相爺那裏去告他？

張成愚　我無有路途盤費。

仁義　　無有盤費，我給咱要。要下一個，你吃半個，我吃半個。要下半個，你一下吃了，我還有三天的勁呢。

張成愚　什麼勁？

仁義　　我，有三天的餓勁呢。

張成愚　我雙腿疼痛，難以行走。

仁義　　這把人還坑死價。我有心把你背上，我還是個連瘡腿。哎，有了，你來把我這個馬騎上。

張成愚　討要之人，哪裏來的馬呢？

仁義　　哎哎哎。我這個竹竿竿，就是個馬。你一天走多少，它也走多少。你再歇下了，它也就歇下了。你再坐下了，它也就臥下了。

張成愚　如此花兒大哥攜我一把了！

　　　　（唱）花兒大哥待我好，

　　　　　　　待我成愚如同胞。

　　　　　　　包老爺堂前把狀告，

事定了咱二人把香燒。

〔同下。

第六回　報訊

〔杜氏上。

杜氏　　（唱）成愚出門不回轉，

倒叫老身把心擔。

猛然睜睛用目看，

來在兄弟大門前。

兄弟開門來。

〔杜九成上。

杜九成　（引）人老如花謝，

白了少年頭。

〔開門介〕姐姐到了，請到家中。

杜氏　　要到家中。〔進介〕

杜九成　姐姐請坐。

杜氏　　有坐。〔同坐介〕

杜九成　姐姐不在你家，來在我家，有得何事？

杜氏　　成愚來在你家告借，你賜他銀兩者無有？

杜九成　成愚來在我家告借，為弟手頭不便，賜他男女衣衫八件。或當或賣，
　　　　以做路途盤費。

杜氏　　奴才向哪裏漂風浪蕩去了？

杜九成　姐姐行了路了，待為弟與你打一杯茶來。〔下。

〔衙役上。

衙役　　哎，這我做啥價，跌了一跤忘了個齊茬。啊，與張媽媽傳信去價。急
　　　　急忙忙，離了衙廂。與人傳信，來在杜九成門上。與張媽媽傳信去價，
　　　　走到他舅父的門上了。沾親著呢，帶故著呢，給這兒也說尕子。〔進
　　　　門介〕哎，張媽媽就在這裡，少跑多少路。張媽媽，不好了！

杜氏　　怎麼樣了？

衙役　　你坐，沒一點事。我把這個話兒說出來，目前就有四個人命，把這個
　　　　老婆氣死了，下來把我塌死了，我的婆娘來哭死了，肚子裏娃捂死了。

—227—

不說，跑到這裡做啥來了。張媽媽不好了！

杜氏　　怎麼樣了？

衙役　　不知張大哥身犯何罪，被楊老爺拷死在公堂。

杜氏　　怎麼說？

　　　　（唱）聽言就把魂嚇掉，〔嚇死介〕

杜九成　做什麼的？

衙役　　來的路我知道。

杜九成　還不走去！〔役下〕這樣莽撞之人。姐姐請來用茶，這是怎麼的情由呢？

杜氏　　（唱）三魂渺渺空中飄。

　　　　　　　猛然睜睛用目瞧，

　　　　　　　見兄弟不由人珠淚拋。

　　　　　　　不言不語一旁坐。

　　　　　　　這冤仇叫人怎開銷？

杜九成　（唱）杜九成來用目睜，

　　　　　　　姐姐惱怒氣填胸。

　　　　　　　你今啼哭為哪件，

　　　　　　　先與為弟說分明。

杜氏　　（唱）成愚曾經來告借，

　　　　　　　你賜他何物奔京城？

杜九成　（唱）成愚我家來告借，

　　　　　　　我賜他八件衣衫出門庭。

杜氏　　哇！

　　　　（唱）老狗還來強言辯，

　　　　　　　害死我兒喪黃泉。

　　　　　　　手扯老狗出門限，

　　　　〔杜秀英上。

杜秀英　（唱）秀英上前忙遮攔。

　　　　　　　你二老爭吵為哪件，

　　　　　　　你先與孩兒說一番。

杜氏　　（唱）你父起了不良念，

　　　　　　害死你表兄喪黃泉。

杜秀英　（唱）我聽說表兄喪了命，

　　　　（喝場）哎呀，我的表兄呀！

　　　　（唱）珠淚滾滾灑滿胸。

　　　　　　　瞞詐不住說實話，

　　　　　　　再叫爹爹你當聽。

　　　　　　　包裹裏暗藏銀十兩，

　　　　　　　害死我表兄喪殘生。

　　　　　　　轉面我把姑母奉，

　　　　　　　你何不當堂把冤明？

杜氏　　（唱）有心當堂把冤喊，

　　　　　　　中間缺少個證明人。

杜九成　（唱）姐姐當堂把冤喊，

　　　　　　　為弟作證通不通？

杜秀英　（唱）爹爹要去兒也去。

杜九成　（唱）既要去下邊把衣更。

杜秀英　（唱）杜秀英來怒氣生，

　　　　　　　我奔上小房把衣更。〔下。

杜氏　　（唱）叫兄弟請上姐拜見，

　　　　　　　屈了你你莫在心中。

杜九成　（唱）姐姐不必來賠情，

　　　　　　　你我可是一娘生。

　　　　　　　草堂以上把衣換，

　　　　　　　等女兒到來好起程。

　　　　〔秀英上。

杜秀英　（唱）小房以內把衣換，

　　　　　　　一把廚刀帶身邊。

　　　　　　　走上前來拿禮見，

　　　　　　　爹爹姑母離家園。

杜氏　　（唱）手托秀英出門限。〔出門介〕

杜九成　（唱）扭回頭來鎖雙環。

杜氏　　（唱）心急只覺路途遠。

杜九成　（唱）杜九成上前雙手攙，

　　　　　　　　直奔南衙莫怠慢。

　　　　　　　　來來來，

　　　　　　　　一家三口到衙前。

　　　　　〔同下。

第七回　喊冤

　　　　　〔四校尉、王朝、馬漢引包文正上。

包文正　（唱）自那年宋王爺大開科場，

　　　　　　　　在原郡辭別了俺的老娘。

　　　　　　　　那一日俺路過太行山崗，

　　　　　　　　遇見了劉英賊草寇跳樑。

　　　　　　　　他那日帶嘍羅下山放搶，

　　　　　　　　搶去我身帶的包裹行囊。

　　　　　　　　包文正離娘胎性情烈強，

　　　　　　　　捨性命撲上了太行山崗。

　　　　　　　　我同那劉英賊打賭擊掌，

　　　　　　　　若高中賊把頭送奔公堂。

　　　　　　　　辭別了那賊巢去把京上，

　　　　　　　　進貢院做幾篇錦繡文章。

　　　　　　　　宋王爺他一見喜從天降，

　　　　　　　　提御筆點狀元四海名揚。

　　　　　　　　戴烏紗穿羅藍整齊模樣，

　　　　　　　　第二天上殿去叩謝君王。

　　　　　　　　包文正下跪在當殿以上，

　　　　　　　　宋王爺他一見怒氣滿腔。

　　　　　　　　他說我生得醜不成貌相，

　　　　　　　　立時間勾狀元趕離朝堂。

　　　　　　　　出午門羞得我無有主張，

　　　　　　　　回家去怎見我鄰居鄉黨？

千千思萬萬想無計可想，

沒奈何鹿角柵命喪黃粱。

又多虧王恩師延齡丞相，

他保我坐定遠七品正堂。

一斷要把京權保，

二斷白狗爭過風。

三斷梅鹿會說話，

祥符縣斷出來兩條釘。

老夫心內正思想，

忽聽有人喊冤枉。

〔仁義同張成愚上。

仁義　　冤枉。

王朝　　稟相爺，有一花兒喊冤。

包文正　將花兒帶在轎前，打轎以奔察院。〔繞場介〕帶花兒上堂。

王朝　　花兒上堂回話。

仁義　　參見相爺。〔拜介〕

包文正　這一花兒，滿口呼冤，你有什麼冤枉？

仁義　　我沒冤枉，盡是這一相公屈冤。

包文正　相公有什麼屈冤？

張成愚　今是大比之年，心想上京，應名赴試。無有路途盤費，以在我舅父家
　　　　中告借。我舅父手頭不便，賜我男女衣衫八件，拿在當鋪去當。遇見
　　　　我家楊老爺的人役，拿上堂去，交叉亂板打死，死屍撂奔荒郊，不是
　　　　我花兒大哥到來，險些兒我命有失。

包文正　名叫什麼？

張成愚　名叫張成愚。

包文正　花兒名叫什麼？

仁義　　我名叫個仁義。

包文正　果稱得個仁義。我將你家楊爺提到，你和他面面質對。

張成愚　情願質對。

包文正　以在哪裏容身？

仁義　　以在城南獎王廟裏容身。

包文正　仍回關王廟，三日內看牌聽審。這是十兩銀子，拿去好好度用。

仁義　　我說告狀好，你看好也不好？

張成愚　好。

仁義　　好了再告一狀。

張成愚　說過不靈應了。

仁義　　把這個銀子一換，扁粉咧、萵筍咧，丟在鍋內一燉咧，煎煎和和一品咧。如其不然，再買兩個棒子煙。〔同下。

包文正　王朝過來。這是白牌一面，提楊知縣，不分星夜進京。一步遲到，找頭來見。

　　　　（唱）十二把銅鐧開了道，

　　　　　　　宋王恩賜保宋朝。

　　　　　　　行走中途有人告，

　　　　　　　斷不明此事不姓包。

　　　　〔同下。

第八回　轟堂

　　　　〔杜九成、杜氏、杜秀英同上。

杜九成　（唱）三口人進了原城縣，

杜氏　　（唱）只見堂鼓空中懸。

杜秀英　（唱）手執磚碗擊堂鼓，

　　　　〔眾衙役引楊連上。

眾衙役　（唱）三班衙役喊連天。

楊連　　（唱）堂鼓不住響連聲，

　　　　　　　何人擊鼓把爺驚？

　　　　　　　年邁婆子一旁跪，

　　　　　　　那壁廂又跪一老翁。

杜秀英　表兄。〔哭介〕

楊連　　（唱）女子不住聲聲哭，

　　　　　　　聲聲哭的她表兄。

　　　　　　　你家有何冤枉事，

　　　　　　　當堂以上對爺明。

杜氏	（唱）我兒身犯何等罪，
	為何拷死說分明。
楊連	（唱）我同你兒名和姓。
杜秀英	（唱）成愚本是我表兄。
楊連	（唱）你提起殺人的張成愚，
	他不該提刀便行兇。
杜秀英	（唱）既然我表兄把人傷，
	當堂拿他什麼贓？
楊連	（唱）聽言罷來笑洋洋。
	再叫頭兒白石剛。
	包裹銀兩公堂放，
	再叫女子驗真贓。
	現有包裹銀十兩，
	繡鞋一隻不屈枉。
杜秀英	（唱）既然有人把他告，
	你把原告帶上堂。
楊連	（唱）一支火簽出堂口，
	押定了馬鴻上公堂。
杜秀英	（唱）老爺錯斷這件案，
	小女子上司明冤枉。
楊連	（唱）你在上司去告狀，
	何人與你作證明？
杜九成	（唱）我女上司把冤喊，
	小老作證通不通？
楊連	（唱）再同你的名和姓，
杜九成	（唱）小老名叫杜九成。
楊連	（唱）這大的年紀不要命，
杜九成	（唱）為只為我甥是屈情。
楊連	（唱）你舉家三口公堂等，
	等馬鴻到來質對明。
	〔馬鴻上。

馬鴻　　（唱）走上前來打一躬，
　　　　　　　　父臺為何喚監生？
楊連　　（唱）你家被盜從實講，
　　　　　　　　從實講來莫瞞贓。
馬鴻　　（唱）我家被盜是實事，
　　　　　　　　得財又把我家人傷。
杜秀英　（唱）八件衣服是誰做，
　　　　　　　　一隻繡鞋是誰縫？
馬鴻　　（唱）八件衣服我女做，
　　　　　　　　一隻繡鞋我女縫。
楊連　　（唱）再問你女名和姓，
馬鴻　　（唱）我女名叫馬群英。
楊連　　（唱）一支火籤出堂口，
　　　　　　　　押定馬鴻帶群英。
　　　　〔馬群英上。
馬群英　（唱）走上前來雙膝跪，
　　　　　　　　老爺提奴因何情？
杜秀英　（唱）八件衣服是誰做？
　　　　　　　　一隻繡鞋是誰縫？
馬群英　（唱）八件衣服是奴做，
　　　　　　　　一隻繡鞋是奴縫。
杜秀英　哇！
　　　　（唱）一隻繡鞋是你做，
　　　　　　　　這一隻繡鞋天降生。
　　　　　　　　把繡鞋拌在公案上，
楊連　　（唱）羞得本縣滿臉紅。
　　　　　　　　把繡鞋拿在了一處對，
　　　　　　　　兩隻針角更相同。
　　　　　　　　馬鴻做事傷天理，
　　　　　　　　賊呀！
　　　　　　　　你錯賴了人命罪非輕。

〔衙役喊介〕

杜秀英　（唱）三班衙役哈哈笑，

　　　　　　　　笑得秀英滿臉紅。

　　　　　　　　一把廚刀拿在手，

　　　　　　　　不如我早死早脫生。〔自刎介〕

杜九成　（唱）見得女兒喪了命，

　　　　　　　　眼淚滾滾灑滿胸。

　　　　　　　　上前來手扯楊知縣，

　　　　　　　　父母官兒你當聽。

　　　　　　　　你圖財，你好利，

　　　　　　　　你害了我女兒的命。

　　　　　　　　小老和你罷不成，

　　　　　　　　照住楊知縣拿頭碰。

楊連　　（唱）碰得本縣滿腹疼，

　　　　　　　　將二老攆在了班房內。

　　　　　　　　馬鴻父女齊帶繩，

　　　　　　　　秀英屍首蘆席蓋。

　　　　　　　　三班衙役把門封。〔同下。

〔提牌官上。

提牌官　（念）來在大堂無人，

　　　　　　　　待我擊動堂鼓。

〔楊連帶眾衙役上。

楊連　　什麼人擊動堂鼓？

提牌官　楊知縣聽了：只因你錯斷張成愚的官司，包丞相有得白牌提你，不分
　　　　星夜進京。一步遲到，找頭來見。

楊連　　天呀，哎呀，天，是我錯斷成愚的官司，包相爺有得白牌相提，大料
　　　　凶多吉少。白石剛，曉諭號頭備馬伺候。

〔楊上馬介〕

（唱）大堂口前把馬上，

　　　　　　　　思想此事好慘然。

　　　　　　　　為的是成愚這一案，

秀英刎死大堂前。
包相爺白牌真兇險，
大料此去要丟官。
白石剛與爺把馬帶，
老爺有言聽心間。
一家犯人押官店，
一家犯人用繩拴。
催動坐馬莫怠慢，
放大聲哭奔了鬼門關。

〔下。

第九回　陰審

〔仁義上。

仁義　（唱）進城討要回廟轉，

探望相公走一番。

進城討要一畢，出城探望相公。看門的大哥留門著，留門著。哎，把門給封了，可出南小門。看門的二哥，留門著，留門著。哎，也給封了。這河裏把牆給打下了，沒鱉走的路了。哎，城隍廟裏可有我那個老下處呢，可往城隍廟裏走。哎呀，就睡到這。〔仁義睡介，小鬼上打仁義介〕唔呀，這半個怎怕怕得很，這個小鬼在這兒作威呢。可睡到那半個去。〔睡介，小鬼上打介〕唔呀，這半個比那半個還怕怕得多。莫要說，睡在鍾鼓樓上走。〔睡介〕

〔判官上。

判官　（引）吾當生來面貌惡，

一條寶帶手內拖。

玉皇爺家親封俺，

封俺陰曹查善惡。

三曹官如意。三六九日我佛登臺，前去伺候，催動祥雲。

〔下。

〔四鬼卒、判官引閻君上。

閻君　（引）頭戴衝天道帽開，

　　　　　鋸齒鐐牙兩邊排。

　　　　　一旁擊動人皮鼓，

　　　　　吾當打坐悔事臺。

　　　吾，十殿閻君轉輪王。今日三十三天，朝見地藏王菩薩。曹官，陰曹大事託你執掌。正是：

　　　　　行走不離雲和霧。

判官　　（接唱）

　　　　　判官手掌生死簿。

鬼卒　　（接唱）

　　　　　小鬼帶過雲裏馬，

閻君　　（接唱）

　　　　　朝見我佛莫遲慢。〔下。

判官　　鬼卒們，打掃森羅。明朗朗森羅寶殿，惡森森閃上曹官。三曹官如意。閻君我佛不在，鬼卒們，將原城堂前這一案陰陽魂一齊帶來。

　　　〔楊連、白石剛、馬鴻、馬成陰魂同上。

判官　　楊知縣上來。怎樣錯斷成愚的官司，趕實地訴來。

眾　　　爺爺容稟了，

楊連　　（唱）馬鴻我手告下狀，

　　　　　得財把他的家人傷。

馬鴻　　（唱）我家被盜是實事，

　　　　　得財把我家人傷。

馬成　　（唱）跪在陰曹兩淚汪，

　　　　　白石剛把我性命傷。

白石剛　（唱）我拖下皇銀整百兩，

　　　　　因此上把他性命傷。

判官　　（唱）聽得一言膽氣炸，

　　　　哈哈、嘿嘿、這、啊、哈哈哈。

　　　　　圪登登地咬銅牙。

　　　　　將馬成蛻化在陽世，

　　　　　你蛻化富貴人多享榮華。

　　　　　白石剛弔在東廊下，

　　　　　　你將馬鴻兩廊押。

　　　　　　楊知縣罰跪在丹墀裏，

　　　　　　我要將你三人重重處罰。

　　〔秀英陰魂上。

　　什麼潑頭野鬼，擾亂吾的森羅。鬼卒們，权挑油鍋。

杜秀英　（唱）下跪陰曹兩淚汪，

　　　　　　閻君爺爺聽心上。

　　　　　　我表兄身犯何等罪，

　　　　　　不該拷死原城堂。

判官　　不在你口巧舌辯，吾在生死簿上查看。鬼卒們，展開生死簿。我當是何人，原是杜秀英。命裏該活七十二，一十六歲命早夭。有心送你還陽，項口不齊，屍首損壞。杜秀英上來，明天封府堂上，有一馬群英，命你借屍還陽。

杜秀英　（唱）多蒙爺爺做主張，

判官　　（唱）吾當送你去還陽。

杜秀英　（唱）人說陰曹無神聖，

判官　　（唱）眼前坐的活閻王。〔杜秀英下。

　　楊知縣上來，明天封府堂前，斷明此事，還則罷了，倘若斷不明此事，提在陰曹，权挑刀山。鬼卒們，打出森羅。掩閉森羅。正是：

　　　　　　楊知縣不會做官，

　　　　　　白石剛殺人欺天。

　　　　　　馬鴻誣賴人命，

　　　　　　繡鞋記萬古流傳。〔下。

仁義　　哎呀，我的爺呀，嚇死咧，怕死咧，把肚裏的娃壓死咧。這一下把啥事都聽到我的肚子咧。明天以在封府堂前，只用我一磕膝蓋，楊知縣呀，我就是你的小老子呢。

　　〔下。

第十回　明冤

　　〔四校尉、王朝、馬漢引包文正上。

包文正　（引）天下衙門向南開，

本相烈性開北門。

〔提牌官上。

提牌官　交牌。將楊知縣提到。

包文正　應名穿堂而過。杜九成。

杜九成　有。

校　尉　過。

包文正　杜氏。

杜　氏　有。

校　尉　過。

包文正　馬鴻。

馬　鴻　有。

校　尉　過。

包文正　馬群英。

馬群英　有。

校　尉　過。

包文正　白石剛。

白石剛　有。

校　尉　過。

包文正　楊知縣升門而進。

楊　連　報門，與相爺叩頭。

包文正　本相賜你點規矩，立地講話。

楊　連　謝過相爺。

包文正　怎樣錯斷成愚的官司，叫他反來上告？

楊　連　可有我的招對？

包文正　有你的招對。喚成愚。

校　尉　成愚走來。

〔張成愚上。

張成愚　伺候相爺。

包文正　將你家楊爺提到，同他面面質對。

張成愚　啊！

（唱）張成愚跪在公堂上，

未殺人來心不慌。
我楊爺受銀一千兩，
他將我拷死原城堂。

包文正　（唱）怎讀詩書看文章，
　　　　　　　為何把他性命傷？

楊連　　（唱）馬鴻我手告下狀，
　　　　　　　得財把他家人傷。

包文正　（唱）速帶馬鴻把堂上，

馬鴻　　（唱）雙膝下跪封府堂。

楊連　　（唱）你家被盜從實講，
　　　　　　　千萬莫要昧天良。
　　　　　　　倘若錯講一句話，
　　　　　　　頃刻間你我的二命亡。

馬鴻　　（唱）我家被盜是實事，
　　　　　　　得財把我家人傷。

張成愚　（唱）既然把你家人傷，
　　　　　　　當堂拿我的什麼贓？

楊連　　（唱）聽言罷來笑洋洋，
　　　　　　　再叫頭兒白石剛。
　　　　　　　包裹銀兩公堂上放，
　　　　　　　再叫相爺驗真贓。
　　　　　　　現有包裹銀十兩，
　　　　　　　繡鞋一隻不屈枉。

包文正　（唱）現有包裹把你證，
　　　　　　　怎見你今是屈枉？

張成愚　（唱）大比年間赴科場，
　　　　　　　包裹本是我舅裝。

包文正　（唱）杜九成來把堂上，

杜九成　（唱）雙膝跪在封府堂。

包文正　（唱）你甥兒你處借銀兩，
　　　　　　　你賜他何物奔帝鄉？

杜九成　（唱）我甥兒我處借銀兩，

　　　　　　　　我賜他八件錦衣裳。

包文正　（唱）內邊暗藏銀多少？

杜九成　（唱）包裹本是小女裝，

包文正　（唱）隨帶你女把堂上，

杜九成　（唱）我女命喪原城堂。

包文正　（唱）你領何人來告狀？

杜九成　（唱）張門杜氏他的娘。

包文正　（唱）張門杜氏把堂上。

　　　　　〔杜氏上。

杜氏　　（唱）張門寡婦七十多，

　　　　　　　　三門守著兒一個。

　　　　　　　　我的兒子他害死，

　　　　　　　　叫老爺葬埋我老婆。

包文正　（唱）杜家講的杜家苦，

　　　　　　　　馬家講的有屈枉。

　　　　　　　　這內邊還有個馬家女。

馬鴻　　（唱）我女隨後到公堂。

　　　　　〔馬群英上。

馬群英　（唱）雙膝下跪封府堂。〔鬼卒帶杜秀英魂上。

鬼卒　　（唱）腦門穴裏打一掌，

　　　　　　　　我拉你去見五閻王。

杜秀英　（唱）魂靈兒撲在你身上，

　　　　　　　　你歸陰來奴還陽。

　　　　　〔秀英魂入群英身介，借屍還陽介〕

　　　　　（唱）魂靈兒正走陽臺路，

　　　　　　　　忽聽耳邊有人聲。

　　　　　　　　猛然睜睛用目奉，

　　　　　　　　那壁廂觀見賊馬鴻。

　　　　　　　　我表兄和你哪裏恨，

　　　　　　　　怎忍害他喪殘生？

那壁廂觀見姑母面，

姑母呀、老爹爹呀。

再叫姑母你當聽。

你把兒當就哪一個，

我本是秀英還了生。

包文正　（唱）馬家女講的杜家話，

　　　　　　　本相難解其內情。

　　　　　　　大堂口難住了包丞相，

〔仁義上。

仁義　　（唱）花兒跪倒喊冤枉。

王朝　　　花兒喊冤。

包義正　（唱）聽說花兒把冤喊，

　　　　　　　杜家滿門下公堂。

　　　　　　　隨帶花兒把堂上，

仁義　　（唱）雙膝下跪封府堂。

包文正　（唱）花兒喊冤因何故，

　　　　　　　你與本相說其詳。

仁義　　（唱）你當殺人是哪個，

　　　　　　　殺人原是白石剛。

包文正　（唱）白石剛弔在東廊下，

　　　　　　　你將馬鴻弔西廟。

　　　　　　　楊知縣罰跪丹墀裏，

　　　　　　　再向花兒問端詳。

仁義　　（唱）陰曹府我見了活閻王。

包文正　（唱）聽說見了閻王面，

　　　　　　　不由本相喜心上。

　　　　　　　花兒，你見閻君怎樣形相？

仁義　　自從那日你給了我十兩銀子，花費已完。進城討要，出城去呀，可把城門給封咧，我就跑到城隍廟裏給睡覺去咧。睡在東廊房，咳，凜凜不乾淨。睡在西廊房，咳，凜凜不乾淨。沒奈何，我就睡在鼓樓上。一個眼睜，一個眼閉，一霎時閻王給登了寶殿咧。

校尉　　登了寶殿咧？

仁義　　啊，登了寶殿咧。

　　　　（唱）一霎時閻王爺登了寶殿，

　　　　　　　戴一頂平頂冠打坐上邊。

　　　　　　　他身後打一把黃羅金傘，

　　　　　　　又只見出廟門面向西南。

包文正　向西南想是朝見玉帝去了。

仁義　　著、著、著，朝見玉帝去了。

包文正　陰曹大事託與何人執掌？

仁義　　託於那鬼兒執掌。

包文正　那鬼兒行事如何？

仁義　　那鬼兒比閻王爺還怕得厲害。

　　　　（唱）那鬼兒只生得獠牙青面，

　　　　　　　抱一本生死簿打坐中間。

　　　　　　　提來了原城堂一夥鬼犯，

　　　　　　　許多的屈冤鬼都在內邊。

　　　　　　　包文正哪些屈冤鬼？

仁義　　白石剛殺人欺天，我家楊爺不會做官。馬鴻誣賴人命，白石剛弔在東
　　　　廊，馬鴻弔在西廊，我家楊爺罰跪在丹墀。正打哩，正鬧哩，忽然來
　　　　了個女鬼，嘴裏噙了個刀子。

眾　　　原是個刀子。

仁義　　見了閻王爺爺，一陣陣地好哭也！

　　　　（唱）那鬼兒真哭得血淚汪洋，

　　　　　　　她盲說她表兄屈死公堂。

　　　　　　　閻王爺在陰曹親口發放，

　　　　　　　令來在封府堂借屍還陽。

包文正　（唱）花兒對我講一遍，

　　　　　　　本相心中才了然。

　　　　　　　楊知縣做事本該斬，

　　　　　　　念起斯文丟了官。

　　　　　　　烏紗帽押在書桌案，

　　　　　　　回上原郡務莊田。

楊連　　（唱）烏紗帽押在書桌案，

　　　　　　　回上原郡務莊田。

　　　　　　　我好屈冤。

包文正　（唱）白石剛犯罪蘆席卷，

　　　　　　　腰斷三節喪黃泉。

　　　　　　　馬鴻犯罪應該斬，

　　　　　　　銅鍘下叫兒歸陰間。

　　　　　　　本相審明這件案，

　　　　　　　黎民百姓呼青天。

　　　　　　　王朝、馬漢、花兒以在丹墀伺候，與爺擺了銅鍘。

王朝／馬漢　請爺驗鍘。

包文正　（念）擂鼓三通排早衙，

　　　　　　　不認情面只認法。

　　　　　　　何論王孫並公子，

　　　　　　　犯王法一律付銅鍘。

　　　　　本相包文正。今天監鍘二賊。王朝、馬漢，將二賊提上來。

　　　　　〔押馬鴻、白石剛介〕

　　　　　（唱）一時怒發冠上沖，

　　　　　（詩）人虧天不虧，

　　　　　　　　終究有輪迴。

　　　　　　　　睜眼往上看，

　　　　　　　　蒼天豈容誰。

　　　　　（唱）踏斷朝靴底幾層。

　　　　　　　　孺子做事多不正，

　　　　　　　　銅鍘下邊喪殘生。

　　　　　膽大的二賊，今死本相銅鍘下邊，悔也不悔？

馬鴻／白石剛　犯在你手，任你所為。

包文正　看看死在目前，還是這樣的暴橫。王朝、馬漢，一齊開鍘。

　　　　　〔鍘介〕二賊已死，扯下去。喚花兒上堂。

仁義　　伺候相爺。

包文正　馬鴻有得萬貫家財，命你承受。

仁義　　誠恐旁人揭告。

包文正　本相紅筆注就，無人揭告。下去。

仁義　　這才是思也沒思，想也沒想，跑了個劉秀，捉住個王莽。遺了個饊子，
　　　　可拾了個麻糖。跌了一跤，鬧了恁大的個攤場。這才是：菜籽開黃花，
　　　　就地結圪瘩。為人行好事，閻君叫我發。閒人邁開，花兒老爺過來了。
　　　　〔下。

包文正　喚杜九成上堂。

杜九成　伺候相爺。

包文正　你外甥和你家女兒前世有緣，本相中間為媒，叫他們配就一對夫妻。

杜九成　盡在相爺。

包文正　王朝、馬漢，撒了拜帖，上來一拜。掩閉了封府門。
　　　　〔同下。

　　　　　　　　　　　　　　　　　　　　　　　　　　　　　　　劇終

傳統公案劇目《九黃七朱》

人物表

胡好玄	翰林	老生
謝氏	胡夫人	老旦
家院		雜
李天成	商人	雜
張武元	商人	雜
九黃	和尚	淨
七朱	尼姑	花旦
施世綸	知縣	紅生
役		雜
胡登舉	生員	小生
海潮還	富翁	老生
海珠燕	海潮還之女	小旦
王自臣	會長	生

趙守清	尼姑	旦
性月	小尼	小旦
老道		老生
劉君佩	商人	生
周無陽		小生
夢魂使		雜
施安	家人	雜
英公然	班頭	雜
張子仁	班頭	雜
清風	沙彌	雜
明月	沙彌	雜
王仁	衙役	雜
徐茂	衙役	雜
元紀安		紅生
羅鳳英		旦
馬上人		雜
王公必	商人	雜
郭義士	寨主	雜
周彪	寨主	雜
王之煥	寨主	雜
喬進	寨主	雜

場次

第一回	還願
第二回	殺商
第三回	惹禍
第四回	刺胡
第五回	告狀
第六回	移贓
第七回	夢悟
第八回	尋奚

第一回　還願

〔胡好玄、謝氏同上。

胡好玄　（引）神恩多靈驗，
　　　　　　　夫人疾病痊。

謝氏　　（引）許願要還願，
　　　　　　　敬神觀音庵。

胡好玄　老夫胡好玄。官至翰林，告老歸鄉。

謝氏　　老身謝氏。

胡好玄　夫人，你病大愈，咱們要往觀音庵與神還願，不知你意下如何？

謝氏　　為妻之病，多虧老爺與神許願，妻病才得痊好。許願還願，理所當
　　　　然。

胡好玄　既然如此，家院，曉與你家少爺：老爺和夫人同奔觀音庵與神還願，
　　　　叫他好好讀書，莫要誤卻光陰！
　　　　〔家院暗上。

家院　　是！〔下，又上。

胡好玄　家院，帶上神袍、香表、蠟燭，往觀音廟還願。〔家院拿香、燭、表、
　　　　袍〕夫人呀！
　　　　（唱）蒙神默佑你病癒，
　　　　　　　許願還願理所宜。
　　　　　　　夫妻同去把神祭，
　　　　　　　香燭神袍淨手提。
　　　　〔同下。

第二回　殺商

〔李天成、張武元同上。

李天成　（唱）合夥求財運氣順，

張武元　（唱）帶了資本六百銀。

李天成　（唱）商通有無是正論，

張武元　（唱）一本萬利稱人心。

李天成　（唱）千里求財心操盡，

張武元　（唱）披月戴星冒風塵。

〔眾內吶喊：前邊客商等著，咱們同路而行〕

〔李天成、張武元後看，驚跑〕

李天成　（唱）忽聽後邊人聲喊，

張武元　（唱）急忙跑來莫遲延。〔跑下〕

〔九黃和尚帶眾上。

九黃　　（唱）前邊跑的二布商，

眾　　　（唱）包裹沉重有銀兩。

九黃　　（唱）今日運氣真順當，

眾　　　（唱）得財又要把主人傷。〔急下。將張武元拉上。〕

張武元　老師父饒命！

九黃　　誰是老師父？滿口胡說。搜查身上，奪了包裹！

眾　　　包裹裏邊盡是銀兩，身上沒有什麼。

九黃　　拿上走！

〔張武元搶奪，眾將張武元按倒。

張武元　九黃和尚，我把你害人的禿驢！

　　　　（唱）假借佛門把人害，

　　　　　　　搶我銀兩太不該。

　　　　　　　前世裏該下你命債，

　　　　　　　總要把你禿頭宰。

九黃　　難道你要死嗎？

張武元　願死！

九黃　　拉下亂棍打死！

〔眾拉張武元下，打死後眾上。

眾　　　稟師兄，將布商打死。

九黃　　你們帶上銀兩回寺去！〔眾下〕這般時候，奔上觀音庵走走了！

　　　　（唱）七朱妹妹情意厚，

　　　　　　　　暗度鵲橋喜心頭。

　　　　〔下。

第三回　惹禍

　　　　〔七朱上。

七朱　　（唱）想當初小奴家風流無賽，

　　　　　　　　九師兄相交好夜上陽臺。

　　　　　　　　他度奴為尼姑先姦後拐，

　　　　　　　　我二人從此後常往常來。

　　　　小尼，七朱便是。原本蘇州人氏，自幼和九師兄有情，度奴為尼。教奴刀槍武藝，飛簷走壁如同平地一般。又與一十二家寨主交好，無人敢來欺辱於奴。今是神會之日，必有人來燒香還願。

　　　　〔小尼上。

小尼　　稟師父，胡老爺和夫人前來與神還願，已入山門。

七朱　　你去擊鼓鳴鐘，待我前去迎接！

　　　　〔胡好玄、謝氏、家院同上，牌子。

胡好玄　（引）病癒託神佑，

謝氏　　（引）掛袍把神酬。

七朱　　小尼接見老爺、夫人。

胡好玄　啟開佛殿，前邊帶徑。

　　　　〔牌子，同下，又上。胡好玄、謝氏叩拜。

胡好玄　觀音菩薩在上，下跪弟子胡好玄同妻謝氏。為妻疾病許下香願，今日身體康健，故來酬謝神靈，祈望神聖默佑。尚饗！

　　　　〔牌子，下，又上。

七朱　　小尼與老爺、夫人獻茶。

胡好玄　多謝。家院！

院子　　有。

胡好玄　看布施過來！

院子　　布施到。

胡好玄　這是五兩銀子，交與女僧。

院子　　女師父，這是五兩銀子布施，請收下。

七朱　　多謝老爺、夫人慈悲。阿彌陀佛！〔鞠躬〕

胡好玄　（唱）觀音庵佛殿上甚是清淨，

　　　　　　　　兩邊的鍾鼓樓醒悟凡人。

謝氏　　（唱）出家人在此間修真養性，

　　　　　　　　與凡俗所作為大有不同。

胡好玄　女師父請在，我們告辭。

七朱　　不敢屈留。

胡好玄　哎，好呀！〔看牆上。

　　　　（唱）在粉牆觀詩句真情已現，

　　　　　　　　那和尚想必是風流少年。

七朱　　送老爺。

胡好玄　人各有事，不勞相送，女師父請回！〔下。

謝氏　　哎，女師父！

　　　　（唱）既出家須要把水火收斂，

　　　　　　　　把心猿和意馬常常牢栓。

七朱　　送夫人。

謝氏　　在此有妨師父正事，免送！〔下。

七朱　　好不羞煞人了！

　　　　（唱）千江水洗不清今朝羞慚，

　　　　　　　　巧言兒譏笑我有口難言。

　　　　　　　　眼看著日偏西天色已晚，

　　　　　　　　叫小尼前後門一齊牢關。

　　　　　　　　進禪堂自覺得心神慌亂，

　　　　　　　　我暫且到牙床和衣而眠。

　　　　〔九黃上。

九黃　　（唱）幸喜得今夜晚風吼月暗，

　　　　　　　　天助我會賽妹倒風顛鸞。

　　　　咱家，九黃和尚是也！來至觀音庵前。山門關閉，我不免越牆而過。

〔翻牆〕觀見禪堂燈火未熄，賽妹倒臥牙床。賽妹醒來！

七朱　（唱）適才間睡朦朧陽臺夢現，
　　　　　　夢兒裏和師兄倒鳳顛鸞。
　　　　　　正情濃忽聽得耳邊人喚，
　　　　　　原來是九師兄站立面前。
　　　　　　故意兒皺雙眉紅顏改變，
　　　　　　痛煞煞坐床邊怒而不言。

九黃　（唱）叫賽妹你不必長籲短歎，
　　　　　　是何人欺辱你細說根源。

七朱　（唱）九師兄既然司聽奴細談，
　　　　　　你妹妹今遭下不白之冤。
　　　　　　這幾日奴想你不能見面，
　　　　　　叫旁人把小妹下眼來觀。
　　　　　　清早間坐禪堂小尼稟見，
　　　　　　言說是胡府人來把言傳。
　　　　　　因從前老夫人偶染病患，
　　　　　　曾許下掛袍願答謝神仙。
　　　　　　幸喜得疾病愈身體康健，
　　　　　　因此上到庵中來把願還。
　　　　　　你妹妹迎接他同上佛殿，
　　　　　　拜神畢到禪堂獻茶問安。
　　　　　　胡老爺見詩句看出破綻，
　　　　　　逼夫人上車馬即回家園。
　　　　　　你妹妹在一旁親耳聽見，
　　　　　　胡老爺那言語十分不堪。
　　　　　　他言說奴和你定有情染，
　　　　　　又說奴不老誠輕狂無邊。
　　　　　　臨行時用巧言把奴訓訕，
　　　　　　羞得奴惱在心不敢明言。
　　　　　　你常說你是個英雄好漢，
　　　　　　人侮辱你妹妹你心何安？

九黃　　（唱）聽一言氣得我團團打顫，

　　　　　　　胡老爺真乃是自尋禍端。

　　　　　　　叫賽妹莫啼哭愁眉放展，

　　　　　　　今夜晚我與你即報仇冤。

　　　　賽妹不必啼哭，為兄今晚去到胡府，將他夫妻殺壞，好與賽妹出氣。

七朱　　師兄若能如此，不枉你我交好一場。

九黃　　待我款了大衣。〔換衣〕正是：

　　　　（念）越牆把仇報，

　　　　　　　哪怕坐獄牢。

　　　　〔分下。

第四回　刺胡

　　　　〔胡好玄、謝氏同上。

謝氏　　（引）心驚眼又跳，

　　　　　　　提防大禍招。

胡好玄　夫人，你看更深夜靜，你我款了大衣，上床安眠。

謝氏　　老爺安眠。

胡好玄　正是：

　　　　（念）夜深三更盡，

　　　　　　　安眠養精神。〔下。

　　　　〔九黃上。

九黃　　（引）要去心頭恨，

　　　　　　　須殺有仇人。

　　　　來至胡府，房屋高大，不免使出飛簷走壁。〔翻牆去尋找胡好玄、謝氏〕不知胡老爺夫妻在哪個房屋，待我靜聽片時。〔偷聽各房屋〕

胡好玄　〔內〕夫人！

謝氏　　〔內〕老爺，我今晚怎麼心慌得要緊？

九黃　　原來在這房屋內邊，待我踢開房門。〔踢門開〕

謝氏　　〔內〕老爺，有賊！

九黃　　休走！〔進，將胡好玄、謝氏殺死，提人頭出〕哎呀，一時匆忙，誤將兩個人頭提出，可該摺在哪裏？〔想〕有了。前日我從地藏庵經過，

觀見趙尼姑新收一小尼姑，十分美貌，不免將這兩顆人頭，掛在她的庵門。有人報官，必將趙尼姑喚去。咱家飛過牆去，好奸那個小尼。便是這主意了。

（唱）將人頭掛庵門作為引進，

　　　飛身過好會合美貌佳人。〔下。

〔胡登舉上。

胡登舉　（唱）耳聽得上房內響聲沉重，

　　　　參不透解不開是何情由。

　　　　掌銀燈推開門用目細奉，

　　　　哎呀，不好！

　　　　我爹娘遭毒手不見頭顱！

　　　　家院，快來！

〔家院急上。

家院　　來了。少爺慌張為何？

胡登舉　不知何處賊人，將我爹娘殺壞，將首級帶走。你在家中料理棺材，我到縣衙喊冤，好拿賊人報仇！

家院　　小人曉得。〔下。

胡登舉　罷了，爹娘呀！

　　　　〔下。

第五回　告狀

〔四役引施世綸上。

施世綸　（引）做官心底公正，

　　　　　　自然鬼怕神驚。

　　　　（詩）愛民不愛錢，

　　　　　　神鬼心膽寒。

　　　　　　眼前皆赤子，

　　　　　　頭上有青天。

下官施世綸。康熙帝駕前為臣。奉王旨意，江都轄民。今坐大堂，人來，告牌懸出！

役　　　是，告牌掛出了。

李天成　〔內〕大老爺，冤屈冤枉！

役　　　稟老爺，有一漢子喊冤。

施世綸　帶上堂來！〔李天成上，跪〕這一漢子，喊的什麼冤枉？你是有狀嗎
　　　　還是口訴？

李天成　劫殺重案，寫狀不及，只憑口訴。

施世綸　你且訴來！

李天成　老爺請聽了！

　　　　（唱）念小人李天成貿易出外，
　　　　　　　與夥計張武元合本求財。
　　　　　　　帶銀兩行走到荒郊所在，
　　　　　　　遇賊人將夥伴殺壞塵埃。
　　　　　　　搶銀子六百兩當真奇怪，
　　　　　　　大老爺拿賊人速處禍胎。

施世綸　那夥賊人你可認得一個人不？

李天成　那賊人盡是兇惡大漢，小人一個也不認得。

施世綸　這就奇了。你且下去，本縣即刻捉拿賊盜，與你報仇申冤。

李天成　大老爺天恩！〔下。

胡登舉　〔內〕老府師，冤枉！

役　　　稟老爺，胡少爺喊冤要見。

施世綸　命他進來！

　　　　〔胡登舉上。

胡登舉　老府師在上，生員胡登舉措躬！

施世綸　賢契上堂，喊的什麼冤？

胡登舉　生員父母，被賊殺壞，把首級帶去。這是生員的稟狀，老府師過目，
　　　　便知詳細。〔遞狀〕

施世綸　既有冤狀，你且回家候審！

胡登舉　還請老府師趕緊捕捉，莫叫賊人走脫。

施世綸　那是自然。賢契請回！

胡登舉　哎呀，爹娘呀！〔下。

施世綸　待我看稟狀，是什麼緣故。「告狀人胡登舉，年二十八歲，住北鄉胡
　　　　家村，距城五里。告為盜殺二命，帶去首級，懇恩捕捉，以肅刁風事。

生父好玄，身為翰林，告老歸家，同母謝氏上房安眠。今早生請安父母，俱無聲息，生情急推門觀看，只見父母屍橫床上，首級到處找尋不見。生身為庠生，父母如此慘遭毒害，心何能安？叩乞仁明府師恩准，捕捉強盜兇手，生沒齒不忘大德！僅此哀鳴上告。」哎，好奇也！

（唱）這件事叫本縣當真難辦，

　　　殺死人帶首級所為哪般？

　　　人役們齊散班掩門兩扇，

　　　退二堂將此事細觀詳參。

〔下。

第六回　移贓

〔海潮還、海珠燕同上。

海潮還　（唱）安人死已三月百日近滿，

　　　　　同女兒去拜掃兩淚漣漣。

　　　　　小老海潮還。

海珠燕　奴家海珠燕。

海潮還　今是安人百日之祭，同女兒上墳拜掃已畢。珠燕，同父回家便了。

　　　　（唱）你母親去了世三月已過，

海珠燕　（唱）父女們去拜掃眼淚如梭。

海潮還　（唱）想安人背地裏常將淚落，

海珠燕　（唱）要見母除非是夢裏南柯。〔下。

〔王自臣上。

王自臣　（唱）王自臣在當鋪算清帳項，

　　　　　忙回家免妻子獨守空房。

小可王自臣。以在永義當鋪中貿易。算清帳項，不免執燈回家。待我說個口歌「一去二三里，煙村四五家。猛然抬頭用目看，只見兩個泥疙瘩。」哈哈，這地藏庵上掛的什麼東西？待我掌燈細看。〔見人頭〕哎呀，不好！才是兩個人頭。待我將趙尼姑叫起。哎，不可！不知誰將人殺壞，我若將趙尼姑叫起，她與我碼上一頭子，我跳到黃河也洗不清。此事冤有頭，債有主。我且回家安眠，明日再看事體如何了！

（唱）不曉得誰將人用刀殺壞，

將人頭掛庵門移禍招災。〔下，狗咬。

〔趙守清上。

趙守清　（唱）聽黃犬亂聲叫有些奇怪，

掌燈亮開門看免費疑猜。

小尼趙守清便是。耳聽黃犬亂叫，不免掌燈開門去看。〔看〕哎呀，
不好！性月快來！

〔性月上。

性月　師父慌張為何？

趙守清　不知何人將人殺壞，把人頭掛在庵門以上，此事可該怎處？

性月　喚老道到來，一同商議。

趙守清　你作速喚來！

性月　老道快來！

〔老道上。

老道　（念）老道老道，

光會睡覺；

聞聽人叫，

急忙來到。

女師父喚我為何？

趙守清　不知誰將兩個人頭掛在庵門以上，此事若是經官，你我同受拖累。我
與你五兩銀子，你將這人頭埋在荒郊野外，豈不乾淨！

老道　這是個淡事，你先取銀子。

趙守清　待我取來。〔取銀〕這是五兩銀子，你先收下。

老道　待我收下，再取钁頭燈籠。〔性月取燈籠钁頭到〕待我把這兩個人頭，
提到荒郊去埋一回了！

（唱）我真是交了好運氣，

人不尋錢錢尋人。〔出〕

忽然吹來一陣風

燈滅天黑好陰森。

燈也吹滅了，倒怎樣埋嗎？啊，有了。這裡是劉君佩鋪中的後園，摸
著好像是牆豁口子，不免將這兩個人頭摺在牆裏，省得我埋。〔摺〕
趙尼姑若問，我就說埋得深深的了！

（唱）人頭摺在豁口內，

得了銀子沒瞌睡。〔下。

〔劉君佩上。

劉君佩　（唱）雞叫三遍天將西，

西瓜在肚中作了威。

小夥計，你看天將明瞭沒有？明瞭，我就起呀。

〔內：快明瞭。

〔劉君佩起看。

劉君佩　到底明得咧。我乃劉君佩，山西絳州人氏，在江都地方開了個雜貨鋪。昨日吃了兩個西瓜，肚子脹了一夜。天色大亮，後園出恭一回了。〔出恭〕一下鬆軟咧。哎，那是什麼東西？有了。想必誰把口袋摺在這裡，待我拾起來。〔拾〕哎呀，不好！原是兩個人頭，這該怎處？有了。我想，也是個淡事，天色才明，四下無人，我不免取鑷頭將這東西埋在牆外，誰可能知道呢！待我取鑷頭先挖坑。〔挖坑〕

〔周無陽上。

周無陽　（引）昨夜做夢十分凶，

夢見遍地是窟窿。

小子周無陽。昨日把個煙包遺失鋪內，遍尋無有。天色已明，待我後園去尋。來在牆外，啥響呢？哎！掌櫃的在這裡挖啥哩，挖銀子呢嗎？

劉君佩　我挖蘿蔔窖呢！

周無陽　那是兩個啥東西？

劉君佩　那是兩個西瓜！

周無陽　對對。我一夜口發渴呢，正想吃西瓜。拿我看，是沙瓤嗎，還是肉瓤子？

劉君佩　這瓜看不得，看了當下就要走肚哩！

周無陽　我一定要看。〔看〕掌櫃的把人給殺壞了！

劉君佩　哎，甭喊！〔劉君佩暗將周無陽打死〕哎呀，不好！一時失手，將周相公一鑷頭打死。這、這、這……咦，也是個淡事。不免將這三件子，埋在一個地方便了！

（唱）事做錯就按錯處來，

人和頭共在一處埋。

〔下。

第七回　夢悟

〔施安引施世綸上。

施世綸　（唱）江都縣廣出的無頭命案，

　　　　　　　叫下官加憂愁立坐不安。

　　　　　　　進書房忽然間心神瞀亂，

　　　　　　　我暫時坐交椅伏几而眠。

下官施世綸。昨日接下兩張狀子，不知兇手是誰。今坐書房，心神悶倦，不免打盹片時。〔睡。

〔夢魂使上。

夢魂使　（引）至仁世本無，

　　　　　　　精誠神即通。

吾夢魂使者是也！因為江都無頭命案，前來與施公驚夢。來至已是，夢兆何不顯現！〔跳九黃、七朱玩〕現兆已畢，將柬貼留下，吾即去也！

（念）夢兆已明現，

　　　　　請君細詳參。〔下。

施世綸　奇怪。哎，好奇怪也！

（唱）適才間睡朦朧親身夢見，

　　　　　九黃鳥七蜘蛛飛跳簷前。

　　　　　有一神留柬貼雲端出現，

　　　　　夢醒來嚇得我半晌無言。

哎呀，適才偶做一夢，夢見九隻黃鳥七個蜘蛛，以在房簷前就是這麼樣撲拉撲拉飛去。又有神人留下柬貼一張，驚醒於我，霎時不見。待我先看有柬無有。〔看〕哎呀，果有柬貼一張，待我看：

　　　　　九里山前即戰場，

　　　　　黃粱一夢實堪傷。

　　　　　七擒七縱兇惡黨，

　　　　　諸葛出師犯蠻邦。

犯蠻邦！這是怎樣的刪解？這、這、這……啊！明白了！我想九里山

前即戰場「九」字為頭，第五字是「即」字；二句，黃粱一夢實堪傷，「黃」字為頭，第五字是「實」字；三句，七擒七縱兇惡黨，「七」字為頭，第五字是「凶」字；四句，諸葛出師犯蠻邦，「諸」字為頭，第五字是「犯」字。四句合在一處，首一字橫看，「九黃七朱即實凶犯」八字。哎，越發明白了。夢見九個黃鳥，即「九黃」二字；七個蜘蛛，即「七朱」二字。我自有道理。施安走來！

施安　　來了，伺候老爺！

施世綸　傳英公然、張子仁見我！

施安　　傳英、張二捕頭來見！
　　　　〔英公然、張子仁上。

英公然　（引）身高力又大，
　　　　　　　槍棒實堪誇。

張子仁　（引）貫通江湖語，
　　　　　　　捕捉為生涯。

英公然　英公然。

張子仁　張子仁。

英公然　老爺有喚，

張子仁　只得去見。

英公然　張子仁小人伺候老爺！

施世綸　這是火簽一支，限你二人三日內，捕拿九黃七朱到案。若還違限，定要砸壞兒的骨拐！

英公然　大老爺，九黃七朱是個東西嗎還是個人名？

施世綸　走！本縣知你二人久辦無頭命案，貫會搪塞，今日分明躲懶。施安，傳外班進來。

施安　　傳外班！
　　　　〔外班上。

外班　　伺候老爺！

施世綸　將英、張二人重打三十！〔外打〕

英公然　張子仁大老爺量罰吧！

施世綸　三日內，將九黃七朱捕到還則罷了，若還捕不到，休想兒活了！
　　　　（唱）你二人辦匪案本縣盡曉，

你竟想來撒懶絮絮叨叨。

限三天將九黃七朱拿到，

若違犯定將你重責不饒！〔下。

張子仁　（唱）三十板打得我皮開肉綻，

英公然　（唱）吩咐下糊塗題不容人言。

手拉手到班房將身立站，

張子仁　（唱）叫英哥莫含淚且聽弟言。

英公然　賢弟，講說什麼？

張子仁　英哥，你我遇此案，可該怎樣下手？

英公然　以賢弟之見？

張子仁　以弟心想，我二人扮成乞兒花子，不管草民人家、庵觀寺院，都要找到。只要聽見有人說出「九黃七朱」四字，不管是物是人，即可帶上公堂，免得你我皮肉受刑。

英公然　賢弟言之最是。你我即扮花子討要便了。

（唱）人都說施縣主清廉能幹，

張子仁　（唱）無故地打我們黑漆一般。

〔同下。

第八回　尋奚

〔王自臣上。

王自臣　（唱）自昨夜見人頭魂飛魄喪，

嚇得我整一夜睡不安康。

到庵門抬起頭用目細望，

兩人頭無蹤影哪裏躲藏？

來在庵門，人頭不見蹤影。開門來，開門來！

〔趙守清上。

趙守清　（引）耳聽喚聲急，

開門司消息。〔開門〕

原是王會長，清早到此為何？

王自臣　趙師父，我且問你，我昨夜從巷內回家，觀見庵門掛著兩個人頭，此時為何不見呢？

趙守清	王會長休得胡說。清平世界，誰敢殺人？門上哪裏來的人頭？
王自臣	我親眼看見，你怎說無有？
趙守清	既然你看見，你就知道人頭所在，何必來問我！
王自臣	這真把人氣死價！你若不應允人頭，我就要出首告你！
趙守清	讓你個原告！
王自臣	哎，好惱也！
	（唱）這禿尼講此話當真奸狡，
	移人頭反賴我裝假弄喬。
	咱兩家在這裡不必亂道，
	奔縣中去告狀任官開銷。
	〔拉下。

第九回　劫海

〔郭義士、周彪、王之煥、喬進同上。

郭義士	（唱）海潮還有一女容貌出眾，
	比西施賽貂蟬嫦娥出宮。
眾	弟兄請了！
眾	請了！
郭義士	海潮還刻薄成家，為富不仁。他有一女，生得十分美貌。眾弟兄面擦青紅，同到他家，一來搶劫金銀，二來搶他女兒到寺。和九黃師父大家一同快樂，一同前去了！
	（唱）眾弟兄到他家一齊下手，
	搶來了俏佳人快樂風流。
	〔海潮還、海珠燕同上。
海潮還	（唱）同女兒拜掃回黃昏以後，
	眼又跳心又驚輾轉不休。
	小老海潮還。同女兒祭掃回來，黃昏以後，眼看更深夜靜。女兒！
海珠燕	有。
海潮還	夜已深了，你到繡房安眠去吧。
海珠燕	噢，是。〔同下。
郭義士	眾弟兄打進大門！〔進門扯住海潮還。

海潮還　大王饒命！

郭義士　倘若高聲，我便是一刀！

海潮還　我不高聲。

郭義士　銀子都在何處？

海潮還　有三封銀子，現在櫃內。

　　　　〔眾打開櫃搜尋。

郭義士　果有三包銀子。眾弟兄，看在銀子份上，饒兒個活命。將他女兒背上，
　　　　一同走吧！

　　　　〔眾押海珠燕上。

海珠燕　苦呀！〔眾押海珠燕下。

海潮還　天，哎呀，老天！賊人搶去銀子，又將女兒搶去。這……啊，有了。
　　　　天色已明，不免進縣告兒一回便了！

　　　　（唱）恨賊人搶劫人當真兇狠，

　　　　　　　搶財物搶女兒天理何容。

　　　　〔下。

第十回　暗訪

　　　　〔清風、明月同上。

清風　　（唱）眾弟兄和師父十分交好，

明月　　（唱）在酒樓排酒筵暮暮朝朝。

清風　　我乃清風。

明月　　我乃明月。

清風　　眾寨主昨日搶來一個美貌女子，以在後樓和我師父飲酒作樂，又與美
　　　　人歡飲，命我二人打掃山門。言還未罷，只見兩個叫花子來也。

　　　　〔英公然、張子仁同上。

英公然　（唱）裝扮討飯乞兒樣，

　　　　　　　訪拿七朱和九黃。〔看。

　　　　咱家英公然。

張子仁　張子仁。領了大老爺言命，訪拿九黃七朱。扮作乞兒花子，大街小巷
　　　　暗訪，來至蓮花院門首。〔看〕這兩個小和尚在這裡做啥呢？待我看
　　　　看。

清風	走！你這兩個叫花子當真了不得了。你放著大路不走，在這裡看什麼呢？若叫我九黃師父知道了的時節，將你兩個要活活打死！
英公然	哎，這個。〔退後〕張賢弟，你聽見了沒有？
張子仁	聽見什麼？
英公然	剛才那和尚說出「九黃」二字，還怕就是那主吧？你我上前討司個明白。寧要照眼色行事！
張子仁	啊，是。〔走向前笑〕
英公然	哈哈，我當是誰，原是二位小師兄在這裡掃地哩。你看這廟內廟外，多大的地方，單著二位年幼的人打掃呢？不嫌棄了拿掃帚來，我兩個替你們掃。〔接著掃〕
清風	師弟，你看這兩個窮大哥十分和氣，待我到廚房裏，給他們取些吃喝。
明月	你去！〔清風下。
英公然	小師父！
明月	有。
英公然	你今年十幾歲了？
明月	十二歲了。
英公然	你師父是誰？
明月	我師父背上有個黃痣，人都稱他九黃和尚。
英公然	你師父手下還有多少人？
明月	我看二位窮大哥十分和氣，這裡又無別人，我與你說，長短莫與別人說知。
張子仁	哪有對外人說的道理。
明月	窮大哥你聽！
	（唱）我師父武藝好天下無敵，
	觀音庵有女師父風流第一。
英公然	女師父不女師父，與你師父何干？他名叫什麼？
明月	窮大哥你聽！
	（唱）她胸前生世有七個紅痣，
	人都稱觀音庵尼姑七朱。
英公然	啊！她名叫七朱。與你師父有什麼瓜葛？
明月	（唱）他二人拜兄妹常常相聚，

教會她諸武藝飛簷走壁。

張子仁　手下還有何人？

明月　　（唱）還有那眾老漢十二寨主，

　　　　　　　　一個個都有那千斤之力。

英公然　時常所幹何事？

明月　　（唱）劫客商搶金銀強姦婦女，

張子仁　將金銀和婦女放在何處？

明月　　（唱）都藏在蓮花院後樓密室。

英公然　（唱）小沙彌講明了我心暗喜，

張子仁　（唱）無意中訪出來緊要機密。

〔清風上。

清風　　接！窮大哥，這是肉包子四個，二位拿去充饑。日後但有事情，來到
　　　　廚房與我幫忙。

英公然　對，對。煎茶坐酒，我們的熟戲。請了！

　　　　（唱）把九黃和七朱訪問詳細，

　　　　　　　　回衙去對老爺細說來歷。

〔分下。

第十一回　設計

〔施世綸帶施安上。

施世綸　（唱）到江都來轄民清廉正直，

　　　　　　　　有幾樁無頭案當真稀奇。

〔英公然、張子仁上。

英公然／張子仁　小人在老爺上邊銷差。

施世綸　受苦之人，站起來講話！

英公然　大老爺天恩！

施世綸　訪拿之人可有消息？

英公然　訪明九黃，是蓮花院的和尚：七朱是觀音庵的尼姑，和九黃長期通姦。
　　　　手下還有十二家寨主，都會刀槍劍戟、飛簷走壁。打劫客商，強奪婦
　　　　女，窩藏寺內，件件是實。

施世綸　有功之人。施安！

施安　　有。每人賞他五十兩銀子。〔施安取銀子與二人〕

英公然／張子仁　大老爺上邊謝賞！

施世綸　下邊休息。

英公然／張子仁　大老爺天恩！〔下。

施世綸　我想眾賊如此兇惡，我是怎樣的拿法？這、這、這……啊，有了。我不免如此如此。施安，傳王仁、徐茂二堂回話！

施安　　是。王仁、徐茂二堂伺候！

　　　　〔王仁、徐茂上。

王仁／徐茂　小人伺候大老爺。

施世綸　這是名帖兩張，你二人去奔蓮花院、觀音庵，請九黃七朱進衙。就說本縣許下僧尼對壇經願，叫他各帶法器，僧尼各八名，同辦吉祥道場。速去勿誤！

王仁／徐茂　小人曉得。〔下。

內　　　老爺冤枉。

施安　　稟老爺，大門外有一老頭喊冤。

施世綸　人役，二堂站班，將喊冤人帶上堂來！

　　　　〔人役帶海潮還上。

海潮還　大老爺冤枉！

施世綸　有什麼冤枉，從實訴來！

海潮還　大老爺容訴了！

　　　　（唱）念小人海潮還女名珠燕，

　　　　　　　五更後有賊人搶劫家園。

　　　　　　　劫銀子搶女兒一去不見，

　　　　　　　大老爺與小人雪恨報冤。

施世綸　哼！這事大約也在那賊手下。海潮還！

海潮還　有。

施世綸　你且回家候審。本縣即日拿賊，與你雪冤報恨。

海潮還　大老爺天恩！〔下。

施世綸　施安！

施安　　有。

施世綸　這是一貼，送與武營元副爺，叫他帶領精兵，照帖裝扮，明日進衙！

施安　　是。〔下。

施世綸　哎，好奇呀！

　　　　（唱）我這裡暗撒下天羅地網，

　　　　　　　準備著擒猛虎捉捕鳳凰。

　　　　〔下。

第十二回場　請黃

　　　　〔郭義士、周彪、王之煥、喬進、九黃同上。

九黃　　（唱）眾弟兄在密室大排酒筵，

　　　　　　　三杯酒上心頭論地談天。

　　　　　　　不缺金不缺銀穿綢掛緞，

　　　　　　　到晚來眾美女倒鳳顛鸞。

　　　　〔清風上。

清風　　稟師父，施大老爺差人，請師父念經。來人現在方丈等候。

九黃　　退下！眾弟兄，你看施不全差人請我，還是去好，不去好呢？

眾　　　九師兄，話講哪裏。縣主來請，哪有不去之理！他若以禮相待，就與
　　　　他禮尚往來。江都地方，越發沒人敢欺負與咱！即有什麼風吹草動，
　　　　九師父外穿法衣，暗帶利刃，眾弟兄留心打探，一湧上前，殺官劫庫，
　　　　放出囚犯。即時起手哨眾，去往山林，有何不可！

　　　　（唱）你去後眾弟兄留心打探，

　　　　　　　有不刪有我們一齊上前。

　　　　　　　開倉庫劫獄牢放出囚犯，

　　　　　　　那時節殺污吏剪除貪官。

九黃　　眾弟兄言之有理。你們在後樓飲酒，待我暗帶利刃，去到方丈，看來
　　　　人的言詞。請！

　　　　（念）眾弟兄要留心打探。

眾　　　（念）看來人是如何語言。〔分下。

　　　　〔九黃上，清風隨上。

九黃　　清風，喚縣中人見我！

清風　　縣中人來見！

　　　　〔王仁上。

王仁	來了。

王仁　來了。

九黃　什麼人請我念經，本僧是不愛錢的。

王仁　哈哈，你先看看禿廝那個樣子。一派酒氣薰人，滿臉兇氣。這、這，怎樣招嘴呢？啊，有了。〔眾上前去〕小師父，這位可是僧官九師父、九老爺嗎？

清風　正是。

王仁　哈哈哈，九師父、九老爺，你老人家這兩日身邊可好嗎？

九黃　罷了。你好？

王仁　我娃娃家先託九爺的福！

九黃　你就是縣中來的？

王仁　正是。

九黃　到此何干？

王仁　九老爺不知，我家老爺許下經願，請九老爺進衙念經。再無別事。

九黃　哈哈哈！好大的個施不全，你竟敢勞動與我！我是不去的。

王仁　九老爺，施大老爺請，可該前去。

九黃　胡道！拿一個知縣壓量我不成！漫說他是個施不全，就是當今皇上，我不去還是不去。難道江都地　方　，把和尚都死完了嗎？

王仁　咦！他也硬得很。待我再上軟丸子。九老爺，你不去，誰敢把你老人家怎麼樣？可是，可憐我姓王的了！

（唱）未曾開言淚盈盈，

　　　九老爺耐煩聽心中。

　　　衙門領了老爺命，

　　　請九爺進衙去念經。

　　　九老爺不肯把駕動，

　　　我縣主定要怒氣生。

　　　平日刑法十分重，

　　　這頓飽打活不成。

　　　假若刑下喪了命，

　　　我有老母誰送終。

九老爺，你莫當念經，全當救娃的性命，全當救我舉家妻兒老小的命。好我的九爺呢！

九黃　哈哈哈！你這個猴兒崽子，措得你九老爺也沒法子了。你起去吧！

王仁　九老爺開恩了。

九黃　我若不去，你真個可要受刑。為你，我去走一遭。我且問你，共請幾人念經？

王仁　我老爺許下對壇道場，還請觀音庵七朱女師父，僧尼都請八名。

九黃　早說兩家對壇，此時已到衙門多時了。待我吩咐僧眾，一同去了。

　　　（唱）聽見了意中人心神不定，

　　　　　　穿法衣帶法器即可啟程。〔下，又上。

　　　　　　正行走抬起頭用目細奉，

　　　　　　見賢妹自覺得滿面春風。

　　　〔七朱上。

七朱　賢師兄！

九黃　賢妹如此裝扮，想必縣主相請之故？

七朱　正是此事。來人不說還請師兄，小妹也不來。

九黃　那個何妨。他以文來，咱也以文去。他有來言，咱有去語。只要兄妹留心，哪怕他四面八方。你我去是去了！

　　　（唱）施不全請念經不必驚怪，

　　　　　　我兄妹帶利刃早已安排。

　　　　　　他若還賓客禮把咱相待，

　　　　　　便與他做相交禮尚往來。

　　　〔同下。

第十三回　改裝

　　　〔元紀安帶四卒上。

元紀安　（唱）施縣主請本營精兵改扮，

　　　　　　　到縣內聽調用降賊捉姦。

　　　本標元紀安。奉大帥將令，帶領精兵五百，鎮守江都要地。施縣主有帖到來，叫我帶精兵五百，扮作百姓，一同進縣。人來，吩咐我兵，盡扮成百姓模樣，隨本標進縣一回了！

卒　　　是。

元紀安　（唱）把精兵盡扮成百姓模樣，

　　　　　再看那施縣主怎樣行藏。

　　　　〔下。

第十四回　初會

　　　　〔施世綸上。

施世綸　（唱）定巧計命人請僧尼虎黨，

　　　　　　　　拿兇犯與百姓好報冤枉。

　　　　〔役上。

役　　　稟老爺，元大人到。

施世綸　有請！〔牌子，元紀安上〕不知元帥兄到來，失誤遠迎，多得有罪！

元紀安　好說。召弟前來，有何見教？

施世綸　元兄有所不知，今有九黃七朱僧尼，十分兇惡。小弟命人請他們到衙，
　　　　對壇念經，兄叫精兵都扮成百姓模樣，以觀念經。兄只推巡壇，照眼
　　　　色行事，令各兵丁將僧尼拿住，莫叫走脫一人！

元紀安　小弟遵命。〔下。

　　　　〔王仁上。

王仁　　稟爺，小人將九黃、七朱請到。

施世綸　傳出，有請！

　　　　〔九黃、七朱上。

九黃　　（引）伸出摘星手，

七朱　　（引）大膽進龍潭。

九黃　　七朱大護法，我們稽首了。

施世綸　還禮了。〔禮〕上人請坐。

九黃　　僧。

七朱　　有座。請司大護法，召貧尼到此，到底為著何事？

施世綸　施某從前許下願，在衙僧尼對壇誦經，設辦吉祥道場。神明已經得到
　　　　鑒察。請你門正為此事，再無別故。

九黃　　只要大護法有此信心，我等也是知恩報恩之人。這是壇內所用對象的
　　　　單兒，與大護法留下，我等下邊伺候。

　　　　〔施安暗上。

施世綸　施安！

施安　　　有。

施世綸　　將上人請在淨室待茶！

施安　　　請上人到淨室待茶！〔同下，施安又上。

施世綸　　傳英公然、張子仁來見！

施安　　　英公然、張子仁來見！

　　　　　〔英公然、張子仁上。

英公然／張子仁　伺候老爺！

施世綸　　你二人仍扮乞兒花子，暗帶蒙漢藥，去到蓮花院中。附耳來！

英公然／張子仁　明白了。〔同下。

施世綸　　好個凶僧惡尼，真乃大膽！

　　　　　（唱）見本縣你竟敢對坐相抗，

　　　　　　　　　講話兒甚雙關柔中帶剛。

　　　　　　　　　觀淫尼甚狐媚風流狂妄，

　　　　　　　　　不久的大限到玉石俱傷。

　　　　　〔下。

第十五回　下藥

　　　　　〔清風、明月上。

清風　　　（唱）眾寨主飲美酒你推我讓，

明月　　　（唱）我二人鍋灶上十分奔忙。

　　　　　〔英公然、張子仁上。

英公然　　（唱）扮花子帶蒙汗即可前往，

張子仁　　（唱）到廚房尋機會好用良方。

清風　　　二位窮大哥又來了！

英公然／張子仁　來了。

清風　　　你二人來得好。後樓有眾客飲酒，伺候酒菜呀。這裡有現成酒肉，你
　　　　　兩個在此，與我們煎茶溫酒，隨便吃喝。

英公然　　二人請便。〔清風、明月同下。

張子仁　　待我在酒茶內邊，齊下了蒙漢藥。〔撒藥〕

　　　　　〔內：酒來！〕

　　　　　〔清風上。

清風　　來了。待我將這個大壺都提上。〔下，又上〕二位窮大哥，怎麼不飲
　　　　酒呢？

英公然　我們方才用了幾杯了，不勝酒力了。

　　　　〔明月上。

明月　　你才量小。

清風　　他兩個不喝，咱兩個喝！

張子仁　對，我與二位滿起來。〔喝〕再喝一杯！

清風　　對。〔倒酒〕

張子仁　二位師父再飲一杯！

清風／明月　咦。

　　　　〔內：眾兄弟請！〕

　　　　〔牌子〕

英公然／張子仁　對啦。

英公然　哎呀，二位和尚迷倒樓上，聽不見動靜，你上樓去看！

張子仁　英大哥快來！

　　　　〔眾衙役上。

眾　　　眾賊都已迷倒，你我用繩一齊縛綁。〔下，又上〕將這兩個也綁住。
　　　　〔綁〕這般時候，將門倒扣，在外等候縣中人馬一回了！
　　　　（唱）將眾賊用蒙漢一齊迷倒，
　　　　　　　用麻繩齊縛綁萬難脫逃。

　　　　〔同下。

第十六回　結案

　　　　〔九黃帶眾僧，七朱帶眾尼對坐，卒扮眾百姓同上，圍在周圍〕

九黃　　（唱）穿袈裟執禪杖頭戴僧帽，
　　　　　　　小彌沙動法器鍾鼓齊敲。

七朱　　妹上法臺越發媚俏，
　　　　　　　引得我一陣陣慾火難消。

七朱　　（唱）九師兄是英雄世間稀少，
　　　　　　　誦佛號聲音美分外清高。
　　　　　　　引得奴神恍惚心顛意倒，

　　　　　　　　恨不得同攜手絳帳桃夭。

　　　　　　〔施世綸、元紀安帶眾役上。

施世綸　（唱）他二人眼傳情本縣盡曉，

　　　　　　　　公差言句句實並無虛報。

　　　　　　　　我這裡燒罷香臺後依靠，

　　　　　　　　一舉手眾兵丁齊動槍刀。

　　　　　　〔殺下，又上。相打。元紀安將九黃、七朱拿住。

　　　　　　〔施世綸、元紀安、人役上。

　　　　　　〔卒上。

卒　　　　稟老爺，將九黃、七朱僧尼大眾一齊拿住。

施世綸　與二賊上了刑具，押在禁監，眾僧押在班房。帶領精兵同奔蓮花院！

　　　　　　〔轉圈。

　　　　　　〔英公然、張子仁同上。

英公然／張子仁　小人接見大人。

施世綸　所辦之事如何？

英公然　將眾賊和兩個小沙彌一律迷倒，用繩捆在寺內。

施世綸　前邊帶徑，同奔禪堂！〔同下，又上。

　　　　（唱）蓮花院內拿強人，

　　　　　　　要與庶民把冤申。

　　　　　　人來，與眾賊齊上刑具，押在囚車。前後密室細細搜檢！

卒　　　　是。〔下，又上〕稟爺，內邊搜出金銀七箱，還有兩個婦女。

施世綸　喚李天成、海潮還到寺回話！

卒　　　　是。〔下。

施世綸　將二位婦女帶上來！

　　　　　　〔羅鳳英、海珠燕上。

羅鳳英／海珠燕　大老爺救命吧！

施世綸　這一婦人，你是哪里人氏，從實訴來！

羅鳳英　大老爺容稟了！

　　　　（唱）奴的夫楊金貴去投親眷，

　　　　　　　奴名叫羅鳳英身遭禍端。

　　　　　　　因避雨夫妻們山門立站，

恨禿驢將夫妻拉進佛壇。

用亂棍打奴夫即刻命斷，

將屍首丟枯井搶佔姻緣。

施世綸　你何不以死守節呢？

羅鳳英　奴若一死，何人掩埋奴夫屍首？因此暫且從下，趁機好與奴夫報仇。

施世綸　這就是了。跪在一旁！

羅鳳英　是。

施世綸　這一女子，名叫什麼，家中還有何人？

海珠燕　大老爺容訴了！

　　　　（唱）奴的父海潮還奴名珠燕，

　　　　　　　眾賊人黑夜晚入室強姦。

　　　　　　　綁奴父把銀兩一一搶佔，

　　　　　　　把民女掠寺內委實不堪。

　　　　　　　施世綸　原是海潮還的女兒。

　　　〔卒上。

卒　　　稟爺，將海潮還、李天成喚到。

施世綸　帶進佛堂問話！

　　　〔海潮還、李天成上。

海潮還／李天成　伺候老爺。

施世綸　海潮還，那邊是你女兒，何不相認？

海潮還　女兒呀！

海珠燕　爹爹呀！

施世綸　不必啼哭，我且問你，你離楊金貴家中遠近如何？

海潮還　不過半里之遙。

施世綸　這便好了。那位婦人是楊金貴之妻，你將你女兒領回，送那婦人回家，你意下如何？

海潮還　盡在大老爺。

施世綸　這就是了。這是李天成！

李天成　伺候老爺。

施世綸　賊人搶去你多少銀兩？

李天成　六百兩銀子。

施世綸　人來，將箱中銀子平與海潮還三百兩，平與李天成六百兩。你們回家
　　　　等候，將眾賊正法之時，來到殺場觀看，好與你們出氣。一齊下去！

海潮還／海珠燕／李天成／羅鳳英　大老爺天恩！〔同下。

施世綸　人來，將淫和尚用水噴醒，帶進佛堂！
　　　　〔清風、明月上。

清風／明月　大老爺饒命！

施世綸　你們兩個不必啼哭，速將九黃、七朱之事，從實招出，與你二人無干！

清風／明月　只要沒有我兩個的事大老爺請聽了！
　　　　（唱）我師父和七朱多年來往，
　　　　　　　手下的眾寨主武藝高強。
　　　　　　　能飛簷能走壁行兇放蕩，
　　　　　　　搶婦女搶銀兩打劫客商。

施世綸　哎呀！
　　　　（唱）聽他言和公差回稟一樣，
　　　　　　　眾賊人撒刁野任意猖狂。
　　　　　　　回衙下修表文奏明聖上，
　　　　　　　殺眾賊與百姓要報冤枉。
　　　　人來，將這兩個和尚和庵內金銀，裝在車上，押上走。人馬一同回衙
　　　　了！
　　　　（唱）將眾賊上囚車即可回衙，
　　　　　　　派精兵執利刃左右監押。〔繞場〕
　　　　　　　到衙前將眾賊暫羈監下，

元紀安　（唱）元紀安帶精兵即回武衙。〔下。

施世綸　（唱）施世綸坐二堂將心放下，
　　　　　　　修本章奏聖上要正國法。
　　　　人來，啟開文房！〔牌子〕傳馬上人進來！
　　　　〔馬上人上。

馬上人　伺候老爺！

施世綸　這是表文一封，下奔京地，速去勿誤！

馬上人　是。〔下。

施世綸　人來，將眾賊用水噴醒，帶上堂來！

〔役押鳳凰眼郭義士、攔路鬼周彪、獨眼龍王之煥、活閻王喬進等同
上。

眾　　　哎，這是天殺我等，請求大老爺超生。

施世綸　眾好漢，都叫什麼名字？

郭義士　鳳凰眼郭義士。

周彪　　攔路鬼周彪。

王之煥　獨眼龍王之煥。

喬進　　活閻王喬進。

施世綸　眾好漢自做自當，南北留有英名。望你們將實情從實招出，本縣專愛
　　　　結交英雄，但有開脫之處，無不盡力。

眾　　　大老爺以英雄看待我們，我們情願招承。所有東西搶劫件件是實。

施世綸　這就是了。人來，將眾好漢仍押禁監！
　　　　〔役押九黃、七朱上。

役　　　跪了！

九黃／七朱　不跪！

施世綸　還是這等可惡。我且問你，怎樣殺壞胡老漢夫妻二人，將頭首放在何
　　　　處？又害死楊金貴，搶佔羅鳳英、海珠燕，可該一一招來！

九黃　　啊呸！你為一縣之主，請我進衙對壇念經，無故下手，將我們拿住，
　　　　豈能跪爾等！

七朱　　豈能與爾等下跪了！

九黃　　（唱）施不全做此事不如禽獸，推念經拿我們是何情由？

七朱　　（唱）拿刀來把我們立即斬首，要招承除非是海水倒流。

施世綸　人來，將七朱拶起來！把九黃夾起來！〔役將二人拶、夾〕

役　　　招不招？

九黃／七朱　不招！

施世綸　再攏一繩！〔加刑〕

役　　　二賊絕氣。

施世綸　用水噴醒！〔役以水噴〕

九黃／七朱　哎呦！

九黃　　（唱）用三木夾得我魂飛魄散，

七朱　　（唱）用拶子拶得我心如刀剜。

九黃　　（唱）受不住五刑苦實言出現，

　　　　　　　　大老爺在上邊細聽我言。

　　　　　　　　胡老爺同夫人庵中還願，

　　　　　　　　見詩句羞辱我委實不堪。

　　　　　　　　為報仇將二人一刀兩斷，

施世綸　你將人頭放在何處？

九黃　　（唱）掛在了地藏庵圖謀強姦。

　　　　　　　　害死了楊金貴把他妻占，

　　　　　　　　這是我所作為與她無干。

施世綸　這就是了。人來，將他二人仍日收監！〔分押下〕這是一簽，提地藏
　　　　庵趙尼姑上堂！

　　　　〔役下，又上。

役　　　稟爺，有一漢子，扯住趙尼姑，大堂喊冤。

施世綸　這事越發奇了。帶他二人上堂！

　　　　〔王自臣、趙守清上。

王自臣／趙守清　大老爺冤枉！

施世綸　這一漢子，你扯趙尼姑上堂，有何冤枉？

王自臣　回大老爺，小人王自臣，以在永義當鋪效用。前幾天夜間三更時候，
　　　　我掌燈回家，觀見她地藏庵門首，掛著兩個人頭。第二天小人去司她，
　　　　她死不應允。反說小人將人殺壞，只得稟明大老爺。趙師父，現在大
　　　　老爺案下，你說一句真實話吧！

施世綸　原來也為此事。趙尼姑，到底門上有人頭沒有？

趙守清　此事並無蹤影，你叫我怎樣說呢！

施世綸　口嚼閒字不清，必有隱情。人來，拶起來！

趙守清　哎，有招、有招。哎，我的大老爺呀！

　　　　（唱）聽說是動拶子三魂不在，

　　　　　　　　大老爺在上邊細聽根源。

　　　　　　　　那夜晚犬亂叫開門去看，

　　　　　　　　見人頭嚇得我膽戰心寒。

　　　　　　　　五兩銀叫老道埋藏不見，

　　　　　　　　這是我真實話並無虛言。

施世綸　人來，這是一簽，到庵中提老道來見！〔役下，又上。

役　　　將老道提來！

　　　　〔老道上。

老道　　小人伺候老爺。

施世綸　這是老道。趙尼姑與你五兩銀子，叫你將兩個人頭埋於何處？

老道　　大老爺容訴了！

　　　　（唱）掙了他五兩銀去埋人頭，

　　　　　　　到劉家後園外風滅燈籠。

　　　　　　　天烏黑看不見村外去路，

　　　　　　　我撂在園子內壑口裏頭。

施世綸　走！既埋不成，就該天明稟明本縣，竟敢移禍與人，盡是虛言支吾。
　　　　人來，將老道夾起來！〔役夾〕

老道　　大老爺，真的撂在壑口裏邊了。老爺不信，到劉家一問便知真假。

施世綸　如此，收了刑具。帶劉家掌櫃的當堂回話！

　　　　〔役下，帶劉君佩上。

劉君佩　小人劉君佩，與老爺叩頭。

施世綸　你叫劉君佩？

劉君佩　正是。

施世綸　老道將兩個人頭撂在你的後園，今在何地？

劉君佩　哎呦！我的大老爺，那老道是個遊瘋子，你長短不要聽。小人是個山
　　　　西人，到江都地方三十餘年，沒做過傷天害理之事。這個老道，
　　　　與小人往日無仇，他就能把兩個人頭撂在我家後園子裏。若果有此事，
　　　　人命事大，小的即刻稟明大老爺，怎能等大老爺叫的問呢！

施世綸　啊！觀見這個老頭，獐頭鼠目，言語狡猾，我自有道理。人來，到劉
　　　　家鋪內，另換一人回話。

役　　　是。〔下。

施世綸　這一老道你可看清丟在他園子了？

老道　　到他園子燈籠滅了，怎看不清呢！

　　　　〔役上。

役　　　稟老爺，將鋪內人帶到。

施世綸　帶上堂來。

〔役帶王公必上。

王公必　伺候大老爺。

施世綸　你名叫什麼？

王公必　大老爺容訴了！

　　　　（唱）我名叫王公必鋪內效用，

　　　　　　　有表弟周無陽也住鋪中。

　　　　　　　天才明到後園永無蹤影，

　　　　　　　大老爺呼喚我所為何情？

施世綸　（唱）王公必講一遍靈機忽動，

　　　　　　　這老劉又害人命喪殘生。

　　　　　　　全不曉害人的須要償命，

　　　　　　　此事兒叫本縣已競猜明。

　　　　劉君佩，周無陽到後園去，你可知道？

劉君佩　小的沒有見過。

王公必　啊！掌櫃的，那一日你天一亮，就往後園子出恭。

劉君佩　管我出恭不出恭，總沒見你表弟周相。

王公必　你在後園子出恭，我表弟在後園子找尋煙包，我不信你沒看見他。

劉君佩　這你就把我證住了。

施世綸　劉君佩，本縣已看明瞭。不過要你招承出來，從輕辦罪。如若不招，必叫你償命！

劉君佩　大老爺，你可不能誆我了。

役　　　不誆你。

劉君佩　（唱）那日黎明後園去，

　　　　　　　看見男女兩首級。

　　　　　　　挖坑把他埋下地，

　　　　　　　偏叫周相看眼裏。

　　　　　　　怕他洩露這消息，

　　　　老爺！

　　　　　　　我失手挖他一命畢。

　　　　　　　這是我的真實語，

　　　　　　　一併埋在土坑裏。

施世綸　哼哼哼，王公必，你隨同本縣人役，刨那屍體出來。

王公必　是。〔下。

施世綸　人來，去命胡少爺，將他二老頭首，搬回掩埋。

役　　　是。〔下。

王自臣／老道／趙尼姑　大老爺天恩！〔下。

施世綸　人來，將劉君佩押在禁監，與九黃、七朱一律同罪！〔役押劉君佩下〕
　　　　掩門！
　　　　〔同下。

劇終

後　記

　　在整理秦腔劇目的過程中，「功名」這個詞彙出現的頻率是極高的。而在劇目閱讀的過程中，更是深切感受到了這個「功名」的厲害。任何問題，無論小到娶妻生子，大到平冤昭雪，只要獲得了這個「功名」，那麼一切問題都會迎刃而解。如果用通俗的話來講，這個功名指的就是「做官」，這樣你便可以獲得權力。而這個「做官」是中國的一種文化，具有本民族內在不自覺的共同心理或集體意向。不僅老百姓認可，中國的知識分子也是極力推崇的。因此，中國的知識大多建立在有「意義」的基礎上。而現如今，我們的學術研究仍然熱衷於「功名」，注重於實用價值。而關於法律與秦腔的研究無疑是一個「冷板凳」，它到底有什麼意義？它能創造什麼樣的價值？它能提供什麼樣的資源？……對於這些問題，我在本書的寫作過程中雖有所思考，但心中仍然存在很多疑惑。不是說這個研究沒有意義，只是說它的意義可能與其他當今主流法學研究的意義有所不同罷了。

　　美國法律與文學研究，近十年出現的一個全新研究方向「超級英雄與法律」，旨在以美國關於超級英雄的漫畫為材料，分析其中想像世界與人物的法律生活，有趣而生動地審視美國的法律體系將如何運作。其中的經典代表作是美國法學學者詹姆斯於 2012 年出版的《超級英雄的法律》，一經出版便大受歡迎，該書被認為是法律專家、漫畫書呆子和任何將被要求在漫畫多元宇宙中從事法律工作的人的必備書籍。那麼這種對於虛擬世界法律研究的書籍，比起那些對於民法、刑法、行政法等現實法律研究的成果而言，應該是沒有「意義」的。但它的大受歡迎，也證明了「興趣」對於知識的需求。作為一名中國法律

史教師，我在課堂教學中，常常以秦腔作為教學的材料。在生動的秦腔藝術中，通過學生的主動參與，中國法律史的教學取得了比以往都要好的效果。這個效果我想還是主要來自於學生的「興趣」。

說這些，是希望能各位讀者，能更多地從「興趣」的角度來關注法律與秦腔這個研究方向。這本書名為秦腔法律文化要義，也就是說這本書只是對於這方面研究的一個提出與簡介，也是在以往研究基礎上的一個理性歸納。目的是希望更多，無論是法學界、戲曲界、秦腔界，還是文學界的學者，能夠以自己的「興趣」來豐富這個方向的研究。當然，全國各地的劇種，各有特色，各有內涵，法律與秦腔之外，還可以有法律與京劇、法律與越劇、法律與豫劇、法律與崑曲……。而法律與戲曲作為中國本土化的法律與文學研究，也會為中國的學術界增加不少「興趣」的氛圍。